# Елена
# Чижова

## полукровка

роман

АСТ · Астрель
Москва

УДК 821.161.1-31
ББК 84(2Рос=Рус)6-44
Ч59

Художник *Евгений Габриелев*

**Чижова, Е.С.**

Ч59    Полукровка: роман / Елена Чижова. — М. : АСТ :
Астрель, 2010. — 413, [3] с. — (Проза: женский род).

ISBN 978-5-17-068369-7 (ООО «Издательство АСТ»)
ISBN 978-5-271-28387-1 (ООО «Издательство Астрель»)

Елена Чижова — автор пяти романов. Последний из них,
«Время женщин», был удостоен премии «Русский Букер», а «Лавра» и «Полукровка» (в журнальном варианте — «Преступница»)
входили в шорт-листы этой престижной премии.

Героиня романа Маша Арго талантлива, амбициозна, любит
историю, потому что хочет найти ответ «на самый важный вопрос — почему?». На истфак Ленинградского университета ей
мешает поступить пресловутый пятый пункт: на дворе середина
семидесятых.

Девушка идет на рискованный шаг — подделывает анкету, поступает и... начинает «партизанскую» войну. Одна против всех!!!
Но кто она теперь? Жертва или безнаказанная преступница?

УДК 821.161.1-31
ББК 84(2Рос=Рус)6-44

Подписано в печать 12.08.10. Формат 84x108/32.
Усл. печ. л. 21,84. Доп. тираж 7000 экз. Заказ № 6426

Общероссийский классификатор продукции
ОК-005-93, том 2; 953000 — книги, брошюры

Санитарно-эпидемиологическое заключение
№ 77.99.60.953.Д.012280.10.09 от 20.10.2009 г.

ISBN 978-5-17-068369-7 (ООО «Издательство АСТ»)
ISBN 978-5-271-28387-1 (ООО «Издательство Астрель»)

# Часть I

# Глава 1

## 1

Темный коридор бывшего Государственного банка замыкался огромной петлей, так что, пускаясь в путь от лестницы парадного корпуса, в одной из комнат которого подавали заявления и заполняли анкеты, можно было вернуться в исходную точку, правда, потеряв порядочно времени. Июльская жара смиренно дожидалась под колоннадой, словно банковские стены, привыкшие охранять активы государства, распознавали в ней нежелательного клиента. Робкими просителями входили в вестибюль абитуриенты. Следуя по стрелкам, как в детской игре, когда бросают кость, они поднимались на второй этаж и, отстояв недолгую очередь, скрывались за дверью, украшенной самодельной надписью: «Приемная комиссия». Мимо вывески «Столовая для преподавателей», мимо двери «Отдела кадров», обитой черным коленкором, мимо узкой винтовой лестницы, ведущей в подвальную студенческую столовую, лежал путь к аудиториям, в это время запертым на ключ. Главный коридор освещали лампы дневного света, горящие в полнакала. Островки тускловатого света то и дело перемежала тьма. Девушка, одетая в ситцевое платье с белым отложным воротничком, оглянулась, словно набираясь храбрости. В ее пальцах белел листок с фотографией. Держа его на виду, как пропуск, она вошла в коридор.

Теперь, когда сдала документы (про себя, сама того не замечая, девушка говорила не *сдала*, а *приняли*, как будто эта формулировка, сводящая почти что на нет ее личное участие, придавала делу больше объективной весомости), здание бывшего банка выглядело чуточку гостеприимнее. Таблички с номерами аудиторий, доски объявлений у дверей деканатов — все напоминало родной финансовый техникум. Сам же приволжский город, оставленный ради будущего, представлялся далеким и безрадостным. Будущее рисовалось близким праздником, который не могли омрачить даже вступительные экзамены. Испытаний она не боялась. Красный диплом, несколько минут назад вложенный в именную папку с документами, был единственным в ее выпуске, а кроме того, за спиной стояли заочные подготовительные курсы: ленинградские преподаватели оценивали ее знания высоко. Была и обнадеживающая примета: пожилой мужчина, бегло просматривавший все документы, одобрительно покивал головой. Своей рукой он поставил росчерк, похожий на размашистую букву, в правом верхнем углу.

Впереди, в темной глубине коридора, обозначился чей-то силуэт. Свет дневных ламп достигал его неверным отблеском, и, подойдя поближе, Валя различила девушку, стоявшую в темном промежутке. В ее руке белела знакомая бумажка. Девушка смотрела под ноги, внимательно, как будто искала потерянное. Венчик вьющихся волос, окружавших ее склоненную голову, казался подсвеченным изнутри. Валя хотела пройти мимо, но незнакомая девушка вдруг обернулась.

— Здравствуйте, — Валя смутилась и поздоровалась.

Девушка не ответила, и, совсем растерявшись, Валя опустила глаза.

Только теперь она заметила люк, сложенный из мелких плиток. Носком туфли Валя коснулась крайней:

— Это... насквозь?

Незнакомка кивнула.

— За-ачем? — Валя протянула нараспев. — И там, впереди...

Плитки, врезанные в пол через равные промежутки, были тусклыми и прочными — двойного стекла. Сквозь них, из глубины нижнего этажа, казалось, пробивался свет, но едва заметный, мутный, почти неразличимый.

— Раньше был банк. Здесь, — незнакомая девушка обвела рукой коридорные стены, — хранили золото. Кирпичи золотых слитков. А люки — специально. Чтобы видели только свои.

— Но там же, — Валя оглянулась на двери, пытаясь представить себе тяжелые золотые поленницы, — окна...

— Не было. В хранилищах глухая кладка. Странно. — Они стояли на краю люка. — Столько лет прошло, а до сих пор не разбили.

— Грязные, — Валя имела в виду плитки.

Про окна она не поверила, но не решилась возразить.

— Это не грязь. Они нарочно мутные. Чтобы не видно снизу...

— Меня зовут Валя. Я из Ульяновска, — она смотрела доверчиво.

— Отку-уда?.. А впрочем... Мария.

— Маша? — Валя переспросила.

— Ну, — незнакомка усмехнулась, — если *тебе* так легче.

— Мне... — Валя постаралась не заметить усмешки. — Я могу и так, и так. Как ты сама хочешь...

Девушка снова усмехнулась и не ответила.

— Ты на какой? — Валя взмахнула белой бумажкой. — Я — на «Финансы и кредит». Это моя специальность, я и техникум — по этой. Там моя мама работает, преподает финансы отраслей. Вот я и пошла. А папы у меня нет, — Валя говорила торопливо, как будто спешила оправдаться. Оправдываться было не в чем. — А ты? — она спросила, не решаясь обратиться по имени. Выбрать и назвать.

Девушка кивнула, словно тоже закончила финансовый техникум, в котором преподавала и ее мать. Они стояли на самом краю.

— А знаешь, — Валя обрадовалась, как будто нашла выход. — Давай и то и другое: Маша-Мария. Как за границей. Я читала, там называют. Иногда...

— Ты уже сдала документы? — глядя на белую бумажку, Валя сообразила, что спрашивает заведомую глупость и эта глупость что-то испортила.

— Я тоже, — девушка перебила, не дослушав. Темная волна прошла по ее лицу. — На «Финансы и кредит». Ну, пока, — кивнув, она пошла быстрым шагом.

Валя замерла в недоумении. Прежде чем изгиб коридора сделал ее невидимой, Валя заметила еще одну странность: девушка, с которой она только что познакомилась, выбирала путь так, чтобы не наступить на стеклянные клетки, врезанные в пол.

Дни, оставшиеся до экзаменов, вместили много нового: Валя устраивалась в общежитии, знакомилась с абитуриентами, приехавшими из разных мест, искала междугородний телефон — дозвониться маме. Мама тревожилась. В первый раз она отпустила дочь так далеко. Мамин голос казался слабым и далеким. Стараясь перекричать помехи, Валя уверяла, что все замечательно. И не о чем волноваться.

Девочки, с которыми ее поселили в одной комнате, и вправду попались хорошие, но, прислушиваясь к их вечерним разговорам, Валя понимала: многие выбрали финансово-экономический случайно, лишь бы остаться в Ленинграде. Их знания оставляли желать лучшего, и Валя отдавала себе отчет в том, что не все они выдержат конкурс, а значит, с некоторыми из них знакомство окажется коротким.

В их группе первой была математика. Пролистав учебники накануне, Валя уснула с чистой совестью, потому что отлично помнила материал. Сквозь сон она слышала веселые голоса. В соседней комнате устроили вечеринку. Заводилой была миловидная Наташка. Она вообще оказалась бывалой — приезжала из своей Самары уже в третий раз. Валю тоже приглашали в компанию, но она отказалась.

Утром собирались наскоро, подкрашивали помятые лица, пока Наташка не прикрикнула:

— Нечего штукатуриться, не в оперу. Экзаменаторы крашеных не любят, особенно этот... Винник-Невинник. Прямо шиз какой-то, прошлый год прихожу — опять сидит, хоть бы заболел, что ли...

Сама-то Валя не красилась, но про Винника послушала и намотала на ус.

На экзамен они явились слаженной стайкой и вмиг оттеснили ленинградцев, пришедших поодиночке. Машу-Марию Валя заметила сразу. Теперь, под ярким светом коридорных ламп, эта девушка больше не казалась загадочной. Светлая шерстяная юбка и черная кофточка сидели на ней ловко. Валя удивилась, потому что *у них* носили иначе: темный низ, светлый верх. Аккуратный платок, повязанный вокруг шеи, смотрелся нарядно. Помедлив, Валя подошла.

Маша-Мария узнала и улыбнулась:

— Знаешь, а мне понравилось. Хорошо придумала. Я тоже буду тебя. Двойным, как за границей: Валя-Валентина. Помнишь, у Багрицкого, «Смерть пионерки»?

Валя не успела засмеяться. Девушка-секретарь, державшая в руках длинный список, начала выкликать.

— Агалатова.

Входя в аудиторию первой, Валя увидела краем глаза: откликаясь на фамилию Арго, ленинградская девочка идет за нею вслед.

Вытянув билет, Валя обрадовалась: теорема о подобии треугольников — из простых. За ней следовало логарифмическое неравенство, за неравенством — функция, остальное вообще арифметика. Быстро исписав листочек, она приготовилась ждать. Маша-Мария сидела наискосок и писала старательно. Считая, она шевелила пальцами, как ученица начальных классов.

Комиссия состояла из двух человек. Один, помоложе, похожий на заучившегося студента, ворошил бумажки, отмечал номера билетов, следил, чтобы никто не списывал. Другой — постарше. Этому не сиделось на месте. Он расхаживал по аудитории, на ходу заглядывая в исписанные листки. Иногда, заметив ошибку, останавливался и тыкал презрительным пальцем.

На подготовку отводилось сорок минут.

— Ну-с? — сверившись с часами, профессор наконец огляделся. Голова, покрытая редким пухом, сидела на неподвижных плечах. Круглые глаза смотрели цепко и внимательно: как сова, высматривающая мышь. Первой попалась Наташка. Она и пискнула по-мышиному, когда профессор, подхватив свободный стул, уселся рядом. Придушенным голосом Наташка бубнила теорему. Он слушал рассеянно, как будто думал о своем. Потом заглянул в листок, быстро пробежал глазами и, коротко вычеркнув две строки, обернулся к молодому:

— Алексей Митрофанович, здесь четыре балла, отметьте там, у себя.

Дрожа от радости, Наташка пошла к столу. Заучившийся студент протянул подписанный экзаменационный листок. Обернувшись от двери, Наташка поймала Валин взгляд и, кивнув на профессора, покрутила пальцем у виска.

Далее последовали две тройки и четверка, и всякий раз, коротко чиркнув по написанному, профессор обращался к Алексею Митрофановичу и повторял свою коронную фразу, меняя балл.

Маша-Мария еще дописывала, когда, подхватив стул, Винник сел рядом. «Не успела...» — Валя обмерла. В этот миг она и думать не думала о том, что эта ленинградская девочка на самом деле — ее конкурентка. Прислушиваясь к испуганному сердцу, Валя сложила пальцы крестиком — за Машу-Марию.

Профессор слушал невнимательно, Валя следила за его лицом. Время от времени он опускал веки, словно задремывал. Маша-Мария доказывала теорему Пифагора. Выслушав, он подцепил листок и взялся за ручку.

— Я могу и другим способом — через вектора, — Маша-Мария предложила тихо, ему под руку.

В школьных учебниках векторного доказательства не было.

— Ну, — профессор кивнул и поднял бровь.

Маша-Мария чертила старательно, он следил за рукой.

— А если вот так? — подтянув листок к себе, он написал на свободном поле.

— Нет, — она покачала головой и зачеркнула его строку. Совиные веки моргнули.

— Вот здесь, — профессор пробежал глазами и выбрал пример, — если модуль — вот таким образом? Что станется с графиком?

— Повернется зеркально, на этом отрезке, — она ответила и усмехнулась.

— Вы заканчивали математическую школу? — теряя совиный облик, он спросил заинтересованно.

— Нет, — Маша-Мария покачала головой и дернула угол платка.

Валя разжала крестики. Теперь, когда ответ закончился, профессор должен был обернуться и объявить результат. Речь могла идти только о пятерке. Но он не объявлял и не оборачивался, а зачем-то поднялся и пошел к столу. Валя смотрела радостно, словно хотела поздравить первой, раньше, чем они выставят в ведомость. Но то, что она увидела, было странным: опустив голову, как будто снова стояла над мутным люком, Маша-Мария сидела неподвижно.

13

Внимательно прочитав листок, профессор обошел стол и выдвинул ящик. На свет явилась какая-то бумага. Валя вытянула шею и разглядела столбик фамилий. Ведя указательным пальцем, профессор добрался до последней, моргнул совиными глазами и, отложив, взял другой лист. То, что он искал, нашлось мгновенно. Палец замер, и, изумленно подняв бровь, профессор обратился к ассистенту:

— Алексей Митрофанович, здесь — несомненная пятерка, отметьте там, *у нас*.

Маша-Мария вышла из-за парты. Не поднимая глаз на профессора, протянула руку к экзаменационному листку.

Валя отвечала следующей. Выслушав и не найдя в работе ошибок, Винник выставил пятерку и, подхватив стул, подсел к новой девочке.

Оказавшись за дверью, Валя огляделась. Маши-Марии не было. Прежде чем убрать в сумку, она развернула свой листок: под заслуженной пятеркой стояла профессорская подпись. Его подпись была неразборчивой, похожей на кривой завиток.

Сочинение они писали в разных потоках, и, припоминая цитаты из Горького, Валя чувствовала себя неуверенно, словно экзамен, проходящий в отсутствие *той* девочки, становился испытанием, превышающим силы. Результаты обещали вывесить на специальной доске. Дождавшись объявленного часа, Валя пробилась сквозь плотную стайку, окружившую список. Глаза выхватили фамилию, начинавшуюся с их общей буквы. Против «М.М.Арго» стояла пятерка, державшая ровную спину. Ее собственная оценка, выведенная чуточку повыше, напоминала стульчик, повернутый вверх ногами.

— Нормально, нормально, — чей-то голос утешал себя и других. — На *наш* четверка катит, слава богу, не «Промышленный».

В общежитии Валя обратилась к бывалой Наташке, и та разъяснила:

— «Промышленно-экономический» — белые люди. Мы, которые на «Финансы и кредит» — так себе. Сберкассы, банки. Хуже нас — одни бухгалтера. Самый шикарный — «Экономическая кибернетика», — Наташка причмокнула восхищенно. — Вообще-то они тоже на «Промышленном», но туда конкурс... Особый. Одни отличники или уж по такому блату... У-у!

— Я бы могла. У меня тоже пятерки, в техникуме... — Валя прикинула робко.

Но Наташка отрезала:

— Дура ты симбирская! — и занялась своими делами.

Валя не ответила на грубость, но про себя подумала: «Если кибернетика и вправду самая-самая, стала бы Маша-Мария поступать на финансы...»

После математики и сочинения народу заметно поубавилось. Девчонки говорили: заваливают на первых двух. История вообще последний *страшный*. Перед географией подбивают бабки, кого не отсеяли — считай, почти что *там*. Заткнув ладонями уши, Валя твердила даты. С датами вообще легко запутаться. Этот недостаток она за собой знала. Хорошо, что хотя бы не вся история, а только СССР. Правда, с древности, начиная с древлян и кривичей. Вот бы эти кривичи удивились...

Историю Валя не любила. Параграфы, которые она зубрила в школе, с трудом удерживались в голове. Не то, чтобы Валю подводила память, по крайней мере, ее памяти хватало на отличные оценки. Но история человечества, если взять всю целиком, представлялась Вале каким-то бескрайним морем, лишенным берегов. Время от времени на поверхность, как подводные лодки, всплывали отдельные страны. А через месяц-другой ныряли обратно, чтобы больше не всплыть. Читая про римских императоров, Валя никак не могла соединить их с временем древних греков, как будто эти греки, дождавшись, когда про них ответят, все как один умирали — ложились под свои развалины, торчавшие из земли. Римляне, продержавшись целую четверть, исчезали в подвалах Колизея. А на их место — отвоевав для себя парочку веков — приходили византийцы. Их вообще хватило на полчетверти. Однажды Валя спросила учительницу, и та объяснила: народы и страны похожи на людей. Рождаются, взрослеют и умирают. Но потомкам они интересны лишь на том отрезке своей жизни, из которого человечество может извлечь поучительные для себя уроки. У каждого народа, оставшегося в истории, есть и достижения, и характерные заблуждения — их вклад в будущее.

Выслушав, Валя, конечно, кивнула. Но потом стала думать про историю как про что-то ужасное и жестокое. Однажды она видела фильм про концлагерь. Ей запомнился эсэсовец с длинной тросточкой. Заключенные стояли на площади, а он шел и тыкал в тех, кого посылал на смерть. И Вале вдруг показалось, что народы — это тоже как будто люди. Так она себе и представила: вот они стоят на выметенной площади, а перед ними вышагивает эсэсовец с длинной тросточкой. Идет и выбирает: *тебя и тебя*...

Этих мыслей, отдававших идеализмом в истории, Валя стеснялась и никому не высказывала, даже маме. Но позже, старательно заучивая даты и все равно частенько путаясь, радовалась. Как будто, сбившись на несколько веков, продлевала жизнь обреченным.

Девочки оказались правы. На истории никого *не валили*, да и члены комиссии, если сравнивать с прежними, выглядели хлипко: три неприглядных тетки, каких полным-полно в любом техникуме. Они суетливо перебирали бумажки, путались в фамилиях, каждого выслушивали всей троицей, и в этой бесконечно длящейся суете ничего не стоило, пристроившись на заднем ряду, пролистать пособие для поступающих, свериться с датами. На экзамене они оказались за разными партами и вообще в разных углах. Наблюдая украдкой, Валя отметила: сидя напротив заполошных теток, Маша-Мария держалась спокойно. От прежней робкой и скованной повадки, так удивившей Валю на математике, не осталось и следа. Маша-Мария рассказывала о русской науке первой четверти XIX века, и, невольно прислушиваясь к фамилиям, Валя дивилась ее начитанности. Учебникам такая обширность не снилась.

С одной датой Валя все-таки напутала. Вопрос касался раздела Польши, и то ли в пособие вкралась опечатка, то ли не туда подглядела, но по-Валиному получалось, будто Екатерина II, не успев взяться за дело, передоверила его своим потомкам.

На этот раз Маша-Мария ждала ее за дверью.

— Четверка, — Валя призналась смущенно.

Но Маша-Мария кивнула и предложила пройтись.

Шагая вдоль канала Грибоедова, Валя оглядывалась по сторонам и думала о том, что осталось всего ничего, последний экзамен, и эта красота, поглядеть на которую приезжают со всех концов страны, станет принадлежать ей по праву, как этой ленинградской девочке.

— Я слушала твой ответ... — Валя замолчала, стесняясь продолжить, но Маша-Мария поняла.

— А, ерунда! Просто я готовилась на исторический, — она смотрела в сторону, на выгнутую колоннаду Казанского собора.

— И что, передумала? — Валин взгляд коснулся соборного креста.

— Ага. Что-то вроде, — Маша-Мария ответила отчужденно.

— А я... я как-то боюсь истории, — Валя призналась вдруг.

— Конечно, материала много. С наскоку выучить трудно. Но рано или поздно, когда начинаешь понимать взаимосвязи...

— Нет, — Валя заторопилась договорить о своем, — не экзамена. Я не знаю, как сказать... Самóй истории... — Не поднимая глаз, она рассказала о страшном эсэсовце, идущем с тросточкой по тщательно выметенному плацу. — Конечно, я понимаю, все это глупости. И вообще, вульгарный идеализм...

Ей казалось, Маша-Мария засмеется, но она слушала, не перебивая.

— А знаешь, — Валя вспомнила и обрадовалась, — здесь в институте какая-то экономическая кибернетика. Кажется, на «Промышленном». Туда — одних медалистов... Или по такому блату! У-у! — она повторила за Наташкой. — Но ты... Я слышала, как ты отвечала. И на математике, и сегодня... Это какая-то особенная специальность. Я думаю, — Валя собралась с духом, — ты бы могла...

Они стояли у перехода. Красный светофор, преграждавший путь, бил в глаза.

— Во-первых, не вижу разницы, — Маша-Мария заслонилась рукой, словно загораживаясь от света. — А во-вторых... Этот эсэсовец с тросточкой... — она помедлила и усмехнулась. — Такая вот история. Оказалось, твой эсэсовец выбрал меня...

— Что? — Валя переспросила растерянно.

— В «Лягушатнике» бывала? — Маша-Мария перебила и потянула Валю за собой.

Оказалось, что «Лягушатник» — обыкновенное кафе. Перейдя на другую сторону, они пошли по Невскому, и Маша-Мария рассказывала, как они ходили туда с девчонками после каждого школьного экзамена.

— Здорово... — Валя слушала восхищенно.

Странная фраза об эсэсовском выборе вылетела у нее из головы.

Оглядевшись в зеленоватом полумраке, Маша-Мария направилась к дальнему столу. Пристроившись на краешке, Валя потянулась к бархатному складню, но ее спутница махнула рукой. Подозвав официантку, распорядилась быстро и толково. На стеклянной поверхности выросли две металлические вазочки и запотевший сифон.

— Ты раньше?.. Давно сюда ходишь? — Валя начала с розового шарика.

— С детства. Когда-то я много болела, вот они и не рассказывали про мороженое, скрывали... А мама очень любила, — Маша-Мария начала с коричневатого, — ходила тайком. И всегда заказывала сливочное, потому что раньше, после войны, когда она сама была маленькая, никаких цветных еще не было: все шарики одинаковые... А потом как-то раз мы пошли в ДЛТ — я, мама и папа. И мама оставила нас в скверике. А я очень плакала, и папе надоело. Вот он и привел меня сюда. Мама сидела там, — она указала в дальний угол. — А я увидела и подбежала. Стала просить. *Это*. Не знала, как называется. А мама говорит: это такая картошка, ты же не любишь холодную картошку, но я все равно просила, и она дала мне попробовать, — направив острый носик сифона, она нажала на крючок.

— И что? — Валя подняла шипящий стакан. Пенистый холод ударил в нёбо.

— Попробовала и поняла: есть такие места, райские. И картошка там другая, не как у нас.

— А потом? Когда узнала, что это не картошка? — Валя запивала мелкими глотками.

— *Потом* не имеет значения. Ничего не меняет, — Маша-Мария глотнула и отставила стакан.

Валя вспомнила о своей маме и решила не рассказывать о сегодняшнем празднике. Мама не одобрит таких развлечений посреди вступительных экзаменов.

Географию сдали легко. Дядька из комиссии сразу предупредил: волноваться не о чем, *заваливать* никого не будут. Тем, кто отвечал неуверенно, экзаменаторы даже подсказывали, так что ниже четверки не получил никто.

Проходной балл объявили на следующее утро, и вечером Валя обрадовала маму: на «Финансовый» — 21, с пятерочным аттестатом у нее получалось 23, с запасом. Не удержавшись, она похвасталась новой подружкой: хорошая ленинградская девочка. У нее вообще 25, наивысший балл. «С таким — даже на кибернетику. У них 24,5». Мама, конечно, не поняла.

Возвращаясь в общежитие, Валя вспомнила: завтра она идет в гости. Родители Маши-Марии передали приглашение — отметить начало новой институтской жизни. В их семье.

Валя шла и думала о том, что это начало получается странным. Девушка, стоявшая над решетчатым люком... Потом слова про эсэсовца... За всем этим стояло что-то тревожащее. Во всяком случае, непонятное. Единственное, что Валя понимала ясно: никогда она больше не вернется в свой родной город, где нет и не будет зеленоватого «Лягушатника», в котором ставят на стол райскую картошку, совсем не похожую на обыкновенную.

## 2

Маша-Мария ждала у ограды. «В первый раз лучше вместе, мало ли, заблудишься». Так она сказала вчера вечером, когда, вернувшись в общежитие, Валя позвонила снизу, с вахты.

Они сошли у Дворца работников связи.

— Вот. Смотри и запоминай. Отсюда идешь назад полквартала. До самого Дома композиторов. Потом под арку и направо — в дальний угол. А здесь — Дом архитекторов, — она указала на здание напротив.

— Надо же! — Валя шла и оглядывалась: у каждой профессии свой дом или дворец. — А Дом экономистов есть? — заходя под арку, она спросила мечтательно. Маша-Мария нахмурилась и замолчала.

После ульяновской квартиры *эта* показалась роскошной. Прихожая — больше, чем их *зал*, нет, кажется, такая же, просто в зале — мамина кровать с металлическими шариками, тахта, шкаф и два кресла. И потолки намного ниже. С ленинградскими не сравнить... В прихожую никто не вышел, наверное, не услышали: Маша-Мария открыла своим ключом.

— Сумку не оставляй, — она бросила коротко. Особенно не задумываясь, Валя послушно кивнула.

В первой комнате стоял накрытый стол. Он был уставлен салатниками и вазочками, как будто родители, пригласившие Валю, ждали уйму гостей. Хозяева уже сидели за столом. Высокий худощавый мужчина, одетый в костюм с галстуком, светловолосая полная женщина и еще один, молодой и остроносый, лет тридцати пяти.

— Вот, прошу любить и жаловать: Валя.

Улыбаясь, родители назвали свои имена: Антонина Ивановна и Михаил Ше́ндерович.

— Шен-де-ро-вич, — словно опережая ее удивление, высокий мужчина повторил свое отчество по складам.

— А это мой брат, двоюродный. Иосиф, — Мария подмигнула остроносому. — Краса и гордость нашего многочисленного семейства.

Валя улыбнулась, и брат весело закивал.

— Можно просто Ося. Со студентками мы без церемоний. А семейство действительно многочисленное. Но здесь, — широким жестом он обвел присутствующих, — несомненно, лучшие представители, особенно Тонечка, — Иосиф поклонился Антонине Ивановне. — Ну и я, скажем прямо, не последний человек.

— Тебя бы, — Маша-Мария прервала поток его красноречия, — на конкурс хвастунов...

— Меня бы на другой конкурс, не хочется при дамах... — Иосиф парировал, усмехаясь.

— Садитесь, садитесь! — Антонина Ивановна приглашала, — ждем только вас, заждались.

Что-то странное шевельнулось под Валиным сердцем.

Оглядывая сидящих, она благодарила машинально. Антонина Ивановна угощала радушно — предлагала то рыбу, то салат.

Первым слово взял Иосиф:

— Что ни говори, но экзамены — дело нешуточное. Не очень приятное, иногда и вовсе противное. Поскольку Таточки нет, а остальные выросли, приведу рискованное сравнение. Что в первобытном обществе делало девушку полноценным человеком? Правильно, — он воздел палец, — дефлорация. А в нашем? Высшее образование!

— Ну ты и трепач! — Маша-Мария смяла бумажную салфетку.

Валя слушала недоуменно. По правде сказать, она не совсем поняла.

Поглядывая на сестру, Иосиф говорил о каком-то *ноу-хау*, которое она обязательно должна запатентовать.

— Ну какое такое *хау*? — Михаил Шендерович нахмурился и поднял рюмку. — Добросовестность — вот универсальный рецепт.

— Не скажи, дядя Миша, на хитрую *лопасть* и *клин* с винтом, — снова Иосиф говорил непонятно.

— Ты, может быть, помолчишь?

Валя удивилась злости, плеснувшей в голосе новой подруги, и, коснувшись губами рюмки, вдруг поняла: эти двое — евреи. И Иосиф, и Михаил Шендерович.

Нет, о евреях Валя не думала плохо. Город, в котором она выросла, был многонациональным. В нем жили и евреи, и татары, и башкиры, но как-то в стороне от Валиной жизни. Конечно, их дети ходили в школу. В ее классе тоже учился Левка, когда-то они даже сидели за одной партой, но *об этом* Валя узнала не сразу. Однажды, кажется, в шестом классе, ее попросили сходить в учительскую за классным журналом. Валя взяла и побежала обратно, но на лестнице случайно споткнулась.

И журнал упал. Падая, он раскрылся на последней странице, она заглянула и прочла. Не специально, а так, из любопытства. Имена, фамилии и отчества родителей, а рядом — их национальность. Сокращенно, в самой узкой графе.

Их было много: и «*рус.*», и «*тат.*», и «*башк.*». А еще — это Валя тоже заметила — они стояли парами: «*рус.*» с «*рус.*», «*тат.*» с «*тат.*», «*башк.*» с «*башк.*».

Напротив Левкиных стояло «*евр.*». Это «*евр.*» выглядело как-то по-особому.

Она испугалась и захлопнула журнал.

Валя была пионеркой и твердо знала, что *так* думать нельзя. Однажды, еще в первом классе, Рафка Губайдулин сказал, что у татар — собственная гордость, а Ольга Антоновна устроила ему выговор, сказала, что все они — советские люди, одна большая семья: и русские, и татары, и башкиры. Но про евреев ничего не сказала. Валя помнила тот случай и догадывалась — почему. Воспитанные люди говорили иначе. Однажды мама и тетя Галя разговаривали про учительницу химии, Розу Наумовну, и мама сказала: «Знающая женщина, прекрасный, требовательный педагог, *евреечка...*»

*Это* слово мама произнесла стеснительным шепотом, как будто украдкой, потому что была воспитанным человеком.

— А Таточка — это кто? — Валя услышала и зацепилась за новое имя, уводившее от неприятных мыслей.

— Таточка — это Танька, моя младшая сестра, — Маша-Мария объяснила, и все закивали.

— У тебя сестренка! — Валя обрадовалась, потому что всегда мечтала о сестре или о братике, но сестра — лучше. И почему-то вспомнила: у Розы Наумовны тоже двое, девочка и мальчик.

— Как вам показались экзамены? — Михаил Шендерович обращался к Вале.

Елена Чижова

— Показались, в смысле — понравились? — Иосиф встрял ехидно.

— Конечно, я волновалась, но в общем... Нет, ничего. Я думала, будет страшнее.

— Спрашивали объективно? — Михаил Шендерович продолжил настойчиво.

— Господи, ну а как же может быть иначе в нашей отдельно взятой, но объективной стране! — двоюродный брат и тут не смолчал.

— Знаете, если бы ставили объективно, Маша должна была получить все пятерки с плюсом! Я слышала ее ответы, — Валя воскликнула с жаром, и щеки отца залил счастливый румянец. Так же жарко, словно боролась с какой-то несправедливостью, Валя вдруг сказала: — Мама просила передать вам свои поздравления и большой привет.

Родители улыбнулись разом и попросили передавать ответные поздравления, и, глядя в улыбчивые лица, Валя совершенно успокоилась. Неприятные мысли ушли, исчезли сами собой. Весь остаток праздничного вечера она больше не вспоминала о *сокращениях*. Они остались там, в классном журнале. На самой последней странице.

Поздним вечером, вернувшись к себе в общежитие, Валя вспомнила Антонину Ивановну и подумала о том, что мать ее новой ленинградской подруги тоже не придала значения всем этим сокращениям, когда выходила замуж за Михаила Шендеровича, против фамилии которого — если бы их дочь училась в Валином классе — стояло бы не «*рус.*», а «*евр.*».

## 3

После Валиного ухода Мария позвала брата в другую комнату, и между ними начался разговор, в котором Валя и вовсе не поняла бы ни слова. Хотя и заметила бы разительную перемену: веселость, красившая их лица, уступила место тягостной озабоченности. Сидя друг против друга, они разговаривали вполголоса, приглушенно.

— Видишь, я говорил, получится, — в голосе Иосифа звучало упорство. Он подошел к двери и, убедившись, что никто не услышит, повторил пословицу про *клин* и *лопасть*, но по-другому, грубо, так что Мария сморщилась, и эта мелькнувшая гримаса показалась бы Вале страдальческой.

— А вдруг вскроется? Там ведь тоже не идиоты. А потом, все-таки... — сестра замялась, не решаясь договорить.

— Что? Морально-этический кодекс? — брат закончил раздраженно. — Брось! В этой грязи... Выискивать этику и мораль? Вот уж действительно, жемчуг в навозе. Да и не станут они доискиваться. В *их* мозгах такое не родится. Привыкли, что верноподданные приносят на блюдечке. Стучат сами на себя.

Мария понимала, знала, что такое *их*. Давным-давно, когда она училась в девятом классе, брат рассказал ей страшную правду: «Понимаешь, миллионы. Миллионы уничтоженных людей. Ты только представь себе... Они идут по дороге. Это — как у Данте...»

Тогда она попыталась, но не смогла. Миллионы, уходящие в небо. Миллионы, уничтоженные теми, кого — вслед за братом — привыкла называть *они*.

— Да разве я о них? Перед ними? Я же о папе, — Мария говорила жалобно, — если папа узнает...

— Вспомнила десять заповедей? — Иосиф поморщился и дернул щекой. — Как же там?.. Не произноси ложного свидетельства, почитай отца своего и мать свою? Да, вот еще: не убий. Звучит заманчиво. Только, если я ничего не путаю, все эти заповеди Моисей получил *после* египетского плена. Заметь, не в процессе. Ладно, оставим дурацкие шутки... — помолчав, Иосиф начал снова. — Полагаешь, были другие варианты?

— Да пойми ты — я не боюсь, — оглядываясь на дверь, Мария заговорила шепотом. — Но если они — подлые, почему я должна уподобляться? — она смотрела с надеждой, как будто ясное слово брата могло и должно было успокоить. — Я хочу одного — понять.

— Что понимать? — Иосиф мотнул головой. — Они нападают, мы защищаемся. Нормальные военные действия, считай, партизанская война. Насколько я знаю, лесные братья не особенно стесняли себя в средствах.

— Да нет, ты не думай, я же не жалею. Но это *ужасно унизительно*... — рука, пробежав по вырезу блузки, коснулась шеи.

— Да... — Иосиф покачал головой. — И это — с твоей-то пятеркой по русскому. Унизительно?! Да это не ты — тебя унижают. Или скажешь — нет? Да. Система. Граждане второго сорта. И, что характерно, никто ни в чем не виноват.

— Но за что? — сестра смотрела беззащитно.

— Брось! Не ломай голову. Много умов, почище наших, билось над этой задачкой, — на губах Иосифа заиграла кривая усмешка. — Чем больше думаю, тем решительней убеждаюсь: правильное решение — валить. В этом смысле я — готовый сподвижник Моисея. Если бы не *допуск*... — он махнул рукой.

Последнее время Иосиф все чаще заговаривал об отъезде. И каждый раз Мария пугалась, как будто брат говорил о смерти.

— Чай будете? — Михаил Шендерович заглянул в комнату.

— Всё. Пустые разговоры, — Иосиф поднялся. — Пора и честь знать.

Проводив брата, Мария поплелась в ванную. Дверь оказалась запертой — похоже, Панька снова взялась стирать.

— Прасковья Матвеевна, вам еще долго? — она обратилась вежливо.

Из-за двери буркнуло, и, не расслышав, Маша отошла.

В этой квартире, восхитившей провинциальную гостью,
их семье принадлежало две комнаты. Первая — гостиная
и родительская спальня. За ней — вторая, поменьше. Там
они жили с младшей сестрой. Из прихожей начинался коридор, уходивший на кухню. Между кухней и ванной была
еще одна комната, в которой обитали две старухи, Ефро-
синия Захаровна и Прасковья Матвеевна — мать и дочь.
Подслеповатую соседскую комнату, выходящую во второй двор единственным окошком, Иосиф, вечный на-
смешник, величал *людской*. Маша фыркала и обзывала
его графом.

Свои комнаты Машина семья получила еще до ее рождения. Отцу предоставили от института, где он работал
главным инженером. Давно, лет двадцать назад. В отличие от них, соседки-старухи были старожилами — въеха-
ли во время войны. А еще раньше квартиру занимала одна семья, Панька говорила: немцы. В начале войны эти
немцы куда-то исчезли. В детстве Маша не задумывалась
об этом — исчезли и исчезли. Мало ли, куда.

В те времена, когда еще не было никаких скандалов,
Панька любила рассказывать о том, что их дом разбомбили. Говорила: «Случилось прямое попаданье». Поэтому им и дали новый ордер, сюда, в эту парадную. Так
и сказали: ордер на *любую* свободную. «Управдом привел и говорит — выбирайте. Нынче свободных много.
Почитай, в каждой квартире. Вот, — Панька рассказывала неторопливо. — И пошли мы по этажам. Свободных-
то было много, прямо глаза разбегаются. А эта — хоть
и поменьше, да так похожа на нашу, прежнюю...»

Свои рассказы Панька заканчивала одинаково: «А нем-
цам этим, так им, проклятым, и надо. Поделом». Мама
слушала и кивала.

Потом, кажется, в девятом классе, Маша спросила,
и брат объяснил: немцев выслали сразу, в начале войны.

Не то в Казахстан, не то еще дальше. Опасались, что будут сотрудничать с фашистами.

В первые годы с соседями уживались мирно. Мама даже научила Паньку печь дешевое, но вкусное печенье на маргарине, и Панька частенько заходила к ним в гости: поплакаться о своей жизни, о давно ушедшей молодости, которую заела старуха-мать. Было время, когда родители, уходя на работу, оставляли Машу на Панькино попечение, и она сидела в соседской комнате, а баба Фрося угощала ее овсяным киселем.

Мирное житье закончилось лет пять назад, на Машиной почти уже взрослой памяти. Скандал начался из-за коммунальной уборки. Тогда была Панькина очередь убирать места общего пользования: кухню, ванную, туалет и коридор. Не сменив воду после коридора, Панька принялась возить тряпкой по унитазу. Мама увидела и сделала замечание. Панька что-то буркнула, а мама как закричит: «Развели грязь! Привыкли, как у себя в деревне!»

Маша помнила, как выскочила в коридор и увидела: обернувшись от унитаза, Панька утерла лоб и сплюнула *это* слово. Конечно, она целилась в маму. Но *оно* хлестнуло и впилось в Машину голову, в самый висок. Впилось и засело острым осколком.

Маша бросилась в свою комнату, но только вечером, когда отец вернулся с работы, вдруг сообразила: слово, брызнувшее соседской слюной, не имеет ни малейшего отношения к матери. Получалось, что мать отвечает за отца, к которому старухи-соседки обращались с каким-то опасливым, даже заискивающим почтением. Всегда здоровались первыми, когда Михаил Шендерович выходил на кухню.

С этого дня коммунальная жизнь совсем изменилась, скандалы вспыхивали по любому поводу, и слово, засевшее осколком, долетало до Машиных ушей. С мамой старухи ругались охотно и по-свойски, но стоило появиться отцу, смолкали и уползали к себе в комнату. Впрочем, последнее время коммунальные бои вела одна Панька: Фроська вообще не выходила. Весной Панька привела кого-то и караулила под дверью. Маша видела, но не поняла. Пока мама не сказала папе: «Фрося еле живая, сегодня Панька приводила попа», — и бросила острый взгляд.

Отец поежился и кивнул. По привычке, считая дочь маленькой, родители не разговаривали *об этом* в открытую, но Маша поняла: после смерти старух их семья сможет претендовать на третью комнату. Вечером, затаившись под дверью, она подслушала. Мама объясняла папе: «Комнату девочек должны признать *непригодной*. Официально. Задней стенкой она примыкает к соседней квартире: там, у этих соседей, туалет».

«О чем мы с тобой говорим, — отец сокрушался горестно, — живые же люди!»

То ли поп помог, то ли Панька суетилась зря, но лето прошло спокойно. Отец пропадал на работе — сдавали узбекский проект. Мама с Таткой жили на даче. Отец ездил к ним на выходные. Маша корпела над учебниками, на кухню выходила редко — экономила время, питаясь всухомятку. Сталкиваясь в прихожей, здоровалась сдержанно. Панька поджимала губы: «Здрасьте». За зиму родительские разговоры забылись.

— Можно подумать, я собираюсь их отравить! — перемыв посуду, мама вернулась в комнату.

Маша слушала, таясь под дверью.

— Что я могу, если ты не требуешь у начальства? Не они — я сдохну. В этой проклятой коммуналке!

— Пожалуйста, не начинай, — отец говорил тихо. — Ты отлично знаешь: я не могу, не могу просить.

— Коне-ечно! — мамин шепот зазвенел. — Если тебе *вдруг* дадут эту чертову комнату, отдельную квартиру, твои институтские подумают и решат: ты — хитрый еврей.

Да будь ты и вправду хитрым, господи, давно бы уехали. И жили по-человечески... Правильно говорит Ося!..

— Прекрати! — отец заговорил громко. — Я здесь родился и никуда отсюда не поеду...

Маша толкнула дверь и вышла из своей комнаты:

— Учти, — она обращалась к матери. — Если вы уедете, на меня можете не рассчитывать. Я останусь здесь.

Родители испуганно смолкли.

Не дав им опомниться, дочь хлопнула дверью и заперлась у себя.

Слова брата не убеждали. Раньше, когда план строился втайне, уверенность Иосифа действовала заразительно. Теперь, после того, как все блистательно завершилось, Маша поникла. Часами, обхватив колени, сидела на подоконнике. Мысли возвращались к последним школьным годам.

Она вспомнила многолетнее упорство, с которым, далеко опережая школьную программу, читала любимые книги по истории, потому что давным-давно, лет, наверное, с тринадцати, мечтала поступить на исторический. С этой страстью могла соперничать только любовь к литературе: собрания русских классиков, стоявшие на домашних полках, Маша зачитала до дыр. Ее сочинения были глубокими и содержательными, и учительница, особенно в старших классах, не раз советовала ей идти на русскую филологию. Но история казалась важнее — давала ответы на самые интересные вопросы: почему?

Однажды Маша поделилась своими планами с Иосифом, но брат сказал, что на этот вопрос отвечает любая наука, взять хоть его химию. Машу не убедил его ответ. Естественнонаучные предметы никогда не казались ей важными, хотя и по ним она получала пятерки и даже участвовала в городских олимпиадах по биологии, каждый год доходя до третьего — университетского — тура. Длинный и прямой коридор Двенадцати коллегий, в аудиториях которого проходили биологические олимпиады, благоухал книжной пылью, и, равнодушно вещая про тычинки и пестики, Маша вдыхала ароматы своей близкой *исторической* судьбы.

К ее выбору родители отнеслись скептически. «В нашей стране у историков незавидная судьба. Это тебе не механика. Все зависит от позиции исследователя. У нас историк вынужден подстраиваться. — Высказав свое мнение, отец, как обычно, предостерег: — Учти! Что сказано дома... В общем, ты меня понимаешь. Не для чужих ушей». Кажется, он и вправду считал, что в своих родительских увещеваниях зашел непростительно далеко.

О том, что история — не самая твердая почва, Маша и сама догадывалась, но утешала себя тем, что выберет правильную область, например, Древний мир или Средневековье. Позволяют же Валентину Янову изучать и комментировать новгородские берестяные письма.

Мама заходила с другой стороны. Ее возражения сводились к тому, что у выпускницы исторического факультета нет будущего. «Кончится тем, что всю жизнь будешь работать в школе». Школьная история виделась ей жалким и второстепенным предметом. Не то чтобы у мамы были конкретные планы относительно будущего старшей дочери, но смутные чаяния, питаемые Машиными успехами, направляли материнские мысли в сторону Института Иоффе, где Иосиф, племянник мужа, работал старшим научным сотрудником. В этом институте проектировали космические аппараты, а сам Ося изобретал для них новые источники энергии, о чем вне семейных стен, конечно, тоже не следовало упоминать. Работа Иосифу нравилась. К своим тридцати двум он успел защитить кандидатскую и теперь стоял на пороге новой защиты, которая должна была принести не только почетное звание, но и должность заведующего лабораторией. В многочисленной семье Иосифом по праву гордились. Маша — пока, конечно, авансом — занимала второе место. Остальные братья успехами не блистали. По разным городам и весям их набиралось человек двенадцать. Скрупулезный подсчет мог дать и более внушительную цифру, но чьи-то следы терялись на дальних континентах и материках. Как бы то ни было, но и двенадцать — достойное число, позволявшее Иосифу, отталкиваясь от их родовой фамилии, называть всю эту братию *аргонавтами*. Сестер было две, но Татку, учитывая ее юный возраст, на этой перекличке успехов пока что во внимание не принимали. Не брали в расчет.

Иосиф был умным, и довод, который он, убедившись в том, что Машино решение серьезно, привел незадолго до ее выпускных, был сильнее родительских. Сидя на холодном подоконнике, Маша вспоминала его слова: «По-своему твои родители, конечно, правы. Но главное не в этом. История — поле идеологическое. Тут государство бдит особо, требует первозданной чистоты. В общем, ты должна понять: с твоей анкетой на истфак не светит».

Это Маша уже понимала: брат имеет в виду *кровь*.

Раньше они с братом об этом не разговаривали. С родителями — тем более. Не то чтобы тема была запретной, но какой-то скользкой. Об этом было неловко говорить.

Однажды, в детстве, Маша принесла домой слово *жид*. Она думала, оно означает «жадина». Мама ужасно разозлилась: «Это гадкое слово. Ты не должна его повторять. Потому что, — мама смутилась и покраснела, — твой отец — еврей».

Стесняясь неприятной темы, она все-таки напомнила: в паспорте — на этом настояла мама — в *той* графе значится «русская», но брат дернул плечом и объяснил: «Первый отдел копает вглубь. В твоем случае эта *глубь* весьма условна — хорошей лопате на один штык. Впрочем, ты девушка: не в армию, — глядя в ее хмурое лицо, брат улыбнулся и махнул рукой. — Пробуй».

Хорошо знала материал — в Машином случае это были пустые слова. Все вечера и выходные она проводила в Публичной библиотеке, досиживая до самого закрытия, и, возвращаясь домой по темным улицам, уговаривала себя: во всяком деле случаются исключения. А вдруг ей попадется честный экзаменатор, который плюнет на эти подлые инструкции и оценит ее знания по справедливости...

Боль, похожая на позор, сдавила Машино сердце. Она опустила голову и замерла.

Давным-давно, когда ей было лет пять, она услышала выражение *военная машина*. В те времена у них еще не было телевизора, но Маша любила слушать радио. В передачах, в которых рассказывали про войну, встречалось слово *свастика*. Этого слова Маша не понимала, но потом, когда родители купили телевизор, наконец поняла: свастика — фашистский знак, состоящий из скрещенных палок. Маше он представлялся военной машиной, похожей на паука. Железный паук полз впереди вражеского отряда, подминая под себя наших бойцов.

Этот паук, которого Маша всегда боялась, всплыл в памяти в тот самый полдень, когда закончился ее единственный университетский экзамен.

Начало не предвещало недоброго. Если бы не предостережения брата, она вообще бы не особенно трусила, но теперь, войдя в аудиторию, опасливо огляделась: абитуриенты сидели по углам, уткнувшись в исписанные листки. Впереди, на возвышении, за столами, поставленными в ряд, располагались экзаменаторы: видный пожилой мужчина и молодая интеллигентная женщина, во всяком случае, на Машин взгляд.

Вытянув билет и едва взглянув, она обрадовалась. Ей попались очень хорошие вопросы. Остатки страха ушли.

Заняв свободное место, Маша привычно сосредоточилась. Перед глазами одна за одной открывались нужные страницы, так что пальцы, державшие ручку, едва

Елена Чижова

успевали выводить значки и обрывки слов, из которых должен был сложиться ее ответ, развернутый и логичный. Перелистывая мысленно, Маша выбирала главное. Никакому экзаменатору не хватило бы ни сил, ни времени выслушать все.

Парень, отвечавший молодой женщине, перешел ко второму вопросу. Дописав развернутый план, Маша отложила ручку.

«Знаю, я знаю... — девочка, сидевшая напротив пожилого мужчины, остановилась на полуслове и громко всхлипнула. — Я все знаю. Просто забыла... У меня — золотая медаль».

Маша видела: экзаменатор растерялся. Тихим голосом он бормотал утешающие слова. Прислушиваясь, Маша поняла: речь идет о четверке. Медалисты, получившие четверку на первом экзамене, сдавали остальные на общих основаниях. Пятерка давала право на автоматическое зачисление. К ней самой это правило никак не относилось: в аттестат вкралась четверка по физкультуре, пресекая родительские надежды на золотую медаль.

«Пожалуйста, задайте дополнительный», — девочка-медалистка упрашивала, размазывая слезы. «Хорошо, хорошо, успокойтесь», — он задал простейший вопрос. На этот вопрос Маша ответила бы, не задумываясь. Но лицо девочки пошло багровыми пятнами, и, не совладав с собою, она расплакалась в голос. «Я не могу... Забыла... Ничего не помню...»

В аудитории стояла тишина.

Все, кто сидел за партами, подняли головы.

«Разве можно... Не надо... Вот. Разве я...» — преподаватель раскрыл белую карточку.

Растерянно улыбаясь и стирая высыхающие слезы, девочка-медалистка кинулась к двери.

«Пятерка, пятерка, мама, я поступила!» — из-за двери донесся торжествующий крик. Экзаменатор поднялся и вышел следом.

Оглянувшись и не заметив других претендентов, Маша пошла к столу.

Едва сверяясь с закорючками, она отвечала легко и собранно. Женщина-экзаменатор кивала. Покончив с первым вопросом, Маша перешла ко второму.

«Очень хорошо, замечательно, — преподавательница похвалила и потянулась к ведомости. — Как ваша фамилия?»

«Арго. Мария Арго».

Она ответила и поняла: что-то случилось.

Отложив ручку, преподавательница шарила в ящике стола. На поверхность вышел какой-то список, и, сверившись, женщина подняла на Машу потухшие глаза. Уголки ее губ дрогнули, и, глядя мимо Машиных глаз, она сказала, что у нее есть еще один вопрос, дополнительный, и отличную оценку, которую Маша заслуживает ответом на основные, она сможет выставить только в том случае, если...

И Маша кивнула.

Женщина вынула еще один лист и просмотрела внимательно. Она еще не успела раскрыть рта, но Маша все поняла: нигде и никогда — ни в учебниках, ни в дополнительных книгах — ей не встречался ответ, который сейчас от нее потребуют.

*Наши* потери на одном из фронтов.

Всей отлетевшей душой она поняла: дело не в цифре. Мир распался надвое. Не мир — она сама. Ее душа разделилась на две половины. Первая, уверенная и собранная, листала страницы, надеясь вспомнить. Но другая — маленькая и жалкая — затрепетала и всхлипнула, как девочка-медалистка. Чужим придушенным голосом — этот звук Маша навсегда запомнила — она попросила задать ей другой вопрос.

«Я не могу... Просто *не могу* поставить вам пятерку», — женщина заговорила потерянно, и, понимая, что больше не простит себе такого унижения, Маша кивнула и замолчала. Почти благодарно, словно девочка-абитуриентка сняла с ее души непомерную тяжесть, женщина вывела оценку: «Четверка — очень высокая...» И всей отчужденной половиной Маша поняла: для *нее* четверка была наивысшим баллом, на который эта женщина могла решиться.

Выйдя из аудитории, Маша спустилась вниз. В комнате, где несколько недель назад она подала документы и заполнила анкеты, дежурила девушка, похожая на студентку. Выслушав Машину просьбу, она отвела глаза.

Маша шла по набережной и смотрела в небо. Над Дворцовым мостом, словно черная радуга, стояли два слова, вернувшиеся из детства: *военная машина*.

Дома она сообщила родителям, что забрала документы, и, не вдаваясь в объяснения, сказала: с четверкой по главному предмету рассчитывать не на что. Вечером приехал Иосиф. Запершись с ним в комнате, Маша рассказала во всех подробностях. Он кивал и морщил губы. Страдая, Маша морщилась в ответ. В первый раз на ее губах, как прыщ после детской болезни, расцветала презрительная усмешка, похожая на усмешку брата.

Отец назвал решение малодушным. Всей ссохшейся душой Маша соглашалась, но ничего не могла с собой поделать.

«Без диплома. Кем ты станешь — уборщицей? Четверка — не повод сдаваться. У меня самого в матрикуле попадались четверки, — этим словом в отцовское время называли зачетную книжку. — Но я не складывал рук. Хотя, между прочим, еще и работал на производстве».

Воодушевленно, как о самых счастливых временах, отец рассказывал о своей вузовской юности, когда ему, недавнему выпускнику рабфака, приходилось совмещать учебу в Политехническом с работой на заводе Марти. Этапы славного пути, на котором, много лет спустя, он стал наконец главным инженером научно-исследовательского института, требовали усилий и самоотдачи. Эти рассказы Маша слышала не раз.

Теперь, после *скверного* экзамена, ей хотелось одного: чтобы он замолчал. Иначе она выкрикнет ему в лицо всю саднящую правду...

Через три дня, страдая от родительских упреков, Маша устроилась уборщицей в сберегательную кассу — на Невском, угол Литейного. Эта работа была временной. В сентябре возвращалась постоянная женщина — уехала с сыном в пионерский лагерь.

Маша приходила к закрытию и, дождавшись, когда помещение освободится, принималась мыть, начиная с туалета. К девяти заступал дядька из вневедомственной охраны. Развесив мокрые тряпки, Маша отправлялась домой. Пешком, как в прошлом году, она шла по распаренному Невскому — как будто возвращалась из Publички. Солнце, уходившее за горизонт, ложилось косыми лучами. Ловя ускользающий свет, Маша представляла себе: *этого* не было. Паук — просто кошмар, дурной сон. От этого сна еще можно очнуться.

По ночам Маша щипала себя до синяков.

Пока однажды не осознала: на самом деле паук никогда не обманывал. Дожидался, пока она подрастет. Время от времени, словно боясь, что Маша о нем забудет, напоминал о себе *этим словом*, шипящим в коммунальных скандалах.

Теперь Маша понимала молчание матери и недогадливую деликатность отца. Они молчали потому, что *жиды*, выползавшие из Панькиной глотки, в сущности, относились не к ним. Этим словом железный паук целился в их дочь. Заранее ставил метку, чтобы однажды, дождавшись своего часа, расправиться, прокусив ее кожу: водя рукой по шее, Маша чувствовала ранку — след от его челюстей. Он оставил его намеренно, чтобы люди, с которыми сведет ее взрослая жизнь, могли различить.

Они и различали.

Оформляя документы, она заполнила анкету, и заведующая, изучив карточку, посмотрела на нее внимательно. Маша помнила ее короткий, собранный взгляд. Взгляд остановился на Машиной шее. Она повела плечом, пытаясь сбросить его, как опасное насекомое, но паучий укус заныл и воспалился — Маша едва удержалась, чтобы не почесать.

Впрочем, потом заведующая хвалила Машу за усердие и даже выписала ей премию — десять рублей.

На исходе августа Маша встретила свою одноклассницу, которая поступила в университет на вечернее отделение. Вечерникам полагалось работать, по крайней мере, приносить специальные справки. Галя сказала, что узнавала и выяснила: свободные ставки есть в Библиотеке Академии наук, в иностранном хранилище. Сама она устраиваться не хочет, но может объяснить, как и куда.

# 4

Сумрачное здание библиотеки высилось на площади за университетскими корпусами. Начальник отдела кадров взглянул на паучий укус равнодушно, забрал трудовую книжку и приказал выходить на работу первого сентября.

День выдался солнечным. Маша оглядывала стайки нарядных школьниц и думала о том, что не понимала своего счастья. О неимоверном счастье студентов она не дерзала и думать. Их счастливые голоса летели из открытых окон, когда Маша, поминутно поправляя пестрый шейный платочек, бежала от троллейбусной остановки по университетскому двору. Длинный проходной двор тянулся вдоль здания Двенадцати коллегий и выводил на библиотечную площадь. Счастливые голоса студентов разбрелись по аудиториям и стихли над чистыми тетрадями.

Заявки из читального зала поступали в хранилище каждый час. С этого момента включался механизм, отсчитывающий время. На поиск заказанной книги отводилось ровно сорок минут. Старшая штамповала заявки и распределяла между младшими сотрудниками. Вдоль бесконечных стеллажей, помеченных номерами шифров, Маша катила тележку и, сверяясь с требованиями, останавливалась у боковых проходов. Про себя она звала их штольнями.

Штольни были сумрачными и узкими. Нащупав язычок выключателя, Маша зажигала подслеповатую лампочку, висевшую под потолком. Внимательно вглядываясь в книжные обложки, она углублялась в просвет, страстно желая одного: чтобы шифр, выставленный в требовании, оказался где-нибудь пониже. Ходовые номера большей частью действительно располагались на нижних полках, но случалось, нужный шифр стоял на самом верху. Тогда, пристроив на полку стопку необработанных заявок, Маша цеплялась пальцами за края стеллажей и карабкалась вверх к пыльному свету лампочки, чтобы там, упершись обеими ногами, вынимать тома периодических изданий — один за другим. Случалось, читатели, заполнявшие требования, не вписывали номер тома, полагаясь на опыт библиотекаря, способного отыскать нужную статью по одному названию. Ноги предательски дрожали, но, зажав под мышкой найденную книгу, Маша уже сползала вниз.

На исходе отведенного времени младшие библиотекари появлялись на божий свет, толкая перед собой груженые тележки. Старшая раскрывала каждую книгу, сверяя данные, и первое время частенько случалось так, что новички бежали обратно. Орлиным оком она выявляла малейшую ошибку: «Здесь не тот шифр. С литерой. Иди и ищи».

Подобранные книги сдавались с рук на руки курьеру. До следующей партии оставалось минут пятнадцать. Библиотекари имели право отдохнуть. Одетые в черные халаты и платки, повязанные до бровей, они сидели, сложа руки. Едкая книжная пыль, с которой не справлялась уборочная бригада, висела в воздухе. На кончиках пальцев, шаривших по страницам, оставался свинцовый след.

Библиотекари ходили в общий буфет на первом этаже, и читатели, стоявшие в очереди, безропотно пропускали вперед этих черных призраков: даже в обеденное время никто не снимал халатов. Читательницы одевались нарядно. Сидя за своей тарелкой, Маша чувствовала себя исчадием хранилищ.

Иногда выпадали счастливые дни, когда старшая изымала кого-нибудь из часового круга и вручала ему пачку требований по МБА. Эта работа не подчинялась обычному расписанию: книги по межбиблиотечному абонементу надо было подобрать до конца дня.

Однажды, изучая полки с книгами, Маша наткнулась на ряды стеллажей, стоящие особняком. Эти полки не пометили шифрами. Вечером, сдавая дневной урок, она поинтересовалась у старшей, и та неохотно объяснила: собрание ученого-историка. Его личная библиотека, завещанная Академии наук еще до революции. В завещании стояло условие: библиотека должна остаться в целости. Нельзя расформировывать.

«Книги — разные, — старшая библиотекарь сказала уклончиво. — Если разобрать, какие-то можно выдавать на руки. А так, — в голосе мелькнуло осуждение, — ни себе, ни людям».

Отчитавшись по МБА, Маша вернулась обратно. В завещанной библиотеке попадались и разрозненные книжки, и собрания сочинений. Подставив лестницу, она забралась повыше и обнаружила коричневые корешки, украшенные золотым тиснением. Полустертым. Но Маша разобрала:

## ЕВРЕЙСКАЯ ЭНЦИКЛОПЕДИЯ
Свод знаний о еврействе и его культуре в прошлом
и настоящем
*Издание Общества для научных Еврейских Изданий
и Издательства Брокгауз-Ефрон*

«Специальное общество?..» — слова, которые она прочла, не вмещались в голову.

Переставляя лестницу, она шарила по полкам.

«Пробуждение еврейской нации».

«Странствующий Израиль».

«Сущность еврейского вопроса».

«Пространный еврейский катехизис. Религиозно-нравственная законно-учебная книга».

Маша взвешивала в руке каждый том.

Никогда раньше она не видела *это слово* напечатанным: странное сочетание букв, означающее отцовскую кровь. Набранное печатным шрифтом, оно выглядело непостижимо. *Еврей* — в отцовском паспорте это слово вывели черной тушью, словно так, не подлежащим книгопечатанью, оно должно было доживать свой век.

Между переплетами попадались и картонные формуляры с карточками инвентаризаций. Первая датировалась 1937 годом. На карточках, замещающих утраты, узким *довоенным* почерком было написано: данная книга в библиотечном собрании отсутствует. Внизу стояла чернильная подпись. Такие же карточки обнаружились и на соседних полках. Вынимая их одну за другой, Маша убеждалась в том, что не знает этих авторов: фамилии, вписанные в формуляры, не встречались ни в учебниках, ни в дополнительной литературе. Об этом она тоже спросила старшую, и та, покосившись с подозрением, ответила: «Мало ли... Сколько лет прошло. Блокада, война...»

Теперь, улучив свободный час, Маша возвращалась и, прислушиваясь опасливо, продолжала обследование. Последняя инвентаризация пришлась на 1963 год. Внимательно сверяясь с карточками, Маша обнаружила: на этот раз в ряду пропавших без вести попадались и знакомые имена. Например, Андрей Белый. Из двух томов «Петербурга» уцелел только второй. Странная мысль тревожила Машу: она не могла выразить яснее, но соотношение имен — известных и неизвестных, — пропавших из собрания в разные годы, свидетельствовало о том, что в этом хранилище действовала *не одна рука*. Дело не в разных почерках. У этих рук — если судить по исчезнувшим фамилиям, от которых остались одни прорехи, — были разные цели.

Смутная догадка подтвердилась в феврале. По библиотеке распространился слух: охрана накрыла вора. Один из сотрудников — Маша видела его мельком — таскал из хранилища книги. Сумел воспользоваться тем, что охрана, дежурившая на выходе, проверяла одни пропуска. Но тут охранник что-то заподозрил, попросил расстегнуть сумку. Тем же вечером к вору нагрянула милиция и обнаружила залежи *отборных* томов. Ворованные книги предназначались для продажи: библиотекари называли известные и соблазнительные *имена*. Что было дальше, точно никто не знал. Похоже — об этом библиотекари разговаривали шепотом, — скандала решили не раздувать. Во-первых, большая часть украденного благополучно вернулась. Во-вторых, пришлось бы делать сквозную проверку. Ее результатов никто — и в первую очередь само начальство — не мог предсказать.

К весне навалилась усталость. Перед глазами стояли литеры и цифры. Каждое число, которое попадалось на глаза, превращалось в шифр — табличку, прибитую к библиотечной полке. И Маша наконец поняла: пора выбираться на свободу. Любой ценой. Последней каплей стала конфетная коробка, которую маме подарили к Восьмому марта. На ребре стояла цепочка цифр. Ясно, словно готовилась войти в штольню, Маша увидела ряд журнальных переплетов — в хранилище они стояли по крайней левой стене.

В разговоре с братом она попыталась вернуться к теме университета, но Иосиф ответил сурово: «Даже не питай иллюзий. В этой машине, может быть, и есть зазоры, но они не для тебя. Добро бы еще — на *матмех*... Туда проскочить можно».

Ссылаясь на собственный опыт, брат убеждал: надо действовать с умом. В свое время, имея отличный аттестат, он сумел пробиться в Технологический, правда, тогда и времена были *слегка другие*. «Но в технические и теперь возможно. Там кадровики не зверствуют: приказано прикрывать один глаз. Сама понимаешь, выпускники должны на *них* работать».

Стараясь объяснить доходчиво, брат привел пример: «Вот, например, филфак. Оттуда вербуют в разведку. Легче научить филолога шпионским премудростям, чем шпиона — иностранным языкам. Так и с нами, — по обыкновению, брат усмехнулся. — Проще отбирать *по уму*, чем потом разгребать военно-технические неудачи, радуясь расовой чистоте инженерских рядов. Не хочешь в технический, можно рискнуть на экономику. Все ближе к твоей любимой истории».

Маша согласилась скрепя сердце. С воодушевлением, с которым Иосиф привык решать каждое трудное дело, он взялся подготовить ее по математике. Не в рамках школьной программы, а по-другому, с запасом — как в математических школах.

После *майских* праздников Маша подала заявление об уходе и оставшиеся до экзаменов месяцы занималась с утра до вечера. Брат гонял ее по всем темам и в середине июля, устроив жестокий экзамен, признал: «Все. Ракета к испытаниям готова».

Снова, как в прошлом году, родители заговаривали о будущем. Но Маша отмалчивалась: вровень с тем, как росли ее математическими познания, поднимался ужас пройденного. К концу июля он стал невыносимым.

«Я... боюсь. Знаешь, иногда... *все* готова бросить. Не подходить на пушечный выстрел».

Едва шевеля губами, Маша призналась: у нее сводит пальцы, стоит представить себе, как снова войдет в аудиторию, приблизится к институтским стенам, за которыми таятся испытующие глаза паука.

Брат выслушал внимательно. «Ладно, — он поднялся и зашагал по комнате, — будем считать, перед нами — *техническая* задача, которую надо решить любой ценой. Предлагаю разбить на факторы, имеющие — в зависимости от вероятности их влияния на результат — положительный или отрицательный знак. К экзаменам ты подготовлена отлично. Этот фактор работает на нас, — он ходил от стены к стене, как будто Машина комната стала его химической лабораторией, и рассуждал вслух. — Положительному противостоят два других. Их влияние способно свести на нет все преимущества. Значит, — Иосиф остановился у книжных полок, — эти факторы необходимо нейтрализовать».

Маша слушала, не понимая. То есть, конечно, она понимала, *что именно*, говоря об отрицательных факторах, брат имеет в виду. Они, присущие ей от рождения, могли исчезнуть только со смертью.

Иосиф оперся о стеллаж: «Да. Факторы, конечно, не равнозначны. Это значит, что нам надо действовать наверняка. Фамилия — явно не русская, но, — он помедлил, — в общем, неплохая. В конце концов, на евреях свет клином не сошелся. Мы тоже, как говорится... интернационалисты», — взгляд Иосифа скользил по книжным корешкам.

## Рассказы эстонских писателей

Иосиф раскрыл и углубился в содержание. Наконец, победно присвистнув, ткнул указательным пальцем: «Вот. Отлично. Простенько, но со вкусом: Тоомас». — «Кто?» — «Мой дядя и твой отец. Арго Михаил Тоомасович. Национальность — эстонец. Место работы — объединение "Светлана", мастер сборочного цеха».

Маша слушала, недоумевая.

«Мать... — не выпуская книги из рук, Иосиф присел на кровать. — В пятом пункте — порядок, дай бог каждому: Глебова Антонина Ивановна, русская... Остается место работы. С этим хуже. Думай».

«О чем?» — она смотрела на книжную обложку.

«О гармоническом единстве, — брат закрыл книгу. — Правильной национальности должно соответствовать правильное социальное положение. В этом случае задачка решается легко. Ну, кто у нас мать?»

«Домохозяйка, — Маша пожала плечами. — А вообще инженер-технолог».

«Ладно, — Иосиф принял решение, — делаем так: семейная династия. Объединение "Светлана", рабочая, сборочный цех. Кстати, в рабочих семьях семейственность только приветствуется».

«А если *они* проверят?» — Маша наконец поняла. Легенда, похожая на шпионскую, которую брат выдумывал, затевая опасную игру. В этой игре ей отводилась роль разведчицы: девушки, уходящей на задание в самое логово врага.

«Я похожа на Зою Космодемьянскую? Это что, "Повесть о Зое и Шуре"?» — Маша вспомнила книгу, любимую с детства.

«Ну, во-первых, до пыток не дойдет. И вообще... Не стоит переоценивать их усердие. А во-вторых, на войне как на войне», — он произнес непреклонно.

Военная машина. Маша вспомнила и закрыла глаза.

«Брось, — Иосиф взял ее руку. — Бояться нечего. Мы же с тобой аргонавты. Глядишь, и доплывем... — он встал и опять зашагал по комнате. — Нет, ты-то, пожалуй, та самая голубка...»

Маша улыбнулась. Достигнув плавучих скал, которые сближались и расходились, аргонавты выпустили вперед птицу. Она успела пролететь, повредив перья хвоста. Кормчий, посчитав это благоприятным знаком, направил корабль между скалами. «Арго» сумел проскочить, повредив корму. С того дня плавучие скалы застыли навечно. Но между ними остался узкий проход.

«Ладно, — она ответила. — Голубка так голубка. Бог с ним, с этим хвостом».

# 5

У дверей стояла недлинная очередь. Она двигалась довольно быстро, и Маша не успела испугаться как следует. Лысоватый дядька, руководивший девочкой-секретаршей, указал на стул. Девочка подала бланк, и, мысленно сверяясь с затверженной легендой, Маша заполнила: графу за графой.

Лысоватый дядька углубился в работу.

«...Так-так, Тоомасович... эстонец... Хо-ро-шо», — читая анкету, он шевелил губами. Маша сидела, боясь шелохнуться.

«Так-так... Русская. Ну что ж...» — взгляд *особиста* остановился на Машиной шее. Почти физически она почувствовала, как он вспухает — паучий укус. Замерев, она представила: вот сейчас он ткнет своим опытным указательным пальцем, и она побежит из этого здания, роняя лживые листки.

Губы лысоватого сложились в довольную улыбку: «Поня-ятно. Рабочая. Мастер сборочного цеха...»

Сложив развернутую анкету, он вывел букву «Р» — в верхнем углу. Лист, отмеченный красной меткой, лег в правую пачку. Опытным глазом библиотекаря Маша отметила: листы, лежащие справа, помечены одинаковым шифром. Слева лежала пачка потолще. На этих анкетах ничего не было — ни литер, ни цифр.

«Идите и готовьтесь», — лысоватый напутствовал по-доброму, словно радовался тому, что ее случай — пусть и не самый обычный, но вполне благоприятный, как ни крути.

Стараясь ступать медленно и ровно, Маша вышла за дверь. Она шла по коридору, чувствуя в руке пустую экзаменационную карточку. Свернув, остановилась и вспомнила другое слово: *аусвайс*. На этот раз ее карточка была чистой. Любой патруль, попадись он ей на дороге, отпустил бы с миром. Коридор свернул неожиданно и круто. Маша перевела дух.

Длинный коридор, в который она попала, совсем не походил на университетский. Этот был изогнут и темен. Она шла, не решаясь остановиться, и представляла себе комнату, которая осталась за спиной. Маше казалось, что лысоватый уже накручивает телефонный диск, пытаясь связаться с университетом, где остались ее подлинные документы. Прошлогодний *грязный* аусвайс.

Снизу, из-под мутного перекрестья, забранного плитками, пробивался неверный свет. Она увидела люк и, не решаясь шагнуть дальше, замерла на самом краю. Там, под полом, по которому она надеялась ходить полноправно, скрывался глубокий подвал. В него бросают тех, кого подручные лысоватого ловят за руку. Маше казалось, она слышит их стон...

Звук чужих шагов поднялся за спиной. Боясь обернуться и встретиться глазами, она смотрела вниз. Девушка, идущая по коридору, поздоровалась и остановилась рядом. Маша вступила в разговор, заглушающий подвальный стон.

# Глава 2

## 1

Первые месяцы учебы, пролетевшие незаметно, были окрашены в счастливые тона. Всякий раз, садясь в автобус, идущий к Невскому, Маша успевала обрадоваться: мрачное здание библиотеки осталось позади. В прошлое канули пачки требований, узкие штольни, черные платки и халаты. Пропуск, который она забыла сдать в суматохе, лежал в глубине стола. Шаря под тетрадями, Маша нащупывала жесткие корочки: никогда они больше не раскроются на проходной.

Институтская жизнь, мало-помалу входящая в колею, восхищала ее самой возможностью учебы, словно Маша осознавала себя жрицей особого культа, предметами которого были тетради, учебники и ручки. С воодушевлением служителя, внешней враждебной силой оторванного до поры от питавших душу ритуалов, она предавалась предметам, о существовании которых прежде не подозревала. До дрожи в пальцах Маша переживала мгновения, когда перед началом занятия раскрывала тетрадь, вынимала ручку и поднималась навстречу входившему лектору.

Технологию отраслей промышленности читал энергичный профессор Никита Сергеевич Белозерцев. На своего знаменитого тезку он походил разве что головой, лишенной и намека на растительность. Опытной рукой инженера, прошедшего крепкую чертежную выучку, Никита Сергеевич рисовал графики, формально относящиеся к технологическим процессам. Однако сами показатели, выбранные для осей координат, с наглядной очевидностью доказывали: экономические приоритеты, провозглашенные партийными документами, ведут к распаду хозяйственной системы. Поскольку вступают в противоречие друг с другом. Удивительным было то, что Никита Сергеевич, уверенно чертивший графики, не формулировал окончательных выводов. Однако формулы, выведенные тщательно и строго, свидетельствовали сами за себя.

«И как не боится?..» Дома, вчитываясь в конспекты, Маша удивлялась бесстрашию профессора, пока наконец не поняла: анализ каждого графика Белозерцев завершал ритуальными призывами о необходимости усиления научного вмешательства в процесс организации производства, и, восхищенно вздыхая над каждой *последней* формулой, Маша вспоминала слова брата: *технари — замкнутый орден, существующий на особых интеллектуальных правах.*

Эту мысль она попыталась распространить и на математиков, но действительность сопротивлялась попыткам.

На их курсе математику читал Михаил Исаакович Броль, человек молодой, но ужасно нелепый. На работу он являлся в черном обуженном костюме, стеснявшем движения. Казалось, будто костюм перешел к нему по наследству — с чужого, подросткового плеча. Странными были и высоковатый голос, и неугомонные руки, вечно испачканные мелом. Перекладывая мелок из правой в левую и обратно, Михаил Исаакович успевал пошарить по карманам, коснуться узких лацканов и неимоверное число раз вытереть пальцы о брюки-дудочки. К концу занятия они становились полосатыми, похожими на щеголеватые трико — гордость черноусых спортивных красавцев начала века, если не брать во внимание тщедушность их обладателя, в чертах которого Маша ловила сходство с другим своим братом — Геной. Впрочем, от брата Михаил Исаакович выгодно отличался внимательными, чуть влажными глазами. Эти глаза жили отдельно от нелепого тела. Когда правая рука ходко двигалась по доске, оставляя по себе ряды бисерных формул, а левая, вступавшая в дело время от времени, подтирала лишние завитки цифр, его глаза, казалось, глядели куда-то внутрь, в самую глубину. Эту раздвоенность — по-кошачьи аккуратное подтирание элементов, похожее на нервный тик, никак не соответствующее отрешенной сосредоточенности, — студенты и принимали за чудаковатость.

Машино сердце отзывалось слабыми ударами. Если бы попросили описать точнее, она вспомнила бы кисловатые укусы электрической батарейки — когда ее пробуют на язык.

Среди предметов, изучаемых на первом курсе, значилась история КПСС. Ее вела безнадежная во всех отношениях тетка. Студентам она представилась по-домашнему — Катериной Ивановной. Уткнувшись в свой конспект, Катерина Ивановна бубнила по писаному, совпадавшему с содержанием учебника, и оживлялась лишь тогда, когда ее мысль, неожиданно вильнув в сторону, перескакивала на житейские дела. Ее коньком были разговоры о тяжкой жизни иногородних студентов, оторванных от отцов и матерей. Оторванные и уже успевшие открыть для себя множество разного рода преимуществ самостоятельной ленинградской жизни горестно подпирались ладошками и охотно вступали в разговоры, давая новую пищу ее сочувственным сетованиям. Отдав посторонней болтовне большую половину пары, Катерина Ивановна суетливо всплескивала руками и просила прочитать новую тему самостоятельно, а то «не знаю, как-то нехорошо получилось...» Под шумные обещания, прерываемые долгожданным звонком, Катерина Ивановна складывала тетрадку, одергивала оренбургский платок-сеточку, согревавший ее плечи в любое время года, и торопилась к выходу, рассчитывая продолжить приятный разговор в компании кафедральной секретарши за чашкой чая.

Подлинной напастью, не сравнимой ни с одним из предметов, была «Политическая экономия капитализма», которую читала Мария Ильинична Сухих. Между собой студенты называли ее старой большевичкой. Облаченная в строгий костюм (Маше вспоминалось слово *шевиотовый*), облегающий жесткий стан, Сухих выходила на кафедру с такой сосредоточенной решимостью, словно вступала в последний и решительный бой. Никто на свете и отдаленно не мог сравниться с основоположником марксизма, которому она служила истово, как рыцарь прекрасной даме. Палитра ее чувств была исчерпывающе полной: от живой и подлинной страсти до незаживающей скорби по безвременно ушедшему, чьи сочинения полагалось конспектировать не за страх, а за совесть, перенося в тетрадь целыми периодами. Проверяя студенческие конспекты, Мария Ильинична перечитывала их, словно вдова любовные письма мужа, вылившиеся из-под его пера на взлете молодых чувств. Терзаясь тем, что конспекты не отражают всей полноты первоисточника, она сокрушалась над каждой лакуной: «Вот здесь, ах, как жаль, вы пропустили замечательное место...» — и, заводя глаза, цитировала по памяти, и щеки ее разгорались нежным румянцем.

Не переставая удивляться, Маша замечала и признаки неумелого кокетства. Упомянув какого-нибудь видного экономиста, к примеру, Чернышевского, Мария Ильинична бросала взгляд на толстый том Маркса, который всегда носила с собой. Создавалось впечатление, что, перечисляя научные достижения его предшественников

Елена Чижова

(«Смиту удалось понять... Рикардо сумел доказать...»), Сухих делала это с одной-единственной целью: вызвать вспышку ревности избранника и этим самым освежить взаимные чувства. Впрочем, для женских игр ей не хватало жестокосердия. «Но только величие ума Карла Маркса...» — и ее *единственный*, на чью долю выпало несколько неприятных мгновений, постепенно успокаивался — приходил в себя.

Однажды, не сдержавшись, Маша все-таки фыркнула, и романтическая политэкономша поймала ее с поличным. Душа Марии Ильиничны не знала полутонов. С истовостью, передавшейся ей, надо полагать, от *черных передельцев*, Сухих возненавидела непочтительную студентку. Аккуратно занеся в свой синодик имя и фамилию, она пригрозила встречей на экзамене. Месяца через полтора до Маши дошли слухи. Сухих громогласно обещала своим кафедральным сослуживицам: эта девица *ее предмета* не сдаст.

К этим угрозам Маша не относилась серьезно, полагаясь на свою тренированную память — если понадобится, она сумеет выучить политэкономические конспекты. От корки до корки, наизусть.

Первое время позванивали одноклассницы, *поступившие* кто в этом году, кто в прошлом, но то ли Маша разговаривала суховато, то ли их самих увлекла новая студенческая жизнь, только телефон звонил все реже, и даже вечер встречи, который пришелся на середину октября, не вызвал интереса. О вечере сообщила Женька Перепелкина, с которой они дружили в старших классах. Женька поступила сразу. На филологический. В университет.

Услышав вялую отговорку, бывшая подруга протянула: «Ну-у, конечно, как хочешь, но все собираются...» Стараясь не выдать раздражения, Маша обещала, зная, что не пойдет. Многие из тех, кто собирался на этот вечер, сумели стать *университетскими*. Конечно, их нельзя было ни в чем винить, но досада, которой Маша, стараясь забыть о прошлом, уже стыдилась, камнем лежала на сердце. Тем большее утешение она находила в новой дружбе, в которой не было и не могло быть никакой досадной подоплеки. С Валей Агалатовой они сошлись не особенно близко, но Маша уже чувствовала: еще немного, и эта девочка, с которой, говоря по правде, у них было совсем не много общего, займет часть ее души.

На переменах они ходили в столовую, болтали о текущих делах, смеялись, делились свежими впечатлениями.

Вступительные экзамены остались в прошлом, и, если не считать *эсэсовца* — которого Маша считала своей досадной проговоркой, — ни единым словом она не обмолвилась о том, что еще совсем недавно было ее смертной мукой.

Машины рассказы о студенческой жизни радовали родителей. Выбор, сделанный дочерью, родители сочли удачным.

## 2

По вечерам, собираясь за общим столом, девочки болтали о *тряпках*. Валя слушала и удивлялась: здесь, в Ленинграде, одежду полагалось покупать у спекулянтов. На галерее Гостиного двора.

«А что делать? Хочешь быть красивой — голодай, — вертясь перед зеркалом, Наташка демонстрировала джинсовое платье. Восхищенно ахая, девочки заводили глаза. — Нравится? Вот и напиши матери, — поймав Валин взгляд, Наташка предложила весело, — пусть раскошелится. Всем посылают, и тебе пришлет».

В письмах девочки жаловались на дороговизну городской жизни, писали про *атомные* цены. Родители откликались денежными переводами: кому больше, кому меньше. Вале, отрывая от скромной зарплаты, мама, конечно, посылала. Но с этими ценами ее помощь никак не могла сравниться. Ради платья, в котором красовалась Наташка, Вале пришлось бы совсем отказаться от еды.

Расточительности Валя не одобряла, но с девочками не спорила. Мама всегда говорила: «Люди разные. Если не нравится, никого осуждать не стоит. Найди другой пример».

Раскладывая на спинке стула черную вязаную кофточку, Валя вспоминала материнские напутствия и не чувствовала себя ущемленной. Ленинградская девочка, с которой она подружилась, тоже не думала о тряпках. В институт Маша-Мария ходила в клетчатой юбке и аккуратном шерстяном свитере. Темном, под горло.


Общежитие Финансово-экономического института располагалось у метро «Чернышевская» — огромное, в шесть этажей. От пролетов, начинавшихся от самой лестницы, расходились длинные коридоры. Комнаты тоже были большие, в каждой по восемь-десять человек. Добиваясь иллюзорного уединения, их разгородили на мелкие клетушки. В дело шли старые шкафы, рассохшиеся книжные полки, куски фанеры и даже простыни, так что комната представляла собой замысловатый лабиринт. В каждом углу, похожем на пещерку жука-ручейника, можно было обнаружить его обитателя, занятого своим делом. Кто-то кипятил и заваривал чай, кто-то переписывал с чужого конспекта пропущенную лекцию, кто-то прихорашивался, придирчиво заглядывая в зеркальце.

В письмах к маме Валя рассказывала о своей жизни. Жаловалась, что трудно привыкать. Мама старалась ее утешить, писала: «Ничего, не на всю жизнь. Когда-нибудь и у тебя будет своя собственная квартира».

В свое время мама тоже нажилась в общежитии, пока не вышла замуж. Тогда им с отцом предоставили двухкомнатную. Об этом мама любила рассказывать — вспоминать счастливое время. Потом, когда отец бросил ее с ребенком, квартира осталась, а счастье ушло. Но мама все равно не жаловалась. Говорила: «Каждому — своя судьба. Надо ценить то, что было. И не роптать на то, что есть».

Валя и не роптала. Просто сидела в своей клетушке и делала домашние задания, стараясь не особенно прислушиваться.

По вечерам общежитие ходило ходуном.

В письмах мама спрашивала и про мальчиков, и Валя отвечала, что на их факультете мальчиков совсем немного, не то что на *промышленном*. Но этой темы старалась избегать.

К ним в комнату мальчики приходили часто. Первое время все ограничивалось болтовней и общими застольями: девочки готовили закуску, ребята приносили вино. Валю тоже приглашали. Выходя из своего закутка, она подсаживалась к общему столу. К исходу осени сложились постоянные парочки. Теперь Валя чувствовала себя неприкаянно, ежилась, отводила глаза. Парочки обнимались и вообще вели себя бесстыдно. Сколько раз Вале хотелось встать и уйти.

Однажды, улучив момент, когда в комнате никого не было, миловидная Наташка заглянула к ней в закуток.

«Я — чего?.. Ну, хочешь, познакомлю? Нормальный парень, из Сызрани. А то — одна да одна».

Валя вспыхнула, но, вспомнив маму, испугалась: «Нет-нет. Что ты... Я сама».

Наташка пожала плечами: «Ну смотри...» — и фыркнула презрительно.

С этого дня Валя больше не выходила, отсиживалась в своем уголке. Похоже, ее отсутствия никто не заметил. Попировав, парочки расползались по закуткам.

Затыкая ухо подушкой, Валя страдала, пытаясь заснуть, но стоны и вздохи, стоявшие в тупичках лабиринта, не давали покоя. Утром по комнате бродили лохматые

55

Елена Чижова

парни, позевывали и почесывались, пили воду из чайника. Но главная мука начиналась потом. Не стесняясь Вали, словно она была предметом неодушевленным, девочки делились друг с другом своими ночными впечатлениями.

Однажды, когда, напившись чаю, Валя по обыкновению поднялась из-за стола, девочки смолкли и проводили ее глазами. Она чувствовала их неприязненные взгляды — сутулой спиной. Затаившись за загородкой, Валя прислушивалась испуганно — фанера пропускала хихиканье и придушенный шепот. На другой день, когда она попыталась подсесть к чайному столу, Наташка решительно встала и, состроив презрительную гримаску, задвинула стул. За ней поднялись остальные.

Сутулясь и поминутно поправляя очки, Валя пила чай мелкими невкусными глотками. Из щелей выползали слова. Ползли, поводя тараканьими усами, и Валя, не смея шевельнуться, чувствовала, как все внутри покрывается их липкими следами. Отшипев, девочки вышли наружу и расселись вокруг стола. Как ни в чем ни бывало они принялись разливать чай и обсуждать варенье из райских яблочек, которое Верочке прислали в новогодней посылке.

Дрожа какой-то невидимой дрожью, о существовании которой до сих пор не подозревала, Валя сидела под кругом общего света. Стекла очков запотевали солоноватой влагой, как будто на них дышали, но забывали протереть. Стараясь не замечать расплывшихся лиц, Валя боялась выдать себя неловким движением. Что-то висело в воздухе, давило на плечи, сводило позвонки. Крысиная мысль — бежать! — билась, не находя выхода, но, совладав с собой, Валя встала бочком и уползла.

Ближе к ночи явились мальчики. Сквозь фанерную загородку доносились смех и звон посуды. Валя расслышала свое имя и зажмурила глаза.

Огонь еще не погасили. Стараясь не прислушиваться к отвратительным стонам, она стянула с себя кофту. Ло-

56

коть светился насквозь. Обмирая, как от нового позора, Валя сунулась под матрас и, нащупав тряпичный узелок, в котором прятала деньги, принялась считать. Мамин перевод — двадцать шесть рублей восемьдесят копеек — пришел неделю назад. На эти деньги, добавив к ним сорок рублей стипендии, надо было дожить до марта.

Утром, дождавшись тишины, она натянула ветхую кофточку, решительно спрятала деньги в лифчик и, доехав до Гостиного, отправилась искать галерею. Девочки говорили: на втором этаже.

Обойдя универмаг по периметру, Валя ничего не обнаружила. На галерее никто не торговал. Вдоль решетки слонялись люди, как будто пришли сюда на прогулку. Время от времени они сбивались в кучки. Валя набралась смелости и подошла.

«Чистый котон, милые, дочери брала, не подошло по размеру, — чернявая женщина, похожая на цыганку, твердила странные слова. — Халатик, чистый котон...» — сквозь дырку в прозрачном целлофане пробивалась небесно-голубая ткань. *Это* не могло быть халатом: халаты, которые Валя знала, были другие — фланелевые, в разводах и цветах.

Две девушки, проходившие мимо, остановились: «Сколько?» — «Всего-то сто двадцать... Дешево, дешево... Как сама брала...»

Девушки покачали головами и отошли. Взглянув на Валю безо всякого интереса, чернявая женщина задернула молнию, как будто захлопнула окошко в рай.

Вернувшись домой, Валя укрылась за своей загородкой и внимательно пересчитала накопления, как будто денежная сумма, узнав, на *что* она будет потрачена, должна была вырасти сама собой. Рубли лежали понуро. Валя попыталась себе представить: вот она выходит и, запахнув небесно-голубые полы, отправляется в душ. Девочки смолкают, сидят, не веря своим глазам, а она плывет как небесное облако, не касаясь зашарканного пола...

Кто-то вошел в комнату. Валя вздрогнула и сунула узелок под матрас.

— Ну, и где наша сраная дева Мария? — Наташкин голос добавил еще одно грубое слово. — У себя, что ли? Сидит, как хорек.

Верочка засмеялась угодливо.

— Ла-адно тебе, — Оля Свиркина попыталась вступиться.

— Что — нет, что ли? Хорек и есть, — Наташкин голос не унимался. — И воняет, как от хорька. Вся из себя, ни дать ни взять — пионэрка, а как пойти да помыть подмышки... Это — не-ет.

Испуганно задрав руку, Валя принюхалась. Кофта, расходящаяся на локте, пахла пóтом.

Ночью, дождавшись, пока все наконец затихнут, она сняла проклятую кофточку, накинула фланелевый халат, который мама, собирая ее в дорогу, купила в ульяновском универмаге, и, ступая на цыпочках, пробралась в душевую. Запершись в холодной кабине, Валя глотала слезы и мусолила застиранные подмышки — под ледяной струей.

На следующий день выдали стипендию. На перемене она одолела робость и, подойдя к Маше-Марии, попросила сходить с ней вместе на галерею, потому что кофточка, в которой она приехала, совсем расползается в локтях.

Чернявой тетки на галерее не было. Взад-вперед бродили какие-то подозрительные типы — не то покупатели, не то продавцы.

— Кофточку. Ищу какую-нибудь кофточку, — Валя сказала громко, как будто подумала вслух.

— Есть, девочки, есть, милые, — шурша оберткой, крашеная бабенка рылась в огромной сумке. — Мягонький. Югославия. Чудо!

Валя посмотрела и обмерла. На нежном голубом поле лежали темные розы. Веточки, вышитые золотой гладью, прорастали из боковых швов. Бархатные головки сходились под узким вырезом — как два влюбленных голубка.

— Шестьдесят пять, девочки, шестьдесят пять. Дочери не подошла...

Услыхав цену, Валя сникла.

— Может, тебе? — обернувшись к подруге, она предложила от всего сердца. — Красота-то какая! У тебя же черненький — один...

— Нет, — Маша-Мария коснулась открытого ворота, — джемпер мне не подходит. А тебе — обязательно.

Денег хватало в обрез. Одна она никогда бы не решилась. Но теперь, подчиняясь решению новой подруги, Валя кивнула и полезла в лифчик.

В общежитие она вернулась поздно, часам к девяти. Под пальто таился мягкий комочек. Завернув в холодную душевую, Валя сняла с себя кофту и осторожно, стараясь не растянуть ворот, надела на себя новый джемперок. В грязноватом зеркале отразились темные розы. Оглядев себя чужими глазами, Валя ободрилась и приняла решение: сегодня же подойдет к Наташке и попросит *познакомить*...

Дверь в комнату была заперта. Боясь расплакаться, Валя дергала ручку. Если бы они только увидели... За створками стояла тишина. Детская мысль — пожаловаться — стонала в Валином сердце. Но она понимала твердо: жаловаться — позор. Мама всегда говорила: сама разбирайся.

Валя ходила по коридору, не решаясь постучать. Девочки занимались своими делами, сновали между комнатами и кухней. Уже зная, что ей не откроют, Валя вернулась в душевую и села на холодный подоконник: придется спать на полу. Она попыталась представить, как, расстелив пальто, ложится в холодный угол. А утром они придут и будут смеяться...

Глотая слезы, Валя сбежала вниз по лестнице и набрала телефонный номер.

— Остановка «ДК Связи». Садись на двадцать второй, помнишь? — голос Маши-Марии перебил, не дослушав. — Я выйду и встречу. Ты поняла меня? Через полчаса.

# 3

Тихим, потерянным голосом Валя рассказывала обо всем, что ей пришлось пережить: о хохоте за спиной, о том, что они заперли двери, о холодной душевой, в которой не решилась провести ночь.

Маша-Мария слушала, не перебивая.

— Вот это... Сегодня... Ты для них покупала?

Валя кивнула и всхлипнула.

— Выход один, — подруга говорила решительно. — Не обращать внимания. Самим надоест — отвяжутся рано или поздно.

— Но я... — Валя не решалась рассказать.

— Черт с ним, с их чайником. Возьмешь кипятильник, — Маша-Мария рылась в ящике кухонного стола. — Где-то есть, потом поищу.

— Я... — Валя шевельнулась. — Дело не в чае. Я мешаю им *по-другому*...

Конечно, Валя не говорила прямо, но Маша поняла.

— В комнате?! — этого она не могла себе представить: как они расходятся по углам. А потом всю ночь... — В общем, так, — Маша приняла решение. — Сегодня ночуешь у меня. Завтра поговорим, обсудим на свежую голову. Обдумаем и решим. Обязательно, — фыркнув гадливо, она дернула плечами. — К *этому* надо отнестись как к технической задаче. Сиди, я сейчас.

Родители отнеслись с пониманием: контрольная по математике — дело серьезное. Конечно, надо выспаться. Студенты — народ веселый, дым коромыслом, гуляют ночь напролет.

— Ну, устраивайся. Только тихо. А то Татка проснется, — постелив на диванчике, Маша-Мария ушла.

Оставшись одна, Валя стянула с себя обновку, аккуратно разложила на спинке стула и села на чистую постель. Она сидела, съежившись, и, вдыхая чужой комнатный запах, думала о том, что все несправедливо. Разве она виновата, что родилась в Ульяновске?

«Если бы жили в Ленинграде... А так — одна-одинешенька. Маша-Мария добрая. Но мама далеко...»

Голос, поднявшийся внутри, говорил: «Ничего не придумать. Это им, ленинградцам, хорошо рассуждать. Живут в эдаких квартирах...»

Страдая, Валя думала о том, что похожа на бездомную собаку, которую приютили из милости. «Конечно, эти родители тоже добрые. Другие бы не позволили...» Мысль вильнула в сторону и сложилась: *другие*. Евреи, приютившие ее из милости... Не они, государство. Оно само должно позаботиться. В конце концов, Валя приехала сюда учиться и имеет право...

Маленькая девочка, спавшая на диване, шевельнулась во сне.

«Господи, что ж это я?..» — ей стало стыдно и тоскливо. Валя поднялась, пригладила волосы и подошла к окну. На улице стояла ночь. Внизу, у самой дворовой арки, горела слабая лампочка. Темные окна боковых флигелей глядели во двор. Узкий луч света бегал по заиндевелым стеклам, словно кто-то, похожий на призрака, бродил в темноте.

## 4

По обыкновению, Панька взялась стирать свои тряпки на ночь глядя. Возилась, погромыхивая оцинкованным тазом. Звуки, долетавшие из-за двери, походили на раскаты грома. Шум воды довершал сходство с грозой. Дожидаясь, пока освободится ванная, Маша сидела смирно.

«Жертва, жерло, жернов», — бормотала, как будто искала в словаре.

Стараясь унять тревогу, она думала о том, что подруга стала жертвой несправедливости. Несправедливость — техническая проблема. Это Маша знала по себе. Они обе стали жертвами. Конечно, разных обстоятельств...

Лампочка, горевшая под потолком, мигнула и погасла. В темноте *что-то* подступало: голые тела на черной земле...

«Конечно, несправедливость... — Маша силилась уговорить себя: вот они раздеваются, расходятся по углам. Голые развратные твари... — Гадость. Какая гадость! — она встала и прополоскала рот. В сумраке, окутавшем сознание, белела дорога. Мимо калиток, замкнутых железными крючками, двигались люди, шли, не оглядываясь на слепые дома. Нежная пыль, поднятая башмаками, поднималась, стояла в воздухе. — Разве можно сравнивать? Какое отношение *эти* могут иметь к *тем*?..»

Тех заставили раздеться. Чтобы сжечь и развеять пепел...

Дверь открылась. В кухню вошел отец.

— Ну, сидишь, как в почетном карауле?

Вода, бившая струями, наконец стихла. Панька вышла из ванной, вытирая руки о фартук. Глянула исподлобья: «Всё я. Иди».

— Ну, что там у вас случилось?

— Ее не пускают в комнату. И вообще издеваются, — Маша ответила уклончиво, не вдаваясь в детали. Не рассказывать же про *этих голых*.

— Как не пускают? — отец моргнул испуганно. — Надо пойти, не знаю, к коменданту, пусть найдет на них управу. На хулиганов. Ты, Мария, девочка умная, должна помочь. Проследить.

«*Военная машина,* — Маша думала. — Машина с паучьим знаком. Голые тела на черной земле. Для паука они были сухими шкурками... Умная девочка», — она повторила отцовские слова и усмехнулась про себя.

Отец подошел к плите и поставил чайник. Маша смотрела на его руки.

— Я хочу спросить. — Он обернулся. — Ты знаешь, как погиб твой отец?

— В Мозыре. Фашисты вошли в город, — он ответил и отвернулся к окну. — Вообще-то не город, так, большая деревня.

— Это я знаю. Ты рассказывал. Я хочу знать — *как*?

— Да что тут знать... — он говорил тихо. — Евреи.

— Это не ответ. Евреи гибли по-разному. Например, их сжигали. А пепел сбрасывали в реки. Его тоже... сожгли?

Отец молчал.

— Послушай, — Маша встала и прошлась по кухне. — Он — мой дед, я имею право...

Маша не успела закончить, потому что увидела его лицо. Нет, она не могла ошибиться: *так* он морщился всегда, когда ему было стыдно.

— Ты... стыдишься его смерти?!

Глаза отца стали тусклыми. Он отвел взгляд и коснулся лба. Пальцы, скользнув вниз, пробежали по лацканам пиджака и скрылись в пустом кармане. Как у профессора математики, стоявшего у доски. Броль Михаил Исаакович, чем-то похожий на брата Гену. Нет, она подумала, не на брата. На моего отца.

— Мать успела уйти, потому что *догадалась*. На ее руках были внуки, Сонины дети. Соня отправила на лето из Ленинграда. Я всегда боялся, когда ты уезжала в лагерь, и теперь боюсь, за Таточку... Она и отцу предлагала, просила, но он не хотел бросать мельницу, боялся, что без него сожгут...

— Немцы? — она перебила.

— Не знаю, — отец снова сморщился и покачал головой. — Какая разница! Немцы. Не немцы. Может, и не немцы...

— И что? Сожгли?

— Нет. Не знаю. А потом всех собрали и вывели за город...

Пальцы побежали обратно: по лацкану, до самого лба... Отцовские глаза смотрели куда-то вглубь, как будто жили отдельно от тела. Как будто тоже видели *это*: калитки, пустая улица, слепые дома.

Те, кого он помнил всегда, шли с пустыми руками. Их никто не обманывал: сказали, ведут на смерть. Маша смотрела и видела их руки: пальцы, бегущие по лацканам пиджаков. Их пальцы надеялись укрыться в пустых карманах, вздрагивали, шевелясь на ходу. Пыль, поднятая тяжелыми башмаками, оседала на коже. Темные фигуры колыхались в белом мареве, становясь мнимыми математическими величинами...

Математики, инженеры... Технари — замкнутый орден, существующий на особых правах. Когда-то давно они все прошли той деревенской дорогой. Те, кто сгинули. И те, кто спаслись...

— Его расстреляли?

— Нет. Его — нет, — отец ответил спокойно, как будто говорил о чужом.

— Как это? — она спросила растерянно.

— Всех привели к оврагу. Приказали раздеться догола. Отец отказался. Сказал, что не станет. Евреям нельзя открывать наготу. Тогда они приказали вырыть яму. Зарыли в землю — живым, — отцовский голос дрогнул. Как пальцы, бегущие по обшлагам.

— Но если... — Маша съежилась. — Откуда ты знаешь? Они же погибли. Все.

— Не все, — он совладал с дрогнувшим голосом. — Одна девочка спаслась. После войны рассказала Соне. Все стали раздеваться, а он — нет. Она видела, как зарыли и затоптали. Отец не кричал. Но она видела, как над ним шевелилась земля...

— Папа! — Отец обернулся от двери. — Я понимаю: Гитлер, фашисты. Но почему *наши*? — Маша мотнула головой и поправила себя: — *Здесь, у нас?*

Отец молчал.

— Вот только не надо, — она наступала яростно, — что ничего этого нет и не было. Уж я-то знаю. Или, может, тебе рассказать? Про университет.

Стыд и растерянность метнулись в отцовских глазах, словно выросшая дочь догадалась о позорной наследственной болезни, которую ему удавалось скрывать до поры.

— Ты хочешь спросить, почему в нашей стране к евреям относятся особо? Не знаю.

Его беззащитность била в самое сердце.

— Ладно, — Маша справилась с жалостью, — по крайней мере, когда? Когда *оно* началось?

— До войны вроде не было, — он всматривался в свое довоенное прошлое. — Нет. Может быть, где-то... Но тогда я об этом не думал. Мы дружили втроем: я, Алексей и Иван.

Отец приводил довод, который казался ему убедительным. Ссылался на старую дружбу: русские и еврей. Их дружба прошла испытание временем. До сих пор дружили семьями, вместе отмечали праздники. Последний раз собирались у дяди Леши — в деревянном доме недалеко от Волкова кладбища. Дядя Ваня жил у Петропавловки. Маша вспомнила: красный гранат. Диковинное лакомство — когда-то давно она попробовала его у дяди Вани. Мама говорила: дядя Ваня живет в генеральском доме. Кислые зерна. Сок, похожий на кровь...

— А потом война... — отец вспоминал.

Маша шевельнулась нетерпеливо. Эти рассказы она уже слышала: сперва он служил в пехоте, потом — танкистом, под Москвой.

— *Это* началось после войны, — розоватая волна прошла по его лицу. — Дело врачей. Весь этот бред в газетах. Потом... Сталин готовился выслать евреев. Всех. Ходили слухи: под Ленинградом уже стоят эшелоны. Не успел — *сдох*. — Пошарив на полке, отец достал сигарету. — Я помню. Это случилось в начале марта, я шел на работу, на углу Невского и Гоголя — толпа. Стояли и слушали репродуктор, ловили каждое слово: давление, сахар, моча... А потом вдруг — как гром среди ясного неба: скончался. Нет, — он сморщился и покачал головой, — *этого* тебе все равно не представить. Бог. Понимаешь, великий и бессмертный. Все умирали. Миллионами. Но только не он. Он должен был жить. А тут... Я шел по Невскому, шел и прятал глаза. Боялся, что кто-то увидит. Почему? Понимаешь, они все плакали. Этого я не мог понять, — даже теперь он улыбался испуганно. — Свернул на Литейный. Знаешь, — он говорил шепотом, — мне хотелось плясать. Нет, не мне. Не я — мои ноги. Я говорил — не сметь, а они все равно... Его смерть была чудом...

— Значит, — Маша перебила, — после войны?..

Отец распахнул форточку и зажег сигарету.

— Значит, после? — она спрашивала как экзаменатор. Ставила дополнительный вопрос. Похоже, у него не было ответа. — Интересно у тебя получается: до войны — не было, в войну — не было... А потом откуда-то взялось.

— Не знаю, — он прикрыл кухонную дверь. Мама не выносила табачного дыма. — Может быть, пережитки прошлого... Прежде, до революции... — Двойка, выведенная рукой дочери, грозила испортить матрикул. — Нет, что-то все-таки было, иначе я бы не думал *об этом* на фронте.

Тягучий дым уходил в открытую форточку. Дочь молчала и ждала.

— Я ушел в двадцать семь. Говорят, молодым легче, марш-броски... физическая тяжесть... но это неправда. Молодые гибнут быстрее. Не знаю, как объяснить. Может, дело в реакции: у двадцатилетних она другая. Когда поднимают в атаку, *всегда* есть две-три секунды, примериться. Молодые встают сразу. Нет, не об этом, — он сбился и начал заново. — В сорок втором мне предложили перейти в инженерные войска. Но я отказался, сказал, что хочу в танковые.

— Почему? Инженерные — по твоей специальности.

— В инженерных воевать безопаснее. Все знали — танки горят, как свечи, — он усмехнулся. — На поле боя танк — мишень. Могли подумать, что я струсил. Потому что, — отец притушил сигарету, — потому что — еврей. И в атаку. В атаку я всегда подымался сразу. Странно, что не убило. Единственное ранение за всю войну. Причем, понимаешь, какое-то дурацкое. В сорок третьем. Нас везли в эшелоне, я стоял, курил у форточки. Пуля попала в щеку, прошла навылет. Понимаешь — навылет. Кровь, боль. А я ликовал. Сестричка перевязывала, а я... Знаешь, о чем я думал? Вот теперь *никто и никогда* не скажет... — он отвернулся и замолчал.

Маша слушала и не понимала. То, что он говорил, не укладывалось в голове.

— Ты хочешь сказать... радовался, потому что искупил... кровью? Как в штрафбате? Ты... считал себя преступником?

Кисти рук шевельнулись и дрогнули.

— Но если так... — Маша прищурилась. — Значит, *это* было и до войны.

— Значит, было, — он сунул окурок в помойное ведро.

Стараясь ступать неслышно, Маша прошла родительскую комнату и легла. «Валя. Общежитие. Надо что-то делать...» — мысль мелькнула и погасла.

Над низкими крышами поднимались крылья, вращавшие жернова. Там, у оврага, зыбился клочок земли. Могила деда, похожая на огородную грядку. Грядка ходила волнами, вскипала из глубины. Сердце стукнуло и упало под ребра. «Другое. Это *совсем* другое».

*Клин*, подходящий к Валиной *лопасти*, вырастал из другого ствола.

Хватая губами воздух, она поднялась на локте. Во рту было кисло. Как от граната: сок, похожий на кровь.

Борясь с подступающей тошнотой, Маша сплюнула в ладошку. «Счастливое ранение... — она думала о том, что презирает отца. — Искупил свою вину. За то, что родился евреем».

После войны работал, дослужился до главного инженера. Потому что... Он сам признался: железная пчела, прошившая щеку, защитила его от паука...

Одеяло налилось свинцовой тяжестью.

«Кровь — искупление? Но тогда...»

Дед, задохнувшийся в бескровной могиле. Его кровь осталась непролитой. Значит, он отказался от искупления: еврей, не пожелавший открыть наготы.

«Жертва, жерло, жернов...»

Тревога подходила крадучись. Маша откинула одеяло. На улице стояла мгла. Лампочка, горевшая под аркой, бросала слабые отсветы. Темные соседские окна глядели во двор.

Где-то там, за оврагом, поднимались мельничные крылья. Стояли в небе косыми перекрестьями. Ходили над дедовой могилой, в которой шевелилась его душа. Если бы он разделся, его прошили бы пулями. Уж это они умели — прошивать еврейские тела.

Совиные веки. Кисти рук, отведенные от бедер. Узкие вздернутые плечи.

«Это — не я. Зачем мне это? Это — не моя кровь».

Чужая девочка, спавшая на ее диване, ворохнулась и вскрикнула во сне.

Прижимаясь лбом к холодному стеклу, Маша думала о том, что все осталось в прошлом: дед, зарытый заживо, кровь, которую забросали землей. Эта земля больше не шевелится, давно превратилась в камень.

Ступая на цыпочках, Маша подошла к зеркалу: «Я похожа на маму». Прошептала и посмотрела себе в глаза. Глаза были темные, отцовские. Дед принес бескровную жертву. Она подумала — безысходную. Мельничные крылья стояли высоким крестом. Там, в глубине, куда Машин взгляд не мог дотянуться, между крестом и бескровной могилой существовала какая-то связь...

Она подошла к своему столу и выдвинула ящик. В глубине, под тетрадями, лежал библиотечный пропуск: твердая книжица величиной с пол-ладони. Нащупав, она достала и поднесла к глазам. Выпуклые золотые буквы дрожали под бликами уличного света. Коленкоровый складень казался черным. Маша раскрыла и подошла к окну.

«Аусвайс. Мало ли, еще пригодится».

Усмешка, похожая на прыщ, вспухла на Машиных губах.

# Глава 3

## 1

В дверь застучали ранним утром. Сквозь сон Маша услышала тревожные голоса. Кто-то скулил в родительской комнате. Она поднялась и приоткрыла на ладонь.

Посреди комнаты, в накинутом поверх рубашки халате, плакала простоволосая Панька. Мама стояла рядом, держа в руке полный стакан. Панькины щеки ходили ходуном, словно кто-то невидимый просунул в нее пальцы, надел ее лицо на руку, как морщинистую игрушку.

— Мама, что?

Расплескивая воду, мама махнула рукой:

— Уйди...

Панькины глаза слипались мокрыми щелками.

В дальнем углу комнаты отец, морщась от Панькиного воя, застегивал брюки. «Умерла», — заметив дочь, объяснил одними губами, и Маша наконец поняла.

Вложив стакан в Панькину руку, мама придерживала донышко. Жалкая морщинистая маска отхлебывала, цепляясь губами за ребристый край.

— Ну, ну... Не надо. Не надо, хорошо пожила. Всем бы так, — мамины губы бормотали что-то несусветное.

Стоя под дверью, Маша слушала холодным сердцем, силясь понять — почему? Ни разу не заступившись за отца, мама жалеет и заступается за Паньку. Утешает, подносит воду.

— Что? Что? — склоняясь к Панькиным губам, мама силилась разобрать.

— Успела, все успела, как люди... Сделала... И привела, и заплатила...

— Правда, правда, — мама кивала, подтверждая каждое слово.

Больше не легли. Отец вызывал скорую — засвидетельствовать факт смерти. Мама ушла в соседскую комнату.

Дожидаясь, пока закипит чайник, Маша сидела на кухне и смотрела на Панькин стол. Старый крашеный стол занимал целый простенок. Панька ворчала: не стол, одно название. Этот стол остался от немцев. Ящики, рассохшиеся от времени, плохо входили в пазы. Сколько раз, пытаясь выдвинуть, Панька тягала их за ручки: «Сволочи!» — шипела и грозилась вынести на помойку.

В мирные времена мама тоже советовала ей купить что-нибудь поменьше. Своими габаритами он не годился для коммунальной кухни — загораживал единственное окно. Соседка поджимала губы: на новый денег нету, дескать, разбогатеем, как некоторые, тогда и вынесем, тем более хороший, добротный, если бы *эти* не рвали ручки, а пользовались по-человечески... Словно прежние жильцы успели испортить то, что ей досталось по праву.

Брезгливо оглядывая столешницу, заставленную грязной посудой, Маша думала: «Вот. Разбогатели. А нечего было присваивать чужое».

Стол, выкрашенный белой краской, дождался своего часа — пережил Фроську.

В прихожей раздался звонок.

Мимо кухни прошли тяжелые голоса и замерли в соседской комнате. Кто-то ходил за стенкой, двигая стульями. Потом Панька взвыла, как оглашенная. Душная волна поднялась к горлу, и Маша поняла — выносят. Белый угол носилок мелькнул в дверном проеме: что-то узкое, спеленатое, как мумия, тронулось в путь, не касаясь земли.

Мама вышла на кухню:

— Вскипел? — она привернула газовый кран. — Плохо с сердцем.

— Тебе? — Маша откликнулась, но мама покачала головой и достала пузырек.

— Не понимаю, — Маша произнесла холодно.

— Прасковье Матвеевне плохо, врач сказал — накапать сердечное, — шевеля губами, мама считала капли.

Отец вошел в кухню, и Маша осеклась.

— Вы уж тут сами завтракайте, — мама обращалась к отцу.

— Конечно, конечно, — он закивал.

Лица родителей были строгими, словно смерть, прибравшая соседку, наполняла квартиру важной торжественностью, не имевшей отношения к обыденной коммунальной жизни.

Отец стоял над плитой. Неумело разбивая яйца о край сковородки, жарил яичницу. Желтки, так и не ставшие цыплятами, шкварчали в растопленном масле.

— Не понимаю. Вы бы еще в санаторий. Здоровье поправить, чтобы пожила подольше.

— Что ты?.. — отец обернулся беззащитно.

— Правильно! Пусть поживет. Мало вам, что она всех нас — *жидами*, а вы ей — капелек сердечных!

— Мария, прекрати! Мать, у нее умерла мать... Надо иметь сострадание. — Яичница-глазунья пенилась белым крошевом. — Глазки разбивать?

— Пусти, я сама, — вынув из неумелой руки, Маша взяла нож.

Потоптавшись, отец пошел к двери.

Она оглянулась, прислушиваясь. В коридоре не было ни души. Далекий Таткин голос доносился из родительской комнаты.

Стараясь не наделать шума, Маша шагнула к *немецкому* столу.

Немцев выслали в начале войны. Евреев должны были после. Отец говорил: под Ленинградом уже стояли эшелоны.

Отставив пакет картошки, она села на корточки, зажимая нож в кулаке. Туповатое лезвие скользнуло по краске. Краска не поддалась.

Татка, теряя шлепанцы, бежала в ванную. На ходу, не заглядывая на кухню, пискнула: «Привет».

Маша влезла на табуретку. Задняя, невыкрашенная стенка темнела нетронутой древесиной. Она примерилась и царапнула: лезвие оставило глубокий след. Отложив нож, Маша провела рукой, ощупывая зарубку.

Так делали военные летчики: сбив вражеский самолет, рисовали звезду на крыле.

Вечером Панька явилась в родительскую комнату: обсуждали детали похорон. Сидя на краешке стула, Панька кивала на каждое слово. Отец обо всем договорился. Институт выделил автобус — везти гроб. В церковь Панька опасалась. Услышав краем уха, Маша усмехнулась про себя.

Похоронная контора предложила выбор: Южное или крематорий. Еще вариант — на Красненьком, вроде бы там был похоронен кто-то из Панькиных дальних родственников, но требовались документы на могилу. Документов у Паньки не было. «Когда-то ездили, обихаживали, двоюродный племянник...» — она оправдывалась, всхлипывая.

Маша ушла к себе и прикрыла дверь.

— Может, все-таки крематорий, — мама заговорила робко, и отец поддержал:

— Подумайте, Прасковья Матвеевна... На Южное ездить тяжело. Все мы, как говорится, не молодеем.

— В крематории выдают урну. Куда захотите, туда и подхороните, хоть куда, хоть на Красненькое, — мама убеждала настойчиво.

В прихожей раздался звонок.

Иосиф вошел и осведомился деловито:

— Ну как?

Маша пожала плечами:

— Решают, куда везти: на кладбище или в крематорий... Ты бы что выбрал?

— Я бы, — брат ответил мрачно, — пожалуй, повременил.

Панька не решалась. То поминая Страшный Суд, на который до́лжно являться *в теле*, то жалуясь на больное сердце, она заглядывала в глаза. Родители медлили.

— Вы, Прасковья Матвеевна, недооцениваете наш советский крематорий, — не выдержав, Иосиф вмешался в разговор. — А между тем именно крематорий дает родственникам неоспоримое преимущество. С дорогим усопшим они могут поступить так, как захотят.

— Как это? — Панька испуганно встрепенулась.

— Да так. Урна — ваша собственность. Ее вообще можно не подхоранивать. Хранить хоть у себя, на буфете.

— Как это — хранить? А если проверят? — Панька поджала губы.

— А вы ответите, что отвезли прах на историческую родину, — он усмехнулся, — там и зарыли с миром. Мол, будет лежать до самого Воскресения. Вы ведь, я понимаю, не местные?

— Чего это? — Панька скосилась подозрительно.

— Родились-то не в Ленинграде?

— Волховские мы, в Ленинград на работу приехали, до войны еще, — она ответила с торопливой готовностью.

— Ну вот, все и сходится, — Иосиф улыбнулся, и Панька наконец решилась:

— Ладно, вы умные — вам виднее. Пусть уж крематорий, раз выдают.

— С ума сошел, не хватало еще праха! — Они сидели в Машиной комнате.

Брат поморщился:

— Ну ты-то хоть не глупи. Старуха. Еле живая. Ну хочется ей на Красненькое. Получим урну — съездим и подхороним.

— Без документов?

— Да на кой ляд нам их документы? Выроем ямку... — снова он подходил как к технической задаче.

— Не знаю. Как-то... — Маша поежилась. — Пепел, прямо в квартире...

— Горстка пепла. Все, что остается. И от нас, и от наших коммунальных соседей. Борьба на выживание. Счастлив тот, кто узрит прах своего врага... Как в институте? — брат перевел разговор.

Маша пожала плечами.

— Человек — неблагодарное животное, согласна? — он усмехался. — Кажется, душу готов заложить, а добьется своего, пожимает плечиком, дескать, не очень-то и хотелось...

— Это неправда! — Маша возразила горячо. — Я рада и счастлива, просто...

Он поднял брови:

— Что — просто?

— Я не понимаю. Панька обзывала папу, а они теперь с этой дурой возятся!

— Обзывала... — Брат не спросил — *как*? — Хоронить-то все равно надо: у них же никого нет, — он продолжал спокойно, словно Панькина брань не имела к нему ни малейшего отношения.

— Лично я, — Маша не собиралась сдаваться, — не могу и не желаю. Сам же сказал: враги!

— Ну какие они враги... И вообще, — брат поморщился, — при чем здесь это: евреи, русские... Ну, какие из них русские? Простые *советские* старухи. С мозгами набекрень. К тому же несчастные. Эта померла, другая одной ногой в могиле, — он смотрел с сожалением. Как учитель на своего ученика, не оправдавшего надежд. — Разве это *уровень*! Запомни: о человеке надо судить по его врагам. Другое дело — *те*, — Иосиф махнул рукой. — Мы придумали, ты не побоялась. Тогда я тобой гордился. А теперь? Выбираешь старух? Нет, — он поднялся. — Бои коммунального значения — не моя стихия. С такими врагами давай уж как-нибудь сама. Без меня.

Иосиф встал.

— Постой, — Маша окликнула. — Я и сама думаю. Если начинать, то не отсюда. Надо провести исследование, историческое, на примере нашей семьи, — она говорила шепотом.

— И что ты надеешься выяснить на этом поучительном примере? — Иосиф спросил настороженно. — Если я правильно понял, ты заранее допускаешь возможность того, что причины кроются в нас самих?

— Нет, — Маша покачала головой, — не знаю... Я имею в виду... — отчего-то ей не хотелось называть Валино имя. — У меня есть подруга... В смысле, сокурсница. Однажды мы разговаривали про историю, и она сказала, что представляет себе огромную площадь, по которой идет эсэсовец. А все народы стоят в шеренгу. Он идет и выбирает, кого на смерть. Помнишь, ты говорил: немцев выслали. И евреев собирались...

— Жаль, — Иосиф протянул задумчиво, — что вы не подруги. Похоже, умная девочка. Должен признаться, в этой безумной идее что-то есть. Впрочем, для таких дел эсэсовский мундир не обязательно. Тут мы и сами с усами... И что — красивая девочка? — Иосиф поинтересовался деловито.

— Тебе-то зачем?

— Не мне, а тебе. Дарю первое наблюдение. Так и запиши в своем исследовании: в нашей семье любят красивых девушек. При этом не замыкаясь на представительницах своей исторической национальности. По крайней мере, лучшие из наших мужчин. Если науке нужны конкретные имена, изволь: твой отец, да и аз грешный... Я научно излагаю?

— Вполне, — Маша включилась в игру. — Чего никак не скажешь о женщинах. Взять хоть нашу бабушку Фейгу, да и твоя маман...

— Работаем, — брат откликнулся весело, — на этом этапе убеждаем количеством. Рано или поздно надеемся перевести в качество — жены и любимой невестки. А насчет твоей умной сокурсницы — я серьезно.

— Ты ее видел. Валя. Помнишь, это я с ней приходила, — Маша призналась неохотно, и брат погрустнел:

— Боюсь, *здесь* случайный всплеск умственной активности. Хотя могу и ошибаться. По части совсем уж юных девиц я не силен.

За чаем обсуждали Таткины балетные успехи: сестра ходила в хореографический кружок при ДК работников связи. Татка смешно показывала, как пожилая преподавательница, бывшая балерина, демонстрировала упражнения: руками вместо ног. «И раз, и два, *тандю батман*, и раз...» — Таткины пальчики танцевали ловко. «Когда концерт?» — мама прервала танец. «К новогодним каникулам, я — польский», — вскочив с места, Татка прошлась полонезом. Лицо отца лучилось счастливой улыбкой: «А еще какие танцы?» «Венгерский, словацкий еще, потом классический, но это — большая девочка танцует, на полупальцах...» — Тата объясняла охотно.

«Для нашей страны всё — весьма актуально, особенно этот, на полупальцах», — Иосиф и здесь не смолчал.

За балетными делами позабыли про похороны. Про Паньку Маша вспомнила, обнаружив свободную ванную.

Она вошла и заперлась на крючок. Здесь стоял тяжелый запах. Белье, выстиранное с вечера, дыбилось на веревках: Панька забыла снять. Простыни, все в застарелых пятнах, стояли колом. Раньше Маша не замечала. То ли Панька полоскала тщательнее, то ли успевала снять, пока все спали, но чиненые-перечиненые тряпки не попадались на глаза.

Родители сидели за столом. Мама писала на клочке бумаги, отец заглядывал под руку.

— Водки... Вас двое: пол-литра хватит. Вина — одну бутылку, некому пить. Оливье я сделаю, колбасы еще, свекольный салатик с орехами... Ну, капуста кислая, картошки наварим, да... еще блинов...

Маша слушала, недоумевая: так, прикидывая спиртное, отец с матерью обычно готовились к праздникам.

Мама подняла голову:

— Поминки Паньке самой не справить.

— Рыбки фаршированной не забудьте, — голос вскипел яростью, — покойнице будет приятно. Кстати, в ванной Фроськины вонючие тряпки. Их кто будет снимать?

— Возьми и сними, не барыня. Сложи на табуретку стопочкой, — не отвечая на *фаршированную рыбу*, мама вернулась к подсчетам. Теперь она прикидывала стоимость продуктов. За долгие годы ее глаз пристрелялся:

— Девяносто и два пятьдесят, три шестьдесят две на два, вино крепленое, вроде кагора, по два, вроде бы, девяносто... — она писала цифры аккуратным столбцом.

Стягивая с веревок, Маша боролась с отвращением. Тряпки пахли убогой никчемной старостью. «Все равно — враги», — она сказала громко.

Простыни не желали складываться, топорщились под руками. Борясь с отвращением, она разглаживала ладонями: кончики пальцев, скользившие по складкам, нащупали какую-то неровность. Приблизив к глазам, Маша различила: на желтоватой, застиранной ткани, почти сливаясь с основой, проступала вышивка, похожая на вензель. Нити, положенные ровной гладью, кое-где высыпались, так что вензель казался прерывистым, едва заметным для глаз. Растянув уголок на пальцах, Маша поднесла к свету. Теперь проступили буквы, вышитые гладью. Высокая «R» стояла над маленькой «г». Ее слабая ножка ложилась внахлест, превращаясь в срединный завиток.

Торопливо разворачивая высохшие тряпки, Маша проверяла догадку: водила пальцами по краям простыней — от углов. Догадка не подтверждалась.

Маша села на край ванной. Паучий укус заныл. «Нет, не так», — она почесала, раздумывая.

Расправив в пальцах, поднесла к свету. В углу, хорошо видные под лампочкой, лучились мелкие игольные уколы — вензельный узор. Буквы стояли друг подле друга: большая обнимала маленькую, защищая бессильной, почти неразличимой рукой.

Расправляя, Маша складывала уголок к уголку. Вышитые немецкие буквы, на которых умерла убогая Фроська, стояли попарно, как на плацу. Большая и маленькая, старшая и младшая. Их тени, светящиеся игольными уколами, обнимали друг друга долгие тридцать лет. Все время, пока служили этой старухе. До ее смерти.

Маша забралась в ванну и приложила ухо к кафельной стенке: в старушечьей комнате стояла тишина. Она вылезла и огляделась. Взгляд наткнулся на отцовскую бритву. Эта бритва называлась опасной. Отец подтачивал ее раз в неделю, накидывая на ручку двери старый кожаный ремень. Маша раскрыла и провела по лезвию — осторожно, кончиком пальца.

Скорчившись на полу, она царапала лезвием — вырезала из простыней немецкие вензеля. Границы срезов выходили неровными. Маша складывала лоскуток к лоскутку. Улики, лежавшие друг на друге, становились похожими на пачку требований, пришедших по МБА. Привычным жестом, как будто снова стала библиотекарем, она взяла их в руку и вскинула запястье. Часы показывали двенадцать.

«Ночь, ночь», — голос был слабым и бессильным, как завиток умершей «R». Скомкав изрезанные тряпки, Маша сунула их за пазуху и спрятала *требования* в карман халата. К входной двери она кралась на цыпочках.

Двор был пустым и страшным. Стараясь не попасть под свет фонаря, она бежала вдоль стены. Тень, идущая следом, проводила до самой арки. Добежав до мусорных баков, Маша вынула комок из-за пазухи и швырнула на дно.

## 2

Повязав голову глухим черным платком, Панька бродила по квартире. Простыней она так и не хватилась.

«Ясное дело. Недорого досталось», — Маша думала, не удивляясь. О простынях помнили другие руки — тех, кто накладывал стежки. Пачка их требований, надежно припрятанная, лежала в тайничке письменного стола рядом с просроченным библиотечным пропуском.

К середине дня мама наконец собралась. Вместе с Панькой они отправились в похоронную контору на Достоевского. Татка приставала к отцу — сходить в Александровский сад. Приглашали и Машу, но она отказалась.

Странная мысль, мелькнувшая с вечера, не давала покоя.

Оставшись в одиночестве, Маша подошла к Панькиной двери и подергала за ручку. Много раз она бывала в соседской комнате, но теперь, получив пачку *требований*, хотела заглянуть снова, как будто проверить шифр.

Старушечий замок был надежным. Маша припала к личинке, но так ничего и не разобрала.

Мама с Панькой вернулись к вечеру.

К праздникам мама всегда готовилась накануне. Разложив овощи на старой дровяной плите, которую строители, проводившие газ, так и не вынесли, она отбирала ровные картофельные клубни. Панька мыла свеклу.

— Прасковья Матвеевна, — мама оглянулась, — соды добавьте капельку, быстрее разварится.

С соседкой она разговаривала *прежним* голосом, как будто не было никаких скандалов.

Не оборачиваясь от плиты, Панька закивала покорно. Из пучка, собранного на затылке, торчали редкие пегие волоски. Она пригладила мокрыми руками, измазанными свекольной грязью:

— Племянничек ваш... он тоже придет? — Панька спросила почтительно.

— Ося? Да, собирался, — мама покосилась на Машу.

— Хороший человек, на дядю своего уж очень похож, — Панька шмыгнула носом.

— У вас есть сода? — мама думала о свекле, — а то у меня кончилась, забыла купить.

— Там, в буфете, — Панька махнула рукой в сторону комнаты.

— Я могу сходить, — Маша вскочила с готовностью.

— Сама я, — подхватившись, Панька метнулась к двери.

«Мама-то, может, и забыла, а Панька по-омнит... А что, если?..»

Сидя в углу за дровяной плитой, Маша слушала их кухонные разговоры и думала: «Горстка пепла. Борьба за выживание. Он сказал: счастлив тот, кто узрит прах своего врага. Поминки — это для Паньки. Для мамы — праздник. Поэтому она и готовит...»

Маша дернула плечом и ушла.

В крематории назначили на двенадцать. Институтский автобус должен был подъехать к Максимилиановской не позже десяти. До больницы добрались пешком. Институтский водитель приоткрыл дверцу кабины: «Михаил Шендерыч, к воротам подавать?» На Машу он покосился веселым глазом.

Гроб, затянутый красным ситцем, топорщился сиротливыми кистями. В изголовье, под крышкой, лежало Фроськино мертвое лицо. Стараясь об этом не думать, Маша вдруг вспомнила: цветы. Она шепнула матери.

«Ничего, ничего, там, у самого крематория... Бабки должны продавать», — мама зашептала в ответ.

По обеим сторонам дороги лежали поля, пожухлые и полуголые. Вдалеке, из-за кромки леса, поднималась серая труба. Желтоватый дымок струился, уходя в небо, дрожал у самого жерла.

«Жертва, жернов, жерло...» — покосившись на ситцевую крышку, Маша вспомнила свой словарь.

Автобус проехал вдоль ограды, за которой открывался скверик. На клумбах росли жидкие темно-бордовые цветы. Мимо широкой лестницы, ведущей на верхнюю площадку, автобус объехал приземистое здание, стоящее на холме. Миновав невзрачные хозяйственные постройки, водитель подкатил к воротам. Два мужика в рабочей одежде подтащили железную телегу и выволокли гроб.

«Надо бы помянуть, как думаешь, а, хозяйка?» — старший обратился к маме. Торопливо порывшись в кошельке, мама протянула рубль. «Кого поминать-то?» — он спрашивал сурово. «Ефросинью, — мама ответила испуганно, — рабу божью Ефросинию». «Не сомневайся, помянем в лучшем виде», — сунув рубль в карман, он взялся за тележную ручку.

До назначенного времени оставалось полчаса. Маша шла вдоль ограды: цветочных бабок не было.

По широкой лестнице, ведущей к зданию крематория, поднимались люди, несли букеты, упакованные в прозрачный целлофан.

Спустившись к подножью, Маша оглянулась: на площадке, к которой вели ступени, высилось странное сооружение, похожее на обрубок широкой трубы. У жерла ее прикрыли желтыми металлическими листами. Видимо, имитируя языки пламени — Маша поняла.

Она смотрела на стены, облицованные гранитом. Небо, нависшее над холмом, было серым — под цвет. У подножья лестницы гулял ветер. Клумбы, усаженные бархатцами, дрожали мелкой рябью. Снизу, где она стояла, открывался вид на ближние пустыри.

Закинув голову, Маша смотрела на желтое пламя. Ветер, летевший с холма, раздувал металлические складки. Звон, похожий на дребезжанье, долетал до холмов. В этом пламени, свернутом из листового железа, они уходили — сожженные души умерших. Жерлом, нацеленным в небо, открывалась их дорога. «Как в концлагере», — она подумала и пошла по ступеням, как будто провожая их в дорогу — в последний путь.

Торопливый стук каблучков донесся с лестницы, и, обернувшись, Маша увидела молодую женщину, бежавшую наверх. Ее голова была повязана темным газовым шарфом. Из-под него выбивалась желтоватая прядь. Вскинув запястье на бегу, женщина воскликнула: «Ужас!» — и кинулась к двери, у которой, собираясь отдельными группами, толпились люди. Она вглядывалась в лица, но отходила, не найдя своих. Букет белых гвоздик, который женщина несла с собою, был нарядным и свежим. Так никого и не обнаружив, женщина скрылась в дверях.

Оглядывая сквер, Маша гадала, как бы половчее подкрасться и нарвать этих чахлых бархатцев, все лучше, чем с пустыми руками. Она уже было решилась, когда за спиной застучали знакомые каблучки. Женщина шла обратно. Белые гвоздики, обернутые в целлофан, глядели в землю. Она дошла до лестницы и, заметив урну, пихнула в нее цветы — головками вниз. Прозрачный целлофан хрустнул. Женщина махнула рукой и пошла вниз.

Маша подкралась осторожно. Взявшись за хрусткое облачко, потянула на себя. Встряхнула, расправила обертку и пошла к дверям.

Гроб дожидался на возвышении. Вдоль стен, убранных металлическими венками, стояли скамейки. На них никто не сидел. Маша подошла и встала рядом с мамой. Крышку гроба успели поднять.

Фроськино лицо, открытое чужим глазам, выглядело птичьим. Смерть, выдвинувшая вперед подбородок, заострила черты. Нос, похожий на клюв, упирался в поджатые губы. Мама оглянулась и взяла цветы. Стараясь не хрустеть целлофаном, развернула и положила в ноги. Строго одетая женщина подошла к отцу. Что-то спросив у него вполголоса, она подошла к гробу, и, сверившись с бумажкой, заговорила о том, что сегодня родные и близкие прощаются с человеком, прожившим долгую трудовую жизнь. Тягучие звуки поднимались откуда-то снизу, и, вглядываясь в черты, закосневшие в смерти, Маша не слушала слов.

«Теперь вы можете попрощаться», — строгая женщина отошла в сторону.

Панькина узкая спина загородила умершее лицо.

Маша содрогнулась.

Панька, до этих пор стоявшая смирно, билась лбом о гробовое ребро. В вое, рвущемся из горла, захлебывались слова. Она выла о том, что мать оставила ее одну-одинешеньку, горькой сиротой среди людей. Поминутно вскидывая голову, Панька шарила пальцами по костяному лицу своей матери и падала на гроб с деревянным стуком, от которого заходилось сердце...

Женщина, одетая в строгий костюм, приблизилась к отцу. Подойдя сзади, отец с братом взяли Паньку за локти. Музыка, поднимавшаяся снизу, полилась широкой струей. Обмякнув в чужих руках, Панька затихла. Медленно, под визг осмелевших скрипок, Фроськин гроб уходил вниз. Железные листы, похожие на распластанное пламя, сомкнулись, и звуки замерли, захлебнувшись.

Чувствуя дрожащие колени, Маша вышла в коридор и сползла на скамью.

В автобусе она забилась на самое заднее сидение. В ушах стоял темный и страшный вой. «Горе», — она думала о том, что смерть — ужасное горе. Этим горем искупается Панькина злая никчемность.

Панька сидела с мамой, впереди. Мама обернулась и поманила: «Хорошие цветы». — «Хорошие, хорошие», — Панька кивала.

Пытаясь справиться со страхом, Маша приблизилась и заглянула в Панькины глаза: ей казалось, в них должно остаться страшное, вывшее в горле. То, что билось о деревянный край.

Поволока робости подергивала Панькины веки. Ее глаза были пусты.

Сидя за маминой спиной, Маша прислушивалась: мама с Панькой обсуждали кухонные дела: картошка начищена, осталось только поставить. Это надо сделать сразу. А потом заправить салаты и — все остальное.

Стол накрыли в родительской комнате. Отец откупоривал бутылки, мама с Панькой носили полные тарелки. Татка крутилась под ногами — помогать.

Подойдя к окну, Маша приподняла штору. Бумажка, забытая на подоконнике, хрустнула под рукой. Маминым *праздничным* почерком на ней были написаны закуски. «Праздник, конечно, праздник», — она усмехнулась и сунула в карман.

Во главе стола стояла пустая тарелка, а рядом — полная рюмка, накрытая куском хлеба. Мама объяснила: так надо. Это прибор для покойницы.

На место, занятое умершей Фроськой, Маша старалась не смотреть.

Отец поднялся и заговорил о земле, которая должна стать пухом. Мама сказала: «До дна, до дна». Панька выпила и отставила пустую рюмку.

Маше показалось: Панька ест с удовольствием. Во всяком случае, пьет наравне с мужиками. Руки, скрюченные вечной стиркой, цепко держали рюмку. Поднося ко рту, Панька облизывала край. Темный румянец проступал сквозь морщины. Маша смотрела и отводила глаза.

Что-то новое пробивалось в Панькиных чертах, словно смерть, изменившая лицо покойной, коснулась и ее дочери. С каждой минутой Маша все больше убеждалась в том, что Панька молодеет на глазах. Материнская смерть разглаживала ее морщины, пьяным весельем наливала глаза. Прежде словно подернутые пеплом, они живо перебегали с одного с другого.

— Ничего, — отец налил по последней, — как-нибудь проживем.

Панька вспыхнула и закивала согласно.

За чаем Иосиф рассказывал институтскую историю, и пьяненькая Панька прислушивалась весело и внимательно, словно понимая.

— Кстати, — Иосиф обернулся к Маше, — красивые цветы. А я, дурак, вчера еще думал, а потом — забыл... — он покачал головой и посмотрел на Паньку сокрушенно.

— Да, правда, — мама вспомнила. — Где ты их взяла? Я смотрела, бабок-то вроде не было...

Покосившись на пустую тарелку, за которой сидела мертвая Фроська, Маша поглядела в Панькины молодеющие глаза:

— Из урны. Одна женщина опоздала и оставила. Сунула в урну. А я подобрала.

— Как-как? — отец замер.

Панька хлопала пьяненькими глазами.

— А что? Разве вы, баба Паня, никогда не подбирали чужого?

— Машенька, как же ты?.. О, господи... — мама поднесла пальцы к губам.

— Мария, неужели... — отец замолчал, не договорив.

Родители обращались к ней как к маленькой. Снова взялись воспитывать.

— Ага, — Маша кивнула. — Вы еще вспомните про десять заповедей. Как там?.. Не произноси ложного свидетельства. Да, вот еще: не укради. Звучит заманчиво. Только, если я, конечно, не путаю, Моисей получил их *после* египетского плена. А не в процессе, — она посмотрела на Иосифа.

Брат сидел, опустив голову. Короткая виноватая улыбка скользнула по его губам.

— И правильно, и правильно, — Панькины губы шевельнулись, защищая. — Моисей-то, конечно... И правильно. Чай, небось, не украла. Сами, сами оставили, чего ж добру пропадать. Ничего, — она махнула рукой, — бабушка Фрося не обиделась. Ну и что — из урны! Главное, красивые!

Пряча глаза, родители вставали из-за стола.

За дверью звякала посуда. Маша сидела на подоконнике, обхватив руками колени. Татка пробралась на цыпочках и улеглась. Маша вспомнила взгляд брата: его виноватую улыбку. Темный стыд поднимался к щекам, бередил паучий укус. Она думала о том, что совершила подлость. Проклятый укус наливался жаром, чесался и ныл.

Ступая на цыпочках, Маша прошла сквозь родительскую комнату и подкралась к соседской двери. Дверь была приоткрыта. Не решаясь постучаться, она приникла к щели.

Полумрак озарялся светом. В углу, под темными иконами, Панька стояла на коленях, бормотала, шевеля губами. Панькин голос был прерывистым и неверным. Водка, бродящая в крови, мешала выговаривать слова.

Маша стояла, прислушиваясь. Вид согбенной старухи будил непонятную робость, которую она не могла побороть. Маша хотела отступить, но Панька вдруг выпрямила спину и, опершись о пол костяшками пальцев, заговорила увереннее и громче.

Призывая Бога, она жаловалась на свое новое одиночество, которое придется доживать среди чужих. Дождавшись ночи, повторяла все то, о чем выла над материнским гробом, но теперь тихо, едва слышно — смиренно. Обращаясь то к Богу, то к матери — словно мать, встав из-за праздничного стола, уже добралась до неба, — называла себя горькой сиротинушкой, оставленной *доживать*. Слова, сказанные смиренно, наливались безысходностью. Машино сердце страдало и ежилось. Старуха заворочалась и уперлась ладонями в пол. Стоя на четвереньках, Панька заговорила громким шепотом. Каждое слово, посланное в небо, долетало до Машиных ушей.

Она шептала о том, что осталась с жидами: только и ждут ее смерти, зарятся на третью комнату. О стираных простынях, которые они украли, о том, что с ними не сладишь, потому что они всегда хитрее, придется хитрить и подлаживаться, уж она-то знает их жидовскую доброту...

Оплывающая свеча, криво прилепленная к блюдцу, освещала Панькин угол. Над комодом, перед которым ползала Панька, висели маленькие иконы. Жалкий свечной язычок тянулся к ним снизу, но Маша смогла разглядеть: Панькины иконы были бумажными. Не иконы — цветные картинки, репродукции, пришпиленные к стене канцелярскими кнопками. Там, где кнопки упали, бумага завилась с уголков.

«Рисованный, — Маша думала, — такой же бумажный и грубый, если он соглашается слушать *такие* слова... Отец говорил: для них Сталин — бог. Великий и бессмертный. Сказал: сначала — немцев, потом — евреев... Не успел — сдох. Все умирали, миллионами, а они стояли и слушали: давление, сахар, моча... Панькин бог — такой же. Пусть они *все* сдохнут. А я — как папа. Буду танцевать...»

Комод, занимавший глубокий простенок, давил неподъемной тяжестью. Ножки, отлитые в форме львиных лап, темнели на зашарканном полу. Почти не таясь, Маша осматривала комнату. Взгляд скользнул под диван. Диван покоился на таких же львиных лапах.

Старуха, стоявшая в углу на коленях, заворочалась, пытаясь подняться.

«Сволочи! Всё у них — немецкое», — Маша отступила и закрыла дверь.

# Глава 4

## 1

Два месяца, прошедшие с Фроськиных похорон, вместили множество дел. Сперва — курсовик по «Технологии отраслей». Вооружившись счетной машинкой, Маша сидела вечерами, заполняя бессмысленные графы. Справившись с собственным, она взялась за чужие: девочки из группы попросили помочь. Столбики цифр, не имевшие в ее глазах ни цели, ни смысла, заглушали подспудный ужас: с каждым днем приближалась зачетная неделя, за которой маячила сессия. Мысль о предстоящих экзаменах ложилась тенью на близкие новогодние праздники. Резоны не помогали: холодный ужас подступал к сердцу, стоило подумать о том, что снова ей придется войти в аудиторию и вытянуть билет.

Во сне являлся какой-то будущий экзамен, который они сдавали вместе с Валей. Сидя за партой, Маша пыталась вспомнить ответ на второй вопрос. Попытки заканчивались провалом. Самое страшное заключалось в том, что вопроса вовсе и не было, по крайней мере, он не был написан: на билете, который Маша вытянула, значился пробел.

Просыпаясь среди ночи, Маша испытывала смешанное чувство тоски и облегчения: экзамен оставался по ту сторону яви. Лежа во тьме с открытыми глазами, она вспоминала свою *конспиративную* историю, и сонный ужас сменялся страхом неминуемого разоблачения. Кто-то — его лица она не видела — входил в лекционную аудиторию, чтобы раскрыть перед всеми ее лживое *личное дело*.

Наяву на совести лежала гадкая Валина история. Маша помнила о своем обещании и твердо хотела помочь. Валя не заговаривала, глядела в сторону. В том, что ее страдания длятся, сомнений не было — Валя чернела на глазах. Прикидывая и так, и эдак, Маша гадала, с какой стороны подступиться. Совет отца — обратиться к администрации — она отмела сразу: не хватало вмешивать *их*.

Решение пришло неожиданно. Не посвящая Валю в подробности, Маша предложила встретиться на «Чернышевской», у эскалатора, внизу.

Поздний час она выбрала намеренно. Зажимая под мышкой папку с готовыми расчетами, Маша поднялась по широкой лестнице и постучалась в дверь.

Девочки собирались к ужину. Посреди стола, на выщербленной деревянной дощечке, лежал пирог с повидлом из кулинарии. Девчонки загомонили, и, сбросив плащ, подхваченный кем-то из хозяек, Маша подсела к столу.

Дверь, скрипнувшая за спиной, прервала веселую беседу. Глаза гостеприимных хозяек подернулись холодом. Опустив голову, Валя пробиралась к себе в угол.

— Ой, Валечка! — Маша окликнула. — Ты — здесь, в этой комнате? А я и не знала. Надо же, как бывает, — она пела, не останавливаясь, выпевала дурацкие лживые слова. — Вроде идешь по делу, а встречаешь лучшую подругу, оказывается, она здесь и живет...

— Машенька, чайку! — Наташка взялась за ручку чайника.

— С удовольствием! — Маша уселась поудобнее. Прихлебывая из чашки, она думала о том, что на их месте сообразила бы быстрее.

Чаепитие подходило к концу. На выщербленной доске оставался последний кусок.

— Валечка, ну что ты там? Давай скорее, пирога не достанется, — Маша произнесла внятно и громко. Приглашения никто не поддержал.

Маша прислушалась: там, за загородкой, Валя плакала, зажимая рот. Оглядев сидящих за столом, Маша отставила недопитую чашку и поднялась с места. Прижав к груди папку с готовыми курсовиками, она шла к двери.

— А как же?.. — В папке, среди готовых, лежал и Наташкин курсовик.

— Ты что-то хотела? — Маша обернулась.

Похоже, Наташка оказалась самой умной. В ее глазах мелькнула злоба, но, обуздав себя, она улыбнулась и позвала:

— Валюшка, — она звала елейным голосом, — иди к нам. Чего это ты там — одна?..

Глаза, смотревшие на Машу, проверяли: такова ли цена?

Девочки глядели недоуменно: разговора, в котором ни одна из сторон не произнесла ни слова, не расслышал никто.

— Да, — Маша кивнула одной Наташке. — Надо же, чуть не забыла, зачем пришла.

Взвесив папку в руке, Наташка развязала тесемки.

В понедельник сияющая Валя догнала Машу в коридоре и жарким шепотом рассказала: все страшное кончилось, вчера ее позвали к чаю, и парни больше не ходят, девчонки исчезают сами — до утра. «Ты просто волшебница!» — подруга повторяла восхищенно.

В середине декабря к Маше подошла Галя Хвостенко, староста группы, и передала приглашение: декан, на их потоке читающий «Введение в специальность», просил зайти. Галя глянула с любопытством, дожидаясь объяснений. Маша поблагодарила и отвернулась.

Она понимала ясно — *дознались*. Первой вспыхнула трусливая мысль — бежать, но, обдумав, Маша рассудила: надо идти. Сами *они* никогда не отвяжутся, втянут отца и мать. Вторая — позвонить брату — погасла мгновенно. Иосиф предупреждал: для *приватных* бесед телефоны физического института нельзя использовать.

Маша не помнила, как досидела до конца пары. Последний звонок зудел в ушах противным дребезжанием, когда, поправляя платок, норовивший вывернуться на спину, Маша подходила к дверям деканата. Похоже, секретарша была предупреждена. Не дожидаясь объяснений, она кивнула на распахнутую дверь:

— Заходи. Нурбек Хайсерович свободен.

Декан разговаривал по телефону. Стараясь вникнуть в смысл, Маша ловила обрывки, которые, в силу сложившихся обстоятельств, могли определить ее судьбу. «Да, да, именно, как раз пришла, сейчас решим, я согласен с вами, добро».

Положив трубку, декан пригласил садиться. Маша села и сложила руки. Последние сомнения исчезли: сейчас должно последовать то, от чего нет спасения.

— Такое дело, — опустив глаза, Нурбек Хайсерович перебирал бумаги, — через неделю институтский праздник, пятикурсники уходят на диплом, что-то вроде последнего звонка, предварительного... На таких мероприятиях кто-то из первокурсников произносит речь, ну, как бы сказать, напутственную. Принимает эстафету... от них — к вам. Дело почетное и ответственное, доверяется лучшим студентам, кстати, о ваших подвигах с курсовиками я наслышан. Разведка донесла, вы перевыполнили план, — декан улыбнулся тонко и доброжелательно, — да и в отделе кадров там тоже сочли, что вы во всех отношениях достойны... Конечно, — декан усмехнулся, — *это* не главное, дело решает успеваемость. Короче говоря, именно вам, Мария, доверено от лица первокурсников поприветствовать наших будущих выпускников.

Паучий укус молчал. Жаркая слабость разливалась по Машиным рукам, теребившим платок.

— Поприветствовать... Конечно, — она произнесла едва слышно.

— Вот и ладно, вот и договорились. Кстати, при ваших несомненных способностях, я уверен — вы пойдете далеко. Но начинать, — Нурбек Хайсерович поднял палец, — надо уже сейчас, прямо с первого курса. Наука — дело степенное, с кондачка здесь ничего не выходит. Как вы относитесь к общественной работе? Это во всех отношениях хороший трамплин.

Выйдя из деканата, Маша пошла по коридору. «Праздник пятикурсников, от лица всех поступивших перенять эстафету... хороший трамплин, научные перспективы», — голос, звучавший в ушах, крутился как магнитофонная пленка. Каблук, стукнувший обо что-то стеклянное, вырубил звук.

Замерев над пропастью, забранной мутными клетками, она поймала суть: достойной ее сочли именно в отделе кадров. Успеваемость ни при чем. Для *них* этого мало. Ее выбрали потому, что им подошло ее *личное дело*. Брат был прав — никогда *они* не станут проверять написанное, потому что раз и навсегда уверились: никто не посмеет вступить с ними в такую опасную игру.

Топнув каблучком по стеклянной клетке, Маша сделала следующий шаг: радость разлилась по всему телу. Она шла и чувствовала: это не она, ноги. Сами собой пускаются в пляс. Спасение — настоящее чудо. Потому что случилось на самом краю гибели.

Задача, поставленная деканом, оказалось сложнее, чем показалось на первый взгляд. Бумажка за бумажкой летели в мусорную корзину. Исчерпав стандартные обороты, Маша отправилась звонить брату, который отнесся к ее рассказу с величайшим вниманием: «Так и ска-

зал — трамплин? Для научной и общественной работы?..
Ладно, — брат помедлил, — не телефонный разговор. —
И обещал наведаться завтра. — Заодно и с исторической
речью помогу».

Маша рассказывала подробно, стараясь не упустить
ни единой детали.

— Что-то тут не стыкуется, — брат выслушал и потребовал повторить. Маша начала заново. Он остановил
тогда, когда она добралась до улыбки декана, оценивше-
го ее подвиги с курсовиками.

— Нет, не могу понять, — Иосиф заходил по комнате. — Как ни раскинь, дело обыкновенное. Я и сам, бывало, грешил: просят помочь — помогал. В каждой группе
таких помощников находится парочка, но откуда такая
осведомленность? Те, кому помогают, обыкновенно молчат как рыбы. Ладно: кто, кроме клиентов, мог об этом
знать?

Маша растерялась. *Это* ей вообще не приходило
в голову.

— Хорошо, поставим вопрос иначе: кто присутствовал
в момент передачи готовых курсовиков?

— Все, — неохотно, опуская *стыдные* подробности, Маша рассказала Валину историю. Иосиф слушал. Улыбка жалости трогала его губы, но Маша,
стремившая свой рассказ к победной развязке — мол-
чаливому договору с Наташкой, — не обращала на это
внимание.

— Ну, вот, теперь, похоже, кое-что и проясняется, —
пережив счастливое окончание Валиной истории, Иосиф
возвращался к тому, что счел нестыковкой. Размышляя
вслух, он откинулся на спинку дивана.

— Наташка?! — Маша вспомнила взгляд, полный зло-
бы. — Но зачем? Она-то в первую очередь нуждается
в моей помощи... И вообще, — она сказала, как привыкла в школе, — запредельная дура...

Обычно, когда Маша в разговоре с ним переходила на *школьную* лексику, Иосиф морщился, но тут даже не заметил.

— Вот-вот... Так-то вроде бы незачем, но лед больно тонкий. Сколько раз, говоришь, поступала?

Наташкину историю с профессором Винником, которую Маша передала с Валиных слов, брат выслушал настороженно:

— Что бы там ни было, но *с этой девушкой* я советую быть поосторожней, не пускаться в ваши девические крендели. Видишь ли, в договорные отношения она могла вступить не только с тобой... А с отделом кадров — смешно. Похоже, тут мы с тобой перестарались. Если судить по анкете, ты у нас оказываешься святее Папы Римского. Как говорится, монолит без изъянов. Экземпляр, которого в природе не существует... А впрочем, черт с ними! У них это вообще в моде: мертвецы, которые живее всех живых. Выпотрошат и любуются...

— На кого? — Маша вскочила с места. — На меня?!

— Ну, тебя пока что еще не выпотрошили, — Иосиф улыбнулся примирительно. — Слава богу, пока еще нет. Но вообще-то... Как говорится, минуй нас пуще всех печалей. Опыт, отец исторической истины, свидетельствует: как правило, *они* предпочитают щербатых. С монолитами вроде тебя работать сложнее.

Этого Маша не поняла, но не стала переспрашивать. Куда больше ее беспокоила ненаписанная речь.

С приветственной речью решилось быстро. Пробежав глазами по книжным полкам, брат вынул томик Пастернака и, полистав, предложил четверостишье:

> Все время схватывая нить
> судеб, событий,
> жить, думать, чувствовать, любить,
> свершать открытья.

Отталкиваясь от этой мысли, брат исписал целую страничку, в которой содержались наилучшие пожелания уходящим.

— Ни дать ни взять, надгробное слово, — Иосиф пошутил грустно и рассказал о том, что на днях встречался со своим институтским другом. И поступали, и учились вместе. Марик успевал слабовато, распределили в школу — учителем физики. Когда-то Эмдин ему завидовал: Институт Иоффе — не фунт изюму.

— Человек предполагает, бог располагает, — брат покрутил головой. — В нашей стране поди угадай, где найдешь, где потеряешь... Теперь мечтает об отъезде, учит язык.

— А ты? Тоже мечтаешь? — Маша спросила тревожно, хотя давно знала ответ.

— Что мне мечтать впустую? С допуском я — их раб. Да нет, — Иосиф махнул рукой, — грех жаловаться. Работой я доволен. Ясные научные перспективы...

«Жить, думать, чувствовать, любить...» Речь, написанную братом, Маша вызубрила наизусть. Посадив Татку напротив, произносила с выражением. Сестренка радостно подпрыгивала, предсказывая ошеломительный успех.

День, назначенный деканатом, приблизился стремительно. С самого утра не находя себе места, Маша вышла пораньше. В институт она явилась минут за сорок до начала.

Длинный коридор был пуст. Маша спешила, не глядя под ноги. Губы бормотали заученные слова. Снова и снова она повторяла их, радуясь, словно от этого — от сегодняшнего выступления — зависела вся дальнейшая жизнь. Она шла, не помня о золотых слитках, которые хранились в этих стенах. О люках, забранных стеклянными клетками. В ногах пело веселье: не кто-нибудь, а она сама — своими способностями и хорошей учебой — нашла спасение от железного паука...

Каблук поехал сам собой. Маша взмахнула руками, пытаясь удержать равновесие. Под щекой, занывшей от боли, лежали пыльные стекляшки. Она попыталась подняться, но, застонав, схватилась за лодыжку. Чертыхаясь от обиды, подтягивалась на руках. Не то солдат с перебитыми ногами, не то морской котик, выброшенный приливом на берег, — Маша подползла к стенке и, радуясь, что никто не видит ее позора, закрыла глаза.

Ступня болела невыносимо. Маша кусала губы, чувствуя, как боль, поднимаясь вверх, отдается в левой лопатке, прижатой к стене. Она повела плечом. Лопаточная кость выступила как горбик. Ноющий горбик зашевелился, как будто чесался о стену. Лодыжка понемногу успокаивалась. Кто-то шел по коридору, говорил громко и весело. Помогая себе руками, Маша поднялась и пошла вперед, неловко прихрамывая.

Декан лично руководил расстановкой стульев: на сцене сооружали президиум для почетных гостей. Кивнув Маше по-дружески, он велел ей скрыться за кулисами, чтобы оттуда выйти на сцену.

Маша прислушивалась к гулу, заполнявшему актовый зал.

Спотыкаясь о ступеньки маленькой лестницы, почетные гости выходили на сцену и садились в президиум. Шум стихал.

Последние волны улеглись, когда на подмостки выступил высокий седовласый человек. Обведя глазами зрительный зал, ректор занял почетное место. Его появление послужило сигналом. Декан, сидевший по правую руку, поднялся и, поднеся ко рту микрофон, заговорил хрипловатым, слегка искаженным голосом. С трудом разбирая слова, глохнущие в складках занавеса, Маша понимала: речь идет о радости и грусти, с которыми прославленный вуз провожает своих выпускников.

«Вы, уходящие от нас, менее чем через год вступите во взрослую жизнь, в которой вам придется ежедневно доказывать свои знания, полученные в стенах родного института. Вы станете нашими эмиссарами на предприятиях и в учреждениях, где ваши знания обязательно будут востребованы».

Под щелканье микрофона декан говорил о социалистической экономике, с нетерпением ожидающей специалистов, получивших современное образование, и в продолжение его недолгой речи зал наполнялся веселым гулом.

Ректор, сказавший несколько слов вслед за деканом, пожелал выпускникам профессионального и личного счастья.

Один за другим выходили ораторы и вставали за невысокую кафедру. Их речи уходили в глубину зала, выше студенческих голов. Выступавших было много. Маша давно сбилась со счета, когда сквозь микрофонные помехи услышала свою фамилию и поняла: сейчас. Шум был ровным и глуховатым. Приглушенные голоса подбивали дощатое возвышение. Отведя складку занавеса, Маша вышла на сцену и, обойдя высокую кафедру, встала на самом краю.

Кто-то, сидевший в президиуме, напомнил о микрофоне, но она покачала головой. Невнятные голоса мало-помалу смолкли, и в наступившей тишине Маша заговорила высоким, напряженным голосом, начала свою затверженную речь, построенную на четверостишье, но, дойдя до конца, заговорила дальше.

Их, уходящих из студенческой жизни, она называла счастливыми людьми, чья давняя мечта теперь наконец исполнилась. Но в то же самое время — и несчастными, потому что кончалось их право на учебу:

«Все, чему вы научитесь с этих пор, станет вашей личной заботой, до которой никому, кроме вас самих, не будет никакого дела. Там, на производстве, вы обретете уважение и самостоятельность. Мы, остающиеся здесь, еще

Елена Чижова

долго будем студентами, но иногда, уважаемые и самосто-
ятельные, вы будете завидовать нам, потому что учеба —
это счастье и радость, выпадающие не каждому».

Неловко махнув рукой, Маша обернулась к президиу-
му: лица людей, сидевших на сцене, дрогнули и расплы-
лись. Глаза защипало, и, боясь расплакаться, она отступила от края и пошла назад, за складки занавеса, не слыша, как за ее спиной несчастные, навеки отлученные от
учебы, аплодировали ее словам искренне и горячо.

## 2

К вечеру нога все-таки разболелась. Сидя в кресле,
Маша видела: лодыжка распухает на глазах.

— Ой, смотри, ножка-то как распухла! — Татка верте-
лась по комнате, делала балетные пируэты.

Мама принесла таз с теплой водой.

В постель ее все-таки загнали. Лежа на высоких по-
душках, Маша прислушивалась к пульсирующей боли.

— Маш, а Маш, тебе очень больно? — Татка устроилась в ногах. — Можешь поговорить со мной *секретно*?

— Давай, — Маша кивнула, предвкушая рассказ о ма-
лышовых глупостях. — Влюбилась, что ли?

— Ой, нет! Вообще-то немножко, но это — потом. Я про
другое...

Маша любила их секретную болтовню. Обычно дело
касалось школьных историй, и, погружаясь в любовные
перипетии Таткиных сверстников, Маша вспоминала
собственные годы, полные детских переживаний. На
этот раз Татка предприняла особенные предосторожнос-
ти. Подбежав к родительской двери, прикрыла плотно
и придвинулась поближе к сестре.

— В четверг назначили дополнительную репетицию,
заранее, я забыла, забыла предупредить. А потом было
поздно, потому что кончился перерыв и все уже встали,

и тут вошел Виталий и сказал Нине Алексеевне: там спрашивают Таню, какой-то мужчина, наверное, отец... Ты помнишь Виталия? — Татка смотрела доверчиво. Маша кивнула.

Аккомпаниатора Таткиной балетной группы она запомнила еще с прошлого года, когда учительница устроила открытый урок. Маша сидела недалеко от рояля, за которым безумствовал этот самый Виталий, вдохновенно бросая руки на клавиши, словно играл какой-то сольный концерт. Рояль отзывался утробными звуками.

— И что? Что этот ваш Виталий?

Татка елозила смущенно.

— Когда он вошел, я стояла рядом, но он меня не заметил. А Нина Алексеевна спросила: какую Таню, Агарышеву? Помнишь, такая маленькая с двумя хвостиками? А Виталий сказал, нет, не Агарышеву, другую, *не нашу*... А Нина Алексеевна сразу поняла и громко сказала: Таня Арго, тебя спрашивает папа, выйди на минутку и возвращайся — начинаем с польского, — Татка вздохнула, — ну вот, я вышла. А почему он *так* сказал?

— Может быть, — Маша дернула ноющей лопаткой и отвела глаза, — может, ты плохо расслышала?

— Нет, — Татка возразила грустно. — Я расслышала хорошо. А если... — она оглянулась на дверь, — только ты не сердись. Может быть, потому, что я — еврейка?

Жаркая волна облила спину до поясницы. Маша ответила ясно и твердо:

— Не болтай глупостей! Чтобы я больше никогда...

— Нет, — торопливо и испуганно сестренка шла на попятный. — Я и сама знаю, так не бывает, не может быть. Везде, и в школе... Но знаешь, — она опустила голову, — мне кажется, *иногда так бывает*...

Татка втянула голову в плечи и затихла.

Справившись с горячей болью, Маша поджала под себя здоровую ногу. Когда она была маленькой, никто — ни родители, ни брат — не говорил с ней об этом.

— Вот что, — она склонилась к уху сестры. — Ты уже большая. Я скажу тебе правду, но ты должна поклясться...

— Ой, конечно, чем хочешь, могу... — Татка завертела головой в поисках достойного предмета, — ну хочешь — папиным здоровьем, нет, а вдруг разболтаю? Давай лучше я своим...

— Клянись моим, — Маша предложила решительно. — То, о чем ты говоришь, *иногда* бывает. Но я знаю верный способ. Ты не должна бояться, потому что, если *это* начнется, я знаю, как спастись.

Татка смотрела доверчиво и восхищенно:

— А этот способ, он очень... честный?

— Очень, — Маша подтвердила мрачно.

— А папа его знает? — Татка улыбнулась виновато, как будто, упомянув отца, подвергала сомнению слова сестры.

— Нет, папа не знает, никто не знает. Только я. Ты тоже узнаешь, когда придет время.

— А ты откуда узнала? — Татка прошептала чуть слышно, но, не дождавшись ответа, не решилась переспросить.

И все-таки Машина уверенность подействовала. Сбегав за кипятком, потому что чай успел остыть, Татка принялась болтать о классных делах, но Маша слушала невнимательно. Усталость долгого дня наваливалась тяжким бессилием, и, не дослушав, она сказала:

— Давай завтра.

Ничуть не обидевшись, Татка подхватила поднос и пустую чашку и, по-балетному ступая на цыпочках, убежала в родительскую комнату. Маша слушала веселые голоса. Папин смех мешался с Таткиным.

Маша отвернулась к стене. Дрожь подымалась вверх от самой ушибленной лодыжки и, омывая сердце, била в виски. В голову вползала странная мысль: Маша думала о том, что разговор с сестрой похож на диалог из какого-то фильма про фашистскую оккупацию: две девочки скрываются в чужом подвале, и старшая, понимая, что немцы придут с минуты на минуту, утешает младшую сестру. Она-то знает, что они обе скоро погибнут. Может быть, даже завтра. Потому что в кино всегда найдется предатель, который выдаст их полицаям.

## 3

Валя забежала на следующий день. Смущенно порывшись в сумке, она вынула желтый лимон и пачку вафель:

— Это тебе. Чтобы быстрее поправлялась.

— Зря ты, — Маша улыбнулась. — Тоже мне, нашла больную! Сама виновата, поскользнулась на ровном месте.

— Хочешь, я помогу. Сбегаю в магазин или что-нибудь по хозяйству, — Валя огляделась расторопно.

— Ну вот еще! Мама сама сходит. Или Татка.

— Везучая ты, — Валя присела на край кровати, аккуратно отогнув уголок простыни. — Живешь в семье, сестренка, брат еще... — сказала и смолкла.

— Кстати, — Маша спохватилась. — А как ты узнала, что я?.. — она кивнула на больную ногу.

— Догадалась, — Валя ответила поспешно. — Ты не пришла, вот я и подумала... Нет, правда, как хорошо, когда в семье!

— А твоя мама... — Маша вдруг подумала: никто не заставлял уезжать из Ульяновска — жила бы со своей мамой на малой родине Ильича. Подумала и спохватилась: мелькнувшая мысль показалась недостойной. — А твоя мама... Не боится, что ты здесь — одна?

Кончиком пальца Валя расправила складку простыни:

— Чего ж бояться? Не в Америке... Везде люди. Скучает, конечно, это — да.

— А в Америке, значит, нелюди?

Валя смотрела растерянно:

— Люди, конечно, но не знаю... какие-то чужие.

— Тебя послушать, здесь прямо все свои. То-то они тебя затуркали, сидела, как сыч!

Растерянная улыбка сползала с Валиного лица. Губы стали сухими и жесткими, как будто слова, сказанные Машей-Марией, хлестнули по больному.

Она поднялась и взялась за сумку:

— Пойду я... Ой, забыла! Декан заходил, прямо на историю, спрашивал тебя.

— Зачем?

Эта дура забыла самое главное.

Прижимая сумку к груди, Валя ответила, что точно не знает. Зашел и спросил. А Галка сказала: ее нет, наверное, заболела. А он говорит, как появится, передайте, чтобы срочно зашла ко мне.

— Стой, — с трудом разгибая распухшую ногу, Маша вылезала из постели. Словно почуяв недоброе, Валя отложила сумку:

— Чего ты?.. Мало ли. Ну, спросил и спросил...

Маша распускала бинт. Нога, показавшаяся из-под повязки, была примятой и вспухшей. След эластичного бинта выделялся на коже: марлевые переплеты впечатались глубоко. Осторожно касаясь пальцами, Маша разминала, сгоняя болезненный след.

— Йодом надо, сеточку... Сетка — самое лучшее, очень хорошо рассасывает... — Валя подсказала.

— Тащи, йод в холодильнике, там, на боковой полке. Попробуем народными средствами.

Валя действовала ловко. Разложив поверх простыни лист бумаги, она поставила больную ногу и принялась наносить кривые полоски, коротко и быстро опрокидывая бутылочку. Красноватые полосы ложились косыми клетками: от лодыжки до самых пальцев.

— Странно, — Маша следила за быстрыми руками, — почему не намазать все? Просто сплошным слоем?

— Сплошным? Не знаю... — Валя любовалась готовой работой, — может, чтобы кожу не выжгло, а так вроде дышит.

— Именно что — вроде... — Маша усмехнулась.

Верткая пробка вырвалась из пальцев. «Вот растяпа!» — ругнув себя, Валя нырнула под кровать.

Валина рука шарила в темноте.

— Да нет, там, — Маша показывала здоровой ногой. — Кажется, туда, под тумбочку, в угол.

Валя выбралась из-под кровати и послушно полезла в угол:

— Ой, ножки какие смешные! Похожи на лапы! — она настигла вертлявую пробку.

— На лапы? На какие лапы?

— Там, у стенки, не видела?

Не сводя глаз с тумбочки, покрытой коричневатой салфеткой, Маша слезала с кровати. Слежалые кисти свешивались ниже края, закрывая тумбочку почти на треть.

— Что ты, зачем, разве можно?

Встав на колени, Маша ощупывала ближние ножки: они были самые обыкновенные — деревянные, темные от времени. Морщась, она попыталась дотянуться до стены. Больная нога мешала.

Валя смотрела, ничего не понимая. Подвернув под себя распухшую лодыжку, Маша-Мария вытянула негнущуюся ногу и распласталась на полу. Пальцы зашевелились как щупальца и нырнули под тумбочку. Лицо, неловко прижатое к полу, вывернулось вбок.

— Черт! — Маша-Мария села.

Словно не замечая Вали, следившей ошарашенно, она снимала с тумбочки всё: хрустальную пепельницу, похожую на половинку раковины, деревянную лаковую шкатулку, украшенную пестрым орнаментом, высокую вазочку темно-синего цвета. Потом, решительно обернувшись к Вале, бросила:

— Помогай!

Валя подхватила с другой стороны.

— Так. Ясно.

Теперь, когда тумбочку поставили, как полагается, наружу торчали ножки, похожие на лапы.

— Смешно, — Маша-Мария улыбалась, но улыбка получилась кривоватой, во всяком случае, на Валин взгляд. — Сколько живу, не разу не догадалась. Взять и заглянуть, — словно забыв о боли, она пошла к дивану, ступая решительно и ровно.

— Может, обратно задвинуть, сделать, как было? — Валя предложила робко.

— Ну уж нет, — Маша-Мария вскинула злые глаза. — Зачем же прятать такую красоту, пусть все полюбуются... А то ишь, прикрылись салфеткой.

Кривоватая улыбка, пугавшая Валю, бродила по Машиным губам.

— В общем, так. Завтра я обязательно приду. Как-нибудь доковыляю. Будем надеяться, что твоя сеточка мне поможет.

— Хочешь, я заеду с утра, помогу, как же ты одна — в автобусе?

— Спасибо, — Маша-Мария покачала головой. — Доеду, не инвалид.

Оставшись одна, Маша подошла к тумбочке и, ухватившись за ящик, потянула на себя. Львиный зев был пуст. Маша достала библиотечный пропуск и пачку немецких *требований*. Вложив их в ящик, с силой повернула тумбочку обратно: лицом к стене. Коричневатые кисти спустились ровно на треть. На место встали и родительские вещи: пепельница, вазочка и шкатулка.

Вытянув ноющую ногу, Маша села на диван. Родители никогда не полезут. Не зря же так замаскировали. Оглядев тумбочку, стоявшую как ни в чем не бывало, она подумала: «Я — ни при чем», — улыбка получилась холодной и брезгливой.

Эта ложь касалась *только* родителей. Немцев, владевших львиной мебелью, выслали раньше, чем она родилась.

# Глава 5

## 1

В кабинет декана Маша вошла, почти не прихрамывая. Похоже, сеточка, вычерченная Валей, все-таки помогла.

— Вы меня... приглашали? Я болела.

— Да-да, — он встрепенулся, — собственно, дело не во мне. Вы прекрасно выступили, очень искренне, я просто заслушался. И, как выяснилось, не один я. Там, в президиуме, сидел профессор Успенский. Просил, чтобы я передал вам его приглашение.

— Приглашение? Куда? — Маша нахмурилась, не понимая.

— На кафедру, — декан уточнил торопливо. — Сказал, ваша речь произвела на него сильное впечатление, особенно это... О возможности учиться. Сказал, что вы просто созданы для научной работы.

— Спасибо, — Маша поднялась.

Обернувшись от двери, она заметила странную усмешку, мелькнувшую на губах декана. Поймав ее взгляд, Нурбек Хайсерович отвел глаза.

О профессоре Маша слышала и раньше. Заведующий кафедрой финансов. На их факультете Успенский читал лекции по основной специальности, которая начиналась с третьего курса. Однако был из тех преподавателей, чье имя знали все. Вокруг Успенского ходили какие-то невнятные слухи. Раньше Маша не обращала внимания, но теперь, после неожиданного приглашения, решила расспросить. Настораживала и странная усмешка декана.

«*Если* что и есть, — про себя Маша подчеркнула первое слово, — ленинградцев расспрашивать бессмысленно. Узнавать надо в общежитии».

Кое-что она припоминала и сама. Нурбек преподавал на кафедре финансов, которой заведовал Успенский. Говорили, что деканат достался ему в преддверии докторского отпуска: тяжелая и неблагодарная работа могла повлиять на результат. А еще поговаривали, что Успенский ему не благоволит и в защите не заинтересован, но подробности их отношений не выходили на поверхность.

Трясясь в автобусе, она жалела о том, что за эти месяцы не сошлась с общежитскими поближе: Валя в таких делах не в счет. Слишком шатко она чувствовала себя в чужом городе, чтобы прислушиваться и обдумывать. И вообще... Такой, как Валя, она была в прежние годы — глядела на мир чистыми глазами.

Автобус уже сворачивал с Невского, когда, заметив зеленоватую вывеску сберкассы, Маша вдруг сообразила: неожиданный визит будет выглядеть странно. «Ладно, соображу на месте».

Отвернувшись к окну, она думала о том, что само по себе приглашение еще ничего не значит. То, что декан усмехнулся, могло быть чистейшей случайностью, не имевшей отношения к Успенскому. Скорее эта усмешка имела отношение к самому Нурбеку: короткий разговор с отделом кадров, который декан вел в ее присутствии, наложил отпечаток на все его будущие усмешки. К «Чернышевской» Маша подъезжала с твердым решением: нельзя во всем следовать за братом, *так* смотреть на людей.

— Маша! — Наташка, стоявшая на автобусной остановке, кинулась навстречу. Болтая без умолку, потянула Машу за собой. — Здорово! Хорошо, что встретились! У Верки шикарная посылка, гульнем по-хорошему.

Под веселый Наташкин говорок тревожные мысли уходили.

Девочки и вправду обрадовались.

Кто-то резал хлеб, кто-то, присланную колбаску. Духовитый чесночный запах растекался по комнате. Он был веселым и праздничным, словно долетевшим из детства, и Маша забыла о тревогах.

— Колбаска — чудо! — Верка резала не скупясь. — Мама у меня в исполкоме, для исполкомовских — спецзаказы, специальная линия на мясокомбинате, — она объясняла весело, и все восхищались: исполкомовской мамой и колбасой.

— Я помню, в детстве мама такую покупала, — Маша произнесла тихо, но Верка не расслышала.

Валя прибежала из кухни с тазиком салата. За стол сели, не дожидаясь мальчишек.

— Оп! — Сережка влетел в комнату и, щелкнув портфелем, вытащил две бутылки. За ним потянулись мальчики. Бутылки они извлекали торжественно, как фокусники из-под плащей.

Прислушиваясь к веселым голосам, Маша ела салат и пила вино, и с каждой следующей рюмкой мысль о том, что брат рассуждает ошибочно, становилась все яснее. Оживленные лица сокурсников, сидевших за столом, казались ей каким-то защищающим кругом, в который не может прорваться ничего дурного.

— *Ах, эта красная рябина среди осенней желтизны...* — Наташка завела высоким резким голосом, и все, сидящие вокруг стола, подхватили проникновенно. За этой *рябиной* последовала другая, которая не могла перебраться к дубу, за ними еще и еще. Песни, плывущие над столом, были знакомыми. По радио их исполняли певцы и певицы, к чьим именам никто из ее одноклассников не относился всерьез. Такие песни могли распевать разве что родители, если бы им пришло в голову голосить за праздничным столом.

Машины школьные друзья пели под гитару. Прислушиваясь к девчоночьим голосам, Маша думала о том, что для бардовских песен о дальних дорогах, тайге и Геркулесовых столбах они совсем не подходят. *Те* песни полагалось петь нормальными человеческими голосами, не выводя высоких нот. «*Наши-то* про рябину, небось, не станут...» — память об университете царапнула острым коготком. Прислушиваясь к искренней разноголосице, Маша вдруг вспомнила картину, по которой когда-то в десятом классе делала доклад на литературе: *Всюду жизнь*.

Жизнь, в которую она сегодня вошла, показалась веселой и легкой. Словно возражая брату, тосковавшему по чужим странам, Маша радовалась, что не хочет никуда уезжать.

Она поймала Наташкин взгляд. Глядя на Машу, Наташка улыбалась через стол. Маша поднялась и села с ней рядом.

— А ты чего ж не поешь?

— Голоса нету.

— Ну и что! Будто в голосе дело... Главное, чтобы от сердца, от души!

Стол задвинули в угол. Старый магнитофон загорелся веселым глазом, и несколько пар — по числу мальчишек — затоптались на свободном пространстве. Этих песен Маша и вовсе не знала: вокально-инструментальные ансамбли, хрипевшие по-русски. На школьных вечеринках крутили *Дип Перпл* и *Битлз*.

— Потанцуем? — Наташка потянула ее за руку.

— Не могу, нога... — лодыжка слегка побаливала.

— Ладно, — Наташка согласилась, — тогда и я посижу. А хочешь покажу маму и брата?

В Наташкином уголке, рассмотрев простоватую маму, глядевшую в объектив строго и пристально, Маша вдруг вспомнила про декана и, отложив фотографию мальчика в тренировочном костюме, спросила про Успенского. Наташка подмигнула пьяненьким глазом:

— У-у! Разное про него ходит... Говорят, даже *сидел*.

— За что? — Маша прошептала испуганно.

— Не знаю. Значит, было за что! — Наташка отвечала, не удивляясь Машиным расспросам. — А вообще, говорят, кобель первостатейный, ни одной юбки не пропустит, так и норовит затащить. Правда, не та-ак, чтобы за экзамен, — она погрозила пальцем. — Не дашь — не сдашь. Этого не-ет, мужик порядочный, не то что некоторые... — Наташка усмехнулась в сторону. — Ну гляди, похожи? Классный у меня брат?

— Похожи. Классный, — Маша глянула мельком. — А как... *вообще*?

— Ну как? — Наташка задумалась. — Препод, говорят, классный! Читает здорово. Девчонки говорили, у-умный! Ой, — она вскочила. — Сижу, позабыла все, Леха мой должен прийти.

Сорвавшись с места, она побежала встречать.

О том, что Успенский *сидел*, Маша не стала и думать: профессор, заведующий кафедрой — типичные сплетни. Ее смутило другое: Наташка намекала на то *особенное*, что могло связывать преподавателей и студенток. Выходило так, будто экзамены, которых Маша боялась даже во сне, могли стать делом не столько страшным, сколько стыдным. Даже про себя не решаясь назвать открыто, Маша думала о том, что на этом пути, если знать и решиться заранее, можно было победить паука. Для этой победы не понадобились бы никакие опасные выдумки.

«Какая ерунда!» — она оборвала себя, морщась от отвращения, но что-то, певшее с Наташкиного голоса, не желало смолкнуть. Дрожало, как чужая песня, сливалось с именем Успенского, которого Наташка, передавая мнение знающих девчонок, назвала порядочным. «Хватит!» — Маша встала с Наташкиной постели и вышла к гостям.

Вечеринка была в самом разгаре. Присев в уголке, Маша наблюдала с интересом: в школьные времена ей не доводилось бывать на таких праздниках. Нет, ее одноклассники тоже танцевали не по-пионерски, прижимались друг к другу так, что девочки, оставшиеся без пары, многозначительно переглядывались. Бывало, какая-нибудь парочка под шумок исчезала, и все понимали: на лестницу, целоваться. Соблюдая деликатность, их не беспокоили. Но *эти* и не думали скрываться: целовались у всех на глазах. *Это* никого не удивляло, словно было делом самым обыденным. «Ой!» — она вспомнила Валин рассказ про *голых* и, машинально потянувшись к своей рюмке, сделала полный глоток.

«Жить, думать, чувствовать, любить...» — Маша повторила про себя.

Теперь, когда она оказалась на их празднике, Валин рассказ показался не таким уж *страшным*. Подруга могла и преувеличить. Может быть, *ничего такого* и не было...

— Еще посидишь? — тихий голос раздался над ухом.

Маша спохватилась: часы показывали десять. В этой комнате время летело незаметно. Пошептавшись с Валей, она выскользнула в коридор и заторопилась вниз по лестнице.

Натужно рыча, автобус сворачивал на Восстания. В черных лужах пестрели разноцветные огни. Забившись в угол, Маша пыталась представить себе бесстыдные голые тела. Раньше они казались ей мертвыми. Теперь — веселыми и живыми...

Она подняла голову и встретила взгляд. Мужчина, сидевший напротив, смотрел на нее пристально — глаза в глаза. В автобусном полумраке его глаза блестели желтоватым отсветом. Нежное веселье дрожало на дне зрачков. Маша закусила губу и поднялась. Дойдя до задней площадки, отвернулась к окну. В зеркальном отражении незнакомый мужчина шел за нею следом. Его рука легла на поручень — рядом с ее рукой. Маша вздохнула и обернулась. Свет, бивший из его глаз, стал мягким — приглушенным.

— Вы выходите? — он спросил тихо, едва слышно.

Дверь открылась. Обмерев в тоске, которой прежде не знала, Маша сделала шаг. Мужчина шагнул за ней. Машин локоть, не успевший за ее шагом, коснулся его руки. Жаркая вспышка добежала до Машиных пальцев. Пальцы сжались, и, не чуя под собой ног, Маша пошла вперед. От остановки она шла, не оглядываясь.

Дойдя до подворотни, все-таки обернулась. За ней никто не шел.

## 2

Низкая дверь кафедры финансов не отличалась от других. Много раз пробегая мимо, Маша не обращала на нее внимания.

Помедлив на пороге, она вошла.

Первая продолговатая комната была выгорожена из банковского зала, огромного, в три окна. Вдоль стен высились массивные стеллажи, забитые папками и книгами.

В преподавательской, плотно заставленной письменными столами, сидела пожилая женщина. Маша поздоровалась и спросила про Успенского. Поправив пуховый платок, укрывавший плечи, женщина указала рукой. Стеклянная стенка, резавшая комнату поперек, отделяла кабинет заведующего. Из другого угла, отгороженного массивным шкафом, доносились приглушенные голоса. Кафедра, изрезанная вдоль и поперек, напоминала общежитие. За мутным стеклом маячил силуэт.

Маша постучала в стекло костяшками пальцев и услышала голос. За столом сидел человек лет пятидесяти: отложив ручку, он поднял глаза. Лицо, обращенное к Маше, удивляло отсутствием симметрии: нос казался слегка свернутым на сторону, как будто щека, вступив с другой в поединок, перетянула его на себя. Успенский поднялся с места и оскалил зубы в улыбке: вспыхнув, черты лица встали на место, словно щеки-соперницы позабыли вражду.

Она назвала себя, и Успенский махнул рукой:

— Узнал, узнал.

Маша едва успела сесть, когда в кабинет вошла женщина лет тридцати. В талии ее перетягивал широкий кожаный пояс. Бросив на Машу недобрый взгляд, женщина вышла, не проронив ни слова. Короткая темная волна пробежала по лицу Успенского, сгоняя улыбку, и щеки-соперницы взяли свое. Маша села и одернула юбку.

Профессор ходил взад-вперед по кабинету, и, прислушиваясь к его словам, Маша подмечала в нем что-то волчье: ноги, кривизну которых не скрывал строгий костюм, ступали мягко и упруго, по-звериному. Волчьей была и быстрая усмешка, время от времени трогавшая черты. Он говорил о том, что Машина речь показалась ему умной и искренней, но что особенно важно — здесь он остановился и склонил голову набок:

— У меня создалось впечатление, что вы — человек, которого я ищу, — Успенский остановился и сел за письменный стол. — В общем, я пригласил вас для того, чтобы поделиться планами, которые возникли у меня на ваш счет.

То глядя на Машу, то словно бы уходя в себя, он заговорил о том, что собирается создать студенческое научное общество, подлинное, не для галочки. Это общество будет готовить научно-преподавательские кадры, которых катастрофически не хватает.

— Так уж сложилось, о причинах мы говорить не будем, может быть, когда-нибудь позже, но кафедра финансов — за редким исключением — не отвечает научным требованиям, — Успенский замолчал.

Маша вдруг подумала, что он имеет в виду декана.

— Короче говоря, — профессор продолжил, — я предлагаю вам заниматься моим предметом по индивидуальной программе, чтобы года через два — к третьему курсу — возглавить это научное общество, став его председателем. Должен предупредить, человек я крайне несдержанный, но преподаватель хороший, взявшись, всегда довожу до конца, — он скривился в мягкой волчьей усмешке.

Нехорошее чувство поднялось в Машином сердце. Она вспомнила слова брата: Ленинград — город маленький. Рано или поздно она сумеет добиться, и тогда они еще пожалеют — эти подлые университетские, не пустившие ее на порог...

— Студенческим обществом дело не ограничится, — Успенский перебил ее мстительные мысли. — Дальше — аспирантура, потом защита, преподавательская карьера — соглашайтесь, дело стоящее.

— Я хочу... — Маша подняла голову, — задать вам один вопрос.

В кабинете декана она не посмела бы и заикнуться, но этот человек, сидевший за стеклянной переборкой, был зверем иной породы. Странным и непонятным, от которого исходила опасность, и эта опасность была *другой*.

— Пожалуйста, — профессор склонил голову.

— Вы сказали, что я — человек, которого вы ищете. Но тогда... вы увидели меня в первый раз. Послушали и решили. Я хочу спросить: вы сами приняли решение или согласовали с отделом кадров?

Волчьи глаза полыхнули злобным весельем. Мгновенье, и оно погасло, словно кто-то, стоявший наготове, плеснул ледяной водой. Сквозь черты заведующего кафедрой проступило другое лицо. Оно было лишено почтенного возраста.

— Неуже-ели, — Успенский вывел странным, протяжным говорком, — я похож на мудака, который бегает шептаться с этими суками?

Маша вздрогнула. На ее вопрос он ответил не задумываясь, но этот ответ был таким, какого *не могло быть*.

Глядя в глаза волка, говорившего с ней по-человечески, Маша ответила ясно и твердо:

— Я согласна.

Успенский, приняв облик обыкновенного профессора, пошарил в ящике стола:

— Вот учебник. Прочтите его внимательно. Через неделю мы встретимся и обсудим. Вряд ли вы разберетесь во всем сразу, но я хочу знать ваше мнение: что в этом опусе покажется вам правильным, а что — глупостью, на ваш *неискушенный* взгляд.

Выйдя из кабинета, Маша задержалась в преподавательской — уложить книгу в портфель. Из закутка, огороженного шкафом, вышла женщина, перетянутая в талии, и, не взглянув на Машу, проследовала за загородку. Маша прислушалась.

«Снова ты за свое!»

Они разговаривали тихими, злыми голосами.

Успенский отвечал невнятно.

## 3

За учебник «Финансы СССР» Маша взялась тем же вечером. Как и предполагал Успенский, смысл некоторых параграфов показался ей смутным. Иногда Маше представлялось, будто она угадывает суть, но всякий раз автор чего-то не договаривал. Словно, спохватившись, спешил подстелить соломку. Соломкой служили пространные цитаты из *основоположников*. Трудами непримиримой Сухих Маша неплохо разобралась в экономической теории Маркса, во всяком случае, легко опознавала цитаты, приводившие Марию Ильиничну в буйный восторг. Эти цитаты автор-финансист как будто цедил сквозь зубы. Создавалось впечатление, будто он, в отличие от Маркса, не развивает свою теорию, а лепит по клочкам.

За неделю Маша успела проштудировать книгу от корки до корки, но, не доверяя своему впечатлению, решила съездить к брату, чтобы все как следует обсудить.

Полистав учебник, Иосиф сморщился и заговорил о том, что не понимает поставленной задачи — высказать мнение о том, чего, в сущности, и нет:

— Во всяком случае, такой науки, — взглянув на корешок, он прочел название. — Насколько я могу судить, есть принятая практика, регулирующая движение денежных потоков. В рамках социалистической экономики ее можно более или менее точно описать. Но какая уж тут наука! Взять хоть наши космические дела. Все, что требуется для завершения проекта, государство выделяет немедленно. Излишки списывают на гражданскую продукцию. Это — аксиома. Остальное — дело техники. При таком подходе прибавочная стоимость, выведенная Марксом, становится фикцией: есть несколько важных для государства отраслей, остальное — блажь. Конечно, — Иосиф покосился на телефон, — я, боже упаси, не финансист, но думаю, государственный бюджет строится исходя из этих заранее выбранных приоритетов: важным отраслям — все, остальным — объедки. Вот тебе и вся теория финансов, — снова он взглянул на телефон.

— Ты ждешь звонка?

— Звонка? С чего ты взяла? — Иосиф ответил недовольно.

— Но тогда... — возможно, действительно показалось, — если такой науки нет, чем, скажи на милость, я буду заниматься? Зачем учиться в финансовом? Лучше уж уборщицей или библиотекарем... Ты же сам меня отправил...

— Перестань! — Иосиф пошел на попятный. — В конце концов, в этих делах я не авторитет. Спроси у своего профессора. Пусть ответит, если, конечно, не побоится.

— Он не побоится.

Маша пересказала короткий разговор: свой вопрос и профессорский ответ.

— Так и залепил?! — Иосиф расхохотался. Ответ Успенского привел его в восхищение. — Если, конечно, — брат почесал в затылке, — не проверял тебя на вшивость... а то бывает... — и кинулся к телефону.

Телефонный разговор получился тихим и коротким: «Да, хорошо, хорошо. Жду».

— Бывает — что? — Машин подбородок дернулся.

— Да все. Во всяком случае, ты-то хоть побольше молчи. Пусть говорит, что хочет, — после телефонного разговора Иосиф глядел весело. — Интересный мужик, видать. Раз ты бросаешься на его защиту, как кошка, — глаза брата вспыхивали.

— Не говори глупости! Какая кошка! При чем здесь это...

Ни с того ни с сего она вспомнила другие глаза: в полумраке комнаты они блеснули желтоватым отсветом. Нежное веселье задрожало на дне зрачков.

— Ах, простите, принцесса! Для вас, юной девы... Таким, как вы, подавай невиннейших юношей, нет, принцесса, для вас, юной девы, он, видимо, стар... Вам ведь подавай вьюношей, — глаза Иосифа не гасли.

— Отстань, пожалуйста! — Маша вырвала профессорскую книгу.

Дома она попыталась вчитаться, но слова Иосифа не давали покоя. «Конечно, старый, — Маша соглашалась с братом, — лет пятьдесят, смешно». Но что-то тлело, разливалось желтоватым огнем. Сквозь черты старого волка проступали другие — молодые и холодные, исполненные презрения к Машиным врагам. Человек, сидевший за стеклянной загородкой, не знал презренного страха: *их*, ее врагов, он называл простыми и грубыми словами, посрамляющими все хитрости брата.

Маша вспомнила женщину, перетянутую в талии, и почувствовала укол ненависти.

# Глава 6

## 1

Первое время Наташка еще соблюдала видимость и даже подсылала кого-нибудь из девочек — позвать к чаю, но неприязнь брала свое. То косым взглядом, то красноречивым молчанием давала понять, что внутренне нисколько не изменилась к Вале. Девочки это чувствовали и, опасаясь потерять Наташкино расположение, усердно демонстрировали враждебность, правда, уже не хватая через край. Джемперок, купленный на галерее за бешеные деньги, ничем не помог: новые шмотки девчонки покупали регулярно, так что не прошло и месяца, как Валина обнова стала поводом для шуточек. С чьей-то легкой руки к Вале прилипло прозвище *Розочка*.

Подруге Валя больше не жаловалась. Чувствовала, что Маше-Марии не до нее. В их разговорах мелькала фамилия Успенского, и Валя понимала: у Маши-Марии начинается новая, другая жизнь.

Сессию обе сдали на отлично, и, возвращаясь в холодное общежитие, Валя не раз задумывалась о том, что профессорское приглашение — несправедливость: кому как не ей, с отличием закончившей финансовый техникум, полагалось бы слушать индивидуальные лекции, расширяющие и опережающие программу. Иногда приходили и вовсе стыдные мысли, которые Валя от себя гнала, но до конца не могла побороть: она думала о том, что профессорский выбор — не случайность. Пару раз она подслушала, *что* говорили девочки об этом Успенском.

На зимних каникулах Валя ездила к матери. В самолете, уносящем ее в прошлое, Валя думала о том, что в Ульяновск она возвращается *почти что* ленинградкой. Не то что мама много лет назад.

После первых радостных дней, заполненных встречами с бывшими подругами, Валя впала в тоскливое раздражение. Увидев Валю, матери девочек поджимали губы, как будто винили в том, что Валя — единственная из всех, с кем они вместе учились, — сумела вырваться и поступить. Коря себя за суетливость, Валя оправдывалась, говорила, что поступить не так уж и трудно, но матери отвечали: «Конечно, если учиться на отлично». Как будто отличные оценки были тоже ее виной перед теми, кто остался на своей малой родине. Впрочем, матери быстро спохватывались и принимались рассуждать о том, какая это радость для Валиной мамы, поднявшей дочь без отца. Валя ежилась, понимая, что они смиряются с ее поступлением, потому что видят в этом не Валину заслугу, а воздаяние, посланное ее матери-одиночке за трудную и одинокую жизнь. Получалось так, будто их собственные женские жизни, сложившиеся более или менее удачно, отнимали надежду на достойную жизнь дочерей.

Раздражение вызывали и мамины восторженные расспросы: Валину ленинградскую жизнь мама мерила по своей памяти. Там остались дивные дворцы и музеи, на которые никак не могло хватить одного-единственного месяца, дарованного судьбой.

К приезду дочери мама вынула из гардероба открытки, которые прятала в постельном белье. Они хранились, как любовные письма, перевязанные голубой ленточкой. Распутывая узелки терпеливыми пальцами, мама вынимала то *Медного всадника*, то *Спас-на-Крови* и, предъявляя взрослой дочери доказательства своего короткого счастья, радовалась, что свое счастье Валечка обретает надолго, может быть, даже навсегда.

Однажды ночью, когда они сидели вдвоем на кухне, Валя расплакалась и разорвала мамину открытку. Мама испугалась, но побоялась расспрашивать. Да Валя и не стала бы отвечать. Единственное, что она поняла окончательно и бесповоротно: выбрав новую жизнь, она порвала со своим прошлым, и мама не может помочь.

В Ленинград Валя вылетела раньше срока, обменяв билет.

В общежитии никого не было. Все разъехались на каникулы и теперь отдыхали, отъедаясь на родительских харчах. Один раз она спустилась вниз — позвонить Маше-Марии, но передумала и положила трубку. Боясь, что снова заплачет, Валя вернулась к себе в комнату и взялась за уборку: долго мыла пол, ползая на коленках и отскребая грязь по углам.

Управившись с домашней работой, она села к столу и сложила руки. Комната, разгороженная на клетушки, показалась уютной и обжитой. Легкий запах влажного пола поднимался мечтой о собственном доме. Сидя на расшатанном стуле, Валя думала о том, что ее мечта сильней материнской. От Ленинграда, в который стремилась ее мать, она не ждет никаких любовных открыток. Открытки — это для гостей. Пусть гости и раскупают. А она будет полноправной хозяйкой, чтобы дети, которые родятся ленинградцами, ходили по улицам, не обращая внимания на эти открыточные лотки.

Валя поднялась и, накрепко вытерев глаза, надела шапку и пальто. Она не знала, куда собирается, но, спускаясь по лестнице, ведущей на ленинградскую улицу, улыбалась, как будто предвкушала победу. Ее победа станет долговечнее и справедливее той, которую надеется одержать ее новая подруга.

Полукровка

Этой улыбкой, красившей худенькое личико, Валя встретила Иосифа, выходившего из метро. Она узнала его — брата Маши-Марии, получившей от жизни не по заслугам, — и окликнула по имени, которое помнила с того самого дня, когда их семья пригласила отпраздновать поступление, ставшее первым Валиным шагом к ее собственной *ленинградской* истории.

## 2

В районе «Чернышевской» Иосиф оказался случайно. Последние месяцы измучили его сердце. Сомнения шевелились непрестанно. По давней привычке он спасался долгими прогулками: бродил по городу, шел, почти не разбирая дороги, то выходя на поверхность, то спускаясь в метро. Со стороны, если бы Иосиф мог взглянуть на себя, эти прогулки выглядели странно: окрестности случайной станции метрополитена слышали невнятное бормотание — его разговор с молодой и жестокой возлюбленной.

Иосиф был умным, легкомысленным и упрямым. Эти три качества относились к разным областям жизни: первые два — к общественной, последнее — к личной, — однако, собранные вместе в одном человеке, превращались в опасную смесь. Его недолгие спутницы (взгляд Иосифа неизменно замирал на высоких эффектных блондинках) довольно быстро приходили к выводу: все, что он мог предъявить и предложить в совместное пользование, находится на стадии отвердевания. Большего ему уже не достигнуть. Примеряя на себя возможную совместную жизнь, красавицы понимали главное: с их данными, восхищавшими не одного Иосифа, можно было рассчитывать на большее, — и рано или поздно находили себе другого — ловкого, удачливого и покладистого.

Впрочем, ум и легкомыслие спасали его от тяжких сомнений, обуревающих двоюродную сестру. Технарь по

123

призванию, Иосиф не познал унижения, которое в иных странах называется запретом на профессию, однако обладал достаточным умом, чтобы примерить этот сюртук на себя. Проблемы такого рода он находил серьезными, но в то же время вполне разрешимыми, хотя бы посредством компромисса. Умение найти компромисс не ассоциировалось с пронырливостью, к которой Иосиф был органически не способен. Возможно, именно здесь следовало искать корни его служебного легкомыслия: Иосиф не мог не понимать, что карьерные ступени, маячившие выше должности завлаба, требуют от соискателя большего, нежели сам он, не насилуя себя, мог предложить. Эти ступени вели в такие закоулки *советской жизни*, в которых компромиссы касались совести — *это* Иосиф отвергал с искренней, то есть прирожденной брезгливостью. Безотказный технический ум, которым бог наделил его от рождения, дал Иосифу собственный опыт. Если говорить коротко, он сводился к формулировке, почерпнутой из великого романа: «Сами придут и сами всё дадут».

Это *всё*, в понимании Иосифа, не составляло длинного списка. В сущности, его притязания были скромны.

Относительно страны, где ему довелось родиться, у Иосифа не было иллюзий, однако область деятельности, к которой он прикладывал свои умственные способности, сама по себе была элитарной, то есть формировала иллюзии другого рода. Искренне увлеченный работой, дававшей выход интеллектуальной энергии, он находил удовольствие в осмыслении окружающей действительности и делал это в форме остроумных и шутливых обобщений, скорее точных, нежели глубоких. Точность придавала им видимость глубины, и, может быть, благодаря этому в кругу своих друзей Иосиф слыл человеком мыслящим, каковым, несомненно, и являлся. Если бы, вопреки всяческим обстоятельствам, он стал, например, военным, командование ценило бы его скорее как тактика, нежели как стратега. Для тактических задач он умел находить точные и неожиданные решения, что и продемонстрировал в истории с поступлением сестры.

Женщины, с которым Иосифа сводила жизнь, охотно *клевали* на его тактические приемы, но окончательный выбор останавливали на тех, кто демонстрировал стратегическую решимость. Во всяком случае, в той житейской области, на которую молодые особы женского пола обращают пристальное внимание.

Родители, от ежедневной опеки которых Иосиф, переехав в собственную отдельную квартиру, давно освободился, не торопили его с браком, разве что время от времени заводили разговоры о порядочной и интеллигентной девушке *из хорошей семьи*, которая мечтает с ним познакомиться. Эти мечты Иосиф никогда не разделял. Зная вкусы родителей, а главное, их *априорные установки*, он представлял себе унылое темноволосое существо, обладающее одним, но несомненным достоинством: в глазах его отца и матери этим достоинством была *правильная* кровь.

С Ольгой они познакомились в августе и первое время встречались почти ежедневно. К декабрю отношения свелись к редким свиданиям, раз в неделю, в перерывах между которыми его избранница не звонила и не отвечала на телефонные звонки. Вчера, неожиданно объявившись, она сообщила, что выходит замуж за Марика Эмдина, которого полюбила с первого взгляда. С Мариком, давним школьным приятелем, с которым они *поступали* вместе, Иосиф познакомил ее сам.

Пару месяцев назад Марик объявился неожиданно, позвонил в институт, чтобы договориться о встрече. Иосиф принимал у себя компанию: коллеги с работы. Речь, как водится, зашла об *отъезде*. Тема будила нешуточные страсти, однако скорее умозрительные: все, работавшие в институте Иоффе, имели *секретность*, связывающую по рукам и ногам. В этом отношении *свободный* Марик стоял особняком.

Рассуждая об отъезде как о деле почти решенном, Марик с легкостью побивал аргументы, казавшиеся весомыми. Так и не придя к согласию, компания разошлась ближе к полуночи. Ритуальный кофе они пили втроем. Еще не остыв от спора, Иосиф не придал значения вопросам, которые Ольга задавала Марику. Ее интерес, в отличие от основных участников дискуссии, был весьма практическим. Перспективы, нарисовавшиеся в ее воображении, превращали невзрачного Марика в завидного жениха. Дальнейшие события развивались быстро. Поэтому теперь Иосиф и шел, не разбирая дороги, пока его не окликнул чей-то голос.

Обернувшись, он увидел знакомое лицо.

Невзрачная девушка, которую он, честно говоря, помнил смутно, улыбалась бледными губами. В этой улыбке не было ничего влекущего, того, что могло бы спасти от сердечной боли. Всплывая из глубины своих мучительных раздумий, Иосиф наконец вспомнил: та самая, назвавшая историю *плацем*, по которому ходит эсэсовец, вооруженный тростью.

— Простите, конечно, помню, — он улыбнулся осмысленно, — вы подруга моей сестры. А значит, в каком-то смысле и моя, — губы произносили первое попавшееся.

— Ваша? — девушка вспыхнула и покраснела.

Ее смущения Иосиф не заметил — он думал о том, что жутко хочет есть. Желудок сводило голодной судорогой. Оглянувшись, Иосиф обежал глазами вывески. В окрестностях «Чернышевской» не было ничего похожего на кафе.

— Здесь, вон там, мое общежитие, — девушка, которую он помнил смутно, махнула рукой.

— Штука в том, что я ужасно замерз, — Иосиф прислушался к бурчащему желудку. — Предлагаю зайти в гастроном, купить отдельной колбасы и съесть ее прямо в общежитии. Да, чуть не забыл — масла и булки!

Будь она женщиной, от близости которой могли зажечься глаза, Иосиф предпринял бы некоторые приготовления, понес бы несусветную, в этих случаях обязательную чушь, но старенький воротничок, окружавший слабую шейку, не развязывал его языка.

Предложение она выслушала тихо и доверчиво.

В угловом гастрономе Иосиф пристроил ее в очередь, а сам направился к кассе — выбивать. Получив на руки чек, он обернулся и, найдя глазами старенький воротник, уже приблизившийся к прилавку, вдруг подумал о том, что идет в общежитие. Пахну́ло давно забытыми временами. Память возвращалась в студенческое прошлое, в котором не было никаких закономерностей — ни служебных, ни любовных. Там они все мечтали о *секретности*, и Марик был просто Мариком, обыкновенным парнем, не хватавшим с неба звезд.

Протягивая девушке бумажную ленточку, Иосиф вспомнил: в его времена встречались воротнички и поплоше, снятые с выношенных материнских пальто.

— Вам не холодно? — Они вышли на улицу, и, боясь растерять студенческую радость, Иосиф коснулся ее рукава.

— Нет, что вы, пальто очень теплое. Мама купила, когда я пошла в техникум, а воротник сняла со своего...

— Правильно, — Иосиф кивнул, радуясь своей точной памяти.

Тетка-комендантша высунулась было из комнаты, но Валин провожатый выглядел прилично и солидно.

Общежитие, которое он помнил, было совсем другим. Иосиф оглядывал стены, голый стол, покрытый клеенкой, перегородки, превращающие комнату в замысловатый лабиринт, и вспоминал кровати, расставленные в больничном порядке, узкие тумбочки, заваленные вечными учебниками и конспектами.

— А где же все?

В общежитии, где жили его сокурсники, не было никаких перегородок. Жизнь, оставшаяся в прошлом, текла у всех на виду. Словно в семье, получившей общий ордер. Нынешняя семья, в которой жила подружка сестры, распалась безнадежно.

— На каникулах, — Валя откликнулась, приглашая. — Это я вернулась пораньше, — скинув пальто, она подошла к столу, стеснительно поглядывая на кулек с продуктами: ей, приехавшей из провинции, ленинградские магазины до сих пор казались богатыми.

— Ставьте чайник! — Иосиф выкладывал свертки. В комнате запахло колбасой.

Валя закружилась вокруг стола. Расставляя чашки и раскладывая продукты по мелким тарелочкам, она вела себя так, как учила мама, и старалась не думать о том, что получается как-то странно: в прежней жизни их гости никогда не приносили угощение с собой. Об этом должна была позаботиться хозяйка — не ударить лицом в грязь. Этого Валина мама всегда боялась, потому что не умела доставать по блату. Бедность продуктов компенсировалась ее поварскими стараниями. Гости всегда хвалили мамину стряпню.

Нарезав хлеб и разложив колбасные ломтики, Валя застыла в недоумении: все готово, можно приглашать к столу. За столом хозяйке полагалось накладывать гостям в тарелки и, ожидая возражений, приговаривать, что на этот раз салатик удался не вполне.

Этот гость делал бутерброды сам. Накладывал на каждый кусок булки по два колбасных ломтика. Валя так никогда не делала — привыкла питаться экономно.

— Давайте, давайте! — гость подбадривал весело, и, протянув руку к щедрому бутерброду, Валя вдруг подумала: этот человек, сидящий напротив, на самом деле не гость, а хозяин, потому что живет в городе, в котором она — гостья.

Эта мысль вернула ее на правильную дорогу, в конце которой резвились ее ленинградские дети — мальчик и девочка, — и, откусывая от лакомого колбасного бутерброда, Валя уже понимала и смысл, и цель. Цель была ясной и благородной, никак не бросающей тень на ее девическую порядочность: ничего общего она не имела с *этим*, стыдным и разнузданным, чему, не стесняясь ее присутствия, сокурсницы предавались по углам.

Если бы Иосиф расслышал Валины мысли, он отступил бы в панике, но чувство голода, заставшее врасплох, застило разум.

Взяв на себя роль хозяина, он ловко делал бутерброд за бутербродом, сам себе доливал из чайника и время от времени подбадривал девушку, кусавшую деликатно и осторожно.

— Ой! — Валя вскочила с места и схватилась за чайное полотенце: жирный таракан, дремавший за пустой чашкой, шевельнул усами. Она покраснела, и, понимая ее смущение, Иосиф сделал вид, что ничего не заметил.

— Ужас! — она заговорила сама. — Ползают и ползают. Это все девчонки, бросают еду где попало. Этих тварей — пропасть, так и ползают... Я *ужасно* их боюсь, — прижав руки к груди, Валя смотрела беззащитно. — Даже убить. Совсем не получается. Девочки как-то умеют, а я...

Иосиф отложил бутерброд. Не то чтобы его так уж поразило наличие тараканов. Но, привыкнув к чистым отдельным квартирам, он всегда чувствовал угрызения совести, если кто-то из его знакомых страдал от бытовой неустроенности. В юности он не раз приводил к себе иногородних сокурсников, и, подавая очередному гостю чистое банное полотенце, мать Иосифа страдала молча.

Теперь забытое чувство шевельнулось снова, и, радуясь, словно возвращалась его молодость, Иосиф поддержал тараканий разговор:

— Морить не пробовали? Говорят, сейчас какие-то новые средства, очень эффективные

— Да пробовали. Не помогает. Это ж надо сразу, во всем общежитии. Разве со всеми договоришься! — Валя отвечала расстроенно, и, выйдя из-за стола, Иосиф прошелся по комнате, заглядывая во все углы. Вид открывался удручающий.

Иосиф сел на место и потянулся к чайнику. Мучительные мысли вернулись. Он вспомнил о том, что рано или поздно вернется к себе домой, чтобы сидеть как сыч в одиночестве и *представлять* Ольгу с Мариком...

Валя, сидевшая напротив, подперла щеку рукой.

Строго говоря, это существо не было женщиной. «Так, девчонка, — Иосиф усмехнулся. — Боится тараканов... Не может *убить*». Слово, которое она использовала в этом контексте, показалось детским.

— Ну и когда же приезжают остальные? — он обвел глазами комнату. — Остальные храбрецы?

— Через неделю. Пока что я здесь одна.

Борясь с собой, он прикидывал: срок, который она назвала, был вполне обозримым, и, найдя выход, устраивающий и душу, и совесть, Иосиф предложил пожить у него. Недельку, пока не вернутся остальные.

— Собственно, я собирался побыть у родителей, моя мама — женщина старомодная, считает, что родителей забывать негоже... Вот и поживу у них недельку. — Он думал: только бы не возвращаться. — Что вам здесь в одиночестве, хуже того, в изысканном обществе тараканов? — Иосиф уговаривал настойчиво, втайне надеясь, что Валя все-таки откажется.

Однако она кивнула, соглашаясь.

Дожидаясь, пока она соберет вещи, Иосиф думал о том, что по крайней мере сделает доброе дело, тем более неделя — срок ерундовый. Можно сказать, ничтожный.

— Я готова! — Валя вышла из своего закоулка.

Решительно подхватив ее легкую сумку, Иосиф направился к двери.

## Глава 7

### 1

Последнее время Иосиф к ней переменился. Если бы Маша не была эгоисткой, она давно обратила бы внимание: навещая их семейство время от времени, Иосиф больше не пускался в долгие и доверительные беседы, предпочитая отмалчиваться и слушать. Все чаще он довольствовался телефоном. Но Маша об этом не задумывалась: мысли были заняты сессией. Впрочем, экзамены она сдала с легкостью, так что к февралю ее сны очистились от кошмаров.

Индивидуальные занятия на это никак не повлияли. С первой же встречи, на которую Маша пришла, проштудировав учебник, Успенский предупредил: индивидуальный план — не привилегия, а дополнительное обязательство. «Учтите, что бы ни случилось, я не стану улаживать ваши экзаменационные проблемы, если таковые возникнут».

И все-таки она чувствовала себя под его защитой: человек, *так* говоривший о врагах, казался ей камнем, на который могла опереться ее уверенность. Теперь, вспоминая неприятную улыбку декана, Маша фыркала неприязненно: с ней Успенский вел себя сдержанно и корректно. Если бы не противная Зинаида — его единственная аспирантка, которая, как Маше казалось, следит из своего чайного угла, — она и вовсе забыла бы об *этом*, стыдном и беззаконном, на что, посверкивая глазами, намекал Иосиф. На Машин взгляд, именно Зинаида вела себя вызывающе и несдержанно: то входя за стеклянную загородку без стука, то демонстративно дожидаясь в преподавательской, она выпячивала свое особенное присутствие в профессорской жизни, далеко выходящее за академические рамки. Всякий раз, являясь на индивидуальные занятия, Маша чувствовала себя неловко, но неловкость быстро пропадала: лекции Успенского, обращенные к единственной слушательнице, становились все более емкими. Уходя, она думала о том, что каждая наука, если относиться к делу серьезно, может стать полем, достойным умственных усилий.

Как и предлагал Успенский, Маша поделилась с ним своими сомнениями. Согласившись с ее наблюдениями, касавшимися никчемного цитирования, Георгий Александрович безоговорочно отмел презрительные суждения брата, которые Маша пересказала по памяти, выдав за свои. Эти рассуждения он назвал доморощенными. По мнению Успенского, так мог рассуждать лишь экономически незрелый человек. «Вам, студентке первого курса, это, конечно, простительно, однако не стоит переносить житейские наблюдения на науку. Наука не всегда зависит от практики».

В качестве примера, посрамляющего дилетантские выводы, Успенский сослался на экономические разработки двадцатых-тридцатых годов и привел ряд имен, оставивших след в истории экономической мысли. Его особое восхищение вызывали работы Чаянова, положенные в основу блестящего плана ГОЭЛРО, а также финансово-экономические расчеты, проведенные в военные годы под руководством Государственного комитета обороны, которые позволили наладить производство

в тылу и тем самым обеспечить экономические предпо-
сылки победы.

«Кстати, на Западе давным-давно поняли важность
государственного регулирования и широко применяют
его в различных структурообразующих отраслях, — быстрым пером он вычерчивал схемы и формулы, описывающие финансовые рычаги управления. — Это только наши
политэкономы считают, что капиталистический рынок до
сих пор описывается уравнениями Маркса, — Успенский
усмехнулся. — На самом же деле там значительно больше элементов прямого регулирования, чем они вообще
в состоянии себе представить».

Теперь, слушая лекции других преподавателей, Маша — волей-неволей — оценивала их рассуждения с новой точки зрения: ей казалось, она глядит на экономическую землю глазами если не орла, то, во всяком случае, орленка. Ощущение было приятным, однако на
текущих семинарских занятиях она до поры до времени не позволяла себе никаких рискованных высказы-
ваний. В первый раз это случилось на лекции по политэкономии.

*Черная переделица* вещала о двух антагонистических
системах — социализме и капитализме: «Капиталисты,
как они ни стараются, никогда не смогут использовать
в собственных целях достижения социализма».

Неожиданно для себя Маша подняла руку. Не ссылаясь на профессора, она изложила его мысль: давным-давно капиталисты используют механизмы государственного финансового регулирования, которыми
социалистическая экономика гордится как своим главным завоеванием.

Сухих впала в бешенство. Не отвечая по существу,
она публично указала на беспринципность нынешних
студентов, их политическую развязность и близорукость.
«Ну, с вами-то, Мария Арго, мне все ясно: нет ничего
удивительного в том, что именно вы подпали под *такое*

влияние. Но остальных — так и знайте — я не позволю *разложить*. Не вам и не вашему руководителю».

Речь была такой бессмысленной и глупой, что Маша испугалась. От *переделицы* можно было ожидать чего угодно. Только на перемене, вспоминая истеричные возгласы, она отметила странность: о влиянии Успенского Мария Ильинична говорила как о чем-то очевидном. Сухих этот факт не удивлял. Маша сообразила: своей болтливостью она *подвела* профессора. Не было сомнений в том, что при случае эта дама может *доложить*.

В тот же день, не выдержав мук совести, Маша рассказала Успенскому, передала гневную тираду. Свои собственные высказывания, опасаясь его справедливого гнева, постаралась по возможности смягчить.

Георгий Александрович пожимал плечами — до того момента, когда она дошла до *разложения*. В Машином пересказе слово, употребленное Сухих, никак не выбивалось из идеологического контекста, однако оно вызвало восторг. Ухмыляясь во всю свою волчью пасть, профессор посмотрел ей прямо в глаза: «Вы тоже считаете, что я затеял *это*, чтобы вас *разложить*?»

Теряясь и не зная, что ответить, она смотрела на ободок, занявшийся желтым пламенем. Чувствуя дрожащие пальцы, Маша видела: его зрачок вспыхивает, но не становится приглушенным. Глаз, слегка перетянутый на одну сторону, подмигнул, и, улыбнувшись как ни в чем не бывало, Успенский посоветовал не связываться с сумасшедшими бабами. «Вы с ней знакомы?» — чувствуя огромное облегчение, Маша подхватила тему. «Нет, но могу себе представить. Как вы говорите, Сухих? Вот-вот...»

Больше они ни о чем таком не разговаривали. До самой весны.

# 2

Разговор случился в субботу. В тот день она явилась к Успенскому как обычно и застала его в одиночестве: ни в преподавательской, ни за чайной загородкой не было ни одной живой души. Конечно, Маша никогда бы не спросила, но про себя отметила: в отсутствие Зинаиды Георгий Александрович вел себя как-то иначе. Она подумала — свободно.

Обыкновенно, разговаривая с Машей, профессор как будто прислушивался к тому, что делается в преподавательской, словно каждую минуту ожидал неприятного вторжения. Маша была уверена: нахальной Зинаиды.

Впрочем, в остальном Успенский держал себя как обычно: не заглядывая в конспекты, разъяснял очередной блок формул. Дисциплинированно записывая, Маша не могла избавиться от мысли, что голос его звучит отдельно, а сам он где-то далеко.

Время от времени по лицу Георгия Александровича пробегала тень, и всякий раз он замолкал на полуслове, словно терял нить.

— Вы плохо себя чувствуете? — она решилась спросить. В Машином вопросе не было ничего, кроме вежливой заботы. Он мог ответить «Нет», и тогда она не посмела бы продолжить. Но профессор кивнул и открыл ящик стола.

Початая водочная бутылка вылезла на поверхность. Отвернув крышку, Успенский налил в стакан и выпил. Маша сидела, думала о том, что нужно подняться и выйти, но что-то удерживало, не давало встать.

— Сегодня *они* за мной пришли, — он сказал сумрачно, и Маша обмерла.

— Сегодня? — она переспросила, потому что поняла — *кто*. Паучье воинство, враги, которых она обхитрила, подкралось к нему *молитвами* мстительной политэкономши.

— Сегодня, шестого апреля, — Успенский качнулся на стуле, словно пытаясь оглянуться на календарь, висевший за спиной. — Тысяча девятьсот пятидесятого года. Накануне мне исполнилось семнадцать.

«В тюрьму», — Маша подумала, боясь спросить даже шепотом: об этом говорила Наташка.

— В тюрьму. Потом — в лагерь, — он усмехнулся. — ЧС — член семьи.

Даже потом, через много лет, вспоминая о страшном и пьяном разговоре, Маша так и не смогла ответить себе на *главный* вопрос: откуда в ней, родившейся и выросшей в семье, где *никогда* и *ничего* не обсуждали, словно бы от рождения жило предчувствие *правды*, которую, позабыв про сдержанную осторожность, профессор открывал перед ней. Времена, о которых он вспоминал, далеко отстояли от ее рождения, так что в этом смысле ничем не отличались от военных, совсем уже давних лет. Но военные времена всегда интересовали ее особенно — терзали памятью о миллионах погибших, среди которых были оба ее деда. Мамин отец, погибший в бою под Ленинградом, не нуждался в ее защите: ему досталась геройская смерть. Но другой, отец ее отца... В Машиной памяти он соединялся с теми, кто прошел рядом с ним по узкой деревенской улице, спотыкаясь и шевеля бессильными пальцами. Этих, погибших *другой* смертью, она узнавала в лицо. Ловила их черты в тех, кто спасся. В тех, кто, подобно ее отцу, сумел откупиться от паука.

Пятидесятые годы не относились к ее личной памяти. Об этих временах Маша знала только по книгам, когда искала ответы на экзаменационные вопросы. Может быть, поэтому они казались ей необитаемыми. Жизнь, какой ее помнила Маша, начиналась с середины шестидесятых. Раньше, до разговора с профессором, она не могла себе представить, что в ней словно бы живут и другие *воспоминания*: о времени, когда она еще не родилась. Не то чтобы Маша о нем помнила, но, слушая Успенского, она чувствовала что-то похожее на голос, который будто бы жил у нее внутри. Этим голосом, прислушиваясь опасливо и внимательно, можно было *поверить* любой рассказ об ушедшем времени: опознать в нем правду или ложь. Все, что говорил Успенский, было правдой. Не потому, что Маша ему верила. Просто его рассказ совпадал с неведомым кодом, который кто-то, склонившись к ее колыбели, вложил ей в душу. Как будто с самого начала она была принцессой из сказки, в которой родители не пожелали позвать на крестины ту самую страшную фею, но она явилась сама, неотвратимо и беззаконно, и никакая родительская осмотрительность не смогла побороть ее странный и страшный дар.

Тихим, глухим голосом Успенский рассказывал о своем отце, университетском профессоре, возглавлявшем кафедру политэкономии социализма. Его посадили в сорок девятом, когда избавлялись от евреев-космополитов, а его, русского, взяли заодно с ними, потому что давно точили зубы. Отец умер в лагере — сгинул почти сразу. Успенский рассказывал о том, каким был в юные годы — профессорским сынком, не видящим дальше своего носа. Подливая в стакан, он говорил о годах, проведенных в лагере, и его глаза наливались багровой ненавистью, такой беспросветной, что хотелось выть.

Положив себе на горло стынущие пальцы, Маша слушала в тоске и молчании, и грязные слова, идущие его горлом, становились единственно правильными и правдивыми. Эти слова, которые она сама никогда не решилась бы выговорить, клокотали в волчьей пасти, когда Успенский рассказывал о том, как вернулся в пятьдесят третьем и застал отцовскую кафедру в руинах, обсиженных подонками. Он говорил о том, как бывшие сослуживцы отца шарахались от него, как от чумного, потому что в мире, в который он возвратился из лагеря, такие, как он, были призраками, встававшими из свежих могил. Руки вернувшихся пахли так, словно они сами разрывали эту землю, и подонки чуяли этот запах, как летучие мыши — чужую, враждебную кровь.

— А эти, другие, которых — вместе с вашим отцом... кто-нибудь из них вернулся? — она спросила, и, словно увидев ее впервые, Успенский допил, налил новую порцию и придвинул к ней стакан.

Маша не решилась коснуться.

— Мне повезло. Три года. Попал под амнистию. Но штука в том, что, когда тебе семнадцать, три года идут за десять.

Не отвечая на Машин вопрос, он заговорил, запинаясь на каждом слове. Маша ловила отдельные фразы. То о какой-то клятве, по которой каждая баба, если когда-нибудь доведется *выйти*... То о ком-то из прежних знакомых, занявшем отцовское место, о чем можно было догадаться заранее, стоило взглянуть на его крысиную морду... Все, о чем говорил Успенский, перемежалось грязными словами, за которыми стояли его молодые годы, проведенные в клетке.

— Из тебя *они* вытягивают самое плохое.

— Охранники? — Маша спросила осторожно.

— Почему же? Не только охрана, — неверной рукой он обвел застекленную комнату. — Все. Выкормыши советской власти. Эта дамочка умеет выворачивать наизнанку.

Маша поежилась:

— Но разве... разве нельзя сопротивляться?

— Можно, — Успенский склонил пьяную голову. — Только кончается плохо. И это надо представлять себе заранее. Чтобы не удивляться потом. Этого я не знал. Вернулся и хотел учиться. Господи, — он выпил из Машиного стакана, — черт, как же я этого хотел...

— Кончиться? Чем это может кончиться? Они убьют? — Маша спросила жалко, испугавшись своей будущей жизни.

— Бывают истории и позанимательнее, — он выпил и обтер рот. — Ишь, — Успенский грозил пьяным пальцем, — каркали: не пойдешь в партию, не станешь профессором. А я — нет! Ну что — стал или не стал?! Говорили, на их стороне правда...

Эту правду Маша больше не могла слушать.

— Вам пора домой! — она произнесла твердо. — Здесь больше нельзя, могут застать, увидеть.

— Застать? — он переспросил, словно очнулся. Волчьи глаза уперлись в стеклянную загородку.

— А где все? — она спросила, думая про Зинаиду.

— Скоро явятся. У этих сук закрытое партсобрание.

— А Зинаида? — после всех отвратительных слов Маша спрашивала открыто.

— Эта? — он плюнул грязным словом. — Где ж ей быть? На собрании, со всеми.

Маша поднялась:

— Надевайте пальто, мы пойдем вместе, через студенческий выход, — она думала о том, что скоро, с минуты на минуту, они обратно пойдут по длинному коридору, там будет не разминуться. — Вставайте, будете держаться за меня. Если встретим, я скажу, что вам стало плохо. Скажу, что провожаю вас до такси. Мы выйдем и поймаем машину...

Успенский оскалился и поднялся. Ни тени пьяной беспомощности не осталось в его холодных глазах.

— Этих ухищрений не требуется, — голос стал ровным и трезвым, — иди. Да, вот еще: два дня меня не будет. Во вторник жду как обычно, — Успенский махнул рукой.

Чужие голоса входили в преподавательскую. Они, отсидевшие на собрании, возвращались шумной толпой, горячие и раскрасневшиеся, как с морозца. Декан, явившийся вместе со всеми, проводил ее внимательным взглядом.

— Георгий Александрович! — он двинулся за стеклянную загородку.

Последнее, что Маша расслышала, — холодный и вежливый голос, в котором никто, даже проницательный декан, не уловил бы пьяного звука.

Рассказывать было некому. Маша понимала ясно: придется решать самой. В таких делах брат не помощник. Узнает, испугается. Хуже того, возьмет и ляпнет родителям. Мнение родителей Маша знала заранее: потребуют *всё* прекратить.

Она думала о том, что между братом и Успенским есть что-то общее. Но брат, конечно, *другой*. Время от времени и он позволяет себе скверные слова, но в устах брата эти слова звучат как будто понарошку. Словно он не имеет права на скверну. В отличие от Успенского: он, одержавший победу над паучьим воинством, имеет право.

Сидя на подоконнике, она повторяла слова Успенского, не пропуская скверны. Слово в слово. Слова обжигали горло, желчью разъедали рот.

Маше хотелось сплюнуть, но губы не слушались, бормотали и бормотали, словно взялись переложить *историю* на грязный профессорский язык. О паучьем воинстве, о полчище полицаев, о черном эсэсовце, идущем по плацу, покачивая длинной и острой тростью, которая поднимается, чтобы ткнуть в беззащитное сердце. Для каждого из *них* находилось профессорское *слово* — единственно правильное и правдивое. Язык, которым владел профессор, гулял в Машиной крови. Этот язык становился главным знанием, которое Маша переняла у профессора, важнее предмета, который Успенский читал для нее дополнительно. Она думала о том, что до встречи с Успенским стояла перед *ними* безоружной.

Маша слезла с подоконника и легла. Перед ней вставали крысиные лица: университетская экзаменаторша, полицай, вручающий белые *аусвайсы*, зоркая заведующая сберкассой, разглядевшая свежий паучий укус. Последним возник декан, ухмыльнувшийся гадко, и всякий раз профессорский язык вступал сам собою, как неведомый музыкальный инструмент, издававший звуки безошибочной скверны. Этой скверной пахли и призраки, обсевшие ее искореженную жизнь.

Она чуяла *их* запах, словно сама стала летучей мышью, знающей *все* про чужую враждебную кровь. В темноте беспросветной ночи Маша думала о том, что кровь — это другое, не передающееся по рождению, потому что отец профессора, которого *они* взяли вместе с евреями, был русским по крови. Значит — *другим*.

Прислушиваясь к звучанию скверного инструмента, Маша смеялась беззвучно, зажимая ладонями рот.

Кровь уходила в землю, которую мертвые разрыли своими руками. С ними она была одной крови. С ними и с профессором.

«Мы с тобой одной крови — ты и я».

Слова из сказки, которые произнес герой, брошенный в джунглях и вскормленный волками, не относились к человеческой крови. Маша вздохнула, успокаиваясь. В мире, где каждый рождается зверем — пауком или волком, — надо выбирать *одну* сторону. Она улыбнулась улыбкой волчонка и встала на сторону волков.

# Глава 8

## 1

Обещания Успенского, сулившего научную карьеру, начали сбываться: на третьем курсе, по представлению профессора, Маша была назначена председателем студенческого научного общества, пока что факультетского. Декан, засидевшийся на своем месте — по каким-то причинам ректорат не спешил отпускать его в докторантуру, — разговаривал с Машей уважительно, признавая за ней особые права: время от времени ее отправляли с докладами на студенческие научные конференции. Приглашения приходили то из Москвы, то из столиц союзных республик, в каждой из которых были профильные вузы. Списки докладчиков утверждал Успенский. Машины выступления он ставил на пленарные заседания. Против этого выбора не возражал никто: ее доклады были интересными. Собирая вещи, Маша радовалась возможности попутешествовать, тем более что ленинградскую делегацию везде принимали радушно. Пожалуй, ей отдавали предпочтение перед московской; прибалтийские же университеты и вовсе не приглашали москвичей.

Мало-помалу она начинала понимать истинное положение дел: студентов из России здесь называли русски-

ми, делая исключение, кажется, только для ленинградцев. Ленинградцев включали в семью прибалтийских на-
родов, остальных ненавидели люто, не особенно скрывая
своих чувств.

В Таллине на пленарном заседании ей предоставили
первое слово. Маленькую ленинградскую делегацию
усадили на переднюю скамейку. Выступив, Маша вернулась к своим.

Один за другим на кафедру поднимались устроители.
Доклады они делали на своем родном языке. Ленинградцам никто не переводил. Ребята перешептывались недовольно. Вспомнив о своих правах и обязанностях предсе-
дателя СНО, Маша передала по цепочке: «Мы — гости.
Сидим тихо».

Шорох в рядах гостей не укрылся от внимания хозяев.
Маша ловила внимательные взгляды: казалось, хозяева
дожидаются первого открытого недовольства, чтобы оса-
дить русских. До конца прений они досидели с честью, но
когда хозяева заговорили о вечерней программе, Маше
стоило некоторых усилий дать согласие. Ей хотелось добраться до кровати и уснуть мертвым сном. Остальные
члены делегации отказались решительно. Понимая, что
общий отказ не может остаться без последствий, Маша
согласилась, скрепя сердце.

Вечер заканчивали в уютном кафе. За столом разговаривали по-русски. Их русский был свободным. Сегодняш-
нюю *пленарную* историю хозяева обходили стороной.

Официант принес десерт: кусочки хлеба, смазанные
чем-то сладким, вроде варенья, и посыпанные длинными
зернышками, похожими на тмин. Национальное блюдо.
Хозяева ели с удовольствием, и, стесняясь обидеть, Маша взяла и надкусила.

Такого вкуса — сладкого и одновременно терпкого —
она не могла ожидать. Зубы жевали липкую хлебную
массу, но язык, мгновенно распухший, не давал вдохнуть.

Елена Чижова

Взмокшие лопатки свело холодным ужасом, и, улыбаясь одними губами, Маша медленно поднялась. Зажимая горло обеими руками, она бросилась к двери. В уборной, подавив приступ дурноты, Маша прижалась лбом к холодной стене, ужасаясь тому, что все, конечно, заметили.

В туалет вошла девушка. За столом они сидели рядом. «Ну что, как ты?» — девушка спрашивала заботливо. Эстонский акцент прибавлял ее голосу нежности и доброты. Маша попыталась ответить, но дурнота подступила снова, и, махнув рукой, она кинулась в кабинку.

Девушка стояла снаружи, терпеливо дожидаясь.

«Извини... Наверное, аллергия. Язык не ворочается... Распух...»

Вернувшись к столу, она села, стараясь не глядеть на темное блюдо. Хозяева, прервавшие разговор, смотрели с вежливым недоумением.

«Простите, не знаю, очень вкусно. Но для меня непривычно. Устала, тяжелый день...» — Маша оправдывалась, боясь заплакать.

Они смотрели внимательно. Во взглядах, устремленных на Машу, соединялась жалость и непреклонность, словно она была каким-то животным особой породы, вызывавшим жалость, но в то же время и опасливую неприязнь. Что-то, перебившее стыд, поднялось в душе.

«Я — не русская, — Маша произнесла через силу. — Мой отец — еврей».

Девушка, сидевшая рядом, заговорила по-эстонски. В потоке речи мелькнуло слово *аллергия* — она произнесла его как-то по-своему.

Парень, сидевший в главе стола, подал знак официанту. Тот подошел и склонил голову, дожидаясь распоряжений, и, коротко кивнув, подхватил темное блюдо. Унес с собой. Хозяева заговорили по-русски как ни в чем не бывало.

Вечер закончился мирно. Парень, говоривший с официантом, пошел ее провожать. Темноволосый, не очень-то похожий на прибалта, он говорил почти без акцента.

До общежития добрались к полуночи. По дороге болтали о разном: о преподавателях, о Ленинграде, о конференции. Поблагодарив за приятный вечер, Маша стала прощаться. Но он не уходил. Смотрел выжидающе, как будто напрашивался на приглашение.

Маша усмехнулась и посмотрела нехорошо: «Знаешь, — она глядела ему в глаза, — если бы я кого-нибудь ненавидела, не стала бы набиваться в гости». — «Эт-то неправда, — буква *т*, отдавшаяся ломким эхом, вернула себе эстонский выговор. — Т-тебя никто не ненавидит». — «Это хорошо, — Маша прислушалась к отлетающему эху. — Тогда я тебя приглашаю. Мы поднимемся, и ты объяснишь мне, зачем вы это сделали: чтобы мы не поняли ни слова? А если не объяснишь, завтра мы все уедем. Ребята так решили. Я тоже. Уеду со всеми».

Она сказала со злости, из гордости, с разбегу, но парень испугался. «Да», — кивнув покорно, пошел следом за ней.

Они поднялись и сели за низкий столик — в холле, на этаже.

«Ну?» — Маша спросила, давая волю злости. «Остальные приедут завтра, из Вильнюса и Риги. Сегодня никого не ожидали. Думали, вы тоже завтра. Мы думали, на пленарном заседании будут только *наши*, доклады приготовили на эстонском. А потом оказалось, вы все-таки приезжаете, но было... поздно менять».

«Правильно, — Маша кивнула. — *Так* ты и объяснишь. Когда тебя вызовут». Его пальцы вздрогнули. Гостья поняла правильно: сидя перед нею, он репетировал *объяснение*.

Он сидел, опустив голову, словно ждал вопросов.

«Я не понимаю... — Он поднял глаза. — Ты действительно думаешь, что я — твой враг?» — «Не знаю», — он ответил нехотя, но твердость, стоявшая в голосе, выдавала правду. «Ладно. Значит, враг. Тогда давай говорить открыто. Тем более *здесь* нас никто не слышит».

145

Женщина, дежурившая на этаже, встала и ушла. Как будто была в сговоре с ними.

Разговор, начавшийся с угрозы и испуга, становился странной игрой. В этой игре они сидели друг против друга, а между ними стояло что-то, похожее на смерть. Потому что *оно* стояло насмерть, но все-таки было не совсем настоящим: поймав усмешку ленинградской девочки, он понял — *эта* не выдаст.

«Хорошо», — ему *хотелось* высказать правду. Всю как есть.

*Это* они придумали заранее. Пошли на стратегическую хитрость: пригласить на пленарное заседание только ленинградцев, потому что только с ленинградцами их сговор мог стать игрой. С москвичами такие игры не проходят. «Ленинградцы пережили блокаду, и вообще...» — он отвел глаза.

То, что он рассказал, оказалось подступами к правде.

Настоящая правда была соблазнительной и страшной. Тихим и твердым голосом он рассказывал о послевоенном времени, когда их семью выслали за Урал. На Урале он и родился. Перечисляя имена, непривычные для русского слуха, рассказывал о судьбе родных, о тех, кто умер в далекой ссылке, о бабушке, не смевшей плакать о потерянной родине. Украдкой она учила внука говорить и писать по-немецки и на родном языке.

Их жизни, загубленные *русскими оккупантами*, были записаны в его памяти, как в книге, и каждая страница сочилась болью. Словно свидетель обвинения, он листал мелко исписанные страницы, и, вглядываясь в буквы, превращавшиеся в строки, Маша читала его правду, не замечая, что эти буквы — *другие*. Как будто снова сидела на конференции, где все говорили не по-русски, но она понимала их дословно, как будто его бабушка, умершая вдали от дома, научила ее говорить на их родном языке.

«Моя семья не исключение. Русские погубили многих».

146

Если бы это и вправду было трибуналом, перед которым он поставил ее в качестве обвиняемой, Маша нашла бы что сказать. Она сказала бы, что ее вина — мнимость. Все случилось до ее рождения, а значит, она не может отвечать за дела отцов. Кроме того, ее отец — еврей, а значит, поезда, стоявшие под парáми, были приготовлены и для ее семьи. Она сказала бы: если бы Сталин не умер, она тоже родилась бы по другую сторону материка, если бы вообще родилась, и уж во всяком случае, никогда бы не стала ленинградкой. Она могла бы сказать: Ленинград — особый город, в котором все смешалось и сгорело. Как пепел целого народа: их национальность — ленинградцы. Так она ответила бы судьям, и ни один трибунал на свете не счел бы ее доводы ничтожными. Из-за свидетельской кафедры она вышла бы свободной и оправданной, и парень, сидевший напротив, вынужден был бы отступить.

Он молчал, дожидаясь ответа, потому что в игре, которую они оба приняли, полагалось отвечать.

«Я отвечу тебе», — Маша начала непреклонно, перебирая доводы. Они были сильными и правильными — и все вместе, и каждый по отдельности. «Во-первых...» — она коснулась лба, усмехнулась сухими губами и в это же мгновение услышала голос, вложенный в ее душу над колыбелью. Голос пел о том, что *его* правда сильнее ее безвинности — если придется выбирать.

«Во-первых, — она начала снова. — Мой отец еврей. Но мать — русская. Это значит, я *тоже* виновата».

Парень, сидящий перед ней, сник. Игра, которую они затеяли, получалась странной. В ней не было главного, того, на чем держатся *такие* игры. Тень разочарования скользнула по его лицу. Тени предков, ходившие над его головою, отлетали, оставляя его в одиночестве. Он никого не забыл. Защитил их всех, как мог. Никто не потребовал бы от него большего. И девушка-ленинградка, сидевшая напротив, признала свою вину. Даже себе он не желал сознаться в том, что ожидал от нее *другого*: пусть бы она выступила *против*, встала на защиту своих.

Противясь подступающему разочарованию, он уцепился за ее усмешку. За этой усмешкой не чувствовалось покорности. *На самом деле* она не признала вины.

Ему не хотелось расставаться с радостью обличения. Протянув руку, он провел указательным пальцем по ее верхней, усмешливой, губе. Усмешка, изобличавшая ее непокорность...

Ее губа дрогнула, но не стала смиренной.

«Тебя, — Маша отвела протянутую руку, — как зовут?»

«Тоомас, — он ответил и тоже усмехнулся. — По-вашему, Фома».

«Тоомас?!» — зажав ладонями рот, она засмеялась. Скверный инструмент, который передал ей профессор, откликнулся на имя: имя, которое она *использовала*, спасаясь от паука.

Отсмеявшись, она вытерла губы, сметая следы усмешки — как крошки темного лакомства, от которого рвало.

«Пошли», — Маша встала с гостиничного дивана и поманила его за собой.

Утро принесло пустоту.

Встав под душ, она смыла с себя его запах. Как вину, которую этот Фома, па́хнувший молодым волком, возлагал на нее.

## 2

На следующий день Тоомас не явился, исчез, как не бывало.

К выходным конференция закончилась: все остальные доклады выступавшие читали по-русски. На прощальном ужине его тоже не было. Маша думала: «И слава богу...»

*Это* хотелось забыть как можно скорее. Кроме того, Маша опасалась Успенского: профессор обладал звериным чутьем. «Только не это...» Их отношения и так будили любопытство.

Будь она троечницей, с трудом переползающей с курса на курс, никто не усомнился бы в том, какого рода нити связывают ее с профессором финансов. Но в своей группе Маша была лучшей, училась легко и старательно. В ее зачетке не было ни одной четверки.

Сорванный лист легче всего спрятать в лесу. Бесспорно, она была лучшей студенткой, а потому никто не догадывался: любовницей Успенского она стала еще на первом курсе, давным-давно.

Если бы их связь открылась, все сочли бы Успенского соблазнителем. И попали бы пальцем в небо. Профессор, давший клятву в ранней юности, именно для Маши пытался сделать исключение. С самого начала он действовал без обмана, искренне заботясь о ее будущей научной карьере, потому что девочка, которую он разглядел, сидя в президиуме, была до странности непохожей на других студентов.

В его жизни способные студенты, конечно, встречались и раньше: Успенский знал этот вкус. Когда каждое слово, произнесенное преподавателем, находит заинтересованный отклик в молодой и талантливой голове. Его лучшие студенты добивались успехов, время от времени до него доходили слухи об их карьерных достижениях, и каждый из них был ему благодарен. Однако все они проходили курс на общих основаниях. Эксперимент с дополнительными занятиями Успенский ставил впервые.

Вопреки ухмылкам декана, словно бы знавшего о его давней клятве, профессор не зарился на студенток. За все преподавательские годы набиралось две-три мимолетные истории, и девушкам, выказавшим ему особую благосклонность, не пришлось об этом пожалеть. Собственно, слухи, ходившие по институту, и возникли именно потому, что слишком ответственно Успенский относился к дальнейшей судьбе своих недолгих избранниц, то договариваясь с деканом о пересдачах, в которых им отказывали, то устраивая теплое местечко при распределении. Девочка, которую он высмотрел, в этой заботе не нуждалась. К разговорам о своей будущей научной карьере она вообще относилась равнодушно.

Не раз Успенский задумывался о том, что в этом кроется какая-то несообразность, потому что в учебных делах Маша демонстрировала любознательность и внимание. За каждую новую тему она принималась с энтузиазмом, без устали обдумывая возможные повороты, так что доклады, положенные на профессорский стол, радовали его глубоким и нетривиальным подходом. Бывали случаи, когда, выслушав Машино выступление, кафедральные преподаватели подходили, чтобы похвалить его ученицу. Говорили о том, что Маша Арго замечательно развивает идеи своего руководителя, но Успенский, не слишком греша против истины, отвечал, что она развивает свои.

Несообразность, о которой задумывался профессор, заключалась в том, что к своим достижениям Маша относилась спокойно, хотя, пожалуй, и не вполне безразлично. Своим успехам она радовалась. Это Успенский замечал. Делами студенческого общества Мария Арго занималась с удовольствием, охотно ездила на конференции, и все-таки... Про себя, недоумевая, профессор сетовал на то, что она не мужчина, а значит, преданности чистой науке от нее вряд ли стоит ожидать. Тем не менее он настраивал ее на аспирантуру, стараясь не обращать внимания на холодок, сверкавший в ее глазах.

Вопреки Машиным представлениям, сложившимся под влиянием страшного пьяного разговора, его отношение к женщинам не было простым. О *них* он привык думать грязно и грубо, так, как это делали *старшие*, чьи ухватки он перенимал на зоне — в течение долгих трех лет. Однако циничное презрение, которым были окрашены его сокровенные мысли, сочеталось в нем с преданностью и нежностью, как будто оставшимися в наследство от давней юности, проведенной в профессорском доме.

Первые годы, прошедшие после *возвращения*, поглотили учеба и карьера — учитывая отцовское и собственное прошлое, всё давалось с большим трудом. От мальчиков, пересевших за институтскую парту со школьной скамьи, Успенского отличала мертвая хватка, приобретенная на зоне. Сводя зубы, он поднимался по карьерным ступеням, однако не делая ни шагу в ту сторону, куда его манили *различные* организации. Постепенно от него отступились. Видимо, не научились ломать тех, кто *совсем* не боялся.

Успенский не боялся совсем. Волчьи глаза, магически действовавшие на женщин, загорались угрожающе-тусклым пламенем, стоило *им* пригласить его на разговор, и неприметный человек, садившийся напротив, чувствовал себя неуверенно и неловко, словно в его мозжечке вспыхивала генетическая память о том времени, когда его предки были крысами.

Докторскую он защитил с их молчаливого согласия. Профессором Успенский стал в тридцать девять лет — возраст невиданный для деятелей советской экономической науки. Потомки крыс позволили ему занять и должность заведующего кафедрой. Свое попустительство крысята объясняли тем, что для статистики им необходим заведующий кафедрой, не являющийся членом КПСС.

Внимание женщин, которым Успенский пользовался с удовольствием, было, если можно так выразиться, побочным продуктом. Это дело он никогда не считал приоритетным. К его ногам они, как говорится, падали сами, чуя и ценя в нем то самое, что осаживало крыс. Некоторое время, отдавая дань своей клятве, он вел скрупулезные подсчеты, но, перевалив за сотню, не то сбился со счета, не то прекратил сознательно. На фоне подобной впечатляющей статистики двумя-тремя новыми историями вполне можно было пренебречь.

Защитившись, то есть достигнув цели, к которой можно идти, сжимая зубы, Успенский начал пить. К моменту встречи с Машей привычка превратилась в зависимость: за день он выпивал пол-литра водки. Однако на занятия являлся трезвым — умел *держать удар*.

Если бы его спросили, зачем он это делает, профессор вряд ли нашелся бы с ответом. Ум, привыкший справляться с расчетами, выкладками и формулами, не задавался вопросами о смысле жизни. Время от времени какие-то неясные сомнения бередили его душу, и, делая робкий шаг в сторону рефлексии, Успенский испытывал горькие чувства. Почти вплотную он подходил к пониманию того, что в советской системе все его открытия и достижения так и останутся чистой схоластикой, не имеющей отношения к подлинной экономической жизни. Эти ощущения он гнал от себя нещадно, однако они не исчезали. Точили изнутри.

Первые годы водка помогала. Он тешил себя надеждой на то, что сумеет, взявшись за дело правильно, вырастить ученых своей собственной школы, которые сумеют закрыть проплешины, оставшиеся в экономической науке после *чисток*. Успенский был уверен в том, что если бы не чистки, от которых пострадали ученые отцовского поколения, новые экономисты, *естественные* наследники Чаянова, сумели бы сделать советскую систему экономически эффективной. С этими мыслями он и приглядывался к новым студентам, по понятным причинам предпочитая лиц мужского пола, но глаза ни на ком не останавливались. Машу он выделил сразу.

В тот день Успенский привычно томился в президиуме, обдумывая план учебника, который собирался писать. Девушка, вышедшая на сцену, не была красавицей. Ее можно было назвать симпатичной. Она декламировала стихотворные строки. Профессор не вслушивался. За донжуанские годы он привык к тому, что в случае *одобрения* в нем словно бы включался механизм, облекающий желания и чувства в грязные слова. На этот раз механизм явно давал сбой. Девушка казалась ему привлекательной, но *этих* слов в голове не возникало. Он вслушивался все внимательнее, находя ее выступление умным и удивляясь своему безразличию. Закончив, она поклонилась неловко, и в этот миг, втянув воздух волчьим носом, он вдруг подумал: эта девушка — то, что нужно. Учебу она понимает так, как это необходимо *для его* дела.

В тот же день, обратившись к декану, не посмевшему ухмыльнуться, Успенский узнал о том, что Мария Арго — студентка из лучших.

## 3

До шестого апреля Маша относилась к профессору с почтением. Однако беспокойная ночь, последовавшая за пьяным разговором, имела последствия. Профессорский голос завладел ее душой, словно Машина душа, заговоренная над колыбелью, была ему подвластна. Маша гнала от себя стыдные мысли, но снова и снова вспоминала его клятву: для Маши эта клятва становилась магическим заклинанием, которого она не могла одолеть. Словно и вправду была героем, оставленным в диком лесу, где свой и чужой различаются единственно по запаху, она склонялась к мысли: волк давал свою клятву в расчете и на нее.

Жизнь, сложившаяся до встречи с Успенским, как будто расчищала ему дорогу. Маша думала о годах, проведенных в неведении. Тогда она стремилась стать историком, надеялась открыть для себя прошлое, которое в те годы казалось ей достоянием всего человечества. Безо всяких исключений. В ее представлении народы и страны карабкались по ступеням исторического времени, и каждая ступень, покоренная тем или иным народом, давала опыт и ему самому, и всем другим. Опыт Вавилона преломлялся в жизни Египта, греческая красота питала умы Возрождения, точность римских формулировок гранила форму средневековых фраз. Теперь, оглядываясь по сторонам, она обнаруживала совсем другие приметы. Словно время, в котором двигалось вперед все остальное человечество, в ее стране изменило направление. Тронулось вспять. Мир, в котором она оказалась, походил на первобытный: в нем действовали свои и чужие боги. В этой лесной чаще слагались страшные магические заклинания, способные оживить погребенных мертвецов. Каждая клятва, обращенная к *этому* миру, обладала силой, имевшей власть над живущими.

Теперь уже не вполне точно, но Маша все еще помнила, о чем говорили книги, описывающие первобытную жизнь. О любви они хранили молчание, словно чувство, пронизывающее *историческую* жизнь человечества, в *доисторические* времена еще не относилось к людям. Невидимые боги, не помышлявшие о людской любви, вглядывались в мир в поисках жертвы: жертвенность была единственно верным способом с ними договориться. В этом мире каждая девушка была собственностью своего племени, в котором родилась. Оно имело право принести ее в жертву или отдать другому племени, но выбор, решавший ее жизнь и смерть, никогда не предоставлялся ей самой.

Чем дальше, тем неотступнее Маша думала о том, что в этом лесу, в котором ей довелось родиться, она принадлежит к разным, враждебным друг другу племенам. Снова и снова она вспоминала свои терзания, и скверные слова, которые переняла у профессора, шептали ей о том, что материнское племя опаснее и враждебней. Отцовское, совсем не похожее на победительное, всегда оказывалось разгромленным, потому что на стороне материнского племени стоял могучий языческий бог, принявший обличье паука. Раньше, в свои школьные годы, Маша об этом не догадывалась: и учителя, и родители говорили неправду. В лучшем случае хранили молчание.

«Нет, — думала она. — Просто врали. Твердили о том, что в этой стране нет ни племен, ни пауков».

Помня свою университетскую историю, Маша понимала: ее, дурочку, верившую на слово, прочили в жертву пауку.

Материнское племя действовало хитростью: ее, оскверненную чуждой кровью, они выбрали, чтобы спасти девочку-медалистку, целиком принадлежащую их племени.

Ее имени Маша не знала. Зато она знала имя другой русской девочки, которая поступила туда, куда мечтала: Валя Агалатова, ее ближайшая институтская подруга.

На переменах Маша по-прежнему болтала с Валей, понимая, что в этом нет никакой Валиной вины. Дело в конце концов не в Вале. Важным оказывалось *другое*: теперь, когда ей открылся сам механизм несправедливости, временная победа, которую Маша одержала с помощью брата, уже не казалась ей окончательной. Победительницей она оставалась до первой проверки. Если полицаи, засевшие за коленкоровой дверью «Отдела кадров», по каким-то причинам займутся ее личным делом по-настоящему, тогда, по законам своего племени, враждебного отцовскому, они опять повлекут ее туда, где, кроясь за первобытными деревьями, дожидается неумолимый паук.

Этот день еще не наступил. Однако, осознавая, что он придет рано или поздно, Маша понимала: надо действовать. Решительно и быстро. Самой выбрать племя, которому можно принести себя в добровольную жертву, и этой жертвой окончательно освободиться от родителей. Чтобы родительские племена, враждебные друг другу, больше не имели над ней власти. Новое племя, данное не по рождению, а по выбору, станет ее защитой. Оно должно быть сильным и независимым, чтобы охотники, которых родительские племена отправят по ее следу, остановились на подступах, встретив яростный отпор.

Волчий запах, исходивший от слов профессора, определил окончательный выбор.

# 4

Выбрав день, когда Успенского на кафедре не было, Маша явилась к нему домой — позвонила и напросилась. Поводом послужила срочная консультация — тогда Маша писала один из своих первых докладов. Голос, ответивший по телефону, был сдержанным и ровным. Не выказав удивления, профессор предложил ей приехать.

Дожидаясь прихода студентки, Успенский допил остатки и умылся под краном. Машину просьбу о консультации он принял за чистую монету, поскольку тема, над которой она трудилась, была не из легких.

Профессор встретил ее в прихожей. Едва взглянув, Маша почувствовала ужас и отвращение: на хозяине был надет спортивный костюм. На взгляд постороннего, в этом не было ничего особенного: мягкие штаны, стянутые в лодыжках, широкая трикотажная кофта, облегающая живот. Отвратительным ей показался темно-серый цвет. Одеваясь второпях, профессор натянул кофту на левую сторону, так что мягкий начес оказался снаружи. Серый начес походил на короткую волчью шерсть. Мысль о побеге занялась в Машином мозгу. Отступая в сторону, профессор вежливо улыбнулся. Помедлив, она все-таки вошла.

В квартире царил дух пьяного уныния. Грязная посуда покрывала поверхность кухонного стола. В углу, у захватанного руками пенала, накопилось с десяток пустых бутылок. Из глиняной миски свисали пряди кислой капусты. Маша села и опустила глаза.

Теперь, оказавшись в квартире, которую про себя назвала логовом, Маша прислушивалась растерянно. Успенский ходил по комнате, ступая как тень. Кажется, он пытался прибраться. До Машиных ушей доносилось какое-то шуршание и бряканье. Наконец, возвратившись на кухню, он улыбнулся виновато: «Пусто. Так что перейдем к делу».

Поборов себя, Маша выложила на стол исписанные листки. Привычно, словно дело происходило за кафедральной загородкой, профессор уселся напротив. Она докладывала тихим голосом, формулируя промежуточные выводы, и, пытаясь следовать за ее мыслью, Успенский отгонял от себя другую, сверлившую мозг. Сознание, затуманенное водочными парами, сосредоточилось на женщине, пришедшей к нему в дом. Сюда она явилась по доброй воле. Звериное нутро, выпущенное из институтской клетки, нашептывало скверные слова.

«Я не понял... — Успенский прервал течение ее мысли. — Ты водку-то пьешь?» Маша запнулась: «Н-нет... Да. Не знаю». «Жаль, — он сказал и почесал шею, — а то... Я мог бы сходить».

Маша молчала, перебирая листки. Мысли, сложенные из написанных слов, распались.

«Хорошо. Сходите», — она думала о том, что перед тем, как выйти на улицу, ему придется во что-нибудь переодеться, скинуть с себя волчью шерсть. «Магазин прямо в доме, внизу, на первом этаже. Хожу, как к себе в погреб», — с трудом попадая в рукава, он натягивал крашеный тулуп. Дорогая дубленка, в которой профессор приходил на работу, висела на вешалке.

Натянув тулуп, он направился к двери. Так выходило еще страшнее: волк в овечьей шкуре. Зверь, состоящий из двух разных половин.

«Совсем как я», — дожидаясь его возвращения, Маша думала о своей *нечистой* крови.

Входная дверь хлопнула. Сбросив овечью шкуру, Успенский перекатывал бутылку из ладони в ладонь.

— Выпей, порадуй *мальчика*, — свернув пробку, профессор вывел странным, поганым говорком. Черты лица, обращенного к Маше, заострились, молодея. Она поднялась и, оглядевшись, нашла стакан.

— У вас нет рюмок? — подняв к свету, она рассматривала грязноватый стакан. Стекло было подернуто разводами.

— А хер их знает. Были, да Зинка-сука разбила. Баба с норовом, — он причмокнул, ей показалось, восхищенно и опрокинул в горло.

— Знаете, — Машины губы дернулись, — не знаю, как вам. А мне легче, когда вы находитесь в человеческом облике.

Туман, застивший его глаза, медленно расходился: «В человеческом? — Успенский усмехнулся угрюмо. — Это можно». — Подцепив вилкой, он тянул из миски длинные капустные пряди. Голова, запрокинутая назад, приноравливалась, стараясь ухватить зубами. Упершись глазами в стол, профессор пережевывал сосредоточенно.

— Будь ты дурой, — протяжный говорок исчез, он поднял тяжелые глаза, — одной из этих, — он махнул рукой, как будто за окном летали несметные стаи дур, похожих на голубей, — я решил бы, что тебе чего-то от меня надо. Ну, не знаю, чего там добиваются дуры: зачеты, оценки, аспирантура. С оценками ты сама справляешься, аспирантура — дело решенное. И ты не дура. Что? — глазами, подернутыми горечью, он смотрел внимательно и угрюмо.

— К вам, — Маша подняла стакан, — приходят исключительно по необходимости?

— По необходимости? — он мотнул головой, не то переспрашивая, не то соглашаясь. — Вот именно. Ну, и какая же у тебя?

Отставив стакан, Маша собирала разложенные бумаги.

— Постой. Не надо, — он говорил по-человечески. — Что случилось? Сядь и объясни.

— Шестого апреля, когда мы — в вашем кабинете, — она замолчала, не зная как продолжить. — Вы сказали, что дали клятву...

— И что? — Успенский спросил, не сводя глаз.

— Все — значит, все. Я — женщина. И я не хочу, чтобы вы делали для меня исключение.

— Женщина?! — он захохотал и отпихнул капустную миску. — Значит... Надо понимать, ты на меня обиделась?

— Нет. Какая разница... Я пришла, а дальше — дело ваше.


Поднявшись, Успенский заходил по кухне, заглушая помехи. Мозг, тронутый водочным духом, обретал ясность. Скверные слова, выбившиеся из-под спуда, канули в глубину. Вместо них поднимались мысли, выкрашенные *другой* скверной, рядом с которой меркли любые скверные слова.

«Неужели Нурбек?» — Успенский прикидывал про себя.

Будь перед ним любая *другая*, стратегия декана выступила бы ясно и прозрачно. В данном случае, напряженно думал Успенский, получается как-то кривовато. Если бы декан против него замыслил, *эту* — он посмотрел внимательно — Нурбеку вряд ли удалось бы уговорить.

«Хотя... Кто его знает...»

Три года, определившие остальную жизнь, научили *главному* — по гнилой логике *большой зоны* сойтись могло и *так, и так*.

В том, что декан ненавидит его люто, сомнений не было. Это Успенский объяснял по-своему, легко. Тому, кто *бывал*, объяснение являлось само. Закон, который Успенский вывел в далекой юности, гласил: все, оставшиеся в живых, делятся на две неравные части. *Сидельца* можно определить с первого взгляда. Те, кто топтал землю *по другую сторону*, безошибочно чуяли своих. Те, кто по эту сторону, — тоже. Запах мерзлой земли, въевшийся в его плоть, достигал их ноздрей.

*Это* он почуял сразу, когда впервые встретился с Нурбеком. В глазах декана, глядевших внимательно, таилась трусливая настороженность. В первые годы это чувство было сильным, теперь, конечно, ослабло. Впрочем, не до такой степени, чтобы Успенский усомнился: стоит подставиться, и Нурбек нанесет удар. Странность заключалась в том, что, и раскусив Нурбека, Успенский не винил его *лично*. Точнее говоря, никогда не думал о нем *по-человечески*: как если бы речь шла о бешеной собаке. Опыт отцовской жизни, который он не мог не учитывать, говорил: *такие дела* обдумывают *другие*. Собак просто спускают с цепи.

Мысль работала почти трезво:

«Собака... Она — собака?.. Ну и что? Чем черт не шутит... Сейчас другие времена...»

Мозг мутился похмельем. Оно начиналось всегда, стоило не влить очередной порции вовремя, пропустить нужный момент.

Он подумал: «Выгнать как собаку» — и потянулся к бутылке, дернув перекошенным лицом.

— Значит, говоришь, мое дело?.. — водка, облившая внутренности, подействовала. Похмелье отступало. Теперь Успенскому казалось, что он снова думает ясно и собранно.

Профессор думал о ней.

В первый раз за долгие месяцы он понял, что возлагает на нее надежды, но — особого свойства. Пьяным

160

умом он вдруг сообразил, почему, приглядываясь к перспективным студентам, никак не мог выбрать. Но, едва взглянув на нее, выбрал мгновенно. Цель — восстановление *подлинной* кафедры, такой, какая могла быть при отце, — не достигалась подбором отличников. Блестяще успевавшие студенты — программа минимум, которая ничего не значила без *другого*. Те, кого он собрался вырастить, должны были обладать каким-то внутренним свойством, не позволяющим превратиться в *собак*. Собачье время, в котором продолжали жить отцовские палачи, захлебнется само собой, наткнувшись на эту преграду.

Так ясно он не формулировал никогда.

Потому что все время, пока расписывал перед ней экономические зависимости и формулы, ни разу не почуял опасности, которая могла подкрасться к нему с ее стороны. Теперь, когда явилась скверная догадка, он испугался: мысль о том, что именно она, которую он сам выбрал, может стать *собакой* декана, накатывала как подступающее похмелье. Именно в ней он никак не хотел обмануться. Иначе... Водка, влитая в горло, прогорала как в раскаленной печи. Если он все-таки ошибся и *это* подстроено заранее, все решится довольно быстро: *собаки* не станут тянуть. Они вцепятся сразу, как бросались и вцеплялись всегда, стоило сделать шаг в сторону. «И винить, — он подумал, — некого. Кроме себя».

— Значит, дело наше... — он повторил вслух, теперь уже утвердительно, как будто заранее готовясь к проигрышу: остатка жизни, прошедшей с последнего лагерного дня. Еще можно было выгнать ее, отодвигая поражение, но тогда за каждой формулой, которую он ей расскажет, с этого дня и до самого конца будет стоять *главный* вопрос.

Он почувствовал тягостное бессилие, и, нагнув бутылку, попытался обуздать себя словами скверны. Ровным голосом, не отводя глаз, он говорил ей в лицо то, что она заслужила, если действительно явилась к нему как собака.

Девочка не отвечала, слушая внимательно, как слушала всегда, когда он объяснял. Темно-золотистое пламя занималось вокруг ее зрачков, расширявшихся с каждым его скверным словом. И, загораясь от этого пламени, он поднялся и повел ее к двери, за которой на короткое время исчезли всяческие страхи.

# Глава 9

## 1

С этих пор, предваряя свое появление коротким телефонным звонком, Маша стала приходить к профессору, но эти случаи были редки: жертва, принесенная волчьему племени, не стала для нее радостью. Как и прежде, она продолжала заниматься по индивидуальному плану, осваивая премудрости финансовой науки, вечерами читала дополнительную литературу, работала над докладами и рефератами. Сидя напротив Успенского в кафедральном закутке, Маша словно бы забывала о *постороннем*. Первое время, удивляясь ее холодной сдержанности, Успенский бросал внимательные взгляды, но сам не заговаривал ни о чем.

Кровь, отворенная профессором, начинала бродить по ночам. Скверные слова лопались под языком, когда Маша, лежа без сна, вдыхала острый запах, превращающий человека в мужчину. Успенский в ее видениях не являлся: запах, терзавший Машу, существовал как будто отдельно от него.

Попытку заговорить профессор предпринял в июне.

Начало лета было странным. В зените белых ночей температура упала почти до нуля, и, подходя к институту, Маша любовалась снежинками, падавшими на черный

163

плащ. Снежинки были ровными и филигранными: в чертогах Снежной Королевы каждую из них сделали вручную. Боясь нарушить холодную красоту, Маша стряхивала осторожно, не дотрагиваясь теплыми, губительными пальцами.

В тот день предстоял последний экзамен, и, поднимаясь по лестнице, Маша вдруг вспомнила время, когда мысли об экзаменах терзали ее, как болезнь, загнанная в глубину. Она чувствовала себя совершенно здоровой. Легкое волнение разгоняло кровь. Стайка однокурсниц дожидалась у двери. Девчонки ужасно волновались. Маша поздоровалась и спросила: кто первый?

— Ой! — следуя сложившейся традиции, они загомонили как птички. — Давай лучше ты.


Ответы всплыли мгновенно. Собственно, отвечать она могла и сразу, но, не пренебрегая временем, отпущенным на подготовку, села за парту. Рука успела набросать планы ответов, когда, обернувшись на скрип, Маша увидела профессора Успенского. Взгляд, выхвативший Машу, налился теплотой.

— Здравствуйте, Юрий Петрович! А я думал, аудитория свободна... — он вошел и остановился на пороге.

Преподаватель, принимавший экзамен, поднялся навстречу:

— Георгий Александрович! Проходите, пожалуйста.

— Нет, нет... Я на минутку. Кстати, как моя ученица? — профессор оглянулся на Машу.

— Хотите послушать? — доцент спрашивал предупредительно.

— Ну, что вы... Я и не думал, — Успенский поднялся на кафедру и занял свободный стул.

Все, кто сидел в аудитории, прислушивались внимательно. Маша вспыхнула: его явление было неподобающим. Собрав исписанные листки, она пошла к столу. Стараясь не смотреть на Успенского, отвечала строго и собранно. Экзаменатор задал пустые вопросы и, довольно улыбаясь, выставил пятерку.

Девочки, дожидавшиеся под дверью, кинулись с обычными вопросами: «Что задавал? Какие дополнительные?» Валя, которую она увидела сразу, стояла в стороне. На Валином лице читались страх и растерянность.

— Заболела? Что случилось? — машинально ответив на вопросы, Маша подошла.

— Сидела до ночи, потом... — Валя чуть не плакала. — Уснула. Не успела доучить. Будет тройка, лишат стипендии...

— Шпаргалки есть?

— Нету, — Валя затрясла головой. — Ты же знаешь, я не умею. Меня же сразу поймают...

Успенский, о котором Маша забыла, выходил в коридор.

— Стой здесь, — она приказала и пошла ему навстречу.

— Я хочу попросить вас, — они шли по длинному коридору, — конечно, вы можете отказаться...

— Да? — он переспросил с готовностью.

— Я знаю, вы не помогаете, но там — Валя Агалатова. Подруга, из моей группы... Болела, не успела выучить. Вообще-то она отличница, но если получит тройку... Стипендия...

Маша хотела объяснить, что Валя приехала из Ульяновска, мать помогает, но столько не сможет посылать.

— Жди на кафедре, — не дослушав, Успенский повернул обратно.

На кафедру он вернулся минут через сорок.

— Порядок. Заслуженная пятерка, — отчитался деловито. Конечно, Маша обрадовалась, и все-таки...

— Спасибо. Вы не думайте, она действительно знает на отлично, — она чувствовала легкую досаду: ради Вали все-таки пришлось попросить.

— Верю. Но все равно, с подружки — бутылка, — Успенский говорил радостно, как будто просьба, которую он выполнил, доставила удовольствие.

— Хорошо. Передам, — Маша ответила серьезно.

Они ушли за загородку. Профессор закрыл дверь.

— Знаешь, — он сел за стол. — Ты странная. Иногда мне кажется, в тебе... Не знаю, — Успенский сморщился горестно, — мало человеческого.

— Я похожа на зверя? — Машины глаза блеснули. — Интересно знать, на какого?

— Понимаешь, в людях должно быть что-то... — руки, лежавшие на столе, свелись в кулаки. — Всю жизнь среди уродов. Конечно, к этому привыкаешь. — Но есть же кто-то, — рот изломился горестно. Профессор потянулся через стол, — кого можно считать своим. Даже в нашей гнилой жизни.

Маша сморщилась: тянуло вчерашним перегаром.

— Своего роду-племени? — она уточнила надменно.

— Да, если хочешь, в каком-то смысле... В косвенном, — Успенский торопился, загораясь. — Вот ты — я точно знаю — никогда не станешь *сукой*, — он говорил с напором, как будто мысль, которую только что высказал, далась с большим трудом.

— Сукой — в смысле собакой? — Маша переспросила холодно и весело.

— Сукой — значит сукой, — брови Успенского взметнулись. Он откинулся в кресле и засмеялся. Голоса, бормотавшие за стеклянной загородкой, стихли настороженно.

Маша слушала. Он, сидевший напротив, смотрел на нее человеческими глазами, в которых не было и тени волка. Темный румянец выступил на его щеках. Рука тянулась к Маше, вздрагивая кончиками пальцев.

«Ошибка. Неужели это — ошибка?»

Страшное подозрение хлынуло кровью в сердце. Маша встала и выбежала вон.

Она шла по длинному коридору. Сердце билось толчками, заходилось отвращением.

Маша вышла на улицу и села на скамейку.

Снег, выпавший утром, к полудню успел подтаять. Белые скамейки покрылись холодной влагой. Она провела ладонью. В песке, скрипевшем под ногами, остались следы каблуков.

Ошибки быть не должно. Он сказал: никогда не станешь сукой. *Это* дается от рождения. Или — нет? Усмехаясь, Маша думала о том, что Успенский стал волком. Когда *они* загнали его за решетку. Про себя она повторила: *они* и *мы*. Но если *мы* не рождаемся волками, значит, и *они* не рождаются суками? Почему же он так уверен? Мало ли что может случиться...

«Никогда не станешь сукой», — она прошептала с удовольствием, как пробуя на вкус профессорские слова. «Нет, — горькие слова казались сладкими. — Тому, кто стал волком, не превратиться в человека. Так бывает только в сказках».

Она встала и пошла к воротам. Следы впечатывались в песок уверенно и ровно.

## 2

Если бы подруга спросила, Валя не стала бы таиться. Ей бы и в голову не пришло бы скрывать. В конце концов, она не сделала ничего плохого. Просто Маша-Мария ни о чем не спрашивала. Вале *о таком* говорить неловко. Все-таки *это* касалось и ее брата. Если бы Иосиф захотел, мог бы и сам рассказать.

Так Валя уговаривала себя, смутно понимая, что дело не в ней и не в Иосифе. Последнее время Маша-Мария как-то отдалилась. Все чаще Валя встречала ее холодные глаза. И вообще вела себя так, будто Валина жизнь ее совсем не касается. Конечно, Валя смирялась с таким поворотом и, вспоминая о том, сколько раз Маша-Мария ей помогала, — взять хоть этот последний случай, — старалась чувствовать благодарность. Но что-то, тлевшее в глубине, вспыхивало недобрыми мыслями. В этих мыслях являлись то большая ленинградская квартира, доставшаяся Маше-Марии не по заслугам, то индивидуальные занятия с профессором, поставившие сокурсницу в особое положение. Экзаменационная история, в которой подруга пришла ей на помощь, и вовсе убеждала в том, что болтовня девочек имеет под собой основания.

Тогда, войдя в аудиторию и вытянув билет, она собралась было сесть за парту, но тут явился Успенский. Вошел в аудиторию и вдруг сказал, что хочет кого-нибудь послушать. Например, вот эту студентку. «Как ваша фамилия, Агалатова?»

«Конечно, пожалуйста», — преподаватель развел руками.

«Прошу вас, — профессор обратился к Вале. — Нет-нет, давайте сразу, без подготовки, у меня нет времени».

Отвечая, Валя сбивалась с пятого на десятое, но Успенский кивал благожелательно. «Очень хорошо, — дождавшись, пока она закончит, профессор обернулся к экзаменатору. — Должен вам сказать, у вас очень сильная группа. Отличный ответ».

Теперь, задним умом, Валя понимала: *не за просто так*.

Этими мыслями, касавшимися его сестры, Валя не стала делиться с Иосифом. Мало ли, а вдруг она ошибается и нет *ничего такого*... Но про себя думала: «Маша-Мария тоже не святая. А значит, не имеет права меня осуждать».

## 3

Первой забила тревогу тетя Клара. Отец поддакивал в трубку. И вообще говорил каким-то странным тоном. Проходя мимо, Маша поинтересовалась: кто? Он ответил, ей показалось, неохотно. Маша удивилась: сама тетя Клара обычно не звонила.

Картина прояснялась постепенно. Довольно скоро Маша поняла: брат влип в очередную любовную историю, из которой его несчастная мать не видит выхода. В общем, тетя Клара просила отца поговорить с родным племянником: «Родителей не слушает. А ты для него авторитет». — «Ну о чем ты говоришь, — отец мямлил, — он что, маленький? И вообще... В этих делах... Ну кто авторитет?»

Похоже, тетя Клара не унималась.

Маша не собиралась подслушивать. Они сами не закрыли дверь.

«Не знаю... Клара говорит, Ося связался с молоденькой. Сама она не видела, но говорит, девочка — *не наша*, иначе обязательно познакомил бы с родителями».

«У твоей Клары железная логика. Наша — не наша... Тебе не кажется, что твоя сестра просто дура? — мама говорила недовольно. — И что, решил поговорить с Осей?» — она поинтересовалась сухо. «Господи, конечно нет!» — отец воскликнул с горячностью, как всегда, когда не мог ни на что решиться. «А то поговори... — эту его интонацию мама отлично знала. — Поста-авь в дурацкое положение. И себя, и Осю. Где это видано, мужику за тридцать». — «Единственный сын, Клара переживает, у нее больное сердце...» — отец пережевывал доводы, которые могли бы объяснить его решение. «Когда появилась я, у твоей матери было тоже больное», — мама держалась непреклонно. «Это разные вещи, — кажется, отец обиделся. — Ну попытаюсь... Поговорю деликатно. Если там любовь, не станет он меня слушать, да и я бы на его месте... А вдруг какая-нибудь аферистка? — он предположил неуверенно. — Поговорю и скажу Кларе: пусть оставит его в покое, — отец вздохнул с облегчением. — Скажу: разберется сам».


Мысли вертелись бе́лками в колесе. Во-первых, брат исчез с горизонта. Это — факт. Во-вторых... Мама упомянула бабушку Фейгу. *Наша — не наша*. Раньше мама про это не заговаривала. Значит, бабушка Фейга тоже была против, потому что мама — *не наша*...

Маша села и прижала ладони ко лбу. Словно взяла свою голову в скобки.

Из сумрака выступила белая фигура, стоявшая на крыльце. Маша вспомнила: поезд, пирожки с гречневой кашей, которые мама напекла в дорогу. В поезде она и сказала: «Сегодня мы увидим твою бабушку. Там у нас пересадка».

Кажется, ей было лет пять.

Широкая грязноватая повозка... Их встречали на станции. Маша вспомнила: курчавый возница подхватил большой чемодан. Она видела борт, деревянный и грубо обструганный... Пыль вилась над дорогой, вскипала под лошадиными копытами, выбивалась дымком из-под колес. Качаясь на дорожных рытвинах, телега подъезжала к дому. На крыльце белела фигура. Бабушка Фейга. Ее родная бабушка. Папина мать.

Телега остановилась у калитки. Руки возницы подхватили Машу и поставили на землю, по которой, держась за материнскую руку, девочка пошла к крыльцу. Раньше у нее не было бабушки. Подняв глаза, лучившиеся радостью, Маша побежала по ступенькам.

«Вот, это Мария, ваша внучка», — сухой материнский голос шелестел за ее спиной. Маша замерла. Она смотрела на бабушкины руки, которые должны были вот-вот распахнуться... Сухонькая ладонь поднялась над Машиной головой. Бесцветные внимательные глаза осматривали ее лицо: нос, губы, подбородок. «Ты — дочь моего любимого сына», — бабушка Фейга сказала и отвернулась. Ушла в дом.

Больше они не виделись. Маша вспомнила: ночевать остановились у других родственников. Кажется, у папиной двоюродной сестры.

Отрезок памяти закончился. Она отняла пальцы от лба, и мысль, отпущенная на волю, побежала, захватывая насущное: Оськина любовная история. Конечно, такие истории случались и раньше, но на этот раз все выглядело по-другому. Маша подумала: всерьез. Прежде тетя Клара не била тревогу. Относилась к его личной жизни так, словно Оська был барчуком, от случаю к случаю заводившим интрижку с очередной горничной. Сравнение, пришедшее на ум, честно говоря, хромало. Социальных претензий у тети Клары не было и быть не могло. Однако в том, *что* стояло за словом *не наша*, никаких сомнений не было. Вдумываясь внимательно, Маша пришла к выводу, что на этот раз отлично понимает тетку. Вульгарная блондинка. Воображение нарисовало девицу, сидящую в низком кресле нога на ногу... Женится, будут приходить вдвоем. Эта дура будет говорить всякие глупости. «Вот именно. *Не наша*».

В отличие от тети Клары, она вкладывала в это слово совсем другой смысл.

Раньше брат был не прочь поболтать. Теперь, похоже, затаился. Как бы то ни было, следовало разузнать подробности. Для начала хотя бы познакомиться. Сидя за письменным столом, Маша обдумывала план. Как будто в первый раз, принятая волчьей стаей, выходила на охоту — собиралась идти по чужим следам.

На просьбу о помощи брат откликнулся сразу. «С математикой? Конечно, приезжай! Если срочно, давай сразу».


В Оськиной квартире никого не было. Быстро осмотревшись, как будто пошарив по углам, она не заметила ничего подозрительного. Письменный стол, заваленный книгами. В ванной *одно* махровое полотенце.

Маша вернулась в комнату и уселась в низкое кресло. Задав пару вопросов, ответы на которые знала заранее, она захлопнула учебник и спросила про бабушку Фейгу.

— Бабушку? Конечно, помню, — Иосиф удивился.

— Она... Когда папа женился на маме... Она... не радовалась?

— Увы... — брат отвел глаза.

— Я хочу знать.

— Ну что тут... — Иосиф начал неохотно. — Дядю Мишу она любила. Материнская гордость. Остальные учились не ахти как...

Из Мозыря они уезжали один за другим — братья и сестры, не хватавшие звезд с неба. Один пошел на завод, другой выучился на счетовода, младшая сестра стала фельдшером. Машин отец начал с фабзавуча, но, поработав год-другой не то токарем, не то фрезеровщиком, запросился в высшее учебное заведение, куда и был направлен без отрыва от производства, так что перед войной — годам к двадцати пяти — имел в кармане диплом отличника Политехнического института. Преподаватели прочили ему блестящее будущее. Братья и сестры постепенно обустраивались, получали жилплощадь, кто комнату, а кто и две. В те времена это, в общем, было нетрудно: город стремительно пустел.

— В тридцатых? — Маша смотрела опасливо.

— И в двадцатых, — брат кивнул. — Правда, тогда в основном на запад. Потом все больше на восток... — он усмехнулся.

Маша не заметила усмешки:

— Значит, приехали и заняли *чужое*?

— Ну... Если учесть, что жилищное строительство начали только при Хрущеве... — Иосиф снова кивнул.

— У *моей* бабушки, — Маша выделила словом, — и раньше была своя квартира. До революции, — она сказала с напором. — Потом разбомбили. В войну.

— До войны, — возвращаясь к семейной истории, Иосиф откинулся на диване, — бабка с дедом жили в своем Мозыре, и не помышляя о переезде. Собственно, будь бабкина воля, она не отпустила бы и детей. Но дед уперся: нечего им тут делать. А может, — Иосиф почесал в затылке, — не надеялся прокормить...

— А чего рожал?

— Ну, милая моя... Тогда все рожали. Как говорится, сколько бог пошлет. Еврейский бог на эти дела щедрый... — брат хихикнул довольно, словно щедрость еврейского бога относилась и к нему. — Жен у нашего деда было три: Нехама, родившая старшую Соню и Розу; Мирра, родившая Сарру и Гисю; и, наконец, Фейга, рожавшая по одному в год: Иосифа, Макса, младшую Соню, Бориса, Мишу, Наума и Клару — в общей сложности еще семерых.

Маша засмеялась. В исполнении брата их семейная история звучала по-библейски.

— Вот-вот, — брат засмеялся в ответ. — Авраам родил Исаака, и прочая, и прочая. Разница в том, что за библейских старцев отдувался один Шендер. Причем жены его мерли как мухи. Кстати, — Иосиф воздел указательный палец, — своей фамилией мы обязаны старшей жене. Если б не она, так и остались бы Ярхо. Дело темное, не то регистрация, не то перепись... В общем, *Арго* записали с Нехаминых слов. Видать, старушка учила древнегреческий, — он усмехнулся невесело.

— Ага, — этой истории Маша не знала, но охотно поддержала шутку. — Вот именно. Тайком.

Мельница молола во все жернова, однако жили голодновато, впрочем, как и все остальные. Дома разговаривали на идише. Лет семи мальчиков отправляли в начальную школу — хедер, где слушателям давались начатки еврейской премудрости, естественно, на иврите. Девочки в школу не ходили, почитывали книжки, какие — брат понятия не имел. Библейский рассказ грозил стать нескончаемым. Чего стоило подробное описание того, как все они отправлялись в Ленинград, без денег, без профессии, без языка.

— Тебе не кажется это странным? — Маша перебила.

— Что именно?

— Ну не знаю... Большой город, соблазны, мало ли с кем свяжутся... — на этот раз она имела в виду *блондинку*, но брат понял по-своему.

— В двадцатые? Вря-яд ли... Простые ребята. Приезжали из своих местечек. И кому они были нужны? Нет, — он покачал головой. — В те времена действовали строго по гомеопатическому принципу: подобное с подобным.

— А папа?

— Дядя Миша — исключение. Перед войной у него была русская девушка. Насколько я знаю, умерла в блокаду. А потом приехала бабушка Фейга, поселилась у Сони...

— Да, я знаю, — Маша отозвалась коротко. — Привезла Сониных детей. И что дальше?

— Ну что? Мечтала о невестке-красавице.

— Еврейке? — она произнесла, сделав над собой усилие. — Смешно.

— Да уж, обхохочешься, — на этот раз брат откликнулся тихо и грустно. — Чайник поставлю, — он отправился на кухню.

Шкаф, задвинутый в угол, манил закрытыми створками. Маша открыла осторожно. Стопка рубашек, выглаженное постельное белье, цветные полотенца. За левой створкой висели куртки и костюмы. Для верности Маша принюхалась: женщиной не пахло.

Она закрыла и пошла на кухню.

— Твоя мама была красавица, — ополоснув чайник, Иосиф засыпал заварку. — Глаза, глядевшие на Машу, стали грустными, как будто эта красота каким-то образом относилась и к его жизни. — Я был мальчишкой, но, поверишь, и потом не встречал женщины красивее.

Виновато пожимая плечами, Иосиф говорил о том, что братья и сестры бились до последнего. Бабушка Фейга вела себя тихо, скандалов не устраивала, но чахла день ото дня. После свадьбы, которую сыграли *прилично*, она уехала к себе в Мозырь.

— Вот так-то, — он закончил неуверенно, и Маша
поднялась. Подоплека пересадочной истории становилась ясной: даже ради любимого сына бабушка не желала признать полукровки.

«Ну и черт с ней!» — застегивая сумку, Маша думала
о том, что ей нет дела до этих местечковых приезжих, за-
нимавших пустые ленинградские комнаты, но так и не
ставших ленинградцами.

Брат возился на кухне, убирая со стола.

В ванной струилась вода. «Вешалка, шкаф, ванная... — Маша прислушалась. — Второе полотенце могли и убрать».

— Я вымою руки.

Она вошла и защелкнула дверь. Плетеная корзина
с грязным бельем стояла под раковиной: тот, кто заметал
следы, мог выпустить из виду. Взявшись за крышку двумя пальцами, она приподняла осторожно.

Он лежал на самом дне. В корзину его сунули ком-
ком. Черенки роз, вышитые золотыми нитями, надло-
мились.

Даже теперь, получив ясное доказательство, Маша не
подумала про Валю. Тихая сутулая девочка, приехавшая
из провинции, которую однажды — не то в шутку, не то
всерьез — она назвала пионеркой, не могла быть *блондин-
кой* брата. Вымыв руки, она вытерлась насухо и швырнула
полотенце на край.

Брат сидел в кресле. Маша вошла и остановилась
в дверях.

— Если хочешь знать, твоя мама звонила моему отцу.
Не догадываешься — зачем?

— Отчего же? Догадываюсь, — Иосиф ответил спокойно. — И что из того?

— Отец собрался с тобой побеседовать. Думаю, будут
отговаривать. Если я, конечно, поняла правильно. Она
русская?

Брат молчал.

— Если ты явилась для этого... — он смотрел в сторону. — Тебе не кажется, что сейчас ты несешь бред собачий?

— Кажется. Только бред начнется тогда, когда у вас появятся дети. Черт бы побрал все эти ваши женитьбы по любви! — она крикнула жалким голосом.

Глаза Иосифа вернулись:

— При чем здесь?..

— А при том. В нашей стране... Ты не понимаешь? Такие, как я, — незаконнорожденные. *Здесь* нельзя быть *такой*.

— Разве я?.. Разве когда-нибудь?.. — Иосиф начал растерянно.

— Она блондинка? — Маша прервала.

Жалкая ярость уходила. Вместо нее подступала усталость, словно яростных сил хватило ровно на столько, чтобы выкрикнуть эти слова. Которые брат, связавшийся с русской женщиной, назвал бредом собачьим.

— Сядь, — он указал на кресло, — надо поговорить. Тебе не кажется, что ты заигралась? Что это все такое? Ты молодая, радуйся жизни. Вот, бери пример с меня, — брат улыбнулся виновато. — Что касается моей мамы... Маму я люблю, но следовать ее представлениям о жизни... Честно говоря, я и сам не знаю, как вышло, как-то само собой... Валечка говорила, ты ничего не знаешь, но, в конце концов, рано или поздно... — он замялся и замолчал.

— Валечка? — Маша переспросила, все еще не понимая. — Твою блондинку зовут Валечка?

— Перестань, — он говорил серьезно. — Она не блондинка. Валя. Твоя институтская подруга.

Джемпер, сунутый в грязное, становился свидетельством из свидетельств: собственными руками она ощупывала его на галерее, прежде чем купить.

Сведя руки на солнечном сплетении, Маша согнулась в три погибели. Яростный хохот вышибал из глаз слезы. Отсмеявшись, она вытерла глаза насухо:

— Если бы не ты, а кто-то другой... я бы не поверила. Сказала бы — сплетни. Ты собираешься на ней жениться?

— А что такого? Она меня любит. Этого не вычеркнешь. Что касается мамы, я думаю... Ей всегда хотелось скромную невестку.

— И где эта скромница сейчас? — Маша оглянулась, как будто теперь, после его признания, Валя должна была выйти из-за шкафа.

— В кино. Ушла, не хотела встречаться, пока я... пока мы...

— Вот и славно, — Маша одернула юбку и поднялась. — Значит, пора идти. А то... Как бы сеанс не кончился. Раньше времени.

Пряча глаза, он помог ей надеть пальто и распахнул дверь.

Шорох на верхнем этаже заставил насторожиться: кто-то ходил по лестничной площадке, ступая мягко и осторожно.

«Ишь, знает кошка!» — Маша вошла в лифт, так и не подняв головы.

Трясясь в промерзшем автобусе, она обдумывала свои дальнейшие действия, но так ничего и не придумала. Единственное, что казалось ясным, — отношения с Валей. К этой шустрой *пионерке* она больше не подойдет.

# Глава 10

## 1

Мама тушила котлеты. Дядя Наум почти не мог глотать, поэтому готовили мягкое. Чистая пол-литровая банка, накрытая марлечкой, стояла на кухонном столе.

— Как он? — Маша спросила равнодушно.

— Плохо! — мама сокрушалась. — Тетю Цилю жалко, — расправляя марлю свободной рукой, она процеживала морс.

— И когда заступаешь? В ночь? Или утром?

Папин брат умирал. Каждый день мама ходила в больницу. Они дежурили попеременно: мама и дядина жена.

— А помнишь, тетя Циля подарила мне платье? Серое с красными пуговками? — Маша вдруг вспомнила.

— Какое платье? — мама отмахнулась. — Иди, не мешай.

— Ну как же, на какой-то праздник. Мне было лет семь.

Мама доставала котлеты и укладывала в баночку:

— Циля всегда хотела девочку: Ленька — сын. Приятно купить девчачье, — мама нашла объяснение.

— Наверное, дорогое? — Маша опустила глаза.

— Ну... По сравнению с их обычными подарками... — мама заворачивала крышку. — Всю жизнь дарили копеечное. Господи! — мама спохватилась. — Оставь меня в покое! Не помню, — она отреклась решительно. И от памяти, и от слов.

— Как ты думаешь, — Маша продолжила настойчиво, — если что-нибудь случится с тобой?.. Они тоже будут *так* ходить?

— Кто? — мама обернулась, словно ее застали врасплох.

— Не сомневайся. Не будут, — Маша произнесла прямо в застигнутые глаза.

— Я же не для этого, я для папы, — мамины движения стали суетливыми. — Боже мой, — она присела на табуретку. — У Цили что ни год, то похороны: сначала мать, потом отца, теперь вот... — не замечая того, мама говорила о дяде Науме как о деле решенном.

Отвернувшись к окну, Маша думала: с родителями всегда *так*. Никогда не отвечают по сути. «Ходят вокруг да около. Не хотят думать. Или не умеют». Она почувствовала холодное презрение. *По сути* всегда отвечал брат, но теперь, когда он связался с *пионеркой*...

— Знаешь, — мама вытерла руки о фартук. — Последнее время стала уставать. Так посмотреть, ну что я такого сготовила? Помнишь, как раньше, когда на праздники? Стояла у плиты по двое суток... — об этом она вспоминала с удовольствием.

Эти праздники Маша помнила отлично. Хлопоты, которые начинались задолго. Мама бегала по магазинам, доставая самое необходимое. Вываривала ножки на студень, крошила горы салатов. На кухонном шкафчике стояла бадья с тестом. Улучив момент, Маша отрывала сырые клочки. В ванной плавала живая рыба. Умирая в неволе, она становилась особенно нежной на вкус.

— Тогда еще можно было, в Елисеевском, — мама оживилась, вспоминая.

— А потом?

— Потом?.. Потом уже нет. Рыба только мороженая...
Маша поморщилась:

— Я не об этом. Теперь никаких праздников. Встречаются только на похоронах.

— Да бог с ним! Давняя история, — мама взялась за баночки.

— Знаешь, что мне не нравится? — Маша прислушалась. Панька, ползущая в ванну, шаркала за дверью. Последнее время она сдавала на глазах. — В нашей семье слишком много *давних историй,* — Маша переждала шарканье. — Только потом почему-то оказывается, что все они совершенно свежие. Прямо как живая рыба.

— Ну зачем тебе это?.. — мама начала неуверенно. — Тогда... В общем, должна была родиться Татка. От родственников я скрывала...

— Почему? Ты что, нагуляла в подворотне?

— Конечно нет, господи... От законного мужа, — мама говорила сбивчиво, словно оправдывалась. — И живот такой аккуратненький. До семи месяцев совсем незаметно...

Снова она отвечала *мимо*, как будто специально обходила главный вопрос.

— А потом после лета пришли Макс с Борисом и сразу заметили. Знаешь, они поразились так, будто я и вправду... — невозможная мысль о подворотне залила мамины щеки.

Маша усмехнулась.

— Ну вот, — мама вздохнула, — сели, я подала обед, и они стали говорить, что второй ребенок — неприлично, в наше время никто не рожает, и все такое... А я послушала, а потом говорю: так что прикажете? Сделать аборт? А они молчат и жуют. А потом, дескать, можно и аборт. Тогда я встала и говорю: убирайтесь из моего дома, явились учить меня всем кагалом! А папа, — казалось, она сейчас заплачет, — побежал за ними... И когда родилась Татка, не поздравили. Папа очень страдал. Потом как-то ушло, сгладилось, но праздников я больше не устраивала.

— И как ты думаешь, почему? — Маша спросила высокомерно. — А потому. Пока один ребенок, женщину бросить легче. С двумя — труднее. — Втайне Маша надеялась, что мама начнет возражать. Но она кивнула:

— Они и с тобой-то смирились с трудом. Считали, что отцу я не пара. Ты уже родилась, а они все мечтали... — мама говорила с горечью.

— Так и сказала, *всем кагалом*? — Маша засмеялась.

— Перестань, ничего смешного... До сих пор стыдно, — она призналась тонким, беззащитным голосом.

Сердце рванулось и замерло.

— Да ладно тебе! — Маша хлопнула ладонью по столу. — Что нам до них? У нас своя семья.

— Все равно... Папа страдал, мучился, — мама улыбнулась через силу.

Тень Паньки, доживавшей свои последние дни, шевелилась в ванной.

## 2

Наум умер через неделю. Тетя Циля едва успела уйти, когда он открыл глаза и позвал. Последние дни вообще не приходил в себя, а теперь вдруг позвал, мама рассказывала: «Зовет, а глаза мутные». Она как раз стояла у кровати, вынимала баночку с морсом — *еду* он уже не глотал. Так бы и не расслышала, если бы отошла к раковине. Шевелит: «Циля, Циля», — а мама говорит: Циля ушла, скоро придет, это я, Тоня, а он снова — Циля, Циля...

— Знаешь, — она рассказывала, — последние дни стал похож на папу в молодости, уши оттопыренные, волосы слиплись, тоже чуть-чуть рыжеватые. Я однажды даже обмолвилась: Миша, говорю, Миша, а потом испугалась и говорю, Миша обещал прийти в воскресенье, повидаетесь, а ему все равно — не слышит. Эти больницы наши, я уж насмотрелась, раковых не лечат. Кладут умирать...

— А что делать? Рак. Разве он лечится? — Маша поглядывала на соседский кухонный стол.

— Все равно лечить, — мама ответила неуверенно. — Когда-то я хотела стать врачом, хирургом. — Мечта, родившаяся в юности, прилила к щекам, как кровь.

— И чего не стала? Это какой год? — она прикидывала. — Сорок девятый, пятидесятый... Ты — русская. Тебя бы приняли.

— Да что ты! — мама махнула рукой. — И кто бы меня кормил? Отец погиб, мама умерла в блокаду, бабушка старенькая, иди, говорит, работать, я и пошла — в булочную. Конечно, надо было. На вечерний, как-то совмещать. Только подсказать было некому, — мечтательный румянец сошел со щек.

— Ты стала бы отличным врачом, — Маша сказала тихо.

— Правда, правда! — мама откликнулась благодарно. — Даже теперь, в больнице... Мне кажется, я *чувствую* болезнь. Только знаний нет. Чувствовать мало, — мама говорила с сожалением.

— Чувствовать мало, — Маша повторила, думая о другой болезни, которую она тоже чувствует, но не знает, как лечить. — Папе расскажешь? Ну... Что он принял тебя за тетю Цилю...

— Зачем же... — мама покачала головой. — Он и так переживает.

— А вообще... Могла бы не признаваться. Пусть бы думал, что ты — Циля. Все равно не различал.

— Вот это — нет, — мама отклонила решительно, — и так стал похож на папу, а тут еще я. Очень плохая примета. А вообще ужасно похож, — она заговорила шепотом, — прямо одно лицо.

— Ага, плохая, — Маша подтвердила злым голосом, — а тут как раз бог Перун. Глядь с небес, оно бы и *запало*.

— Бог — не бог, а что могла, я для них сделала, — мама поднялась непреклонно.

Отцу уже сообщили. Кто-то из родственников позвонил на работу. Домой он вернулся поздно, осунувшийся, с серым лицом.

— Оставь, не трогай, — мама шепнула сердито, не прощая дневной выходки.

Отец заговорил сам. Сказал, что похоронами займутся Леня с Иосифом. Хотели на Преображенское, но *старого* места нет, а нового не добьешься.

— Преображенское, это какое? — улучив момент, когда мама вышла, Маша все-таки спросила.

— Еврейское, — отец пояснил неохотно, как будто в этих делах она была посторонней. Острая щетина, выбившаяся на щеках, старила его лицо. Он сидел, вздернув плечи. Глаза, смотревшие мимо, не видели ни дочери, ни жены. — Самый младший. Наум — самый младший. Из нас из всех, — сказал, и глаза возвратились.

В субботу поднялись рано: до Южного ехать через весь город. Невзрачный львовский автобус подвез к самым воротам. Выбравшись наружу, Маша огляделась: впереди, сколько хватало глаз, лежало ровное пространство, свободное от деревьев и домов. Ворота, распахнутые настежь, открывали дорогу. По обеим сторонам стояли приземистые постройки. У ворот жались люди, собирались стайками. Те, кто приехал на рейсовых автобусах, ходили от стайки к стайке, искали своих.

Ветер, гулявший по полям, задувал под ноги. Запахнувшись покрепче, Маша пошла за родителями.

Площадь, на которую они вышли, напоминала привокзальную, какого-нибудь небольшого городка. Там, за воротами, уже формировали составы, состоящие из маленьких вагончиков. В каждом помещался один-единственный пассажир. Сегодня, в день торжественного отправления, ему дарили букеты. Люди, хранившие молчание, смотрели одинаково тусклыми глазами. Маша ловила взгляды, не различая лиц. Их лица были пустые и одинаковые.

Не дойдя до ворот, отец свернул в сторону. Человек тридцать-сорок стояли чуть поодаль, тревожно озираясь. Он подошел и встал рядом. Только теперь Маша опознала своих. Они разговаривали вполголоса, до нее долетали обрывки фраз:

— Да о чем ты говоришь!

— Конечно, на Южном лучше.

— По крайней мере, могилы охраняют, — чей-то голос звучал неуверенно.

«Охраняют? О чем это?.. Какие-то глупости!» — Маша думала раздраженно.

Отец пожимал протянутые руки. Оборачиваясь во все стороны, Маша кивала. Многих она узнавала сразу, некоторых видела в первый раз, но на всякий случай все равно здоровалась. Леня, сын дяди Наума, неловко подошел сбоку, и, обернувшись на тихий голос, Маша прикусила губу. Тоска, глядевшая из его глаз, была смертельной.

— Привет. Давно не виделись, — он сказал и улыбнулся беспомощно, и эта улыбка полоснула по сердцу.

— Идем в ритуальный зал, гроб уже там, я узнавал, — Иосиф объяснял, обращаясь ко всем. — Потом дадут специальную тележку, на которой возят, а мы пойдем следом до самой могилы.

Его речь была распорядительной и спокойной, но что-то дрожало в голосе, как будто голос, произносящий правильные слова, жил отдельно от этих слов. Те, кто готовился идти, слушали и кивали, но как-то неуверенно, как будто, собравшись на этой площади, не могли понять, *куда* их ведут. Нет, конечно, если бы спросили, они ответили бы правильно, но то, что глядело из их глаз, было тоской подступающей смерти, как будто они вступали в *другие* ворота, за которыми их лица уже сливались с сотнями тысяч других. Но они не хотели об этом думать, чтобы не подсказывать смерти, а шли доверчиво и послушно, потому что подозрение, выказанное перед лицом смерти, означало бы саму смерть.

«Нет. Нет. Не я. Бежать», — стучало пулеметной очередью, но Маша шла со всеми, ступая обреченно.

В эти ворота она вошла последней.

С той стороны ограды, словно расчерченные по линейке, лежали ровные дорожки. Пыльную площадь опоясывали ряды продолговатых клумб.

Маша оглянулась и увидела запертые ворота, за которыми крякали гудки паровозов и собирались гортанные голоса. «Поздно». Кто-то, еще неразличимый издалека, шел, поигрывая тростью, двигался им наперерез. Она закрыла глаза, уже предчувствуя острие трости. Оно должно было упереться в ее грудь.

Шаги прошаркали мимо, и, собравшись с силами, Маша открыла глаза. Рабочий нес лопату, держа ее на отлете. Его ноги тонули в грязных кирзовых сапогах. Судя по всему, он направлялся в контору.

Родственники, опередившие Машу, успели войти в ритуальный зал. Из дверей лилась тихая траурная музыка, такая же, как в крематории, поглотившем Панькину мать.

Могильщики возглавляли процессию. Тетя Циля, одетая в черное, медленно ступала за телегой. Две женщины вели ее под руки. Ленька, приотстав от матери, шел по обочине дорожки. Над полем, разграфленным могильными квадратами, дрожали прутья воткнутых деревьев. Серые одинаковые раковины лежали по обеим сторонам. Они обозначали изголовья гробов, закопанных в землю. Впереди, за границей последних захоронений, открывался голый участок. Процессия остановилась. Пласты земли, вывернутые наружу, лежали у огромных кротовьих нор.

Взявшись с углов, могильщики подтащили телегу. Крякнули, снимая гроб.

Маша подошла, ступая осторожно.

Кротовья нора была заполнена до краёв. Вода, поднявшаяся из земли, лежала чёрным зеркалом.

— Ой-ой-ой! Что же это?.. — кто-то из женщин всхлипнул едва слышно, и тётя Циля заплакала громко.

— Как же так? Товарищи! Так же нельзя, — отец обращался к кладбищенским рабочим. Могильщики стояли, опершись на черенки лопат. Жалко взмахивая рукой, он убеждал их в том, что вода — дело неслыханное, конечно, низкий участок, но можно ведь как-то откачать. Он говорил, волнуясь, но сдерживал себя, и все, стоявшие на краю могилы, дожидались с надеждой. Рука отца, то и дело вздрагивая, поднималась, касаясь лба.

Молодой могильщик отошёл в сторону. Стоял поодаль, недовольно поглядывая. Старший слушал, не перебивая:

— Всё? — он перехватил лопату в левую руку.

Отец кивнул. Пальцы пробежали по лбу, покрывшемуся лёгкой испариной.

— Значит, так, — могильная лопата вошла в землю на полштыка. — Или кладём и засыпаем, или уходим. Не нравится — ройте сами. У нас дел невпроворот.

Улыбка, осклабившая губы, тлела презрением. Он обернулся к напарнику и стёр её с лица тыльной стороной.

— Документы у тебя? — через головы родственников Маша обращалась к Иосифу.

Он шарил во внутреннем кармане. Маша взяла и сунула в сумку:

— Ждите здесь.

Печатая шаг, она двигалась к кладбищенским воротам, словно и вправду была птицей, которая может пролететь между скал.

Дверь в контору была открыта. В первом помещении, украшенном металлическими венками, дожидались посетители. Очередь вела себя тихо. Рванув на себя дверную ручку, Маша вошла.

Хозяин кабинета был одет в черную кожу. Подо лбом, выступавшим буграми, сидели тяжелые глаза. Подойдя к столу, она выложила документы. Пальцы потянулись лениво:

— Ну? — он пролистал и откинул в сторону. — Могила оформлена, печати стоят. Можете хоронить.

— Там вода. Так же нельзя. Разве можно в воду? — она повторила отцовские слова.

— Низкий участок. Могилы роют с вечера. За ночь вода подымается, — лобные бугры ходили желваками.

— Но можно же как-то откачать... — она слушала свой жалкий голос.

— Я, что ли, пойду откачивать? Не желаете в воду, везите в крематорий, — глумливая улыбка тронула его рот. Покрутив на пальце золотое кольцо, он пододвинул другие бумаги. — Всё! Разговор окончен, — тяжелый взгляд смотрел мимо, словно в комнате не было живых.

Машина рука дрогнула и коснулась лба. Пальцы, скользнув по виску, добежали до верхней губы. В ноздри ударил запах мерзлого грунта. Она узнала этот запах. Перед могильщиком, закованным в золото, ее руки пахли так же, как пальцы профессора, поднявшегося из лагерной земли.

Тошнотворная вонь отдалась в глубине под желудком, и, положив пальцы на горло, она заговорила. Кровь, ходившая под спудом, нашла выход: грязные слова, рожденные волчьей пастью, играли в звериных связках.

Могильщик слушал внимательно. Тень, похожая на радость, легла на вздутые бугры. Мертвые глаза сверкнули живым восхищением: девка, не пожелавшая хоронить в воду, говорила на *правильном* языке.

Он усмехнулся и подтянул к себе могильные документы:

— Участок шестнадцать. Там, блядь, сухая. Оформишь в конторе — я распоряжусь.

— Сейчас едем на поминки, — мама склонилась к ее плечу. Институтский автобус остановился на перекрестке. Водитель пережидал красный свет. — Вообще-то... поминки *у них* не принято, — мама шепнула едва слышно. — Ой, боюсь, папа перенервничал, выпьет лишнего, — в первый раз она разговаривала с дочерью как с равной. — Может, ты ему скажешь?

Тетя Циля, сидевшая впереди, обернулась и закивала благодарно: благодарила за сухую могилу. Маша вспомнила клетчатое платье и подумала: я отдала долг. *Им*, не признавшим ее сестры, она должна была одно-единственное платье, украшенное красными пуговками.

В квартире, куда они приехали, хозяйничали тети-Цилины подруги. Столы были накрыты. Тетя Циля пригласила садиться и ушла к себе.

— Циля совсем измучилась, — мама шептала над ухом. Маша вспомнила и пробралась к отцу.

— Мама просила, чтобы ты не очень-то... — она кивнула на череду бутылок.

— Молодец. Девка-гвоздь!

Так он хвалил ее только в детстве. Теплая волна хлынула в сердце, и, справляясь с собой, Маша ответила:

— Ладно тебе. Я же понимаю. Брат.

Общий разговор не складывался. Выпив за землю, которая должна стать пухом, Маша поднялась и вышла в коридор. Из кухни несло съестным. Кухонный пар покрывал стекла беловатой испариной. Пощелкав выключателями, она приоткрыла дверь.

На деревянной доске, положенной поперек ванны, сидел мужчина лет тридцати.

— Простите, — Маша отступила.

— Прошу, прошу... Нисколько не помешали. Скорее наоборот, — веселые глаза смотрели с любопытством.

— Вы... Тоже мой брат?

Время от времени полку *аргонавтов* прибывало. На семейной сцене появлялись приезжие братья.

— Надеюсь, что нет. Хотя, — он продолжил безо всякой связи, — сегодня главная героиня — вы. Все только и говорят о вас и вашем подвиге, — внятный ленинградский голос, изломанный легкой манерностью, звучал иронично. — Своим беспримерным героизмом вы оттеснили в сторону покойного.

«Нет, точно не приезжий».

Вялые кисти его рук сошлись на груди. «Не волк. Этот — травоядного племени». Продолговатое лицо усугубило сходство: его тотемом был кенгуру.

— В сторону? И в какую? — Маша ответила в тон.

— Ну...

Он замешкался, и она опередила:

— Меня зовут Мария.

— Начало многообещающее, — он улыбнулся. — Увы, не могу соответствовать. Больше того, в известном смысле иду поперек: Юлий, — привстав с доски, он поклонился вежливо и церемонно.

— И кем вы мне приходитесь? — Смысл его речей оставался туманным.

— Я, — он усмехнулся, — сын Екатерины Абрамовны, ближайшей подруги тети Цили. Мать моя, урожденная Циппельбаум, позвана в ваше изысканное общество в качестве добровольной прислуги. Мне, ее отпрыску, тоже нашлось местечко, правда, не очень теплое. Использовали в качестве мерина, — он поднял губу, обнажив передние зубы.

— Что-то я не заметила вас на кладбище, когда они тащили телегу.

— О, — Юлий махнул рукой, — для кладбищ я не годен. Исключительно на продуктовых дистанциях. Чего не скажешь про вас. Кстати, сколько вы там заплатили?

— А что, без денег не справиться?

Это травоядное явно переступало черту.

— Без денег? Увы... Есть такой грех. Однако, — верхняя губа дрогнула, — если желаете, *перед вами* я готов ответить за все грехи нашего все еще богоспасаемого государства...

— Этим сукам я ничего не платила, — она ответила спокойно и ясно, прямо в травоядные глаза.

— Верю, ибо абсурдно, — он кивнул, сохраняя серьезность. — Хотя и полагаю, что подвиг дался вам тяжело.

За стеной чей-то голос рассуждал громко и пьяно: «Надо было найти *ход* — на Преображенское».

Маша поморщилась.

— Вам не нравятся подобные сборища? — Юлий уловил гримаску.

— Пойдемте. А то сидим здесь. Как-то нехорошо...

— Как пожелаете, принцесса, — он согласился покорно.


В комнате стоял ровный гул. Присев с краешку, Маша прислушалась. Обсуждали текущие дела. Дядя Макс рассказывал о дачных участках, которые распределял их завод: Орехово или Малая Вишера. Он отдавал предпочтение северным территориям. Тети Цили за столом не было.

«Странно, — она подумала, — умер их брат... Как я и Татка».

Этого она не могла себе представить. Случись *такое*, она не открыла бы рта.


— Может, пойдем? — она подошла к матери. — Тетя Циля, наверно, устала...

— Надо посидеть, отец обидится, — мама ответила шепотом.

Те, кого Иосиф прозвал *аргонавтами*, сидели за боковым столом. Братья, к которым Маша не испытывала особых родственных чувств. Если не считать Иосифа.

«Если я умру, они все явятся на похороны...» Она поймала Ленькин взгляд. За общим столом он сидел молча. Маша подошла и встала за его спиной.

— Ну не знаю! Это ты *здесь* — ученый. А *там* — кто его знает? — Гена развел руками. — Неизвестно, как сложится...

— Да ладно тебе! — Вовка сморщился. — Всяко лучше, чем *здесь*.

Женщины собирали посуду. Маша вызвалась помочь. На кухне, принимая стопку грязных тарелок, рыжеватая женщина улыбнулась:

— Спасибо, Машенька. Вы очень милая девочка, я на вас любуюсь. Меня зовут Екатерина Абрамовна.

— Урожденная Циппельбаум? — Маша спросила и осеклась.

— Как? О господи! — рыжеватая женщина засмеялась. — Нет-нет. Моя девичья фамилия Бешт.

— Давайте я помою, — Маша отвернулась к раковине, кусая губы.

— Ба! Гляжу и не верю: принцесса крови в рядах прислуги, — Юлий стоял в дверях. — Воистину буржуазная революция!

— Ах вот оно что! Вот кто наплел про мою девичью фамилию! Машенька, не верьте ни единому слову, этот человек — врун и демагог, — Екатерина Абрамовна любовалась сыном.

Освободив уголок стола, она расставила чашки:

— Машенька, Юля, садитесь, попейте чаю! Там еще выпивают — не приткнешься.

— Не удивляйтесь, — Юлий поймал Машин взгляд. — Так бывает, когда женщина не получает желаемого. Моя мать всегда мечтала о дочери, но родился я. Делать нечего, пришлось как-то выкручиваться. Кстати, будьте осторожны, этого сокровенного желания она так и не утолила. Теперь вот и к вам приглядывается.

— Юлий, ты дурак! — рыжеватая женщина отвечала с нежностью.

— А вот это, маман, вы зря! Грубые слова. Фи! Мария эдаких и не слыхивала, — Юлий подсел к столу. Его губы шутили, но глаза хранили серьезность.

— Вы, наверное, устали? — Екатерина Абрамовна обращалась к Маше.

— Да, шумно, — Маша ответила вежливо. — А потом, знаете, эти... — она помедлила, — разговоры...

— А что вы хотите: поминки. Где же еще поговорить... — Юлий размешивал чай.

— А моя мама, — Маша начала с напором, — сказала, что у евреев поминки не принято.

— Так то ж у евре-ев... — он протянул.

Маша оглянулась растерянно.

— А я вас предупреждала, — Екатерина Абрамовна подхватила пустой поднос. — Хотите слушать — слушайте. Что касается меня, возвращаюсь к своим прямым обязанностям. Иду собирать посуду, — ее глаза лучились радостью.

Маша отставила чашку:

— А разве вы?.. — она отлично понимала, что ведет себя глупо, но не могла сдержаться.

— ...Не еврей? — Юлий подхватил, помогая. — Еврей. Да. В каком-то смысле. На Западе это называется этнический. Теперь уже не вспомню, но кто-то из западных авторов писал: как только евреи отказываются от своих *странных* законов, уже во втором поколении они становятся христианами. Конечно, если поблизости есть христиане. Принимая эту точку отсчета, я, кажется, даже третье.

— Вы хотите сказать, они тоже?.. — Маша кивнула на тонкую стену, пропускавшую громкие голоса.

— Во всяком случае, не христиане. Боюсь, у западного мыслителя просто не хватило опыта, чтобы окончательно обобщить. Я же этот опыт имею. Поэтому полагаю так: они — нормальные советские люди, и этим, слава богу, все сказано. В нашем случае второго поколения дожидаться не приходится. Процесс начинается и заканчивается на первом.

— Глупости, — Маша отрезала. — А государство? Почему же оно ведет учет?

— Ведет. Причем строжайший, — он потянулся к чайнику. — Но это, поверьте мне... недоразумение. Наше государство само — *трость надломленная*...

Он сказал, и Маша вздрогнула. Тень того, кто шел по кладбищенской площади, мелькнула и погасла.

— ...А кроме того, оно — замысловатый гибрид: мещанский интернационал, замешанный на первобытной мистике. Примечательное сочетание, взрывчатое, своего рода порох, — теперь он говорил серьезно. — Хотя пороха они как раз и не выдумали. Да. По государству и граждане — наши с вами соотечественники. Впрочем, — он как будто опомнился, — пожалуйста, не обращайте внимания. Вы спрашивали: евреи ли те, кто собрался в соседней комнате? Отвечаю: возможно, среди них и встречаются евреи, но большая часть, увы...

«Мещанский... первобытной... мистика...» — то, о чем она догадывалась, он считал вопросом решенным. Если бы не этот тон, который ужасно злил.

— На вашем месте, — Маша начала непримиримо, — я бы не стала... В любом случае, я защищала бы *своих*...

— Но я, собственно... Вы неверно понимаете... Я мог бы объяснить... — Юлий заговорил торопливо, глотая окончания фраз.

— Не беспокойтесь. Я — полукровка. Меня *совсем* не касается, — она тряхнула головой и поднялась.

Рыжеватая женщина вошла в кухню с подносом грязной посуды:

— Машенька, вас ищет ваша мама, но прежде чем вы уйдете, я хотела бы взять с вас слово. Вы должны обещать, что придете *ко мне* в гости...

— Спасибо. Как-нибудь обязательно, — она не смотрела на Юлия.

От родителей Маша приотстала. Они уже вышли во двор. На выходе из парадной ее догнал Иосиф. Придерживая дверь, брат улыбнулся:

— Ну брось ты, Машка! Честное слово... — он желал мира.

— Что же ты один, без своей невесты? — Маша съехидничала.

— Знаешь, — Иосиф покачал головой. — Эта... — он подбирал слово, — твоя непримиримость... Можно подумать, тебе лет пятнадцать. Самой уже пора — с женихом.

Маша хлопнула дверью. Подвыпивший отец стоял в окружении родственников.

— Ты не знаешь, — Маша обернулась к брату, — что за странное имя — Юлий?

— Ничего странного, — Иосиф оглядывался, пытаясь найти своих родителей. — Плод еврейской эмансипации. Юлий — это Иуда.

— Так я и знала, — забыв о похоронах, Маша засмеялась громко.

**Часть II**

# Глава 11

## 1

Двадцатисемилетний Юлий, весь день промыкавшись на подхвате, добрался домой к полуночи и, войдя в квартиру (мать осталась ночевать у подруги Цили), прошелся по пустым комнатам. Он унимал тягостное чувство, даже себе не желая признаться в том, что всеми силами души хочет снять с себя обвинение, брошенное этой странной девушкой. Меряя комнаты шагами, Юлий предавался одиночеству, позволявшему продолжить разговор. Теперь, когда она не могла лишить его слова, Юлий давал объяснения во всей полноте.

Словами, произнесенными надменно, она ударила его в самое средостение, туда, где гнездилась слабость. Именно поэтому, а совсем не ради этой девушки, Юлий не мог оставить ее слов без ответа. Ответ получался развернутым, но тоска не унималась. Его ответам не хватало спокойствия и ясности, на которых зиждется истинная правота.

Детские годы Юлия прошли в огромной профессорской квартире на улице Рубинштейна. Квартира принадлежала прадеду по отцовской линии, который передал ее своему сыну, деду Юлия, *по наследству*. Это добавление,

Елена Чижова

выделяемое особой интонацией, обозначало легкую иронию, с которой его домашние относились к новому виду наследования, не замешанному на праве собственности.

Прадед Юлия, уроженец Одессы и купец 1-й гильдии, был человеком самостоятельным и знавшим, как устроена жизнь. Своего единственного сына Иуду он настойчиво двигал по коммерческой части, однако тот предпочел историко-филологическую стезю. К революции, которую выкрест Иуда Могилевский приветствовал, он подошел в профессорском звании и с именем Юлий.

Собственно, Юлий Исидорович стал тем европейски образованным евреем, который первым из почтенного рода Могилевских не преуменьшал, но и не преувеличивал своего еврейства. Большевистский лозунг интернационализма он воспринял как должное, воспитывая сына Самуила именно в этом духе. Система воспитания, принятая в доме, обходила стороной религиозные вопросы, сосредоточившись на знаниях светских.

Старый Исидор, умерший в начале тридцатых, до последних дней тосковал по своим коммерческим операциям. Схоронив отца, Юлий Исидорович взялся за его бумаги и нашел записи, которые тот вел в толстых коленкоровых тетрадях. Сличая столбцы и цифры, сын обнаружил тайную отцовскую страсть: основываясь на дореволюционных хозяйственных документах, Исидор продолжал записывать прибыли и убытки, которые могли бы стать действительными, не случись революции. В год его смерти мнимое состояние украшалось достойным количеством нулей.

Блокаду Юлий Исидорович пережил в Ленинграде. Его сын, уйдя на фронт добровольцем, успел повоевать. Вернувшись, Самуил не застал в живых мать, умершую от голода, но нашел отца живым и здоровым: Юлий Исидорович сидел за письменным столом.

Самуил разделял всенародную радость победы, однако время, прошедшее на фронте, наложило на него ка-

198

кой-то странный отпечаток. Устроившись на преподавательскую работу в Технологический институт, он начал просиживать по ночам, предаваясь тайной страсти: изучал историю еврейского народа. Некоторые книги по этому вопросу сохранились в обширной домашней библиотеке, которую его дед, сам не будучи книгочеем, собирал для сына и внука, пока оставался в силах.

К концу сороковых, когда Самуил подкопил знаний, большевистский бог, повелевший именовать евреев космополитами, наложил руку на многие профессорские жизни, однако бог еврейский счел нужным пощадить Юлия Исидоровича и послал ему смерть от сердечного приступа, призвав к себе безболезненно и непостыдно, по крайней мере, для дальнейших судеб семьи.

Его внук, молодой Юлий, которого мать любовно называла девчачьим именем, явился на свет в 1946 году.

Подробности советского *разбора* прошли мимо Юлькиных ушей. Топот его нежных ножек отдавался в тупиках огромной квартиры, пока родители, скрывшись на кухне, шепотом обсуждали передовые статьи центральных и местных газет. В этих обсуждениях Юлий Исидорович принимать участие отказывался, раз и навсегда заявив, что считает происходящее бессмысленным, но временным недоразумением.

Как бы то ни было, но бессмертный советский бог сыграл в ящик самым чудесным образом, позволив маленькому Юлику остаться ленинградцем.

Однако с этих пор в сознании его отца укоренились крамольные мысли об отъезде. Жена Екатерина этих мыслей не разделяла. Как выяснилось немного позже, она вообще не разделяла духовных исканий мужа: со всею ясностью это обозначилось тогда, когда Самуил Юльевич встретил иногороднюю студентку, на которой женился, оставив семью. Первое время молодые мыкались по съемным комнатам до тех пор, пока, родив дочь, бывшая студентка не настояла на размене профессорской жилплощади. В результате Екатерина Абрамовна с сыном оказались в малогабаритной квартире, от которой до улицы Рубинштейна было час с четвертью пути.

Красный диплом переводчика и учителя немецкого языка сделал Юлия лицом почти свободной профессии: договоры с издательствами позволяли работать дома. Может быть, именно отсутствие *конторы*, куда нормальные люди ходят ежедневно, сказалось на отношениях с отцом. Заваленный переводческой работой, Юлий неделями не выходил из дома, и унылый вид новостроек, открывавшийся из нелепо-трехстворчатого окна, наполнял его душу роптаниями. Стены коробочного дома, которым совершенно *не шли* старинные фотографии, дышали холодом и унынием.

Мало-помалу Юлий затосковал по-настоящему. Все реже он появлялся в доме отца, получившего в результате размена *настоящую* квартиру на Пестеля. Первое время Самуил Юльевич позванивал, но холодок, все явственнее звучавший в голосе сына, обращал его к подрастающей дочери. В последний раз они виделись почти два года назад. Тогда, разобрав наконец архив покойного Юлия Исидоровича, Самуил Юльевич передал сыну некоторую часть бумаг.

Среди набросков, посвященных вопросам сравнительного языкознания, Юлий обнаружил листки папиросной бумаги, исписанные каллиграфическим почерком. На листках значились даты, относящиеся к блокадному времени. Юлий ожидал рассуждений о холоде и голоде, однако, вчитавшись, понял, зачем его дед, обыкновенно пользовавшийся самой простой бумагой, на этот раз выбрал папиросную. Эти записи не предназначались для чужих глаз. Почуяв опасность, дед должен был их уничтожить. Например, сжечь.

Следя за дедовой мыслью, которая шла извилистыми путями, внук приходил к пониманию того, *что* сложилось в дедовом истощенном голодом мозгу. В жуткой отрешенности блокадного города дед думал о новом языческом многобожии. Еще не выработав окончательных выводов, Юлий Исидорович уже понимал, что к подножию трона, добиваясь единоличных прав на бессмертие, поднялись две фигуры, ни одну из которых язык не поворачивался назвать человеком. Мир становился полем битвы двух обезумевших чудовищ.

Дед не верил в бога, но, слушая фронтовые сводки, убеждался в том, что если бог есть, его милость склоняется на немецкую сторону, а значит, национальный принцип, положенный в основу жертвенного отбора, признается им выше и правильнее классового. Чем безысходнее становились известия, тем яснее в душе профессора складывалось понимание: советское чудовище, чье сердце накрепко связано с фашистским собратом узами ревности, рано или поздно осознает тщетность классовых усилий, предпринятых в предвоенные годы. Голодный мозг деда рождал картины языческого жертвоприношения: советское чудовище, обратив взор на собственных евреев, должно было перенять национальный принцип отбора, тем самым пытаясь перенести на свою сторону немецкие военные удачи.

Победное наступление советских войск, совпавшее со смертью жены, преломилось в сознании Юлия Исидоровича отчаянной надеждой на то, что его пророчества оказались ложными. Чудовищная цена, которой оплачивалась приближающаяся победа, позволяла предположить, что на этот раз советское чудовище обошлось собственными силами, принеся привычную многонациональную *гекатомбу*. В конце сороковых, когда сын с невесткой все чаще переходили на шепот, дед должен был вспомнить и, оставив победные надежды, окончательно осознать свою блокадную правоту. Но этого, похоже, не случилось. Разрозненные записи деда, не говоря уж о его подготовленных к публикации рукописях, свидетельствовали: мозг, которому больше не грозила голодная смерть, возвратился к привычной идеологической баланде. Свою жизнь дед Юлия заканчивал в состоянии недомыслия.

Судя по датам, выведенным на папиросных листках, дед прервал свои записи незадолго до взятия Берлина. Вероятнее всего, именно тогда, дожидаясь возвращения сына, он заложил их в рабочие бумаги и забыл. А как иначе можно объяснить, что эти листки сохранились?

И все-таки они сохранились, и Юлий находил в этом особый смысл.

Теперь он решил действовать самостоятельно, используя подручные средства, точнее говоря, языки: немецкий и русский. Выкраивая время от переводов, ездил в Публичную библиотеку, где просиживал вечерами, пытаясь реанимировать дедовы голодные прозрения. Свою задачу Юлий видел в том, чтобы дать *теоретическое обоснование* дедовым догадкам. Хотел найти доказательства тому, что если прямые, условно называемые фашизмом и коммунизмом, пересекаются, точкой их пересечения становится антисемитизм.

Постепенно он приходил к осознанию: внутренняя политика СССР — в ее отношении к евреям — уже прошла существенную часть этого пути. Юлий думал о том, что нет больше ни религии, ни особого языка, ни странных обычаев и традиций, нет и самого слова *еврей* — оно изъято из обращения. Еще одно поколение, и страх, гуляющий на одной шестой суши, выветрит и еврейские имена...

Теперь он наконец сформулировал: дело не в личном антисемитизме Сталина, а в том, что антисемитский пафос, приглушенный советской победой, имманентно присущ самим язычникам-победителям. Так уж сложилось, что их Великая Октябрьская разворачивалась под лозунгами интернационализма. К концу сороковых советские идеологи как будто опомнились. Следуя практической логике, рано или поздно они доберутся до *последнего и окончательного решения*.

Нет, Юлий не представлял себе *печи*. В семидесятых годах XX века такое вряд ли возможно. Во всяком случае, до тех пор, пока экономика СССР зависит от Запада. Но в двадцатых это тоже казалось немыслимым — в те времена даже самый оптимистически настроенный антисемит не мог предвидеть *такого* развития событий. Тем не менее *оно* случилось. И началось отнюдь не с печей, а с системы ограничений и запретов, введенных нацистским государством. Один из них — запрет на профессию. Печи запылали потом.

Рассуждая исторически, такой вариант не исключался. Проблема состояла в том, что сам Юлий, положа руку на сердце, полагал это допущение невозможным. Сколько раз, проходя улицами родного города, он примеривал на него картинки, описанные в немецких книгах: желтые звезды, фигуры еврейских старцев, бредущих по обочине мостовой... Картинки казались безумием. Особенно звезды, нашитые на модные дубленки и куртки. *Этим* звездам пристали лапсердаки и ватные пальто...

И все-таки он думал о немецких евреях. Банкиры и промышленники не носили лапсердаков. Поэтому и успели вовремя собраться и пересечь океан. В ватных пальто ходили простые ремесленники — еврейское *большинство*. Впрочем, интеллигенция тоже одевалась по моде, но верила в цивилизованность немецкой нации. Эту веру многие сохранили до последнего: до самого лязга вагонных дверей...

В Советском Союзе банкиров нет. Еврейские интеллигенты позаботятся о себе сами: каждый сделает свой выбор — остаться или уезжать. Иное дело — простые обыватели, до сих пор верящие в идеи интернационализма. Эти *останутся*. Не задумываясь о том, чем рискуют их потомки: дожить до советских печей.

У Юлия не было мысли их *защищать*. Обыватели или не обыватели, все они — люди взрослые, а значит, должны отвечать за себя сами. Единственное, к чему он стремился, — обдумать пути, оставляющие надежду на спасение. Первый — простой, а значит, подходящий для обывателя: стать советским человеком. Отказаться от остатков еврейства.

«В объективном смысле, — он думал, — оторвавшиеся от веры своих предков *уже* идут по этому пути. Во имя своего шкурного спасения. Во всяком случае, спасения своих правнуков — потомков будущих смешанных браков».

Второй путь представлялся более сложным. Он предназначался тем, кто *решит* остаться, но не пожертвует своей исторической памятью. К таковым Юлий относил и себя.

*«Новое еврейство*... Однажды оно возникнет».

На этом месте мысль Юлия стопорилась. Новое еврейство, о котором он думал, оставалось понятием, лишенным очертаний и контура. Как ни пытался, он не находил нужных слов. Оно ускользало, виделось бесплотным, похожим на жизнь в блокадном городе, на подступах к которому стоят враги.

## 2

Юлий остановился и закрыл глаза. Под веками мельтешили золотистые мушки. Вся эта суета с покупкой продуктов выбила из колеи.

Последнее время мама часто заговаривала о Науме Шендеровиче, муже ее институтской подруги Цили. Дядю Наума Юлий, конечно, помнил, но как-то неотчетливо. В детстве они дружили с Ленькой. Теперь их семья проходила под рубрикой *мамины знакомые*.

С некоторым неудовольствием, которому Юлий не позволил проявиться, он выслушал задание: по списку, составленному накануне, закупить продукты, вино и водку для послезавтрашних поминок. Выполнив все, что от него ожидали, Юлий отговорился редакционными делами и на кладбище не поехал. На поминки он успел вовремя, за что получил благодарную улыбку матери. К таким вещам Екатерина Абрамовна относилась серьезно. Сочувственно пожав руку Леньке, чье лицо показалось осунувшимся и серым, он направился было на кухню, но, прислушавшись к разговору двух незнакомых женщин, которые только что вернулись с кладбища, узнал о героической истории. В ней фигурировала какая-то Мишина Маша — сочетание, которое Юлий принял за имя и фамилию. Этой девицей родственницы вроде бы восхищались, однако беседу закончили неопределенно: сошлись на том, что Маша *пошла в мать*.

Юлий пожал плечами и отступил в комнату, но в первом же разговоре, долетевшем до его слуха, Мишина Маша возникла снова. Смешавшись с группой Ленькиных родственников, ни одного из которых он не знал в лицо, Юлий разобрал детали: обсуждалась первоначальная могила, до краев заполненная водою, куда должны были опустить гроб. С ужасом вспоминая могильщиков, не пожелавших разделить чувств родных и знакомых, все удивлялись решимости Мишиной дочери, которая ринулась в контору и в одиночку управилась с местным начальством. Новая странность, которую Юлий отметил про себя, заключалась в том, что никто из собравшихся не задался простейшим вопросом: *как она это сделала?* Прислушиваясь уже заинтересованно, Юлий сообразил, что странности нет ни малейшей: всех занимал не способ решения задачи, а сам факт проявленной решимости. Девушка лет двадцати вошла в комнату. Разговор сник, и Юлий понял: эта девица и есть героиня.

Взгляд остановился на ее лице, и что-то невнятное пришло в голову: *как та-та-та среди вороньей стаи...* Так и не вспомнив строчки, Юлий перевел глаза, и мысль, привыкшая к одиночеству, потребовала уединенности: протиснувшись боком, он направился в ванную комнату, где погрузился в размышления. Кладбищенская сказка, которую он сегодня услышал, легко вписывалась в его логику. Живо он представлял себе жалкую группу, стоящую над *водяной* могилой. Кто-то, нелепо волнуясь, пытается урезонить могильщиков. С точки зрения спасительной теории их лица, достойные презрения, представлялись Юлию совершенно подходящими. Именно с такими лицами, знать не знающими непокорства, можно было стать правильными и своими в этом первобытнообщинном государстве. Недоумение, которое Юлий силился разрешить, сводилось к следующему: какого черта она взялась их защищать?

Свет, заливавший ванную комнату, погас и вспыхнул. Дверь открылась. Девушка вошла и сделала шаг назад.

Два чувства боролись в Юлие: глаза желали смотреть, но взгляд отступал испуганно. Он принудил себя улыбнуться, и гримаска помогла справиться. Юлий приподнялся, приглашая.

Кажется, любопытство пересилило, во всяком случае тон, которым Юлий заговорил с нею, был почти ровным. Волнение сказывалось лишь в тщательности, с которой он следил за голосом. Его рассмешило предположение, что ей он может быть братом, и волнение окончательно улеглось.

Обыкновенно Юлий не робел перед женщинами, умея находить с ними тот живой язык, который сам по себе определяет половину победы. Вторая половина, однако, давалась сложнее. Женщины, откликавшиеся с живостью, любили поговорить. Для краткой любовной истории эта черта не могла стать помехой, но с замиранием сердца, с которым он почти свыкся, Юлий дожидался момента, когда избранница, поборов первую сдержанность, поведет себя *естественно*. С этого рубежа начинались дни, приближающие разрыв, потому что естественность неизбежно разрешалась словцом или фразой, через которые Юлий не мог переступить.

В этом отношении девушки проявляли чудеса изобретательности. Каждая умела выбрать момент, чтобы, подкараулив его душу, расслабленную порывом нежности, повернуть разговор в ту невыносимую сторону, где открывалась житейская пошлость. Кокетливо наморщив лобик, они произносили нечто, раз и навсегда прибивавшее его любовный пыл. Потом Юлий вежливо отвечал на звонки, дожидаясь, пока временная избранница, наконец рассердившись не на шутку, найдет себе менее притязательного любовника. Зная за собой эту черту, Юлий и сам не мог объяснить, почему, ровный и терпимый в дружеском общении, он становился непреклонным и злопамятным, когда дело касалось любви.

В девушке, стоявшей в узком пространстве чужой ванной комнаты, Юлий не угадывал естественности. Не то чтобы она вела себя скованно, но выражение лица, неуловимо менявшееся от слова к слову, убеждало в том, что, отвечая на его вопросы, она говорит *не о любви*. Опыт же Юлия говорил о том, что женщины, соглашаясь вступить в диалог с мужчиной, всегда, о чем бы ни заходила речь, взвешивают на чашах весов два всеобъемлющих слова: *да* и *нет*. Одно из них неизбежно перевешивало.

Он прислушивался, но неизбежного мига не наступало, и, еще не ведая, что творит, Юлий вспыхнул сам: призвав на помощь все свое высокомерие, он осведомился о сумме, которой оценивалось ее кладбищенское геройство. Ответ его поразил. Всей капризной любовной переборчивости ему не хватило бы на то, чтобы ответить как она: грубо и точно. Четко обозначив границы противостояния: *они и мы*.

Теперь, когда Юлий остался один, он повторил ее слова и понял: воображаемого разговора не вышло. Его доводы она выслушала, не перебивая, но в глазах, следивших за ним, стояло холодное презрение. Эта девочка *все равно* презирала его за то, что он не защищает *своих*.

# Глава 12

## 1

Просыпаясь среди ночи, Самуил Юльевич все чаще думал о том, что совершил непоправимую ошибку. Разрыв с семьей, который дался сравнительно легко, годы спустя словно бы ускорил развитие болезни. Это было тем более необъяснимым, что новую семью, жену Виолетту и дочь Риточку, он любил нежно, в особенности дочь, чрезмерные чувства к которой стеснительно называл стариковскими. В отличие от сына, чьего детства он почти не помнил, семилетняя Маргаритка была резвым созданием, превращавшим вечернюю жизнь отца в череду веселых затей. Однако вслед за вечером приходила ночь, и тоска, тупая и беспросветная, мозжила голову.

Стараясь не потревожить жену, Самуил вставал осторожно и, скрывшись в маленькой комнате, которую по привычке, оставшейся от прежней квартиры, называл кабинетом, раскладывал старые записи. Первые, содержание которых Самуил Юльевич помнил наизусть, восходили к послевоенным временам. Тогда он был молодым человеком, полным воспоминаний о войне, и почерк его оставался *доверчивым*. Никак иначе Самуил Юльевич не определил бы ровные и крупные буквы, покрывавшие разрозненные листы. Этим почерком он записывал случаи армейского антисемитизма.

До войны Самуил не относился к этому явлению серьезно. В его представлениях антисемитизм проходил под рубрикой пережитков, которые остались от времени буржуев, нэпманов и священников всех мастей. Новое время должно было с этим покончить. Залогом служила ясная государственная политика — интернациональная в своей основе. Сам он, естественно, был интернационалистом и по молодости лет пребывал в убеждении, что взгляды, которые он считает правильными, разделяют все *нормальные* люди. Попав в армию, Самуил обнаружил, что нормальные люди, на чьи принципы он привык полагаться, живут в основном в его ленинградском кругу.

Тогда они вошли в белорусскую деревню. Местные жители, кто остался в живых, выползали на божий свет из подвалов. Дед, как он теперь представлял себе, лет пятидесяти стоял за шатким забором, приглядываясь к солдатам. Недавно вышедшие из боя, они были грязными и злыми. Солдаты собрались небольшой группой, и осмелевший дед подошел поближе.

Ветер, наскоро шаривший по дворам, пригнал к забору желтоватые листки: листовки, сброшенные немцами. Нагнувшись, дед поднял и протянул солдатам. Видимо, он знал, что содержалось в этих, спустившихся с неба бумажках, а потому кривился заискивающе, видимо, веря, что листки облегчат разговор. Солдаты читали напечатанное, и, взяв листок в свою очередь, Самуил пробежал и поднял глаза. Ни один из них, из тех, с кем он только что вышел из боя, не возразил против того, о чем шипели жирные немецкие слова. Все кивали понимающе, и впервые в жизни Самуил Юльевич почувствовал себя загнанным зверем, живущим на земле из милости.

Вечером, поборов себя, он заговорил об этом случае со Степаном, с которым они были вроде поближе. Покривившись, Степан ответил, что немцы, понятно, сволочи, но тут они, может, и правы: «Не, Саня, я не про тебя, но вообще-то ваша нация — вредная, себе на уме, мимо рта не пронесете». Степана призвали с Украины. Он погиб через две недели, и, глядя на тело, уже принадлежащее похоронной команде, Самуил не чувствовал жалости.

Хотя и не отказывался от слова *пережиток*.

Время, прошедшее со смерти отца, изменило его почерк. Пугающие размышления, которым Самуил Юльевич предавался в конце сороковых — начале пятидесятых, ложились на бумагу островатыми буквами. Его новый почерк изобличал крепнущую тревогу. Странность, которую Самуил Юльевич заметил совсем недавно, заключалась в том, что в прежних записях отсутствовало главное — то, что втайне мучило его после отцовской смерти и поднялось теперь, на склоне его собственных лет.

В том, что советский народ был отравлен, Самуил Юльевич не сомневался — все, случившееся *после*, не объяснялось ничем иным. Вспоминая *Дело врачей*, подробностями которого полнились передовые столбцы тогдашних газет, он думал о том, что по иронии судьбы, подло играющей в перевертыши, кремлевскому яду, состряпанному впопыхах, понадобилось несколько десятилетий, чтобы, выходиться в советской крови. Яд замедленного действия, грядущую разрушительную силу которого ни он, ни кто другой не мог угадать заранее, в те годы казался чем-то вроде прививки. Штамм смертельной болезни, ослабленный в лабораторных условиях до той степени, когда его ближайшие и видимые последствия кажутся исчерпанными, на самом деле только прикинулся слабым.

Казалось, смерть тирана повернула колесо истории. Главным персонажем стал коренастый и лысоватый человечек. Вступая в новые времена *вместе со всем советским народом*, Самуил Юльевич недоверчиво при глядывался к переменам и не мог не отдать должного усилиям кремлевского коротышки, переписавшего несвободу на свой, сравнительно мирный, лад. Вечная мерзлота, сковавшая послевоенную жизнь, оттаивала робко и медленно, но в лужах, косо отражавших солнце, плавали обрывки старых газет.

Осторожно обходя проталины, Самуил приветствовал разгорающийся день, но что-то, пришедшее в мир из *тех* газет, никак не желало размякнуть. То ли мир сузился до пределов белорусской деревни, то ли деревня разрослась до размеров мира, но, прислушиваясь к крепнущему хору новой несвободы, Самуил Юльевич явственно слышал голос убитого Степана. Похоронная команда, прибравшая *главное тело*, не развеяла по ветру пепла отравленных слов. Всюду, куда глядел Самуил, его встречали глаза, затянутые холодными бельмами. Эти глаза говорили о том, что он, стоявший перед ними, — изгой. Каждый поход в военкомат, о котором в прежние времена он позабыл бы тотчас же, оборачивался мучительным унижением, терзавшим сердце. До сих пор, хотя прошли десятилетия, он помнил тех недоверчивых капитанов: «Воева-али?» — и короткую усмешку, безобразившую арийский рот. Его прежнее естество — храбрость, прошедшая военными дорогами, — поднималось яростным воем: бить! Но голос отравленной крови шуршал змеей за ушами, сводил коченеющие руки позорным страхом и бессилием.

Мало-помалу, отступая шаг за шагом, он сдал врагу все, что было отвоевано поколениями его предков. Именно тогда, окончательно осознав *их* победу и свое поражение, Самуил задумал уехать прочь с опоганенной земли.

В те времена его мечты не имели почвы, однако внешне он, казалось, воспрянул. Мысли о стране, которую Самуил учился называть своей исторической родиной, занимали его воображение. Ему нравились слова, слетавшие с нежных дикторских уст, сам выговор которых отличался от тех, что звучали по советскому радио. Страна была по-библейски воинственной, и, внимательно следя за ее сражениями, Самуил аккуратно наносил на контурную карту высоты и сектора. Это занятие возвращало его душу в военные дни, когда она еще не была растоптана. Всем сердцем он сражался на стороне израильтян, потому что осознавал: горстка людей, окруженных враждебным миром, борется в том числе и за его честь. В те дни его почерк стал командирским.

Блистательная победа Израиля стала и его триумфом. Он услышал о ней среди ночи, и, одевшись наскоро, вышел в темную улицу. Невский был пуст. Он шел в сторону Адмиралтейства. Воображение рисовало беззвездное небо, прочерченное ликующими хвостами ракет. Так, как это было после Великой Победы. Самуил чувствовал себя молодым и прежним, словно только что вернулся с войны, победив фашизм. Только это была *другая* победа. Этой победой он желал поделиться *с другими*. Не с миллионами отравленных подлым ядом. Пусть хотя бы с сотнями униженных. Для них эта победа могла бы стать противоядием. Теперь они могли воспрянуть.

Человек, идущий наперерез, вступил под свет фонаря. Еще не встретившись с ним глазами, Самуил Юльевич смертельно испугался: сейчас все откроется, потому что ночной прохожий, попавшийся навстречу, различит сияние, льющееся из его глаз. Их глаза встретились, и залп небесной силы осветил ликующее единство, словно сердца, зачехленные наглухо, жахнули одновременно изо всех победных стволов. В эту долю секунды они, *фронтовики*, привыкшие отступать по склизким послевоенным дорогам, повернулись лицом к общему врагу. Два человека замерли под фонарем, не решаясь поздравить друг друга, чтобы секундой позже разойтись в разные стороны, так и не решившись обмолвиться словом.

Об этой встрече он не рассказал никому.

К планам мужа Екатерина Абрамовна относилась равнодушно. С практической точки зрения она, конечно, была права, но Самуил Юльевич ни за что не хотел смиряться. Нежные дикторские голоса, чей русский, приправленный помехами, звучал роднее родного, манили его непредставимыми картинами: они могли бы стать его новой жизнью. Миллионы людей, с каждым из которых он разминулся под тем фонарем, дожидались его на берегах Мертвого моря.

Все закончилось неожиданно и счастливо, когда однажды, войдя в аудиторию, Самуил Юльевич увидел милое девичье лицо. На первый взгляд оно было простоватым, но, выйдя к доске, она заговорила тем особенным голосом, каким разговаривают девушки, перешибающие все обыденные *глушилки*. Не прошло и двух месяцев, как все прежние разочарования воплотились в жене Екатерине, не знавшей, что на это ответить. В Виолеттиных ответах Самуил Юльевич не нуждался.

Жизнь, свернувшая с проторенного пути, казалось, началась заново. В каком-то смысле Самуил Юльевич был рад тому, что новая жена потребовала размена. Дедовская квартира действовала на него как камень, тянущий ко дну. Чуждый всяческой мистике, он объяснял это свойством памяти, обжившей ограниченное пространство. Пространство квартиры на Рубинштейна воплощало выбор прадеда: переехав в Петербург, прадед осуществил мечту многих поколений. Этим переездом исчерпался запас семейных нерастраченных сил. Все, кто жил в этой квартире после него, двигались в фарватере свершившегося выбора. Щедрая дедова лепта, украшенная иллюзорными нулями, осуществившееся призвание отца, умершего своей, но все-таки неестественной смертью, — все прирастало помимо их воли, скованной внешними обстоятельствами. Из этих пут Самуил надеялся выбраться. К поставленной задаче он отнесся серьезно — по-военному.

Первым рекогносцировочным шагом стал размен, которым он занялся истово, словно, рассматривая предлагаемые варианты, распутывал веревки, которыми был привязан к позорному столбу. Размен удался, и следующие десять счастливых лет Самуил Юльевич словно бы растирал затекшие члены, мечтая о следующем решительном шаге. Каждый вечер, приникая ухом к воющему приемнику, он слушал сводки новостей. Последнее время в них угадывалось что-то новое. Обдумывая и сопоставляя, Самуил Юльевич приходил к выводу: тонкие отъездные ручейки грозятся стать полноводными реками.

Казалось бы, его решимость должна была воспрянуть, но, прислушавшись к себе внимательно, Самуил Юльевич понял, что разрывом с прежней семьей подорвал остаток сил. Их хватило ровно на то, чтобы разменять старую квартиру и наладить жизнь на новом месте. Он сознавал, что возможности упущены и жизнь, увенчанная двумя победами разных армий, каждая из которых стала для него и своей, и чужой, тронулась вниз по склону. У подножья дожидались старческие немощи и тот неминуемый *отъезд*, который кажется естественным только со стороны. Однако именно теперь, похоронив мечты об Израиле, Самуил Юльевич неожиданно нашел новое увлечение, о котором не стал говорить жене. Не без оснований Самуил Юльевич полагал, что *этого* практичная Виолетта уж точно не поймет.

Новое дело не спасало от горьких мыслей. И все-таки он не жалел усилий: буква за буквой, слово за словом учил язык. Тот, на котором говорили его давние предки и должны были заговорить потомки, если бы не яд бессилия, парализовавший его кровь.

Однажды он проснулся среди ночи от страшного колотья в груди и, хватаясь за ребра, которые боль разводила в разные стороны, понял, что любая смерть, которая найдет его на этой земле, никогда не станет естественной. Она явится, выследив его по запаху, который источает его бессильная еврейская кровь, отравленная ядом бессмертного кремлевского змея. Где-то в яйце, спрятанном в соленых глубинах Мертвого моря, лежала игла, зовущаяся змеевой смертью, но не было на свете армии, способной осушить это море. Теряя сознание, он видел иголочное острие, занесенное над его жилой, и из последних сил сжался изнутри, чтобы врачи-отравители, присланные змеем, не сумели впрыснуть смертельную дозу.

Бригада, вызванная Виолеттой, определила обширный инфаркт, и опытный врач, легко вошедший в вену, несколько раз снимал с иглы наполненный шприц и приглядывался, поднося к свету, потому что жидкость, которая могла спасти, никак не проходила в отверстие, словно забитое сгустком свернувшейся крови.

## 2

Приехав в больницу наутро, Юлий ожидал непоправимых, чугунных слов, но жена отца встретила его усталым взглядом, в котором теплилась надежда. В этот день она вообще проявила чудеса организованности, достойные восхищения.

Казалось, ее голос сорвался лишь однажды, когда, оформив бумаги в приемном покое, Виолетта вышла в ночной вестибюль, и дежурная лампочка, обливавшая грязную стену, плеснула больничным светом прямо в глаза. Из вестибюля, нащупав в кармане случайную двушку, она позвонила туда, куда прежде никогда не звонила. Растерянность пасынка, бормотавшего в трубку, привела ее в отчаяние. Тщетно Виолетта пыталась втолковать самое нужное — то, что требовалось сделать к утру, но голос, повторявший за нею, звучал совершенно беспомощно. Бросив на рычаг телефонную трубку, она села на длинную скамью и принялась думать.

Думала Виолетта недолго, но точный и дельный план сложился пункт за пунктом. Возвратившись домой, она сделала междугородний звонок, потому что Маргаритка нуждалась в присмотре, а Виолетта не могла разорваться. Железной рукой она пресекла материнские причитания и рассчитала время, которое потребуется для того, чтобы доехать до вокзала и взять билет на ближайший поезд. В Ленинград он прибудет к вечеру следующего дня. Ранним утром, без стеснения позвонив в соседскую дверь, она договорилась со старушкой-соседкой и успела зайти в аптеку, открывавшуюся в девять. Тут только Виолетта сообразила, что в кошельке мало денег, а значит, нечем будет платить нянечкам, сестрам и врачам. Одна добежала до дома и, сунув в лифчик несколько крупных бумажек, аккуратно сложила пятерки и трешки в боковой карман сумочки.

Относительно нянечек и сестер Виолетта ни капли не волновалась. *Эти* брали охотно и легко, но главное, им она не боялась дать, потому что чувствовала себя ровней. Многие из них тоже были приезжими. Если и попадались ленинградки, на Виолеттиных весах место их рождения уравновешивалось ее высшим образованием. Доктора, работавшие в больнице, в сравнении с ней были белой костью. Здесь надо было что-то придумать, потому что врачи, в руках которых теплилась жизнь мужа, не станут брать из ее рук. Мысль о пасынке Виолетта отставила — для этого его руки годились еще меньше. Так ничего и не надумав, она вбежала в вестибюль.

Сунув рубль бабке-гардеробщице, закрывшей глаза на *неприемные часы*, Виолетта справилась в регистратуре и, узнав номер отделения, побежала вверх по лестнице. К палате она подошла с замирающим сердцем.

Плоское, раздавленное лицо сливалось с беловатой подушкой. Приблизившись, Виолетта уловила слабое дыхание и едва заметное биение шейной жилы.

Убедившись, что за ночь не случилось самого худшего, она приказала себе успокоиться и собраться. В больницу попадают многие. Родственники, не теряющие головы, обязаны что-то делать. Что именно, Виолетта не знала. Ни разу в жизни ей не доводилось сталкиваться *с такой* болезнью.

В больнице она вообще лежала лишь однажды: в памяти всплыла веселая палата, в которой недавние роженицы болтали о том о сем, коротая дни. *Другая*, куда Виолетта никогда не входила, располагалась в дальнем тупичке коридора. Туда не возили детских тележек, но женщины, лежавшие за той дверью, выходили время от времени и шли вдоль стены. Мимо веселых палат, живших новыми хлопотами, они двигались медленно, глядя в землю, и те, кто попадался им навстречу, испуганно уступали дорогу. Виолетта вспомнила, как однажды, едва не столкнувшись, шарахнулась в сторону: если коснуться *мертвородившей*, можно навредить и себе, и младенцу.

Тут, опомнившись, Виолетта ругнула себя: об *этих*, родивших трупики, сейчас опасно даже думать.

Изгоняя дурное воспоминание, она поправила одеяло и принялась думать о матери, которая теперь — если сделала все, как сказано, — уже ехала в поезде. Эта мысль вывела на ровную дорожку: вдруг Виолетта вспомнила, как когда-то, много лет назад, мамину сестру увезли в больницу, и мама отправилась навещать, прихватив с собой тряпку, ведро и веник. Соседская баба Люба, на которую мама оставляла Виолетту, подняла ее на смех, дескать, нормальные люди к больным — с гостинцем, а ты — с тряпками, как *на подёнку*. А мама ответила, что гостинец купит потом, когда сестра пойдет на поправку, а теперь надо помочь делом: нянек не хватает, не врачу же, ученому человеку, волохаться с тряпкой по углам.

Облизнув сухие губы, Виолетта направилась к раковине. Там стояло ведро, но тряпки не было. Окинув взглядом пустую заправленную кровать, она подумала

было о простыне, но не решилась тронуть казенного.
Вместо этого Виолетта стянула через голову свитер и сняла с себя блузку. Блузка была новая, но, оглянувшись на
его запястье, пронзенное больничной иглой, Виолетта
отвернула краны и, наполнив почти до краев, поволокла
в дальний угол. До порога она добралась как раз к прихо-
ду няньки.

— Отец, что ли? — стоя в дверях, нянька поинтересовалась сочувственно.

— Нет, — тыльной стороной ладони Виолетта вытерла
лоб.

— Ага, то-то я смотрю, ты — беленькая, а он — черня-
венький.

Удивляясь, Виолетта смотрела на русую голову мужа.

— Врачи-то скоро? — наконец, сообразив, о чем говорит старуха, Виолетта перевела разговор.

— Известно, когда на обход пойдут, — нянька объясняла словоохотливо. — А ты, раз уж тут, в тумбочках по-
мой и прибери: вчера двоих перевели в общую. Что ис-
портилось — на помойку, или сама чего съешь, раковина
вон немытая, а я покамест — туалеты, — распорядив-
шись привычно, она нехотя взялась за ведро, может
быть, надеясь, что родственница вызовется помыть и туалеты.

Покончив с тумбочками, Виолетта села на стул дожидаться обхода. На мужа, лежавшего неподвижно, она косилась с опаской. Темный линолеум блестел. Оглядывая
испорченную блузку, приткнутую под раковину, она ре-
шала, стоит ли *сунуть* няньке или с нее довольно и так.

Счет деньгам Виолетта знала с детства. Даже тогда,
когда был жив отец, мать выгадывала непрестанно, считая
и пересчитывая копейки. В ее голове словно бы работал
конторский арифмометр: щелканье крутящихся дисков пе-
ребивал звуки внешнего мира. Еще девочкой Виолетта
удивлялась: считая, мать безотчетно шевелила губами,
и если кто-то обращался к ней в это время, отвечала

слишком громким голосом, как будто перекрикивала стук. Когда-то давно Виолетта дала себе слово: никогда она не станет такой, как мать, но, повзрослев, замечала в себе материнские привычки, с которыми старалась бороться.

Теперь, отмыв пол, она снова вернулась к ленинградским мыслям, и мысли эти были безрадостными. Город, в который она приехала, так и не стал для нее родным. Друзья мужа, первое время приходившие в гости, глядели на нее не то чтобы презрительно — настороженно. В их обществе ей всегда казалось, что каждый из них дожидается, когда она ляпнет какую-нибудь глупость, чтобы мгновенно это отметить, многозначительно переглянувшись. Веселая и разговорчивая с детства, Виолетта в их присутствии все больше помалкивала. Сколько раз она уговаривала себя не робеть, но тон, который они брали, звучал непонятно и насмешливо. Этот тон Виолетта хотела, но не могла перенять. С нянечкой, говорившей про *чернявенького*, она чувствовала себя легко, но в то же время стыдилась этой легкости, потому что нянька была темной дурой, к тому же нахальной и неблагодарной.

Прервав неприятные раздумья, Виолетта прислушалась к неровному дыханию и, не уловив изменений, отправилась на пост — знакомиться с сестрой. Молодая девица сидела за столом. Лампочка, бросавшая ровный круг, высвечивала крашеные волосы. У корней они успели отрасти. Кажется, сестра дремала, по крайней мере, расслышав Виолеттины шаги, она испуганно вскинулась: «Господи! Чего крадешься? Напугала». С этой девицей они были одних лет.

Обрадовавшись легкому «ты» (не хватало еще *выкать* крашеной дуре), Виолетта спросила про мужа.

— Как? Могилевский? Ну и фамильица, прям для нашего отделения... — сестра полистала толстую тетрадь и покосилась на Виолетту. — Муж, говоришь? Что, и дети есть?

— Дочка, — Виолетта ответила тихо.

— Вообще-то, ты — молодец, вовремя привезла. Вчера говорили, еще бы полчаса... Считай, спасла. Сама-то приезжая?

Виолетта знала, что выгоднее подтвердить, но, выслушав речи лохматой девицы, ответила высокомерно:

— Ленинградка.

— А чего ж за старого пошла? — сестра взбила крашеные волосы. — Теперь вот мыкайся всю жизнь — с инвалидом.

— Ничего, зато — обеспеченный, — щелкнув сумочкой, Виолетта нащупала бумажку. — На вот, всю ночь, небось, не спала. Тебе — за труды.

— Спасибо, конечно, — девица хихикнула благодарно. — Труды мои там — в ординаторской.

Виолетта оглянулась недоуменно.

— Слушай, а можно я ночью подежурю? Мало ли... Подать, принести...

— Чего, тоже в ординаторскую потянуло, от старого-то муженька? — девица подмигнула весело.

Только теперь Виолетта заметила, что девица-то, похоже, нетрезвая.

— Ладно, вот придет Верка, сменщица, я ей тебя покажу. Она уж скоро заступает — на сутки. Ты иди пока, побудь в палате.

Разговор с сестрой показался странным, но, вспомнив про Юлика, который должен был подойти к одиннадцати, Виолетта заспешила в вестибюль.

— Ну как? — Юлий спрашивал упавшим голосом.

— Ничего, — после разговора с сестрой она ответила неуверенно и, отвлекаясь от неприятных мыслей, заговорила о состоянии его отца, подробно описывая, каким нашла его поутру.

— С врачом говорила?

— Не успела. Нет никого. Там только нянька и сестра. Сестре я сунула, договорилась: буду дежурить ночью. Пол помыла в палате.

Юлий слушал удивленно. О деньгах Виолетта говорила буднично, словно век давала нянькам и сестрам.

— А что; без денег нельзя? — Юлий спросил, не заметив, что этот же вопрос перед ним ставила девушка, о которой он старался не вспоминать.

— Не знаю, наверное, можно, — она вспомнила разговор с сестрой, — но с деньгами все-таки лучше.

В том разговоре было что-то неприятное, но что — Виолетта никак не могла уловить.

— Много дала? Может быть, еще? — Юлий вынул кошелек.

— Не надо, — она остановила его руку.

Только теперь Виолетта наконец сообразила: определенно сестра намекала на врача.

— Юлик, послушай, мне кажется, надо дать доктору, но сама я боюсь. Может быть, ты? Вот, у меня с собой, я приготовила, — быстрой рукой она провела по груди, нащупывая денежный сверток.

— Ты уверена, что надо? А если, наоборот, все дело испортим?

Никогда Юлию не приходилось давать взяток.

— Хорошо. Поглядим до завтра, — взяв пакет, принесенный Юликом, Виолетта побежала обратно.

За разговором она пропустила обход. Белые халаты роились у соседней палаты, когда, запыхавшись, Виолетта подбежала к своей. Новая сестричка, миловидная девушка лет двадцати, вышла навстречу. Девушка торопилась за врачами, и Виолетта постеснялась спросить. Вообще эта сестра, в отличие от утренней, внушала робость. Однако утренняя, кажется, обещание сдержала, потому что в обед молодая сестричка подошла и предложила поесть: «Вашему все равно положено, идите, съешьте его порцию». Доброта мгновенно растопила робость. Все-таки немного стесняясь, Виолетта раскрыла сумочку и, нащупав бумажку, сунула в сестринский халат. Она боялась, что молодая девушка откажется возмущенно, но та поблагодарила и посоветовала сходить к сестре-хозяйке за чистым бельевым комплектом. «Положено раз в день, но вы дайте рубль. Когда придет в себя, белья не напасетесь».

К вечеру Виолетта обжилась. Осторожно, боясь потревожить больного, она ловко, почти не тревожа, протерла его бока спиртом, который дала молодая сестра. За все это время к мужу подходили дважды: один раз врач, пощупавший пульс, другой — сестра, сделавшая укол. После ужина, вымотавшись за долгий день, Виолетта позвонила соседке. Предупредила, что остается в больнице, и дала распоряжения относительно матери, которая приезжала на другой день. Маргаритка испуганно щебетала в трубку, но, прервав, Виолетта приказала вести себя хорошо и обещала передать привет папе.

Для тех, кто оставался в ночь, спальных мест не предусматривалось. В реанимации стояли две пустые кровати, но, постеснявшись спросить, Виолетта села у изголовья. Муж постанывал сквозь тяжкий лекарственный сон.

Посидев недолго, Виолетта вышла в коридор. Свет уже погасили. Желтоватая лампочка, накрытая газетой, горела на сестринском посту. Там никого не было. Смесь мочи и лекарств пропитала коридорный воздух, и, борясь с тошнотой, подступавшей к горлу, Виолетта двинулась вдоль стены. Она шла, опустив глаза в землю, словно в этой больнице, куда привезли ее мужа, стала *мертвородившей*.

Холод, стоявший в туалете, пронзал насквозь. Подойдя к окну, до половины забеленному краской, Виолетта попыталась выглянуть, но увидела пустое черное небо, лежавшее над городом. Вдруг она вспомнила: об этом, о муже-инвалиде, предупреждала его прежняя жена. Холод больничных туалетов, тошнотворные коридоры, мертвые лампы, освещающие пустые посты, — вот что она имела в виду, рисуя будущую Виолеттину жизнь.

Гадкие мысли бродили в голове: она думала о том, что виновата бывшая жена — *накаркала*. Виолетта вспомнила, как мать рассказывала соседке: до войны одна увела чужого мужа, так брошенная жена взяла его карточку и прямиком — к бабке. Та пошептала, и мужика разбил паралич. Екатерина?.. Нет. Не может быть. *Это* случилось само собой. Про себя Виолетта выразилась торжественно: волей судьбы.

Торжественность не меняла дела. В холодном больничном туалете, пронизанном хлорной вонью, она сидела на деревянном ящике, страдая, что сама загубила жизнь, польстившись на старого. Теперь, когда он лежал бессильный и полумертвый, Виолетта понимала: за ленинградскую жизнь, к которой так и не сумела приспособиться, она отдала слишком много. Столько эта жизнь не стоила.

Поплакав и вытерев слезы, она тронулась в обратный путь, но громкие голоса, доносящиеся из ординаторской, остановили на полдороге. Кто-то смеялся в полный голос, и, не удержавшись, Виолетта приоткрыла дверь. Ей хотелось *хоть с кем-нибудь* поговорить.

В ординаторской пировали. На низком столике, придвинутом к дивану, стояла початая бутылка, стаканы и банка с квашеной капустой. Два молодых доктора и давешняя медсестричка обернулись на скрип двери, и Виолетта отступила.

— Что, плохо ему? — лечащий врач, подходивший днем, спросил заботливо.

— Нет, нет, я просто — мимо. Там... страшно.

Этим живым и здоровым людям она не могла объяснить своих страхов.

— Садитесь, посидите с нами, сейчас вы ему без надобности, он под лекарствами, — лечащий врач поманил рукой.

Стесняясь, Виолетта присела на край.

— Сколько раз говорю родственникам, нельзя домашние консервы, нет — несут. Говорю, возьмите обратно, а они мне суют, — молодая сестричка хрустнула соленым огурцом.

— Ну и правильно, нам сгодится, — аппетитно причмокнув, бородатый врач потянулся к банке.

С половины стакана Виолетта опьянела. Длинный полуголодный день дал о себе знать. Крепкий коньяк, поднесенный кем-то из родственников, немедленно тронул голову. Компания была веселой, и холод пустого коридора уходил. Виолетта чувствовала себя легче, словно колдовские чары спадали и она воскресала после безысходного дня. Обсуждали какого-то профессора, чьи придирки надоели всем до смерти, и, уважительно прислушиваясь, Виолетта уже понимала суть дела. Кивая головой, будто показывая, что во всех случаях она — на их стороне, Виолетта прихлебывала из стакана и, уже не замечая, что лечащий врач с медсестрой куда-то исчезли, рассказывала бородатому свою горестную историю.

Эта история начиналась с Техноложки и заканчивалась в сегодняшней реанимации. Бородатый доктор слушал сочувственно. Подливая из бутылки, он говорил о том, что жизнь на этом не кончается. Скорее всего, муж ее выживет, есть хорошие импортные лекарства, конечно, после такого инфаркта — не орел, но мало ли орлов на свете... Его глаза, скрытые за тусклыми стеклами, были пьяными и участливыми, и, сидя рядом на продавленном диване, Виолетта не отнимала руки. Ей казалось, он говорит умно и правильно, и давнее материнское почтение к врачам пролилось слезой. Он придвигался ближе, бормочущие губы уже шевелились у ее глаз. Виолетта ощущала слабость, мешавшую шевельнуться, но из последних сил оттолкнула его руку. Из ординаторской она выскочила, не чуя ног, и ночь напролет просидела на жестком стуле, боясь пошевелиться.

Утром, дождавшись обхода, в течение которого врач косился в ее сторону, она отправилась вниз — к пасынку.

С Юлием Виолетта решила поговорить в открытую; понимала — дело серьезное. В ночной истории ее поведение было почти безупречным. Умолчав о застолье, она рассказала так, будто зашла в ординаторскую по делу и нарвалась на домогательства. Конечно, она дала достойный отпор, но этим дело не исчерпано — сегодня, во время обхода, доктор поглядывал недвусмысленно.

Юлий кивал. Положение, в которое они попали, оказывалось сложным. Ее отказ означал опасность, в которую попадал отец. В деле больничного лечения многое зависит от врачебной благосклонности. Снова он попытался перевести разговор на деньги, но, вспомнив глаза, сверлившие ее на обходе, Виолетта покачала головой:

— Нет, не знаю, сама как-то боюсь...

— Конечно, я мог бы тебя сменить, но там... Я же ничего не умею. Может, попросить маму? Пусть подежурит пару дней... — Юлий спросил осторожно, понимая, что ступает на шаткую дорожку.

— Ну уж нет. Только не это, — Виолетта отмела решительно. Мысль о том, что сюда явится бывшая жена и станет *распоряжаться*, показалась невыносимой. Уж если выбирать... Теперь, когда он приплел свою мамашу, она пожалела, что рассказала. Обозвав себя дурой, совсем потерявшей разум, Виолетта оглядела его с презрением и собралась уходить. Не хватало еще, чтобы маменькин сынок разболтал Екатерине. Та послушает-послушает, да еще и прибавит от себя. В этих делах баб не обманешь.

— Ладно, — она сказала, — не бери в голову. Я сама.

В голове плескались медленные мысли. Их суть сводилась к тому, что, не зайди она в ординаторскую, ничего бы не было.

— Подожди, — Юлий остановил, — послушай...

Если та, *другая*, сумела справиться с кладбищенскими, с врачом она сладит запросто.

Не вдаваясь в объяснения, Юлий приказал возвращаться в палату и ждать. Он съездит и обо всем договорится. Если ничего не получится, останется на ночь сам.

Ленькин номер ответил сразу. Сообщив тете Циле печальную новость, он спросил телефон Мишиной Маши. Удивившись, тетя Циля телефон дала, но больничных подробностей расспросить не успела: Юлий поблагодарил и положил трубку. Набрав три цифры, он опустил трубку на рычаг. Складывая в уме подходящие фразы, Юлий пытался передать историю так, чтобы все выглядело прилично. Нужные слова ускользали.

Около телефона он промаялся до ранних сумерек и все это время представлял себе отца, распластанного на больничной койке, и мачеху, сидевшую рядом. В палату входил молодой врач, а дальше все двигалось само собой — сцены одна другой отвратительней...

— Черт! — Юлий тряхнул головой и набрал номер. Твердой рукой.

Ему показалось, она не удивилась, потому что, помедлив, подтвердила холодно:

— Да, я вас слушаю.

Его рассказ получался несвязным: каждая фраза казалась глупой.

— Я очень вам сочувствую, — Мария наконец отозвалась. — Инфаркт — дело серьезное. Но есть лекарства. Я слышала, самое опасное — первые часы. Если прошло больше суток и ваш отец... — она замялась, — значит, есть надежда.

Невнятную историю с мачехой она, казалось, пропустила мимо ушей. Собственно, на этом разговор заканчивался. Глупо было надеяться. Он вспомнил ее обвинение и дернул ртом. Твердым голосом человека, которому нечего терять, Юлий поблагодарил за участие.

— Насколько я поняла, все дело в вашей мачехе, — она спрашивала прямо, — и теперь вы хотите, чтобы я?..

— Да, — он ответил решительно, — я прошу вас приехать и поговорить с врачом.

Отозвавшись коротким смешком, она спросила адрес больницы. Юлий сообщил и добавил, что выезжает немедленно. Будет ждать ее у крыльца.

## 3

Голос, неожиданно возникший в трубке, вызвал раздражение. Вежливые слова дались с трудом. Уже положив трубку на рычаг, она поняла причину: Иуда позвонил тогда, когда жареный петух клюнул их семейку, а значит, она, умеющая разговаривать с *суками*, теперь понадобилась. Только теперь.

Она уже жалела, что согласилась. Все получилось неожиданно, само собой. Хорошо, что родители задерживались в гостях, иначе пришлось бы объясняться. Прежде чем уйти, она предупредила Татку: опасно заболела школьная подруга.

По дороге к остановке Маша пыталась представить лицо ловеласа, с которым шла договариваться. «Ладно, — она думала, — черт с ними... Съезжу и накручу хвост». Задачка казалась несложной.

Она приехала довольно быстро. Юлий прибежал минут через десять, запыхавшись. Не слушая жалких слов о какой-то машине, которую он не мог поймать, Маша прервала его коротким жестом. В вестибюле он назвал номер отделения — единственное, что помнил.

В этот час посетители не допускались. Последние родственники забирали из гардероба пальто. Женщина, дежурившая за стойкой, вскинулась раздраженно, когда

Маша, сбросив верхнюю одежду на руки Юлия, проследовала к широкой арке, обозначавшей вход.

— Куда, куда? Всё, всё! — дежурная махала руками.

Не останавливаясь, Маша коротко бросила через плечо несколько слов — Юлий не расслышал.

— Туда и обратно! — дежурная крикнула вслед, и Маша исчезла из виду.

Дойдя до таблички с нужным номером, она остановилась на площадке. Женщина в белом халате прошла мимо. На Машу она бросила настороженный взгляд: поздним вечером по лестнице должны ходить только свои.

Дождавшись, пока каблуки стихнут, Маша открыла дверь и скользнула в отделение. В коридоре никого не было. Тусклая лампочка, прикрытая газетой, освещала пустой пост. Стараясь держаться стены, Маша двигалась осторожно, читая надписи. Реанимация нашлась быстро. Приоткрыв дверь, она увидела женщину, сидевшую у постели больного.

— Тихо! — Маша приказала шепотом. — Вы Виолетта?

Женщина кивнула.

— Меня прислал Юлий. Выйдем, здесь разговаривать опасно. Могут войти.

Каким-то материнским движением Виолетта склонилась к изголовью больного и, убедившись, что он спит, поманила:

— Пойдемте туда, в туалет.

Пустым коридором они прошли незамеченные.

Усевшись на сундук с надписью *чистые ведра*, Виолетта жаловалась истово. Маша слушала невнимательно — ей мешал провинциальный говорок.

— Ну хорошо, — она прервала поток жалоб. — Вы — ни сном ни духом, он — насильник и подлец. Объясните, что конкретно вы ждете от меня?

Провинциальный говорок непонятным образом рождал сомнения: *эта* могла и приврать.

229

Не отвечая, Виолетта сунулась в лифчик и достала сверток.

— Что это? — Маша разглядывала бумажки разного достоинства.

— Я не знаю, сколько в таких случаях... — Виолетта начала робко. — Двести или сто?

Над сундуком, крашенным зеленой масляной краской, висело мутное зеркало. Покосившись на свое отражение, Маша наконец догадалась:

— Вы хотите, чтобы я дала ему взятку? Вместо вас?

Замысел Иуды становился ясным как божий день.

— Я... я не знаю, — Виолетта шла на попятный, — вы думаете, не возьмет? Но тогда... — глаза глядели обреченно. — Понимаете, я не знаю, что мне делать, Саня спит и спит, за весь день врач не подошел ни разу, теперь остался — на ночь. Конечно, я могла бы уйти, но мало ли что ночью...

— А этот? Сынок? — подбородком Маша мотнула в сторону, где дожидался Юлий. Виолетта прикусила губу и затихла.

— Ну? — Маша настаивала.

— Наверное, это глупость, но когда я... когда мы полюбили друг друга, его жена, бывшая, сказала: рано или поздно он заболеет и вернется, потому что я не стану ухаживать за старым больным... — она всхлипнула, — евреем. Но я... Нет, вы, наверное, не поймете, не поверите... Я люблю его. У нас дочь, девочка...

Провинциальный говор исчез. Маша слышала каждое слово:

— Почему же? — она произнесла надменно. — И пойму, и поверю. А он, ваш пасынок, тоже считает, что вы бросите его отца? — угрожающее мерцание вспыхивало в голосе.

На всякий случай Виолетта ответила уклончиво:

— Конечно. Сын. А как же? Всегда на стороне матери...

— Значит, так, — Маша приняла решение. — Деньги уберите. Идите домой — вам надо выспаться. Спросите у него мой телефон, позвоните моим, — непререкаемым тоном она отдавала распоряжения. — Своему Юлию скажете, что наняли меня сиделкой — за деньги. Не бойтесь. Я справлюсь.

Острое и холодное сверкало в ее взгляде.

Не посмев возразить, Виолетта попятилась и, метнувшись вдоль стены, кинулась вниз по лестнице. Объясняя Юлию, слушавшему зачарованно, она не сумела соврать про деньги — не повернулся язык.

# Глава 13

## 1

От окна несло холодом и сыростью. Злиться не на кого — только на себя. Подобрав ноги, Маша сидела на сундуке. *Эти*, ничего не умеющие сами, манипулировали ее волей, подсовывая одну и ту же наживку. Черт бы их всех!.. Мучаясь яростью, она думала о том, что становится каким-то жандармом, защищающим запуганных идиотов. Хлорные ведра воняли невыносимо.

«Ну что — подрядилась нянькой? Так иди и дежурь», — она вышла из туалета и двинулась в сторону реанимации. В ординаторской смеялись голоса.

«Ла-а-дно, — Маша протянула, — поглядим... что тут у них за Айболит...»

В палате было темно. Пахло мочой и несвежим телом. Она подумала: как от Паньки — и фыркнула брезгливо. Рано или поздно геройство кончится плохо. Добро бы еще за своих... Слабая вонь, исходившая от кровати, крепла. Преодолевая брезгливость, она подошла поближе и вгляделась в опрокинутое лицо.

Он лежал, неловко вывернув голову. Выпуклые веки, закрашенные темным, вздрагивали едва заметно. Щеки, покрытые жесткой щетиной, впали, скулы обострились. Маша отвела глаза. *Эти*, делавшие из нее жандарма, ловили не на словах. Мать предупреждала об этом: перед смертью дядя Наум стал похож на отца.

Вглядываясь в черты лежавшего без памяти, Маша видела сходство, определяемое *кровью*. Отцовскими были веки, овал лица, выпуклый лоб, стянутый морщинами. На этом сходстве *они* ловили ее непрестанно, потому что не было ее сил предать отца. Отец, которого положили бы в водяную могилу, отец, которому врачи отказали бы в помощи, — вот за кого она стояла, содрогаясь от ненависти и скверны. В этой стране, где отец смирился с унижением, она вставала на его место — лицом к лицу с паучьим воинством.

Вони больше не было. С легкостью, потому что теперь — за своих, Маша встала и обернулась.

Дверь была приоткрыта. Она не расслышала шороха и не заметила, когда он, подкравшись неслышно, вырос в дверной щели. Глаза, привыкшие к наглому свету ординаторской, видели силуэт, но не различали лица.

— Все в порядке? — он спросил бараньим голосом, потому что обращался к Виолетте, не смеющей ему отказать. Боясь выдать себя, Маша кивнула.

— Хотите, можете здесь прилечь... — он указал на заправленную постель. — А хотите, можете посидеть там, у меня... Не беспокойтесь, укол сильный, ваш муж проснется не скоро. Еще насидитесь.

Если бы не тьма, доктор разглядел бы ее усмешку. Оглянувшись на отца, лежавшего навзничь, Маша откликнулась тихим Виолеттиным шепотом:

— Сейчас. Я сейчас.

Мимо поста, прикрытого старой газетой, мимо туалета, пахнущего хлорными ведрами, она шла, ступая неслышно. Все было тихо. Больные спали. Доктора, дежурившие днем, разошлись по домам. Маша оглядывалась, не зная, что предпринять. Теперь она была уверена: Виолетта сказала правду.

Напротив — через холл, заставленный пластиковыми столами, — виднелась дверь с надписью «Процедурная». Маша подошла и распахнула рывком. Круглые металлические коробки стояли на полках. Одни были распахнуты, другие — задраены наглухо. В таких коробках кипятят врачебный инструмент: все эти шприцы, иголки, скальпели... Скальпели. Она стояла, обдумывая: «Если что, никто не поможет. Все-таки лучше, чем с пустыми руками... Господи, да что может случиться...»

Маша подошла к коробке и, пошарив, сунула скальпель в карман.

Ординаторская не подавала признаков жизни: ни голосов, ни звона посуды. «Может, и наврала, — сомнения подступали с новой силой. — А если нет?» — она не позволила сбить себя с толку.

При свете настольной лампы молодой доктор выглядел усталым. Подперев лоб, он писал быстро и сосредоточенно. «Тоже мне, — она подумала, — доктор Менгеле...»

— Заходите, пожалуйста, я... — не поднимая головы, он кивнул.

Из темноты больничного коридора Маша выступила на свет.

— Я... я подумал... Вы, собственно, кто?..

— Ожидали другую? — Маша улыбнулась.

— Что-нибудь случилось? — пропустив мимо ушей неподобающий вопрос, доктор осведомился деловито.

— Я... Мне надо спросить.

— Да? — он отложил ручку.

— Наши врачи дают клятву Гиппократа? — скальпель, зажатый в пальцах, становился горячим.

— А как же, — он ответил строгим голосом. — *Клятву советского врача.* А что, собственно?..

— И какая разница? — ослабив захват, она шевельнула пальцами.

— Слова... немного другие... точно не помню... — доктор потер лоб. — Вы чья родственница? — теряя терпение, он поднимался из-за стола. — Прошу вас, пожалуйста, идите в палату. Мне надо проверить больных.

— Я пришла, — она подбирала вежливые слова, — попросить вас... Дело в том, что там, в реанимации... Очень тяжелый больной.

— Плохо? Как фамилия? — доктор спрашивал нетерпеливо.

— Нет, не плохо... Понимаете, так получилось, фамилии я не знаю...

— Девушка, послушайте, — он встал и задвинул стул. — Не морочьте мне голову. Трудный день, я очень устал...

Его рука лежала на спинке стула. На безымянном пальце вздрагивал золотой ободок. Маша смотрела, не отводя глаз. Скверные слова подступали к горлу, рвались из гортани. Отец, оставленный в палате, умирал беззащитно.

Красная ярость, хлынув в голову, слепила меркнущие глаза.

— Сидеть! — она приказала и сглотнула скверну. Лезвие скальпеля поймало золотой отсвет.

— У меня нет... Ничего нет... *Все* лекарства у старшей... — он пятился, взмахивая рукой. — У старшей сестры, в шкафчике...

— Разве я спрашивала про лекарства? — Маша произнесла едва слышно.

— Это безумие, сюда придут. Сейчас. Врач... и дежурная сестра.

— Они не придут.

Скосив глаза, он смотрел завороженно. Маша поймала взгляд и усмехнулась:

— Странно. Человек, давший *клятву советского врача*, так боится смерти...

— При чем здесь?..

Ярость, залившая голову, вспыхнула черными искрами.

— Да, — она перебила ломким голосом, — так и есть. Я это читала: врачи, фашисты в концлагере — они тоже боялись. Вы... меня не поняли? Я сказала — сидеть.

Пальцы, сведенные страхом, ходили крупной дрожью:

— Но я... При чем здесь?.. — он опустился на стул.

— Вы забыли предупредить меня, что сейчас станете кричать, — Маша подошла вплотную.

Остановившимися глазами он смотрел на ее руку, держащую инструмент. Вспухшие губы шевелились беззвучно. Металл коснулся его шеи.

— Там, в вашей реанимации, лежит человек, — Маша начала тихо, но он расслышал. Пелена, покрывшая белки, дрогнула. — Нет, не то, — голос, которым она говорила, звучал как будто со стороны. Как будто тоже стал инструментом. — Не человек — еврей. Не о чем говорить. Одним меньше — одним больше...

Голос исчез. Словно выпал из руки. Она попыталась поднять, но связки отказывали. Под лезвием белела шея. Жила, ходившая под кожей, была нежной: сами собой пальцы сжимались — нажать. Как наяву она видела красную метку, наложенную на его кожу — единственно верный ответ *пауку*.

Он застонал, и Маша перевела дыхание.

— Мне плевать, — голос вернулся, — на ваших больных и их родственников. Мне плевать, как вы используете этих дур. Мне плевать на ваших крыс и пауков. Но если в этой стране все дают клятвы, слушай мою: если еврей, лежащий в твоей реанимации, по какой-то причине сдохнет, я вернусь и убью тебя: И никакой паук тебе не поможет. Клянусь своей грязной кровью. Ты веришь мне? Гляди сюда...

С наслаждением, словно взрезая паучью жилу, Маша вывернула пустую ладонь и медленно повела лезвием.

По краю разреза плоть вспухала окровавленной губкой. Капли крови, тяжело плюхаясь на пол, катились вниз. Он смотрел бессмысленными глазами, словно прислушиваясь. Звук становился частым — пляшущим.

Каким-то отрешенным движением он поднял полу халата и рванул. Белая ткань не поддалась.

Протянув руку, доктор взял скальпель и, примерившись, резанул по ткани. Оторвав узкую полосу, задрал Машину руку и, набросив коротким жестом, затянул петлю. Жгут перетянул намертво. Кровавая губка становилась розоватой. Молча, не отпуская ее руки, он потянул Машу за собой.

По темному коридору, мимо двери с надписью «Столовая», они шли к «Процедурной». Выбрав нетронутый бикс, он раскрыл его с металлическим хрустом и вынул иглу.

— Наркоза нет. Все — у старшей сестры. Туда нельзя, — он говорил тихо и упрямо, словно теперь, после ее клятвы, они стали сообщниками.

Поведя обескровленными пальцами, Маша кивнула.

Почти не чувствуя боли, она следила за пальцами, шившими через край. Крупные капли выступали у него на лбу. Он завязал узел и, склонившись к работе, перекусил зубами.

Ладонь, перевязанная бинтом, согревалась медленно. Снова, подняв ее руку, он тянул за собой.

Человек, оставленный в беспамятстве, спал. Подведя девушку к пустой кровати, врач подтолкнул ее в спину, и Маша легла. Она лежала, съежившись, чувствуя холод, бегущий по ногам.

— Это срыв. Истерика. Тебе надо поспать.

— Ты... вызовешь милицию? — она спросила холодными губами.

— Не будь дурой, — он усмехнулся. — Там следы. Уберу и вернусь.

Сквозь тяжкий сон, в который погрузилась, Маша слышала: он вернулся и, подтянув стул, сел к изголовью Иудиного отца.

Она видела: доктор сидит не шелохнувшись.

# 2

Ее версия казалась правдоподобной: разбитая ампула, случайный порез.

Они спускались с больничного крыльца.

— Виолетта... Она откуда приехала?

Юлий подумал и назвал среднерусский городок.

— Вот-вот, — Маша поджала губы, и Юлий почему-то засуетился. Торопясь, он заговорил о том, что Виолетта предана отцу и вообще семья получилась крепкой и здоровой.

— Речь не об этом, — Маша сморщилась: это травоядное все понимало по-своему. — Я что, из полиции нравов? — она произнесла надменно.

— Не понимаю... — Юлий поднял бровь.

— Мне кажется, — Маша заговорила мягче, подбирая подобающие слова, — все это — чистая выдумка. Возможно, врачи и пили, пригласили ее к столу, но дальше... — тихим голосом Маша рассказала о мирной сцене, которую застала в ординаторской. Все, что случилось дальше, не касалось его семьи.

— Но зачем ей? — Юлий остановился.

— Не знаю.

Маша думала о Вале, которую, цепляясь за аналогию, хотелось уличить во лжи.

— Вы пытаетесь убедить меня в том, что все приезжие лживы? — Юлий справился с растерянностью.

— Да бог с вами! — Маша ответила надменно.

— Для обличительных обобщений есть противоядие, — носком сапога он чертил на снегу знаки, похожие на иероглифы. — Особенно хорошо им научились пользоваться евреи. Потому что сами всегда приезжие, так сказать, в государственном смысле...

— Отлично. Есть противоядие — можете им пользоваться. Надеюсь, ваш отец выздоровеет, и эту мысль — в государственном смысле — вы обсудите с ним.

Юлий почувствовал неловкость. В конце концов, в больницу Маша приехала по его просьбе, а мнением, которое она высказала, можно было пренебречь. Виолетту она видела в первый раз. Он думал: и в первый, и в последний. Собственно, он и сам не имел в виду ничего такого, когда говорил о противоядии. Во всяком случае, себя приезжим не считал.

— Простите меня, — голос наполнился горячей благодарностью, — не знаю, что на меня нашло. Я очень волнуюсь за отца, а кроме того... — он хотел сказать, что радуется их встрече, но как-то не решился: «Сейчас не время, потом, может быть, позже...»

Юлий остановился у ограды:

— Вы позволите, я позвоню?

Чувствуя смертельную усталость, Маша кивнула и пошла к остановке.

Рука разнылась в автобусе. Подъезжая к дому, Маша кусала губы и думала о неприятных расспросах.

Мать, встретившая ее в прихожей, не обратила внимания на повязку. Она выглядела встревоженной. Маша прошла в комнату и, прислушавшись к родительскому разговору, поняла: Панька.

Плохо стало с вечера, пришлось вызывать неотложку. Спросили о возрасте и, узнав, приехали минут через сорок, когда Панька уже хрипела.

— Умерла? — Маша спросила нетерпеливо.

Но мама махнула рукой и повернулась к отцу.

Маша слушала, не веря своим ушам: отец обвинял маму в Панькиной смерти. Всплескивая руками, мама оправдывалась:

— Ну как бы я могла?.. Семья, куча дел. Ты понимаешь, что я занята? То одно, то другое... Вот, если не понимаешь, спроси у Маши. Взрослая девочка. Пусть рассудит, я расскажу.

Дело было так. Коротко осмотрев больную, врач вызвал соседей и сообщил, что у Паньки инсульт. Раньше называли ударом, короче, старушка при смерти. Будь у нее родные, лучше бы оставить дома по крайней мере до утра. Сам-то он задержаться не может, поскольку на дежурстве, ожидают другие больные. До утра доживет вряд ли, но если везти сейчас, помрет на носилках или в машине. Оставить одну — не имеет права, но если соседи согласятся, может, и обойдется. Хотя инвалидом останется наверняка.

— Ты представляешь? Инвалидом! А что потом? Что бы мы с ней делали? — мама чуть не плакала.

— Потом бы и думали, — отец перебил сурово.

Возразить было нечего. Мама замолчала. Робко она взглянула на дочь, словно ждала от нее оправдывающего слова.

— Не-на-ви-жу, — Маша произнесла раздельно.

Мамины глаза налились слезами:

— Кого? Меня?..

— Вашу Паньку.

— Да как... как ты смеешь? — голос отца сорвался в фальцет. Вскочив с места, отец замахнулся неловко.

— Сядь и прекрати сцену. — Ладонь, порезанную скальпелем, дергало надсадно.

Отец взялся за голову.

— Машенька, Машенька... — мама заплакала жалобно.

Маша дернула плечом:

— Не плачь. Ты все сделала правильно. Кроме одного: эту *суку* надо было раньше. Просто не вызывать врача. Помнишь, ты говорила: мечтала поступить в медицинский? Ты же не знаешь: у них другая клятва — советского врача. Самая хитрая: кто ее дал, может *ничего* не делать...

Мама слушала потрясенно:

— Как это — не делать?

— Да так. Как этот врач. Взять и оставить на соседей. И ничего ему за это не будет. Иначе остался бы как миленький!

Она думала: «Этот, из ординаторской, сидел всю ночь. Потому что *хорошо* испугался».

— Мария! — отец возвысил голос. — Ты говоришь, как... нелюдь!

Маша усмехнулась: «А вы — как советские дураки».

— Нет, ты послушай, послушай! Есть же книги, прекрасные книги. Они — о *человечности*... Ты же читала. Вся русская литература... — он замолчал.

— Это — в другой жизни, где клята Гиппократа, — она ответила и поднялась. — Ладно. Как я понимаю, наверняка ничего не известно. Сейчас, — Маша обращалась к матери, — ты, надо полагать, отправишься в больницу, чтобы узнать про Паньку. Во-первых, желаю приятных вестей, а во-вторых, не забудь пригласить на поминки. Этого праздника я ни за что не пропущу.


Добравшись до постели, Маша легла и отвернулась. Тихие голоса шуршали за дверью.

«Она не знает... Не знает, что говорит, она — добрая девочка», — мамин голос вставал на защиту. «Она — чудовище, неужели ты не видишь?» — отец отвечал сокрушенно.

Закрыв глаза, она думала о том, что объяснять некому и нечего. *Эти* все равно не поймут.

Все свернулось мертвой петлей, которую не разорвать.

Мать, втайне мечтавшая о Панькиной смерти, потому что только так можно получить отдельную квартиру.

Панька, ненавидевшая их всех.

Врач, погрузивший ее на носилки...

Маша попыталась представить: вот Панька выжила и осталась инвалидом. Если отправят в приют, комната останется за ней. Под присмотром государства проживет еще сто лет...

«В государственном смысле...» — что-то важное пыталось сложиться в голове, Маша силилась понять. Руку снова дергало. Она подула на бинт, унимая боль. Все, что казалось необъяснимым, принимало вид теоремы. Теорему требовалось доказать.

Коммунальная квартира.

Это условие было необходимым и достаточным.

Еврей, дослужившийся до главного инженера, для своей семьи не может потребовать отдельной.

Врач, давший советскую клятву, по которой имеет право *не остаться*.

«Здесь — главное звено. Решение о Панькиной жизни врач переложил на родителей. Поставил их перед выбором: жить или умереть. Все продумано так, чтобы родители остались виноватыми. Паук, придумавший *советскую клятву*, действует наверняка: получив квартиру ценой Панькиной смерти, мать всегда будет помнить, что виновата...»

Боль, пронзавшая ладонь, поднималась по лучевой кости.

Маша поднялась и вышла в родительскую комнату. Они сидели у стола. Собрав силы, она улыбнулась:

— Простите. Просто трудная ночь. Почти не спала. Давайте так: я сама поеду в больницу и разузнаю про бабу Паню, поговорю с врачами. Может, еще жива...

Она боялась, что мать откажется, но та встрепенулась и закивала благодарно:

— Они сказали, больница на Софьи Перовской.

Маша кивнула и вышла в коридор.

Техническая задача, сложившаяся в голове, имела множество неизвестных. Во-первых, деньги. Она вспомнила Виолеттины бумажки, которые та доставала из лифчика. Виолетта — взрослая. Ей виднее. Травоядное тоже говорило про деньги... Она подумала: долг платежом красен, — и набрала тети-Цилин номер. Ленька, поднявший трубку, продиктовал телефон.

Юлий откликнулся испуганно. Маша попросила о встрече: «У Дома книги. Я очень прошу вас — прямо сейчас. Дело очень срочное». — «Конечно, конечно», — он ответил торопливо. «Пожалуйста, возьмите с собой деньги. Побольше. Рублей пятьдесят».

До назначенного времени оставалось минут двадцать. «Сходить на разведку».

Дойдя до поперечной улицы, Маша вошла в вестибюль. Оглядевшись, нашла справочное окошко.

— Прасковья Кропотова.

Тетка, сидевшая в окошке, полистала журнал.

— Кропотова? Умерла, — буркнула и прикрыла створку.

Маша закусила губу.

— Господи, как же так... Это моя бабушка. Бабушка Паня. Ночью увезли. Мама так плачет... Скажите, я могу поговорить с врачом?

— Сходи в отделение, — тетка, дежурившая в соседнем окне, поглядела сочувственно. — Если с ночной не сменились.

— Спасибо вам, спасибо, сейчас, только брата встречу, — улыбаясь жалобно, Маша пятилась к дверям.

— Ночью, когда я была в больнице, заболела соседка, старушка. В детстве она за мной присматривала, когда родители уходили на работу. Мама вызвала неотложку, увезли сюда, в эту больницу, — они шли по набережной канала, и Маша рассказывала вдохновенно. — Если бы я была дома, конечно, я сообразила бы поехать, мало ли, *поговорить* с врачами... Вы же знаете, *как* у нас относятся к старикам...

Юлий кивал, понимая.

— Конечно, я могла попросить у родителей, но разве им объяснишь... Привыкли, что все бесплатно, — она усмехнулась.

Юлий слушал сочувственно.

— Я уже заходила, спрашивала. Сказали: состояние средней тяжести. Разрешили подняться в отделение.

Они свернули. Больничный козырек, занесенный снегом, был уже в двух шагах. Юлий достал кошелек.

— Спасибо. Не знаю когда, но я отдам. Обязательно, — Маша спрятала в сумочку. — Подождите в вестибюле.

Кивнув регистратурной тетке, Маша побежала наверх.

Доктор, дежуривший ночью, успел смениться. Моло-денькая сестра, заступившая в утреннюю смену, выслу-шала и посоветовала обратиться к Андрею Владимиро-вичу: «Обход закончился. Посмотрите там, в ординатор-ской».

Врач отнесся внимательно. Полистав ночные записи, он объяснил, что случай был тяжелым. Собственно, ба-бушка умерла в дороге, так что в отделение не поступа-ла — в приемном покое освидетельствовали и отправили в морг.

— Скажите, — Маша подсела к столу, — если бы ее не повезли, оставили дома, может быть, бабушка... — она отвела глаза.

Доктор понял.

— Ну кто же знает... Возможно. В машине — тряска. Если бы капельницу, дома... — он развел руками.

Боль, саднившая ладонь, становилась невыносимой. *Настоящие* слезы подступали к глазам.

— Понимаете, моя мама — сердечница. Доктор, кото-рый приехал с неотложкой, сказал: нужен стационар. Мама, конечно, согласилась, но теперь вы говорите, что доктор допустил ошибку...

— Но я же... — его глаза сверкнули испугом. — *Так* я не говорил. Я сказал: *возможно*. Но скорее всего...

Маша смотрела внимательно: они оба давали *клятву советского врача*. И этот, и тот, приехавший с неотложкой.

— Конечно! — она вытерла слезы. — Я все понимаю. Но мама... Очень больное сердце. Она станет винить себя. И вообще, обязательно придет. Чтобы все как следует выяснить. Поймите, бабушку Паню не вернешь, но мама... — всхлипнув, Маша замолчала.

— Но что я могу?.. Попытайтесь объяснить, успокоить.

Маша видела: он хочет помочь. Но в то же время думает и *о своем*. О том, что коллега с неотложки действительно мог ошибиться. Или не ошибиться: больная — глубокая старуха...

— Знаете, — Машин взгляд просветлел. — Одно дело, если маме скажу я. Но если от вас, ну, не знаю, записка, мол, в больницу увезли правильно, врачи сделали, что могли, бабушка доехала, но умерла под утро... Я вас очень прошу, напишите. Всего несколько слов... Я, — Маша оглянулась. В ординаторской никого не было, — если надо, я могу заплатить.

— Ну зачем вы так? Я же все понимаю, — доктор взялся за ручку.

Маша прочла и вынула деньги.

— Уберите, — он поморщился и отвел ее руку.

Она сложила хрусткую бумажку и сунула обратно.

По коридору бродили больные. Грубые рубахи торчали из-под синих байковых халатов. Где-то внизу лежала голая Панька. Она представила себе, как предъявит записку матери, и эта мысль отдалась смехом: «На хитрую *лопасть*...»

Снова она не оплошала. Нашла решение технической задачи, предложенной пауком.

«Великая русская литература...» — она вспомнила слова отца.

Теперь они обретали правильный смысл. Родители прочтут и поверят. Как привыкли верить всему, что написано. Поверив, они не станут винить себя в Панькиной смерти.

Проклятый паук просчитался *именно тут*.

— Все в порядке, — спустившись вниз, Маша подбежала к Юлию. — Бабушке Пане лучше. Сейчас она в реанимации. С врачом я поговорила, дала денег, — Маша перечисляла ясным голосом.

Сэкономленные деньги могли пригодиться.

Юлий кивал, пряча глаза. Не задав ни единого вопроса, он проводил ее до остановки. Автобус распахнул двери. Заднее стекло покрывал замысловатый узор. Водитель тронулся с места, и темная шапочка, замаячившая на площадке, стала похожей на цветок, вставленный в узорчатый бокал.

Юлий шел к метро, внимательно глядя под ноги, словно боялся упасть. Он обдумывал снова и снова, и каждая попытка заканчивалась неудачей.

Тетка, сидевшая в регистратуре, поманила пальцем, едва Мишина Маша убежала наверх. Приняв Юлия за родственника, она сообщила часы работы морга и предупредила: вещи надо доставить заранее, накануне похорон. Бумажка с расписанием осталась в кармане. Юлий смял и бросил в урну.

— Ну что? Как там? — мама поднялась навстречу.

Маша протянула листок.

— Царствие небесное! — мама прочла и передала отцу.

— Что ж... — отец вздохнул и потянулся к Машиным волосам. Она вывернулась из-под руки и направилась в кухню.

Соседский стол был заставлен пустыми банками. Она взяла нож и подобралась сбоку. Больная рука мешала упереться как следует. Лезвие проскальзывало и срывалось.

Все-таки она сумела выскрести победный рисунок и, оглядевшись, пихнула нож в грязное.

## 3

В крематорий Маша не поехала, родители не настаивали. Потом мама ездила еще раз — что-то там дооформить. На этот раз она вообще все сделала сама.

Поминки устроили поздно, через неделю. Помянули наскоро. Во-первых, не пришел Иосиф: сказал, что занят. Во-вторых, разболелась Татка, поэтому короткое застолье свелось к родительским разговорам про жилконтору. Оттуда уже являлись — опечатать. Покачивая головой, жилконторовская тетка прошлась по квартире, заглядывая во все углы, и губы, поджатые недовольно, красноречиво свидетельствовали о том, что отдельная квартира — дело далеко не предрешенное. Даже теперь, когда мама рассказывала отцу, ее веки вздрагивали тревожно. «Надо найти какой-то ход», — она повторяла неуверенно. На третий раз Маша не выдержала: «Денег дать — вот и весь ход. Хапнет и облизнется». Протестуя, отец поднял руки. Ужас, мелькнувший в его глазах, не шел ни в какое сравнение с маминым тревожным испугом. Этот ужас шел из глубины.

— Я очень тебя прошу, — заглядывая в его глаза, мама говорила шепотом, — возьми *отношение* из института. В этом нет ничего *такого*. Профком может походатайствовать. Комната девочек действительно непригодна. Комиссия признала совершенно официально. Есть акт. Если нам дадут, это по закону.

— Тоня, о чем ты говоришь? — отец крутил головой. — Если по закону, зачем, скажи на милость, это самое *отношение*?

— Так, — Маша не выдержала и подсела к столу. — Я не понимаю, ты где живешь? Заладили — *по закону*... Неужели не ясно — единственный исторический шанс. Подселят молодого монтажника, будете куковать до второго пришествия. Найдет себе Маню с трудоднями, притащит из ближайшего пригорода. Все завесят пеленками. Будешь ходить по квартире, утираясь вонючим тряпьем, — от ярости, хлынувшей горлом, Маша задыхалась. — А ты, — она обернулась к отцу, — мало ты на *них* отработал?! Пусть хоть что-нибудь сделают для тебя!

Отец сидел, опустив плечи. Неизбывное рабство бродило в его крови. *Оно* находило оправдание робости, не дававшей защитить жену и детей.

— Не могу... Больше не могу в коммунальной... — мамины щеки пошли пятнами.

— Хорошо, — голос отца стал потерянным, — я возьму. Завтра. Пойду к директору и возьму.

Все эти *отношения* — чушь. Нужны большие деньги. Больше, чем в их дурацкой больнице.

Дождавшись, пока родители наконец стихнут, Маша села в углу у телефона. Сумма, которую она представила, выражалась непомерной цифрой. Ни за что на свете отец не решится дать взятку. Таких денег у родителей просто нет — живут от зарплаты до зарплаты. Главное, ни в коем случае не посвящать в свои планы — все испортят.

Разговора с жэковской теткой Маша не боялась. Больше того, мысль о разговоре, в котором на ее стороне будет весомый конверт, наполняла весельем.

«Много денег, много денег», — губы шевелились беззвучно. За такими деньгами обратиться не к кому. Иосиф не даст. «Жених!»

Была еще одна мысль, которую Маша боялась додумывать: по своей воле отец ни за что *не уедет*. Но если *они* кого-то подселят, мама заведет разговор об отъезде, и в этом разговоре сила будет на ее стороне. Рано или поздно отец смирится, и тогда...

Выйдя из угла, она направилась в кухню, но остановилась у соседской двери. Осторожными пальцами, как будто пробуя свою будущую судьбу на ощупь, Маша коснулась бумажных ленточек, наложенных крест-накрест. Вот так *они* придут и опечатают их комнаты — после отъезда. «Нет, — отдернув руку, она сказала громко. — Не дождетесь».

Под шум закипавшего чайника мысли бежали быстрее. Маша вспомнила историю, которую рассказывали по телевизору: ломали старый дом. Рабочие нашли клад — царские золотые монеты. Вот если бы... Во-первых, немцы, от которых осталась мебель с лапами. Мало ли, вдруг какая-нибудь семья адвоката... Или промышленника. Судя по обстановке, во всяком случае, не рабочие. Она мечтала самозабвенно. Могло быть и золото. В ссылку не очень-то возьмешь. Во-вторых, Фроська с Панькой. Сколько раз мама говорила: получают две пенсии, а живут на молоке и каше, не иначе копят. Привернув горелку, Маша подкралась к соседской двери и осмотрела печать.

Действуя быстро и ловко, она притащила кипящий чайник и, подставив носик под скрещенные полоски, направила струю. Струйка пара едва теплилась, но и этого хватило — канцелярский клей отмокал на глазах. Маша подцепила отставший уголок, и конструкция повисла на правой створке. Тут в голову влезло стихотворение, которое учили в школе. Про партизана, которого фашисты собирались повесить. Накинули петлю, но веревка лопнула, и партизан, живой и невредимый, рухнул вниз.

> Как и веревка, все у вас гнилое,
> захватчики — я презираю вас!

Бормоча про *захватчиков*, она сбегала в прихожую за ключом. Один висел под Панькиной вешалкой: жэковская тетка забрала второй.

То, что опечатали жэковские тетки, было смертью. Стоя на пороге, Маша медлила распахнуть. В выморочной комнате было тихо. Поеживаясь, Маша приоткрыла дверь и, проскользнув, захлопнула. Собачка замка хрустнула за спиной.

В комнате припахивало плесенью. Нащупав выключатель, Маша включила свет и осмотрелась. Все оставалось как обычно, только зеркало, висевшее в оконном простенке, завесили белой тряпкой. Скорее всего тряпку набросила мама, когда прибиралась после похорон. Буфет, стол, бумажные иконки. Взгляд скользнул вперед, но вернулся. Прямо перед ней, на широкой буфетной столешнице, темнели два предмета. Больше всего они походили на пирамидки, и, приблизившись, Маша поняла: урны.

Все, что осталось от Фроськи и от Паньки.

Сделав над собой усилие, она взяла пирамидки и поставила на стол.

Пепел.

Пепел Паньки и Фроськи, ненавидевших *жидов*.

Тех, от кого остались бы *горы* пепла, если бы его не пустили по рекам, по ветру, по черной земле...

Сняв крышки, Маша смотрела с мучительным любопытством: настоящий человеческий пепел.

То, что скрывалось внутри, выглядело совсем не страшно. Мешочки из грубой ткани. Такие вытаскивают из пылесосов, когда набивается пыль.

«Пыль и пепел... Пыль и пепел...»

Для Паньки их пепел был бы *просто пылью*. Грязной, как жидовская кровь.

Отец говорил, надо схоронить. Мама собиралась съездить на той неделе.

Маша обернулась к бумажным иконкам и вспомнила про Панькиного бога, который слушал *про жидов*. Бог, *забывший* про горы пепла... Панька сказала, к нему надо являться *в теле*. К богу, забывшему про *голые тела*...

«Ничего, — она бормотала, — это мы еще посмотрим... Еще поглядим, кто кого...»

Распахнув створку, она шарила в одежном шкафу. Под руки попадались какие-то тряпки. Она рылась упорно и торопливо.

В коридоре послышались голоса. Маша затаилась. Если услышат, придут и закатят скандал. «Завтра, когда никого не будет...»

Родительские голоса стихли. На цыпочках она пробралась в кухню и огляделась. Под плитой стояло ведро. В ведре был песок, много, почти до половины. Когда-то давно мама пересаживала фикус. Панька советовала высыпать на дно.

Она взялась за дужку и поволокла в комнату. Панька, ненавидевшая жидов, *нарвалась* сама. «Думала, сойдет с рук... Думала...»

Маша расстелила газету и высыпала песок.

«Ножницы и иголка... Где же?.. — она выдвигала скрипучие ящики, забитые старушечьим хламом. — Думала, за жидов — некому. Думала, никто не заступится... Думала... Вот. Теперь — распороть».

Пальцы двигались быстро и ловко. Набив песком, она зашила через край. На всякий случай: вдруг родители решат заглянуть.

Оглядев, Маша осталась довольна. Урны темнели на буфете. Ведерко вернулось под плиту.

В ванной, моя руки, Маша улыбалась. Все получалось по справедливости: *пепел за пепел*.

# Глава 14

## 1

Решимость убывала, уходила в песок. Почти физически Иосиф ощущал неприятную слабость: стоило добраться до дома, и руки опускались сами собой. История, в которой, кроме себя, винить было, собственно, некого, стремительно приближалась к концу. Точнее говоря, для него она давно завершилась, и если бы не юность, с которой Иосиф не мог не считаться, давным-давно он нашел бы слова, чтобы, поговорив с Валей, убедить ее в том, что образ жизни, постепенно сложившийся, становится тягостным — по крайней мере для него.

С точки зрения нового опыта все прежние истории, в которых он играл роль страдающей стороны, казались бульварными: красавицы, отвергавшие его страсть ради насущных перспектив, были верхом неуязвимости рядом с беззащитной Валей. Невзрачная девушка, глядевшая на Иосифа поминутно вспыхивающими глазами, преображалась от каждого его слова, как будто он был божеством, державшим в своей руке ее жизнь и смерть. Поминутно она вскакивала — то помочь, то принести, и именно эта предупредительность, похожая на благочестивый ужас, отдавалась в сердце Иосифа тоской и бессилием.

Будь она хоть *чуточку* другой, он пожертвовал бы собою ради ее счастья.

Трудно сказать, какой именно смысл Иосиф вкладывал в эту *меру отличия* — что-то почти неуловимое, состоящее из деталей. Однажды, выглянув в коридор, он застал Валю у зеркала. Она стояла, приглаживая волосы, и выражение ее лица напомнило кукольную гримаску, которыми украшают себя манекенщицы из журнала «Работница». На этот журнал подписывалась одна из его лаборанток.

Застав однажды, он снова и снова ловил Валю на совпаденьях, срывая раздражение на невинной лаборантке. Оказавшись невольной участницей его душевных передряг, бедная девушка вскоре уволилась, и Иосиф почувствовал облегчение. Как будто сделал первый шаг. Теперь оставалось поговорить с Валей: подвести к разрыву.

Впрочем, иногда выпадали и легкие дни, когда Валя, казалось, забывала о наставлениях мудрой «Работницы», и тень, лежавшая меж ними, рассеивалась. Радуясь временной легкости, Иосиф впадал в преувеличенно веселый тон: то вспоминал истории из прошлого, то пересказывал шутки, рожденные в лаборатории. На это Вале хватало чувства юмора. Во всяком случае, она смеялась в правильных местах. В такие дни Иосиф летал как на крыльях, уносивших его от тягостных раздумий, и ему казалось, что Валя — совсем не глупая девушка. Рано или поздно она должна понять и сама. В этом случае их разрыв станет более или менее естественным. Про себя он говорил: терапевтическим. В отличие от хирургического, на который ему недоставало духу.

Время шло. Веселых историй оставалось все меньше. Но дело так и не сдвинулось с мертвой точки. Валя молчала и смотрела преданными глазами. Однажды она заговорила сама. Довольно ловко переняв его тон, принялась рассказывать о каком-то институтском недоразумении и неожиданно упомянула Машу. Обыкновенно, по какой-то негласной договоренности, это имя в их разговорах не звучало.

Валя сразу же спохватилась, но Иосиф закивал особенно весело, и она вспомнила еще одну веселую историю. С курсовиками. Искренне, никак не кривя душой, Валя говорила о том, что Маша в сто раз умнее других сокурсниц, так что ей вообще непонятно, зачем его сестра поступила на финансово-экономический факультет. Добро бы еще на *Экономическую кибернетику*, а так — курам на смех. Иосиф хмыкнул:

— Не знаю... Зависит от кур...

Раньше они не касались *этой* темы, но теперь, воодушевленный ее справедливым отзывом, Иосиф решил воспользоваться случаем, чтобы преподать ей азы национально-государственной грамоты. Как когда-то сестре. Морщась, словно от привычной боли, он говорил о государственном антисемитизме, пропитавшем советскую систему, о подлой политике *Первых отделов*, вынюхивающих еврейскую кровь, об искореженных судьбах тех, кого власть объявила людьми второго сорта.

Валя верила и не верила. То, о чем он говорил, не могло быть правдой: правда, которой ее учили, была совершенно другой. Конечно, *отдельные проявления* случались, но выводы, которые он делал... Валя думала: конечно, преувеличивает. Но в то же время готова была ему поверить, потому что любила.

И все-таки она попыталась возразить:

— А как же ты? Если все так... гадко. Но ты же стал кандидатом.

— Да уж, — он покрутил головой. — Достойная медалька за долгую и безупречную службу!

— Ладно. Хорошо. А Маша? — Валя наступала. — Мы вместе сдавали экзамены. Она получила круглые пятерки. А потом — студенческое научное общество. Она его председатель.

— Вот именно, круглые, — Иосиф усмехнулся. — И вообще все выглядит замечательно. Если не знать правды.

— Какой правды? — Валя переспросила доверчиво.

Соблазн был велик.

История с ложной анкетой, которую он рассказал во всех подробностях, произвела ошеломляющее впечатление. Глаза, распахнутые на Иосифа, сияли ужасом и восхищением. Она слушала зачарованно, словно страшную волшебную сказку, в которой тот, кого она любила, победил всесильного и злобного Змея.

Иосиф говорил и не мог остановиться, потому что вера, с которой она слушала, могла победить все его тягостные раздумья.

За вечерним чаем Валя снова заговорила о Маше. Призналась, что чувствует себя неловко, как будто в чем-то перед ней виновата, хотя, видит бог...

Этот разговор был неприятен, но Иосиф не сумел отмахнуться: «Конечно, надо как-то...»

Он говорил, что девочкам надо помириться, но, глядя на Валю, заботливо мешавшую сахар в его чашке, мысленно соглашался с Машей, занявшей жесткую и непримиримую позицию. Жалел, что ему самому не хватает Машиной решимости.

Уходя от тягостного разговора, Иосиф объявил, что собирается отпраздновать свой день рождения. В узком кругу, для друзей. Валя мгновенно обрадовалась и, позабыв обо всем, заговорила про угощение. Иосиф спохватился: он-то имел в виду не домашнюю, а лабораторную вечеринку. Но было уже поздно. На том и порешили: в четверг пойти по магазинам и на рынок. Валя обещала налепить домашних пельменей.

Накануне субботы, в пятницу, она лепила самозабвенно. Рука, отбрасывающая пряди, оставляла в волосах мучные следы. Придя с работы, Иосиф увидел и рассмеялся: «Это что — боевая раскраска? — сделав страшное лицо, он назвал ее женщиной из племени мумба-юмба. — Не хватает юбочки из листьев и ожерелья из вражеских костей».

Сорвавшись с места, Валя бросилась в ванную. Конечно, она понимала юмор, но все-таки очень расстроилась, поэтому и схватила телефонную трубку — просто оказалась рядом, в прихожей, когда зазвонил телефон. Обычно к телефону подходил Иосиф.

На ее *алле* никто не откликнулся, но трубка, зажатая в руке, не была мертвой. Кто-то прислушивался к Валиному дыханию. Новое *алле* разбилось о частокол коротких гудков.

Валя вернулась на кухню и взялась за салат. Крошила овощи. Ножик то и дело соскальзывал. Она едва не порезалась. Однако обошлось, и телефон больше не звонил.

Ложась в постель с Иосифом, Валя испытывала странное чувство: с одной стороны, ей нравилось быть взрослой, не хуже девчонок из общежития, с другой — все, что про себя она называла словом *это*, казалось стыдным. *Оно* было непременной частью взрослой жизни, но жизнь, в которую Валя вступила, в ее глазах была ущербной. Выражение *прикрыть грех венцом*, над которым посмеялась бы любая из ее сокурсниц, для Вали не было пустым звуком. В дневных раздумьях приходило мамино слово: *испортил*. Нет, она не жалела, что решилась на *это*. Пожалуй, даже радовалась тому, что именно Иосифу принесла свою девическую жертву.

Будь он ее ровесником, ни за что на свете она не позволила бы *ничего такого* до свадьбы, но Иосиф был намного старше. Разница в возрасте придавала ему сходство с отцом, которого Валя совсем не помнила, но мама всегда говорила о нем хорошо. В маминых рассказах отец представал умным и веселым, теперь Вале казалось — похожим на Иосифа. В этом отцовском качестве он не мог поступить с ней подло.

Лёжа в пугающей тишине, Валя представляла себя маленькой девочкой, которой приснился страшный сон: забравшись в отцовскую постель, она засыпает словно под защитой. Тогда нехорошие мысли уходили, и стыд исчезал до утра.

По дому Иосиф помогал охотно. Теперь он уже начистил вареные овощи и, присев на табуретку, рассуждал о том, что прежде — не то, что теперь: все праздники справляли с родственниками.

— В общем, — он говорил задумчиво, — я неплохо к ним отношусь. Но собираться на каждый праздник... — Иосиф покачал головой. — Не знаю, как объяснить... С друзьями как-то ближе, общие темы...

Приготовления они успели закончить к шести, и до первого гостя, явившегося в семь, Валя успела вымыть в туалете. Сколько раз мама повторяла: унитаз — лицо хозяйки. Сегодня она никак не могла ударить в грязь лицом. Потому что праздник, к которому Валя так старательно готовилась, на самом деле был не просто праздником. Про себя Валя была уверена: что-то вроде смотрин. Конечно, теперь это *так* не называлось. Но дело не в слове. Друзьям, которых ценил больше родственников, Иосиф предъявлял свою будущую жену.

Покончив с туалетом, Валя придирчиво оглядела стол, уставленный закусками, и, скрывшись в ванной, привела себя в порядок. Если друзья важнее, значит, сегодня самый важный день. Особенно аккуратно она собрала с юбки налипшие волосы, смачивая ладошку и быстро проводя по ткани влажной рукой.

В прихожей раздался звонок. Валя вышла рядом с Иосифом. Будущая жена должна стоять рядом с будущим мужем, встречая гостей.

Мужчина лет тридцати обнимал Иосифа. На Валю он бросил любопытствующий взгляд:

— О! Представь меня очаровательной девушке.

Смутившись, Иосиф назвал Валино имя и добавил: «Подруга моей сестры».

Валя не успела удивиться.

В дверь позвонили снова, и незнакомые люди, заполнившие маленькую прихожую, оттеснили ее к кухне. И все-таки она выглядывала время от времени, ожидая, что он позовет. Чтобы познакомить *по-настоящему*.

С обязанностями хозяина Иосиф справлялся и без нее. Благодарно принимая цветы и свертки, он подхватывал чужие пальто и пристраивал на вешалку. Гости отправлялись в комнату, так что никому из них, кроме самого первого, Иосиф не назвал ее имени. Так и получилось, что в комнату Валя вошла последней, когда все успели рассесться вокруг стола. «Садись, садись, ну где же ты?» — Иосиф закивал.

Пристроившись на уголке, Валя оглядела гостей ищущими глазами. Ей казалось, теперь-то он должен прервать застольный гам и представить ее друзьям, с которыми она готова была подружиться.

Гость, сидевший рядом, наполнил Валину рюмку и предложил салат, который она резала сама. Валя поблагодарила. Все начиналось неправильно: в ее надеждах это должна была делать хозяйка — предлагать закуски.

Она прислушивалась, с трудом улавливая смысл. Казалось, они все говорят одновременно. Над столом вились незнакомые имена, и, как-то быстро устав, Валя поднялась и вышла на кухню.

В комнате пили за именинника. Гости желали Иосифу семейного счастья, удачи и процветания.

— Вас послушать, главное — регулярная семейная жизнь! Ну нет у меня этого опыта! — голос Иосифа был беззаботным. Снова он пропустил подходящий случай, чтобы сообщить своим друзьям. Шмыгнув носом, Валя распахнула морозильник — пора вынимать пельмени. Стараясь не прислушиваться к веселым голосам, она поставила на газ большую кастрюлю и ссыпала мерзлые катышки в миску — так, как делала мама.

Вода забила ключом.

В прихожей раздался короткий звонок. Вытирая руки о передник, Валя пошла к двери.

Маша-Мария вошла, не поздоровавшись.

Отстраняя Валю холодным взглядом, аккуратно повесила пальто и скрылась в ванной. Шум воды бил в сердце. Валя замерла. Руки, спрятанные под фартуком, шевелились машинально, как будто, сколько ни вытирай, оставались мокрыми.

— Ты здесь горничной или привратником? — Маша-Мария распахнула дверь.

— Я... Нет, я готовила... — Валя кивнула в сторону кухни, словно объясняя свое место в доме ее брата.

— Значит, поварихой? — Маша-Мария переспросила безжалостно. — А я вот, представь, готовить совсем не умею, — она смотрела насмешливо.

— Гости там, в комнате, — снова Валя не могла взять верный тон.

— Я — не гость, — Маша-Мария отбила.

— Я тоже, — Валя произнесла с тихим напором, и брови собеседницы взвились.

— Ладно, — она кивнула, словно принимая правила игры. — Тогда иди сюда. Надо поговорить.

Присев на край эмалированной ванной, Маша молчала. Теперь, когда они перекинулись несколькими словами, ее злость утихла, как будто *та* Валя, которую она, копя злобу, себе представляла, не имела отношения к *этой*, стоявшей перед ней. *Та* была хитрой и коварной, *эта* — несчастной и глупой.

— Послушай, ну зачем тебе это надо? — Машин голос стал ласковым. — Ты хорошая девочка, тебе и надо по-хорошему: муж, дети. Ося для этого не подходит. Он — другой. Понимаешь, вы разные. Зачем тебе *другой* муж?

Она сказала непонятно, но Валя услышала по-своему. Маша-Мария, явившаяся без приглашения, обвиняла ее в *низости*, о которой рассказывал Иосиф: как будто причислила ее к тем, кто *вынюхивает* еврейскую кровь.

— Если хочешь знать, *это* мне совершенно безразлично, — Валя произнесла твердо, веря в то, о чем говорит.

— Ты просто не понимаешь, *пока* не понимаешь, но он-то понимает. И он, и его родители. Скажи, разве он говорил, что хочет на тебе жениться? — Маша-Мария смотрела внимательно.

— Тут не о чем говорить! Мы любим друг друга, и вообще... Ты не понимаешь. Ты — девушка... — Валя постеснялась сказать про *это*, но Маша поняла.

— А ты — дура, — она произнесла холодно и, отстранив Валю, вышла вон.

Оставшись одна, Валя села на эмалированный край и расплакалась по-настоящему. Мысли одна другой страшнее шевелились в голове. Она думала о том, что все против нее поднялись — все его родственники. Не верят. Не хотят поверить, что она *не такая*...

Отплакавшись, она отправилась в комнату. Первое, что бросилось в глаза: Маша-Мария. Завладев общим вниманием, она рассказывала какую-то историю. Гости хохотали, поглядывая на Иосифа. Кажется, эта история была связана с ним. Кто-то вспомнил анекдот, все захотели снова, и, старательно вслушиваясь, Валя забыла про кухонные дела. Она вертела головой, переводя взгляд с одного на другого. Глаза, с которыми Валя встречалась, были дружелюбными.

— Ну что, может, горячего? — Иосиф предложил громко.

«Господи...» — Валя вспомнила и кинулась к двери.

Кухня полнилась жарким паром. Кастрюля, выкипевшая до донышка, похрустывала на плите. Рядом, на соседней конфорке, стояла забытая миска. То, что лежало в ней, напоминало бесформенную массу.

На крик выскочил Иосиф. Запустив пальцы в раскисшее месиво, Валя плакала навзрыд.

— Что? Что? — он повторял испуганно.

— Кажется, наша повариха опозорилась? — звонкий голос прервал пустые вопросы.

Валя оглянулась: Маша-Мария стояла в дверном проеме, раскинув руки, и головы гостей, похожие на огромные виноградины, лезли из-за ее плеча.

Валя растопырила пальцы:

— Слиплось, все слиплось! Я лепила, лепила...

— Тьфу! — Иосиф наконец понял и махнул рукой.

Виноградная гроздь рассыпалась.

— Слушай, ну нельзя так! Я подумал — ошпарилась, что-нибудь ужасное, не знаю... — Иосиф говорил, утешая, но утешение получалось слабым. Ни одна женщина из тех, кого он знал раньше, не разрыдалась бы от такой ерунды. Расстроилась, но обратила бы в шутку. Раздражение, искавшее повод, рвалось наружу. Он думал о том, что Валя — эгоистка. Сумела испортить праздник.

— Прекрати, — Иосиф приказал жестко. — Здесь не передача «А ну-ка, девушки!». Черт возьми, мой день рождения — не кулинарный конкурс.

Он вынул миску из ее рук и сгреб в помойное ведро.

— Посиди. Успокоишься, вернешься к гостям, — под краном Иосиф смывал с руки остатки теста. — Но прошу тебя... — развернулся и вышел из кухни.

Валя сидела, прислушиваясь. В комнате было тихо. Гости разговаривали вполголоса. Самым громким был голос Иосифа. Кажется, он пытался исправить положение. Мало-помалу разговор возвращался в нужное русло, но все-таки не становился прежним. Валя сидела, ссутулившись и закрыв глаза. Под веками, набухшими от слез, плыли общежитские лица. Круг замыкался.

Снова они все веселились за общим столом, а она сидела за своей загородкой. Валя всхлипнула, потому что на этот раз выходило еще страшнее: ему она пожертвовала самым дорогим. Тем, чем может пожертвовать девушка.

«А он, — Валя вытирала слезы, — обошелся, как они... Эти дуры из общежития. Ну уж нет! — она шептала, — не я. Сами вы — *другие!* — эти, евшие ее стряпню, не смеют над ней смеяться... — Сами, сами сидите за загородками...»

Тихие голоса доносились из прихожей.

— Не надо, не надо, не беспокойте! Что поделать, она — добрая девочка, расстроилась... Конечно, конечно, до свидания, все передам.

Проводив гостей, Иосиф вернулся на кухню. Валя сидела у стола, съежившись. Он подумал: «Вот дурак!» — и обнял ее за плечи. Запоздалая жалость томила его сердце. Пристроившись рядом, Иосиф принялся утешать. Он говорил, что гости восхищались ее стряпней, правда, было очень вкусно, она — прекрасная хозяйка, это недоразумение, случайность.

Сжимаясь под его рукой, Валя думала о том, что во всем виновата его сестра. Явилась без приглашения. Если бы не это, сама она никогда бы не забыла, что выложила пельмени в миску.

— Ну все? Мир? — мягкой ладонью Иосиф касался ее волос, и, затаившись, Валя кивнула, так и не подняв глаз.

В тишине, наступившей неожиданно, ей в голову пришла странная мысль. Она подумала о том, что все его родственники и друзья — *евреи.* Почему же он говорит, что одни дальше, а другие — ближе?

Даже про себя Валя не произнесла грубого слова. Сказала: *эти.*

# 2

Обыкновенно за почтой следил отец. Ключ от почтового ящика висел на его связке. Каждое утро, поставив чайник, он спускался вниз за газетой. Главному инженеру института полагалось выписывать «Правду», кроме того, уже для себя отец выписывал «Известия» и «Комсомолку». «Правду» он просматривал за завтраком, остальные газеты оставлял на вечер. Открытка выпала из «Правды». Подняв и пробежав глазами, Михаил Шендерович удивился. На стандартном бланке, какими пользуются в деловой переписке, значилось следующее:

*Уважаемые Антонина Ивановна*
*и Михаил Тоомасович!*
*Деканат финансово-экономического факультета поздравляет вас с наступающим праздником Первого мая и желает вам здоровья, успехов и семейного счастья. Мы рады сообщить, что ваша дочь Мария Арго является отличницей и гордостью нашего факультета. Примите нашу благодарность за то, что вы вырастили такую прекрасную дочь.*

*С уважением,*
*декан факультета Хуциев Н.Х.*

Пожав плечами, Михаил Шендерович отложил открытку и отправился на работу. Мама нашла ее, когда убирала со стола. Прочитав, она обрадовалась — поздравление было приятным, лестным. Путаницу мама заметила, но оставила до Маши.

Маша вернулась поздно, прямо к ужину. Все, включая Татку, уже сидели за столом.

— Кстати! — увидев старшую дочь, отец вспомнил. — Утром пришла открытка, глупость какая-то...

— Да, да, — мама закивала и, пошарив на книжной полке, подала Маше. — Я тоже удивилась, что это они?

Маша прочла и закашлялась. Татка вскочила с места и застучала по спине, но Маша не могла продышаться. То, что она увидела, не было глупостью. Пересилив кашель, она выдавила из себя улыбку:

— Ну и что, подумаешь! Ошиблись в деканате. Согласись, твое отчество встречается редко.

Глядя доверчиво, отец улыбнулся виноватой улыбкой.

— Конечно, редко, — мама вступила примирительно.

Татка читала, шевеля губами:

— Ага, — она хихикнула, — редко! Можно подумать, эти Тоомасовичи — на каждом углу.

— Хватит! — Маша выхватила открытку. — Другие бы обрадовались, что у них такая умная дочь!

— Мы радуемся, — родители откликнулись хором, и Татка пискнула:

— Радуемся, радуемся.

Недоумения были исчерпаны, и теперь, счастливо улыбаясь, отец принялся расспрашивать о том, всем ли отличникам присылают такие открытки или только тем, кто имеет общественную нагрузку. Маша отвечала машинально. Допив чай, она сослалась на завтрашнюю контрольную и ушла к себе.

Открытка, пришедшая по почте, сама по себе значила немного. Там, за столом, она закашлялась от неожиданности, увидев имена и отчества — черным по белому. Поставленные в одну строку, они выглядели странно. Предположение о том, что за поздравлением что-то кроется, Маша отмела. Нурбек — не пират, рассылающий врагам *черные метки*. Случись что-нибудь серьезное, не стал бы играть в пиратские игры.

И все-таки открытка что-то меняла. Ровная гладь памяти, на дне которой лежала история *поступления*, подернулась мертвой зыбью. Ушло на дно, но никуда не исчезло. В любую минуту грозило всплыть.

Нет, и раньше она не надеялась, что прошлое исчезло бесследно. Оно должно было остаться, Маша думала, в институтском архиве. Архив, который она себе представляла, походил на библиотечное хранилище: полки, заставленные не книгами, а пачками бумаг. Ей казалось, листок, написанный много лет назад, прячется среди таких же листочков. Все подобраны и сшиты в толстые пачки. Каждой присвоен отдельный шифр. Теперь, в который раз перечитывая открытку, Маша поняла главное: в этом хранилище шифры присваиваются не пачкам, а отдельным листкам. Каждый из них, справившись в картотеке, можно заказать и найти.

Глядя вперед невидящими глазами, Маша думала о том, что открытка подстегивает планы: деньги, Панькина комната... Все надо делать быстро. Успеть, пока не явится *настоящий читатель...*

— Забыла, — мама заглянула в комнату. — Тебе звонили. Молодой человек, просил перезвонить. Юрий или Юлий. Вот телефон, я записала.

Первой пришла мысль: не звонить. Маша была уверена: снова что-то стряслось, просит о помощи, взял моду. Она вертела бумажку с номером.

— А еще что-нибудь сказал?

За стеной бубнил телевизор.

— Ничего... Просто просил перезвонить. Приятный голос. Грустный какой-то... А что? — мама спрашивала испуганно. — Ты его не знаешь?

— Конечно, знаю. Сын тети-Цилиной подруги. Познакомились на поминках.

Мама вышла и приглушила звук.

— Нормальные девушки, — она вернулась, — знакомятся в институте, на вечерах...

— Какая разница, — Маша проворчала недовольно.

— Не знаю, — мама поджала губы, — разница есть.

— Это не то, что ты думаешь, у него болен отец.

— А ты тут при чем? — мама не сдавалась.

— Я? — Маша вспомнила: деньги. Пятьдесят рублей. Осталась ему должна. Еще не сообразив толком, она вдруг подумала: когда потребовалось, деньги сразу нашлись. Конечно, он ведь уже работает.

Она встала и пошла в прихожую.

— Как себя чувствует ваш отец? — Маша поинтересовалась вежливо, еще не зная, с чего начать. Человек, с которым она разговаривала, становился звеном ее плана.

— Спасибо. Конечно, еще плоховато, но, можно сказать, идет на поправку, я разговаривал с лечащим врачом, — Юлий отвечал радостно и торопливо.

— И что врач? — вывернув ладонь, Маша посмотрела. Вдоль линии жизни остался небольшой шрам. Он почти что зажил, хотя рука действовала еще плоховато.

— Врач? — Юлий переспросил. — Прекрасный человек! Замечательный, очень внимательный...

— Я рада, — Маша прервала.

Помолчав, Юлий предложил встретиться. Маша согласилась. Встреча входила в ее планы.

Юлий ждал у мостика, стоял под самым грифоном. Маша думала, пригласить в кафе, но он объявил, что хочет познакомить ее с друзьями. «Точнее, не совсем друзья, так, интересная компания...»

Она согласилась: какая разница, друзья так друзья.

Вдоль канала Грибоедова они шли, болтая о пустом. Разговор вертелся вокруг учебы: предметы, преподаватели. Маша отвечала неохотно. Юлий поинтересовался, чем именно привлек ее Финансово-экономический. Вопрос вызвал холодную ярость. Объяснять бесполезно. За годы учебы Маша выработала подходящую формулу: любая наука, если подойти неформально, оказывается интересной. Так она ответила, и Юлий кивнул. Ни с того ни

266

с сего он заговорил о том, что когда-то мечтал о философском факультете, однако пришлось довольствоваться филологией:

— Может, и к лучшему.

Маша усмехнулась. Вопрос, который хотелось задать, вертелся на языке: несмотря ни на что, ему *удалось* пройти на филологию. Филология — не история, но все-таки... Видимо, *по большому блату*.

— Философия — бред сивой кобылы. Сплошная марксистско-ленинская муть. Во всяком случае, здесь, в *Финэке*.

— Полагаю, в университете то же самое, — Юлий рассмеялся.

Он думал о том, что с этой девушкой ему легко и хорошо. История с больницей, которую он крутил и так и этак, казалась каким-то недоразумением. Тетка, сидевшая в окошке, могла и перепутать. Мало ли кто к ней до этого подходил...

Сверившись с номером, черневшим на покосившемся козырьке, они вошли под арку. Под низким сводом тлела лампочка, освещавшая облупленные стены. Под аркой громоздились мусорные контейнеры. Стояла невыносимая вонь. Проходя мимо, Маша зажала нос, стараясь не дышать:

— Они что, вообще не вывозят?!

Она вспомнила: пепел. Старушечий пепел... Последние дни мама сидела дома. «Сторожит Панькину комнату. Боится жэковских теток: придут и вселят без нее».

Стыдясь за себя, Маша думала: «Черт с ними, со старухами... Тоже мне, нашла достойных врагов. И чего на меня нашло?.. Ладно, — она решила. — Закончится с комнатой, схожу и зарою. Съезжу на Красненькое кладбище... Панька говорила, там у нее племянник».

Она вспомнила Панькиного бога и подумала: «Ничего, подождет».

В парадной света не было. Держась за перила, Маша поднималась осторожно. Юлий шел впереди.

На площадку выходили четыре двери. Бляшки с номерами квартир были замазаны бурой краской. Пахло каким-то ацетоном. «Интересно покрасили. Одним махом...»

— Это какой этаж? — Юлий пытался прочесть номера.

— Не знаю, не считала...

Приглядываясь, он вытягивал шею:

— Ага. Тридцать девять. Все точно — здесь.

На звонок отозвались шарканьем, и голос, припавший к замочной скважине, спросил: «Кто?» Юлий назвался, и замок хрустнул.

Странное существо встречало их на пороге. По голосу Маша приняла его за женщину, точнее, за старушку. Старушечье лицо покрывали редкие волоски. Они выбивались неровными кустиками, нарушавшими границу между бородой и усами. Картину завершала шапочка, похожая на ночной чепец.

Поймав Машин взгляд, существо стянуло головной убор и, застеснявшись, представилось Вениамином:

— Извините, не предполагал, что Юлик с дамой. Стульев мало, сижу на подоконнике. Там сквозит, — пальцем он указал на свою голову.

За спиной старообразного Вениамина темнел длинный коммунальный коридор. Он терялся в бесконечности, и, задержавшись на пороге, Маша опасливо огляделась. Справа, за выступом выгороженного туалета, обнаружилось окно. Сквозь распахнутую форточку проникал помоечный воздух. Впереди, сколько хватало глаз, угадывались комнатные двери. Вдали, за поворотом, слышались пьяные крики.

— Не обращайте внимания. Сосед. Работает сутки через трое, сейчас как раз гуляет, — Вениамин пояснил неохотно.

На всякий случай Маша кивнула.

В комнате, куда они вошли, собралось человек десять. Маша осмотрелась.

Под потолком, синеватым от застарелых протечек, висел японский фонарь. Бумажная оболочка, изрисованная драконами, кое-где лопнула. Сквозь прорехи пробивался желтоватый свет. В простенке стоял продавленный диван. Напротив него — стулья, расставленные полукругом. На низком столике лежали книги и две коробки с копчушками. Натюрморт венчала бутылка водки. Еще три дожидались очереди на подоконнике. Подойдя, Юлий прибавил к ним свою.

Хозяин, успевший нахлобучить чепец, пристроился под форточкой. Маша присела на свободный стул.

Судя по всему, их явление перебило горячий разговор. Во всяком случае, ими никто не заинтересовался: пришли и пришли.

— Нет, этого я не понимаю! Революция! Вот это я понимаю: революция... — девица, сидевшая на диване, спорила с парнем. Про себя Маша назвала его *востроглазым*. Тыча пальцем в книжную страницу, она убеждала его в том, что в результате революции и русская, и еврейская культуры пострадали одинаково: все святыни поруганы, все выворочено и растоптано. — Сотни тысяч рассеяны по миру: и русских, и евреев. В каком-то смысле общая судьба.

— Общая?! — востроглазый крикнул сорванным голосом. — Не понимаю: как вообще можно сравнивать! Шесть миллионов. Шесть! Сгоревших в печах...

— Двадцать! — девица выставила растопыренные пальцы. — Двадцать! Превращенных в лагерную пыль!

— Евреев уничтожали немцы, — другая девица, похожая на *синий чулок*, встряла в разговор. — А русские — сами. Я полагаю, есть некоторая разница.

Привыкая к японскому свету, Маша смотрела внимательно: те, кто собрался здесь, были евреями, по крайней мере, большинство. Из их компании Юлий выбивался: высокий и светловолосый. В отличие от *них*.

Елена Чижова

— А я полагаю — уничтожали палачи. У палачей нет национальности.

— Вот это — не надо! А в похоронных командах? В похоронных — очень даже, — девица, выставлявшая пальцы, выдвигала новый довод.

— Ну ты сравнила! — парень, сидевший напротив Маши, вступил в разговор. — В похоронных работали евреи-заключенные. Можно подумать, они могли отказаться...

— Некоторые, — девица, похожая на *синий чулок*, повернула голову, — смогли.

— *Некоторые* русские тоже не стучали, — молодой человек лет двадцати пяти теребил очки. — Некоторые — еще не весь народ. Что касается рассеяния, евреи — кочевое племя: так они спасались всегда.

— Но культура! — первая девица наступала все решительнее. — Настоящую культуру создают оседлые народы. Кочевникам не до книг.

— Здравствуйте! — Вениамин шевельнулся на подоконнике. — А Библия? Ее-то кто создал?

Девица тряхнула головой. Кажется, эта реплика поставила ее в тупик.

Маша слушала: спор, который они вели, казался не то чтобы бессмысленным, но каким-то ненужным и бесцветным. Для нее он представлял интерес разве что с исторической точки зрения. Она вспомнила картинку, которую видела в одной книге: кружок дореволюционной интеллигенции. Народовольцы. Те тоже любили поспорить. Только что́ из этого вышло...

Она посмотрела на Юлия: он был *другим*. Таких, как он, на той картинке не было.

— С Библией — сложно. В конце концов, все кочевые племена со временем становятся оседлыми, — молодой человек приходил девице на помощь. — Что касается культуры, это вообще вопрос спорный. Если и вывернули с корнем... Ну и черт с ней, с этой культурой. Речь идет о жизни и чести! — оставив в покое очки, он склонил голову.

Маша слушала, переводя взгляд.

Вениамин, нетерпеливо теребивший чепец, пошел в атаку. Взмахивая рукой, возражал:

— Нечего было особенно выворачивать. Если речь идет о бытовой местечковой культуре, ее разворотили прогресс и просвещение. Вы уж меня простите, но Гаскала — это не двадцатый век. Строго говоря, ассимиляция началась в девятнадцатом. Сделала свое дело: и язык, и религия, и Талмуд. Короче говоря, потеря идентичности. Пускай частичная...

— А высокая культура? Тоже закончилась? Но это просто смешно! А ты что молчишь? — первая девица пихнула в бок своего соседа.

— Почему молчу? — бородатый молодой человек заговорил тихим голосом. — Я слушаю.

— Слушаю... — она передразнила. — А ты не слушай. Возьми и скажи.

— Да что говорить, — он пригладил бороду. — Мандельштам и Пастернак, Левитан и Мейерхольд. Все они — плод еврейского Просвещения. Еврейская кровь вливалась в русскую жизнь. Вспомните начало двадцатого века. Что это, как не русско-еврейский ренессанс?

— Вот-вот, — его соседка оглядывалась победно. — Эта культура развивалась вместе с русской, а значит, и пострадала наравне.

— Еврейский Серебряный век — в истории культуры это вообще особая страница, — бородатый продолжал раздумчиво. — Возьмите в руки русскую Еврейскую энциклопедию. Какой уровень! Ну, а что касается ассимиляции, — он обернулся к Вениамину, — тут вы, пожалуй, правы. В духовном смысле, я повторяю, в духовном смысле советские евреи, так сказать, — полукровки... Если не все, то многие.

— Вот именно, — девица, сидевшая рядом, снова перебила. — Поэты и писатели, евреи по крови, творят на русском языке. Вспомните...

Тут все заговорили наперебой, приводя фамилии, но Маша больше не слушала.

«Еврейская энциклопедия». Перед глазами стояло полустертое тиснение.

— Простите меня, — она сказала и удивилась наступившей тишине. — То есть... Я хочу сказать... Русская и еврейская... Все-таки не одно и то же. Я видела эту энциклопедию. Дореволюционное издание, с иллюстрациями, очень много томов...

— И что? — девица, стоявшая за общность культур, перебила запальчиво.

— Дело в том, что у меня не было времени. Энциклопедия не моя. Но такое издание, судя по количеству томов... — Маша замолчала.

— Количество ничего не доказывает, — девица блеснула глазами.

— Именно что доказывает, — другая дернула плечом и окинула Машу благосклонным взглядом.

— А где вы видели это издание? — вполголоса поинтересовалась третья девушка, сидевшая в сторонке. В продолжение разговора она хранила молчание.

— Еврейская энциклопедия — известное дело, — Вениамин перебил бесцеремонно. — «Свод знаний о еврействе и его культуре». Не такая уж редкость. Были бы деньги — достать можно.

«Деньги». В виске стукнуло.

— А *это* дорого стоит? — Маша спросила осторожно.

— Энциклопедия — не очень... Зависит от продавца. Но, в общем, каждый том — рублей тридцать-сорок, — Вениамин отвечал охотно. — А вот если...

— Если — что? — еще не понимая зачем, Маша тянула нить разговора.

— Ну, есть другие книги, редкие, по этой же теме...

— Там есть и другие, — она начала, но смолкла.

Взгляд Вениамина стал пристальным.

— Там, это где?

Его рука взялась за бутылку, но Маша понимала: делает вид. Как будто разливает водку. На самом деле — слушает очень внимательно. Пожалуй, даже слишком.

— Да, действительно, где? — Юлий поддержал вопрос.

Маша выиграла несколько секунд, но этого оказалось довольно. Она объяснила: давно, в одной семье.

— А эта семья, — Вениамин интересовался тихим голосом, — они не собираются?.. Ну, *это самое*... — он махнул рукой.

— Все! Пиши пропало! — молчаливая девица расслышала. — Наш Венечка — форменная старуха-процентщица!

— Нет, насколько я знаю, кажется... — Он имел в виду отъезд. Это она поняла. — Пока что не собираются.

— Мало ли, если вдруг надумают, я бы *посмотрел* книги, — Вениамин стянул с головы чепец.

— Тебе лишь бы... — девица, похожая на синий чулок, поджала губы. — Еще посмотришь, когда по-настоящему начнется.

— А что? Лучше, если достанется государству?

Только теперь Маша *окончательно* поняла. Мысли обретали форму. План еще не выстраивался в деталях, но общее направление прояснялось.

Посидев с полчаса, она стала поглядывать на своего спутника. Наконец Юлий поднялся. Пошептавшись с хозяином, он обернулся к Маше: «Пойдемте. Я готов».

— Вы давно знакомы? С ними?

Они спускались по лестнице.

— Собственно, не очень. И вообще не со всеми. А что, не понравились? — он спросил и посмотрел внимательно, словно ее ответ мог многое решить.

— Да нет, — Маша начала осторожно, — понравились. Только немного странные.

— Странные? Почему? — он спросил настороженно.

273

— Нет, не сами. Они... Разговоры. Так, из пустого в порожнее...

— Ну почему? — Юлий возразил неуверенно. — Ребята довольно образованные. Например, Веня.

— Да, — Маша кивнула. — Вениамин мне *очень* понравился. Кажется, самый симпатичный.

— Веня? Самый симпатичный? — он переспросил, удивляясь: Веня, с его дурацким чепчиком? Этого Юлий не мог понять. С его точки зрения, никакая девушка...

— Когда-то давно, — Маша говорила отрешенно, словно прислушиваясь к своим словам, — я тоже интересовалась историей. Собиралась поступать. Думала, история многое объясняет. Читала разные книги...

— А теперь?

— Теперь не читаю. И вообще... Не поступила, и к лучшему. История — это, конечно, важно, но главное — то, что сейчас. На прошлое повлиять нельзя. А на будущее можно...

Юлий замер: то, что она сказала, согласовывалось с его собственными мыслями. Он молчал, потому что боялся спугнуть. Ему казалось, вот сейчас она остановится, и тогда...

Маша говорила искренне, делилась с ним своими сокровенными мыслями, но что-то двоилось, как тогда, когда она сдавала тот проклятый экзамен. Снова она как будто смотрела на себя со стороны. Одной половиной отлетевшей души чувствовала, что Юлий ее понимает, другой — *подводила* к книгам. Этот разговор он должен был начать сам.

— Вениамин не болтает, а действует. Я поняла — торгует книгами. Это важнее.

— Да, конечно, — Юлий чувствовал разочарование: в сущности, она так ничего и не сказала. Но в то же время думал про Вениамина, о котором она отозвалась с симпатией. «Вот тебе и Веничка... Ишь, какой быстрый...» — Кстати... — он пожал плечами. — Вы говорили, я не понял: какие книги?

— Книги? — она переспросила и отвела глаза. Все шло по плану. Он начал сам. — Знаете, как-то не хотелось при всех... — по памяти Маша перечисляла названия. — Дело в том, что эти знакомые... они действительно собираются.

— Собираются? — Юлий обдумывал. — Значит, должны продавать, — огонек зажегся в его глазах.

— Продавать? — Маша изобразила удивление. — Да, наверное, я как-то не подумала. И что, вы бы купили?

— Конечно! — он закивал горячо.

— Хорошо, я поговорю, — она пообещала и свернула разговор.

— Как ваша рука? — Юлию стало неловко. Об этом следовало спросить раньше.

Маша пошевелила пальцами.

— Вообще-то еще побаливает.

Они пересекали двор-колодец. Сюда выходили зады продовольственного магазина. Вдоль стены — один на другом — стояли пустые деревянные ящики. Верхний ряд поднимался выше человеческого роста. «Интересно, как они ухитряются? Просто пирамида какая-то...»

— Не понимаю, — она оглядывала стену, — пирамида какая-то...

— Пирамида? — Юлий переспросил удивленно. — А... — он проследил за ее взглядом, — в смысле, пирамида? Простите, сразу не сообразил. Мне показалось... — Юлий усмехнулся, — вчера я сам думал про пирамиды, точнее, про Египет...

Ему хотелось сказать о том, что в последние дни он часто о ней думает.

— Дело в том... — Юлий замолчал, потому что чувствовал непонятную робость. Раньше такого рода признания давались легко. — Я перечитывал... в общем, про Египет. И вдруг наткнулся на фразу, не смейтесь, я, конечно, читал и раньше, но теперь, не знаю, другими глазами... И в этот момент я подумал о вас... Запомнил наизусть.

— Наизусть? — Маша обернулась удивленно.

По набережной канала они шли к Невскому.

Юлий остановился и поднял взгляд на купол Казан-ского собора:

— *Вот ты полагался на опору, на эту трость надломленную, на Египет, а она, как обопрется на нее человек, вонзится ему в руку и прободает ее...* Пожалуйста, не смейтесь, — он попросил жалобно.

Стянув с руки перчатку, Маша смотрела на тонкий, едва заметный шрам.

— Трость надломленную? — она повторила тихо.

— Да. Государство. Египет, — он подтвердил печально.

Маша надела перчатку и полезла в портфель:

— Вот, — она достала ручку и тетрадку. — Пожалуй-ста, напишите здесь. Слово в слово.

— Политэкономия социализма, — он прочел на об-ложке и, полистав, открыл последнюю страницу.

На Невском Юлий предложил выпить кофе. Она от-казалась.

# Глава 15

## 1

На этот раз требовалось обдумать обстоятельно. Никакой самодеятельности. Главное — предусмотреть детали. От них зависел успех или провал.

Пропуск лежал на месте. Отложив пачку *немецких* требований, Маша задвинула тумбочку на место и прикрыла салфеткой. Хорошо, что на пропуске нет фотографии — она вспомнила свое *школьное* лицо.

«Вахтеру не до этого, разглядывать не станет», — высунув язык, она царапала лезвием. Новая цифра встала, как влитая.

Теперь следовало решить главное: сколько нести? Второго раза в любом случае, не будет.

Выкройку Маша прикинула на тетрадном листе: шить просто, но надо время. Для каждой книги нужен отдельный карман. Сняв с полки первую попавшуюся, она приложила: если выбирать не самые большие, поместится штук шесть.

О том, что дело опасное, Маша старалась не думать. Сосредоточилась на практической стороне: то о суровых нитках, то о куске бязи, спрятанной в мамином комоде, то о швейной машинке, которая стрекочет, как сумасшедшая...

«В открытую шить не получится — не может быть и речи».

В сущности, *это* было похоже на фартук. Примеряя перед зеркалом, Маша думала: «Поварской. Повара всегда оборачиваются: и сзади, и спереди...»

Фартук состоял из сплошных глубоких карманов.

Пошарив в гардеробе, она достала старый мамин плащ. Широкий, теперь таких не носят.

Она надела и осталась довольна: острые книжные углы сглаживались складками.

Оставалось выбрать время.

«Пятница. Самый подходящий день».

Перед выходными в хранилище не задерживаются. Старшая уходит последней. Младшие, правдами-неправдами, убегают не позже пяти.

«В половине шестого пройти через вахту. А если кто-то навстречу? Вряд ли...»

Затем по служебной лестнице выйти в читательский коридор. Туда ведет дверь. Снять плащ, под видом читателя добраться до женского туалета. Там переодеться: черный халат поверх фартука, низко надвинутый платок.

В таком виде можно выходить свободно.

Без четверти шесть с тележками не ходят. Старшая сидит у себя, сверяет требования; дежурная, которая выходит в вечер, дожидается в закутке. Без пяти из читальных залов приносят заказы, забирают подобранную литературу.

«Следовательно, — Маша считала, загибая пальцы, — полных восемь минут».

За это время надо пробраться вдоль стеллажей и, дойдя до места, затаиться. Разложить по карманам — минутное дело. Старшая уйдет в шесть десять. Останется одна дежурная. Приняв заказы, возьмет тележку и углубится в штольни. Раньше половины обратно не появится.

Выйти из хранилища. Накинув плащ, пройти мимо вахты. Она прикидывала еще раз: «Времени хватит с лихвой».

Накануне она спала плохо: снова снились экзамены. Сидя перед комиссией, Маша не видела лиц. Вместо них белели овалы, шевелившие губами. Проснувшись, вспомнила: вопрос, на котором она срезалась, задал почему-то Нурбек.

День выдался ясный. По университетскому двору она шла к библиотеке, не глядя по сторонам. Мешочек с амуницией мотался в руке. Отмерив площадь деловым шагом, Маша приблизилась к служебному входу. Часы показывали двадцать девять шестого. До срока оставалась минута, и, выждав, она взялась за ручку двери. Сердце екнуло. Отступив, Маша мотнула головой. Такое начало не предвещало хорошего. Отвернувшись к стене, Маша убеждала себя: на этом этапе бояться нечего, за поддельный пропуск сильно не накажут.

Войдя, она вскинула руку с пропуском: «Туфли забыла, извините, в гости идти... Туда и обратно, на минутку». Вахтерша, сидевшая в кабинке, не повела глазом: вязала, считая петли.

Взбежав по ступеням, Маша скинула плащ и вошла в коридор. Красная ковровая дорожка глушила шаги. Вдали, у парадной лестницы, маячили фигуры читателей.

В туалете она переоделась и повязала платок. В надколотом зеркале, висевшем над раковиной, отразилась бесформенная фигура. Маша вздохнула и подумала: «Хорошо».

Дверь в хранилище была приоткрыта. Она заглянула осторожно и услышала громкие голоса. В закутке веселились. На мгновение Маша растерялась: неурочный праздник сбивал план.

С нижнего этажа поднимались голоса. По лестнице шли уборщицы.

279

— Так и живем: кому праздники, кому будни!

— Да ладно... Что ж мы — не люди? Помашем тряпками, и айда! Нам тоже — короткий день.

Смеясь и не обращая внимания на Машу, женщины вошли в хранилище.

Бригады уборщиц протирали книги. Когда-то давно она прозвала их *невидимками*. В отличие от библиотекарей, работавших по расписанию, эти являлись неожиданно. Первое время, завидев бригаду, Маша здоровалась. Женщины проходили мимо, не кивнув. Никого не замечая, они углублялись в штольни, как будто существовали в каком-то другом мире. Постепенно она привыкла — не поворачивала головы.

Теперь, пропустив их вперед, Маша сообразила: самое лучшее прикрытие. Пристроившись в хвост, она вошла. Библиотекари, собравшиеся в закутке, даже не оглянулись.

На повороте в боковое хранилище Маша отстала и нырнула в штольню. Отсюда до завещанной библиотеки оставалось всего ничего. Скинув туфли, она добежала на цыпочках. Голоса невидимок стихали за поворотом.

Новый план складывался сам собой: вложить в карманы, дождаться, пока уборщицы двинутся обратно. Смешавшись с ними, можно уйти без проблем. Судя по всему, они не собирались задерживаться.

Еврейские книги стояли на своем месте. Вынимая, Маша думала о будущей ревизии: обнаружив пропажу, *они* поставят новые карточки.

Рассовав по карманам, она приготовилась ждать.

Плечи, державшие тяжесть, затекали. Еще не беспокоясь, она выглядывала из-за стеллажей. В той стороне хранилища стояла тишина. Поглядывая на часы, Маша считала время: восемь, десять.

Там происходило что-то странное: привычный механизм разладился.

Не было гонцов из читального зала, никто из библиотекарей не шел с тележкой.

«Господи, День Победы. Завтра восьмое. Сегодня — короткий день».

Хватаясь за края полок, Маша села на корточки. Книги, вложенные в карманы, тянули спину. «Там — узкая лестница. В нижнее хранилище. Бригада не вернется. Надежды на уборщиц нет».

Прижавшись к полкам, Маша искала выход.

Первое — бросить книги. В этом случае — *почти* никакой опасности: выйти с пустыми руками, сказаться уборщицей. Заблудилась, работаю первый день. Старшая выяснять не станет, но лицо все равно запомнит.

«Нет», — этот выход Маша отмела.

Выглядывая осторожно, она наблюдала: библиотекари собирались у дверей.

— Ну что, девочки, все? — старшая потянулась к выключателю. Маша расслышала хруст ключа.

Груз давил на плечи. Она стянула фартук и села на корточки.

«Во-вторых — дальняя лестница. Можно попробовать пробраться вниз... Если еще празднуют...»

Добежав, она остановилась, прислушиваясь: в русском хранилище было тихо.

Она сидела под стеллажами, уговаривая себя: ничего страшного. Завтра восьмое. Восьмое мая — предпраздничный день. Всегда выходят дежурные — обслуживать заказы по МБА.

«Так». Сунув туфли в карманы халата, Маша двинулась к стойке: прежде всего надо позвонить.

Трубку взяла мама. Снова, как в прошлый раз, Маша отговорилась больницей: однокурснице стало хуже, врач попросил остаться, подежурить ночь.

Раньше мама принялась бы расспрашивать, но теперь ее мысли занимала исключительно Панькина комната.

— Да, да, конечно. Не беспокойся, поела.

Маша положила трубку.

Часы, висевшие над дверью, показывали семь. Позднее майское солнце пробивалось сквозь темные шторы. Там, снаружи, приближалась белая ночь.

Она подошла к окну и выглянула: внизу лежало безжизненное пространство. В этот час площадь была пустой. Подергав дверь, она отправилась к завещанной библиотеке. Ноги сводило холодком.

В восемь пришли охранники. Их голоса звучали гортанно. Затаив дыхание, Маша думала: «Как полицаи. Вот сейчас... Бросятся...»

Лениво чиркая желтыми лучиками, охранники протопали вдоль главной штольни, не заглядывая в боковые.

Маша размяла затекшие ноги: на этот раз действительно все. Теперь засядут в своей каморке.

Свет дежурных лампочек дрожал под потолком. Раньше за черной шторой стояла трехлитровая банка — вода для цветов. Банка была полной.

Напившись, Маша села за стол.

Теперь это было даже интересно. Как будто она вернулась в свое прошлое. Раньше она не посмела бы сесть за этот стол.

Тут, принимая требования, сидела старшая. Макая в черную краску, стучала штампом: время, год, число. Этим штампом полагалось гасить требования. Маша покрутила поворотные колесики и вспомнила: «Дурак!»

Этот, завещавший свою библиотеку, всю жизнь собирал книги. Мечтал, чтобы их тоже *так* штамповали. «Ага! Держи карман... А не надо быть дураком», — она бормотала мстительно.

Поворотные колесики вертелись под пальцами. Старшая говорила — его книг не выдавали никому и никогда.

Сверху донеслись какие-то стоны. Маша прислушалась: не то кашель, не то плач.

«Глупости! — она испугалась. — Никого нет».

На всякий случай она все-таки встала из-за стола и пробежала на цыпочках к дивану. Черная кожа была теплой. Тревожные мысли собирались в голове, трогались медленными жерновами.

«Подумаешь, осталась...»

Она думала о том, что, оставшись на ночь, стала уборщицей. Невидимкой. Так что нечего и бояться.

Снова, но уже не плач: сухой старческий кашель. Сверху, сквозь перекрытия. «Кто может кашлять, если он умер?..»

Она попыталась себе представить, каким он был при жизни.

Кабинет. Темный широкий стол, заваленный книгами. Столешница с зеленым сукном. Такие она видела в музеях. Зеленая лампа.

Свет ложился ровным кругом, не касаясь старческого лица. За спиной поднимались ряды стеллажей. Опоясывая комнату, стеллажи устремлялись ввысь. Маша подняла голову: высоко, у самого неба, они сходились четырехгранной башней... Боясь шелохнуться, она замерла.

В комнате никого не было. На столе белел листок:

## ЗАВЕЩАНИЕ

Сверху, крупными буквами. Внизу стоял размашистый росчерк.

«Старый дурак... Поверил, положился на *их* обещания...»

Тоскуя, Маша думала: «Некому защитить».

Рядом с листком лежала пачка пустых требований.

— Ладно, — она сказала обиженно и громко, чтобы старый дурак, глядевший из башни, мог ее расслышать, — ладно, — и поднялась. — Сейчас, только погляжу. Каталога нету. Откуда мне знать ваши шифры...

Света, тлевшего под потолком, хватало едва-едва.

Маша взяла пачку пустых требований и пошла к *его стеллажам*.

Одну за другой она снимала книги с полок и заполняла требования. Как будто делала заказ. Пачка заполненных бланков пухла на глазах.

Рассовав книги по местам, Маша вернулась к дежурному столу.

Теперь — погасить.

Она взяла штамп и выставила дату: 08.05.

— Я не ворую, — она сказала громко и прислушалась. — Все равно никто не прочитает.

Последнее колесико обозначало год.

— Просто по-другому не получается. Мне тоже *с ними* не справиться... *Они* — фашисты, подлые, всегда обманывают.

Старый дурак молчал. Из прошлого, в котором он оставался, *это* было невозможно понять. В его прошлом *их* еще не было.

— Я знаю, вы меня слышите. Вы должны мне поверить: фашистов можно победить.

Руку, порезанную скальпелем, дернуло. Маша покачала ее, унимая боль. Если дождаться полуночи, наступит 09.05. День Победы.

Она повернула колесики и выставила правильную дату: 09.05.45.

И время: 00.


Надвинув платок на брови, она взялась за тележку. Колеса катились бесшумно. Ловко, как опытный библиотекарь, Маша подхватывала тома и, бегло сверяясь с заказом, вкладывала листки. Нагруженная тележка двинулась обратно. Читатели дожидались у стола. Не подымая глаз, Маша выдавала книги. Их руки были слабыми и прозрачными, похожими на завиток немецкой вензельной R.

*Эти* читатели справлялись быстро. Затребованные книги возвращались ровно через час. За это время, успев отдохнуть, как полагалось, она подбирала новую пачку. Словно по воздуху, не чуя ног, Маша возила отобранные книги и возвращала на прежнее место. Поток не иссякал. Один за другим читатели выходили из мрака и приближались к столу. Скинув халат, она укрыла настольную лампу, бросавшую ненужный свет. Пальцы, испачканные краской, оставляли отпечатки.

— Я устала, — Маша пожаловалась вслух. Подолом фартука, сшитого для воровства, она вытерла лицо. На белой бязи отпечатался черный след. Рука ныла невыносимо. За окнами слышался рокот. Она прислушалась: что-то страшное собиралось снаружи, в полутьме.

«Неужели салют?..»

Боясь поверить, Маша кинулась к окну.

Рокот разразился раскатом, но не рассыпался цветными ракетами. Холодная вспышка, разорвавшая небо, ударила в глаза. Удары грома накатывали, не иссякая. Кто-то, занявший небо, бил прицельным огнем. Лампочка, висевшая над дверью, загоралась и меркла в такт ударам.

— Ну, что я говорила! — Маша крикнула во весь голос, ни от кого не таясь. — Суки, суки!

За черным окном *они* бесновались в ярости. Потому что она *выдала* завещанные книги, нарушив их приказ.

— Что, выкусили? — цепляясь за шторы, вьющиеся черными складками, Маша дрожала от счастья.

Мало-помалу гроза стихала. Нежные дождевые струи побежали по стеклам. Книжная взвесь, дрожавшая в воздухе, улеглась. Часам к пяти совсем рассвело. Субботняя ночь кончилась. Маша огляделась: те, кто явятся утром, не обнаружат следов.

Добравшись до завещанных стеллажей, она легла на пол и свернулась калачиком.

«А говорили: никто и никогда...»

Сон был тихим и спокойным, словно здесь, на полу хранилища, ей ровно ничего не грозило.

Во сне приходил *дурак*, склонялся над ее головою, и что-то похожее на дождь капало с его щеки.

Утром ее разбудили голоса. Дежурная принимала книги, доставленные из читального зала. Теперь Маша действовала быстро. Тома, отложенные с вечера, легли в нужные карманы. Она надела плащ и запахнулась. Тележка тронулась минут через десять, и, дождавшись, пока дежурная пройдет мимо, Маша пошла к выходу. Черный халат, накинутый на плащ, делал ее невидимой.

За дверью Маша сняла его и сунула в мешок.

На вахте она предъявила пропуск: тетка, заступившая утром, даже не взглянула.

## 2

— Но здесь — библиотечные штампы, — Юлий листал задумчиво.

— Ерунда! — надменно подняв бровь, она оборвала. — В конце концов, его грех — его и ответ, — очень кстати Маша вспомнила пословицу, которую когда-то давно слышала от Паньки, и свалила вину на того, кто собирался уезжать. — И вообще... По-вашему, я должна была спросить: как они попали в семью?

«Хорошо, что догадалась», — она думала о том, что успела очистить кармашки — вынуть вкладыши.

— Или боитесь обыска? — Маша вспомнила библиотечных воришек и положила руку на переплет.

— Нет, конечно, нет, — Юлий растерялся.

— А-а-а! — она протянула презрительно. — Значит, *облико морале*. Кодекс строителя коммунизма...

— При чем здесь строительство коммунизма! Купивший ворованное — вор, — он повторил чьи-то слова — упрямо и неуверенно.

— Интересно, и кто же вам это сказал?

Ее насмешка сбивала с толку.

— Не знаю, родители, мама... — Юлий моргнул по-детски.

— А не купивший — дурак! Ладно, — Маша отрезала. После тяжелой ночи болела голова. — Вы просили, я привезла. Нет — увожу обратно. На эти книги покупатели найдутся. Тот же Вениамин.

Про себя она прикидывала, куда спрятать. Чтобы не нашли родители. «В тумбочку» — вспомнила и сообразила.

Упоминание о Веничке отдалось раздражением.

— Здесь — шесть, — Юлий пересчитал книги. — И сколько этот... человек просит?

Он смотрел и не мог отвести глаз. Слова, вытисненные на переплетах, завораживали.

— Все вместе — 500 рублей. По отдельности он не согласен.

«Значит, — Юлий складывал стопкой, — за каждую по восемьдесят с небольшим».

— А если в рассрочку?.. — он прикидывал свои финансовые возможности. Сумма получалась солидной: все договоры, заключенные с издательствами на полгода вперед.

— Ага, — Маша сморщилась. — Учитывая, что он уедет. И как вы себе представляете — раз в месяц переводом по почте?

Теперь, когда Юлий увидел своими глазами, не было сил выпустить из рук.

— Хорошо, — решился. — Деньги как-нибудь достану. Послезавтра.

После Машиного ухода он взялся жадно. Теперь, когда она ушла, Юлий и сам не мог понять, зачем говорил все эти глупости: «Ворованное... Мама... Полный идиот!»

Пролистав еще раз, он счел сумму резонной. По-настоящему интересных было, пожалуй, три. *Этих* книг не найдешь и днем с огнем. Он представил, как Венька держит том на отлете. Увидел дальнозорко прищуренный глаз.

«Шут гороховый! Не мытьем, так катаньем... Уж этот не откажется. Плевать ему на библиотечные штампы...»

Знакомство они вели не первый год. Это на посторонних Вениамин умел произвести комическое впечатление, но Юлий отлично знал: на книгу Веня всегда смотрел как на жертву — словно припечатывал своим личным штампом. Умел выследить и завладеть.

«Странно, все-таки очень странно...»

Теперь он думал о Маше.

В ней было что-то и притягивающее, и отталкивающее. Двойственность, о которой Юлий не мог сказать яснее, чувствуя, что рядом с этой девушкой он и сам становился *другим*. Не тем, каким был прежде.

Снова пришла мысль о больничном *полтиннике*. Тетка, сидевшая в справочном окошке, не могла перепутать. Кроме них, в вестибюле никого не было: уж в этом Юлий был уверен. Вспоминая голый больничный вестибюль, он убеждал себя в том, что никогда, даже в самых стесненных обстоятельствах, не позволил бы себе ничего подобного. В то же время он понимал: здесь что-то другое, и он не имеет права судить. «Но главное...» — Юлий пытался сформулировать. За ее поступками стояла какая-то правда. Правда, которой не хватало ему самому.

Мысленно перебирая друзей и знакомых, к кому можно было бы обратиться за деньгами, он думал о том, что эта девушка умеет действовать — достигать поставленной цели. «Победителей не судят».

В соседней комнате бормотал телевизор. Уходя на работу, мама забыла выключить. Он заглянул и поморщился.

Лицо, вещавшее с экрана, вызвало привычную гадливость: *эти* транслировали свою вечную убогую ложь. Корреспондент, *выпущенный* на Запад, отрабатывал по полной.

«Но главное...» — он вырубил *их* программу.

Главное заключалось в том, что при всей чудовищности поступков, которые она себе позволяла (Юлий догадывался, что не с ним одним она неразборчива в средствах), эта девушка знала *правильные* слова.

Ее словам не хватало тонкости, отшлифованной образованием. Их можно было назвать прямыми и грубыми. Больше того, в каком-то смысле ее словесная правота шла вразрез с его собственным пониманием жизни: все, на чем он стоял, вырастало из культурной почвы — этого тонкого, почти размытого слоя. Машу нельзя было назвать чуждой культуре. Этот слой в ее сознании определенно присутствовал, но его заглушали другие пласты. Живые и сильные, к которым сам он не мог пробиться.

Юлий вспомнил детскую сказку о *вершках и корешках*.

Да, он говорил себе, его понимание жизни, основанное на культурной преемственности, имеет сильные корни, но слабую ботву. Таковы и слова, которыми он отвечает на ложь окружающей жизни. А ее слова обладают смелостью и силой. Это не смелость мысли. Но именно такой, не столько разборчивой, сколько действенной смелости Юлий тщетно искал в самом себе.

Смутно он догадывался, что помехой на этом пути встает череда его предков. Их непреклонные глаза, глядевшие с фотографий. Прадед, дед... Конечно, их тоже затронула ассимиляция: что-то они утратили, что-то приобрели. Но главное все равно осталось: моральный закон, которого они придерживались, уходил в глубину прошлого на долгие века.

«Мы — другие», — усмехнувшись, он вспомнил бородатого, назвавшего советских евреев полукровками. Юлию вдруг показалось, что в этих словах есть определенный смысл.

Елена Чижова

В сравнении с его собственными Машины семейные обстоятельства были совершенно иными. В конце концов, она — действительно полукровка, не в переносном, а в самом прямом смысле. Родилась в смешанном браке. В ее крови сошлись две национальных судьбы — два закона, вытекающие один из другого и этим соединенные накрепко. В то же время они противоречили один другому, казались несовместимыми. Но именно в этом противоречии Юлий видел источник ее неодолимо притягательной решимости.

Сложив диван, Юлий отправился на кухню. На *маминой* кухне цвели красные цветы: дощечки, занавески, прихватки. Свое женское пространство Екатерина Абрамовна украшала в псевдорусском духе.

Карауля кофе, норовивший залить плиту, он снова думал о *новом еврействе* — мечте, не облекаемой ни в какие слова.

«Русско-еврейский Серебряный век...»

Теперь он чувствовал, что ухватил какую-то нить. Похоже, на этом пути можно многого достигнуть. Если перенять Машину смелость, соединив со смелостью собственной мысли.

«Опасности и подвох... Этого нельзя не учитывать...» — размешивая сахар, он снова думал о том, что в ее крови соединились две традиции, которые нельзя назвать равноценными: еврейская уходит в глубь веков, русская коренится в более позднем времени. Из этой преемственности, в основе которой лежит сложное взаимовлияние, может родиться как *новое знание*, так и неоязыческий пустоцвет.

«Пустоцвет... Вряд ли здесь можно найти окончательное решение».

И все-таки хотелось попытаться: жалко было бросать этот едва нащупанный, ускользающий узел. С историософской точки зрения он виделся многообещающим.

«Новое еврейство... Новое знание...»

Если прорыв случится при его жизни, это означает, что всем ныне живущим довелось оказаться на *новом осевом рубеже*. В истории уже случалось подобное. На этот раз он думал не о Серебряном веке, а о том, что случилось без малого две тысячи лет назад: древнее иудейство выпустило мощный христианский росток. Этот росток определил течение будущих тысячелетий.

Сделав первый глоток, отдавшийся кофейной горечью, он подумал о том, что сам-то он — человек светской культуры. Слова об этническом еврействе, коими он определял Машиных родственников, в значительной мере относятся и к нему. Всё, с чем традиция антисемитизма связывает понятие *еврей*, — вера, язык, круговая порука и прочее — лично к нему не имеет ни малейшего отношения. Положа руку на сердце, он не чувствует никакой особенной связи с евреями — своими современниками. У него другой *образ мысли*. Если прибегнуть к историко-философским аналогиям, скорее его можно назвать римлянином, скептически взирающим на вещи.

Римлянином, живущим на *сломе эпох*.

С исторической точки зрения эта позиция — тупик, куда рано или поздно заходит любая империя. Не только в том смысле, что ее ожидает распад. Об этом Юлий не думал. Его занимал другой вопрос: образованность, свойственная римлянам. Для принятия *нового знания* она, пожалуй, отягчающее обстоятельство. Ум, пронизанный скептицизмом, не способен *верить*.

«Чтобы вернуться к истокам, необходим приток новой крови», — вернувшись в комнату, Юлий записал на обороте тетради.

Мысль, сделав круг, возвращалась к исходной точке: к девушке, о которой он думал.

Теперь Юлий был убежден, что воспоминание о Маше не оставляет его именно по этой причине: крона генеалогического древа, две верхних ветви которого сошлись в этой девушке, и была той точкой, к которой вновь и вновь устремлялись его мысли.

Две крови. Для Юлия это стало новым плацдармом. Его мысли оживились, словно в позиционном сражении он неожиданно получил подкрепление, позволявшее выбраться из окопа, пусть и на зыбкий, песчаный вал.

«Как же она сказала?.. *На вашем месте я защищала бы своих*... Там, на кладбище, она встала на защиту еврея-покойника. Тем самым, — он думал, — доказав свою причастность к еврейству...»

Языческая подоплека больше не казалась Юлию столь уж опасной. В конце концов, к ней следовало относиться как к исторической реальности. «СССР, — он повторял, — языческая страна».

В этом нет, как он думал, ничего невиданного: новое знание, выбродившееся в недрах еврейской крови, разошлось по миру, влившись именно в языческие мехи. Других на просторах *той*, древней Ойкумены, собственно говоря, и не существовало. Но была решимость язычников во что бы то ни стало приобщиться к новой истине.

«Вот именно. *Во что бы то ни стало*».

Нужную сумму Юлий нашел к сроку. Задача оказалась несложной: перехватить по сотне у приятелей-переводчиков. Обращаясь с просьбой, он ссылался на болезнь отца. Приятели понимали без особых объяснений и просили не торопиться с возвращением долга: «Отдашь, когда сможешь».

Накануне назначенной встречи он пересчитал деньги и вдруг поймал себя на том, что маленькая ложь, к которой пришлось прибегнуть в разговорах с кредиторами, доставляет ему удовольствие, как будто необъяснимым образом приближает его к Маше. Это сближение, пусть и эфемерное, отвечало его тайным стремлениям.

Маша явилась раньше времени.

Услышав звонок, Юлий вылез из ванны и, запахнувшись белой махровой простыней, прошлепал к двери. Думал: «Мама. Забыла ключи».

В первый момент он удивился. Три часа назад говорили по телефону, назначили точное время. Она пришла на час раньше. Стояла в дверном проеме как ни в чем не бывало. Любая другая, поведи она себя подобным образом, встретила бы недоуменный взгляд. Но эта девушка уже не была *любая*.

«Вы очень похожи на римлянина», — не переступая порога, Маша кивнула на простыню.

Юлий сморщился, как от боли: снова она нашла точное слово, отвечавшее сути дела.

Он стоял и смотрел на нее, больше не скрывая восхищения. Больше всего ему хотелось, забыв обо всем, просто протянуть к ней руку, но рука не поднималась.

Маша усмехнулась, как будто заметила его бессилие. Усмешка плеснула на пламя, и безрассудный порыв иссяк.

Отступая, Юлий предложил войти.

— Вы должны простить меня...

В ее устах слово *должны* не было фигурой речи: ни просьбы о прощении, ни ноты смущения.

— Да, да. Конечно, — Юлий согласился.

Ей показалось, весело.

— Дело в том, что у меня *наметилась* важная встреча — неожиданно, — она объяснила уклончиво, но его сердце, ворохнувшись мучительно, подсказало детали: тот, кого он мгновенно возненавидел, уже стоял на набережной. В руках его воображаемый соперник почему-то держал удочку. Юлий видел острый крючок — дурацкий крючок сиял, словно начищенный.

— Вы меня извините, если я не зайду. Пожалуйста, давайте прямо здесь, в прихожей.

Махровая простыня, наброшенная на голое тело, стала холодной и мокрой. Запахиваясь и вздрагивая, Юлий шел в комнату. Деньги он передал ей в конверте и теперь, ему казалось, безучастно, смотрел, как она вынимает и пересчитывает — прямо у него на глазах.

## 3

У Маши не было мысли, что Юлий мог обмануть. Просто мог ошибиться.

Ошибка стоила бы ей дорого: сегодняшний день должен был стать решающим. Утором родители снова говорили про комнату, и Маша поняла: времени в обрез.

В который раз отец объяснял маме, почему не взял *отношения*. Уважительных причин набиралось множество. Обреченно махнув рукой, мама предупредила: жэковская тетка звонила в пятницу. В среду придут со *смотровой*. Выражение ее лица не оставляло никаких сомнений.

Прежде чем ехать к Юлию, Маша забежала в ЖЭК. Сегодня начальница принимала в вечер. Она решилась действовать быстро, не откладывая до вторника. Добавочный день надо было оставить на всякий случай: почуяв кормушку, жэковская начальница могла потребовать еще.

Крупные купюры жгли руки. Никогда прежде у нее не было *такой* суммы. Самое неприятное заключалось в том, что она не знала: как?

Художественные фильмы, в которых действовал ОБХСС, рисовали тревожные картинки: человек, одетый в мягкое драповое пальто, входит в начальственный кабинет и, развязно балагуря, *втягивает* в преступление. Уговоры он подкрепляет увесистым конвертом. Взяточник протягивает дрожащую руку. Рано или поздно за этой киношной сценой следовала сцена допроса.

В жэковском коридоре стояла понурая толпа. Одернув куртку, Маша встала у стены. Стена была грязная, вытертая сотнями боков. В кино все случалось как-то по-другому. Соблазнители, являвшиеся со взятками, о стены не отирались, а входили решительно, даже не взглянув на очередников.

Прием еще не начинался. Дверь с надписью «Начальник» оставалась закрытой.

— Вон, она крайняя, — бабка, сидевшая у самой двери, ткнула в Машу острым пальцем. На лице, изрезанном морщинами, проступило мстительное удовольствие: бабка презирала всех, кто *занял* после нее. В сравнении с ними ее сегодняшнее преимущество было очевидным.

— Вы? — оглянувшись на Машу, мужчина переспросил.

— Нет! — Маша отказалась решительно.

Бабка, сидевшая у двери, смотрела растерянно, как охотник, упустивший верную добычу. Добыча повела себя нагло.

— Пришла-то вроде последняя, — бабка проворчала, сдаваясь. В ее долгой жизни бывало всякое: случалось, и последние становились первыми.

Выиграв этот раунд, Маша ободрилась. Очередь, почуяв бабкину слабину, придвинулась поближе к двери: бабка, *занявшая* первой, никак не тянула на вожака.

Дверь приоткрылась. Из нее вышла женщина, одетая в мохеровую кофту. Кофта расходилась на животе.

— Хорошо, Наталья Михайловна, я поняла.

Сквозь проем, открывшийся на мгновение, Маша разглядела тетку, приходившую с осмотром. Не тратя время на раздумья, она двинулась решительным шагом и отпихнула бабку, которая стояла второй. Та подняла ладонь, словно защищаясь: на Машу смотрели отцовские глаза. Они моргали опасливо и безропотно.

Плотно закрыв дверь, Маша назвала адрес.

— Я пришла, потому что в среду — смотровая.

Жэковская тетка кивнула. Она глядела деловито, но на дне ее глаз плясала усмешка.

— Так, так, — палец потянулся к списку и ткнул.

Здесь не нуждались ни в каких анкетах: глаза, смотревшие на Машу, знали наверняка. Паучья кровь, стоявшая в капиллярах, глядела из них, как из глазниц.

Начальница подняла руку и коснулась высокой прически. Фильм, в который Маша ввязалась, становился другим.

Глядя на белое запястье, мелькнувшее в рукаве, она видела кисть, сжимавшую хлыст. Перед нею, замершей у двери, сидела женщина-*капо*.

Плечи свело холодным ужасом. Отступая, Маша сделала шаг назад.

— И что? — паучий взгляд приказал остановиться.

Кровь, шумевшая в висках, нашептывала жалкие слова: о семье, о насмерть уставшей маме, об отце, служившем верой и правдой, о тесной маленькой комнатке, которая может составить счастье.

— Ну? Что молчите? — *капо* нахмурилась и подняла хлыст. Жестом еврейской старухи, которую только что оттолкнула от двери, Маша закрыла лицо.

— Я слушаю вас, — голос начальницы стал ласковым.

Сделав над собой усилие, Маша отвела ладонь. Секунды горели пламенем. Еще можно было ринуться вспять, сметая обреченную очередь, но, отступив, она лишилась бы *всего*.

Добыча, почуявшая смерть, поднялась на передних лапах, изо всех сил упираясь задними. Маша подняла глаза. Жалкие слова, шумевшие кровью, исчезли. В горле стояли правильные, которые она знала.

— Дело в том, что мама заболела, а папа — на работе. Он — главный инженер, иногда приходится и вечерами. Эта комната, которая освободилась... Понимаете, я выхожу замуж. Конечно, все зависит от вас, мы не можем настаивать, но я верю... Ваше решение будет мудрым и справедливым, — ступая осторожно, Маша подошла поближе. Готовый конверт лег на паучий стол.

Белая рука отложила хлыст. Приподняв незаклеенный угол, женщина-*капо* пересчитывала, не таясь.

— Молодая семья — новая ячейка, — она произнесла полными губами. Маша ожидала молча. — Молодым везде у нас дорога... — пухлый конверт исчез как по волшебству. — Ну что ж... — начальница прикидывала. — В следующую среду. Придете все вместе, с вашими родителями. Я подготовлю решение.

Выйдя за дверь, Маша втянула голову в плечи. Сейчас они набросятся на нее всей стаей. Очередь глядела безучастно. Украдкой она осмотрелась: все оставались на месте, кроме еврейской старухи. Та, которую Маша отпихнула, исчезла невесть куда.

## 4

К среде, как и обещала начальница, дело сладилось. Оставались мелкие формальности, которые та, улыбаясь ходатаям, обещала уладить в ближайшие дни. Ни словом, внимательно оглядев родителей, она не обмолвилась о конверте, полученном из Машиных рук. Выслушав благодарности, развела руками:

— Не стоит, не стоит. Всё — по закону. Моей заслуги здесь нет.

— Как же нет? Ну что вы, Зоя Викторовна, — отец возражал горячо. — Именно ваша.

Мама свела ладони: молитвенное выражение, лишенное слов, дрожало в ее лице. Маша испугалась: сейчас возьмет и заплачет. Этого только не хватало...

В начальственных глазах проступила скука. Глянув коротко, Маша оттеснила мать к дверям. Родители отступали почтительно, не поворачиваясь спиной.

По улице отец шел, приплясывая. Жизнь, завершив полный круг, обернулась новым невиданным чудом.

Елена Чижова

— Как ты считаешь, *они* не могут передумать? — склонившись к уху дочери, мама сделала неопределённый жест: не то саму тетку величала во множественном числе, не то какие-то высшие силы — в теткином лице.

— Ничего я не считаю, — Маша усмехнулась раздраженно. — Что тут считать? Сосчитано.

Она шла, глядя под ноги. Счастье родителей терзало. Больше всего на свете ей хотелось выкрикнуть им правду, чтобы раз и навсегда они заткнулись про бесплатную справедливость.

Войдя в квартиру, Маша направилась прямо к Панькиной двери. Коротким жестом, как пластырь с гнойной раны, сорвала жэковскую печать. Мама подошла и приоткрыла осторожно.

В комнате стоял чужой запах. Урн не было. «Захоронила». — Маша покосилась на мать.

— Так, — она положила ладонь на косяк. — Здесь буду жить я. — Мама обернулась. Ее глаза глядели растерянно, не беря в толк. — Есть возражения? — Маша склонила голову.

— Господи, нет, конечно, нет, — мама чуть не плакала. — Мне вообще... Разве мне надо? Пусть бы хоть замуровали, забили досками. Ты не понимаешь, я больше не могу, чтобы *всегда* соседи.

Мама просидела на кухне до глубокой ночи. Отец попытался заглянуть, но был изгнан:

— Иди, Миша, иди! Я хочу побыть одна, — мама отвечала тусклым голосом.

— Мама, я побуду у Паньки? — Маша окликнула через дверь.

— Там очень грязно... Надо убрать, вымыть... — мамин голос изнемог.

— Я посижу. Ничего не буду трогать.

— Сиди, — она сказала, как будто махнула рукой.

На темном деревянном стуле Маша сидела, обдумывая: главная удача заключалась в том, что удалось запутать концы. *На хитрую лопасть...* — она свела кулаки. Если библиотечные хватятся своих книжек, в самом худшем случае они доберутся до этой квартиры. Маша попыталась представить: милиция, соседи, приглашенные в понятые, мнутся в дверях. Книги, расставленные по полкам, летят на пол. Они просматривают неторопливо. *Ни одной.* Из тех, на которых стоит *их* поганый штамп. Милиционеры уходят, принося извинения. Разве может им прийти в голову, что чудо *уже* свершилось: книги превратились в комнату, с которой сорвана печать.

Про Юлия точно не догадаются — в этом у Маши не было сомнений: слишком уж сложная цепочка. Милиции не по зубам. А кроме того, в качестве главной улики должны фигурировать деньги: от денег она избавилась. *Капо*, оформившая документы, встанет насмерть: действовала строго по закону — вот и весь сказ.

«Как это там? — Маша пыталась вспомнить название польского фильма. — *Всё на продажу.* — Она думала: — У меня не так. *Всё на свободу!* — эту техническую задачу она решила блестяще: грамотно соотнеся цели и средства, освободила и книги, и мамину жизнь.

«*Деньги — товар — деньги'*».

Тут, сосредоточившись на Марксовой формуле, она вдруг поняла, что все получается наоборот: *товар — деньги — товар.* И книги, заключенные в завещанной библиотеке, и комната, которой она добилась, принадлежат государству. Так что, строго говоря, никакой кражи и не было: лично ей эта сделка не принесла даже копеечной прибыли. Той, которую Маркс назвал словом *штрих.* Рассуждая формально, она просто переложила деньги из одного паучьего кармана в другой. В технической задаче, которую она решила, деньги — фикция.

Само по себе это означало, что операция, которую она проделала, шла вразрез с основным законом Маркса: паучьему государству этот закон не подходит. Здесь все по-другому, и деньги — ни при чем. Все правильно: при коммунизме деньги вообще исчезнут. Именно этим обстоятельством особенно гордилась мадам Сухих.

«Неужели эта дура права? И вправду движемся к коммунизму?.. Все, хватит», — Маша поднялась решительно.

Теперь, когда дело с комнатой решилось, надо было вынести *настоящий* пепел. Об этой задаче она думала с тоской.

Бумажные иконки висели над комодом. Она подошла и встала перед ними. Тот, кому молилась Панька, смотрел на нее со стены.

«Не понимаю, — она думала, — все-таки — еврей...»

Ярость вскипала медленно, поднималась с самого дна. *Он* должен был защищать *своих*, а не слушать Панькины бредни...

Тревожная мысль пришла в голову: мама похоронила *песок*, сделала могилки... Что, если *настоящий* пепел — не главное? Главное — похоронить.

Давно, еще в школе, к ним в класс приходил ветеран. Рассказывал: случилась путаница. На него прислали *похоронку*: ваш сын сгорел в танке. Поплакав, его мать сделала пустую могилку, выбила имя и фамилию, все как полагается, чтобы *косточки упокоились*. Так и сказал.

После урока, Маша сама слышала, классная руководительница ему выговаривала: чушь, идеализм, разве можно такое детям! Теперь она думала: а что, если правда? Значит, Панька все равно воскреснет. Про себя Маша шепнула: оживет. Встанет перед своим богом и будет повторять эти гадости. Тем, кто в него верит, бог прощает все. Так говорила Фроська. И мама кивала, не возражая. Хитрой Паньке ничего не стоит покаяться. Возьмет и отправится в рай. А те, кого сожгли в печах? Если Панькин бог существует, *те* отправятся в ад. В ад, похожий на фашистские печи, в которых сгорают их голые тела...

Несправедливый бог. Разве мало ему земного ада, в котором все они превратились в пепел?

Стоя перед Панькиным богом, она думала о том, что надо хотя бы попытаться. Найти правильные слова. К правильным словам он не может *совсем* не прислушаться...

— Меня зовут Мария, — она начала тихим голосом.

Стена, завешанная картинками, была холодной. В книжках, которые она читала, к богу обращались на *ты*. Маша попыталась, но не смогла.

— Неужели вы и вправду думаете, что все дело в крови? — она подняла руку и коснулась виска. Под пальцем пульсировала жилка, в которой билась ее нечистая кровь. — Вы же слушаете только Паньку. Может быть, вы просто не знаете, но здесь, у нас, подлая история: тот, кто защищает таких, как Панька, стоит на стороне паука.

Прижав ладони к глазам, Маша зажмурила веки.

«Выкрест, — она вспомнила слово. — Выкрест, возненавидевший своих соплеменников. Миллионы отправил в печи. Разве он понимает человеческие слова?»

Одну за одной, подцепляя ногтем, Маша выковыривала канцелярские кнопки. Цветные картинки слетали с шелестом, как сухие листья. У стены, под которой просят жидовской смерти, больше никто не будет молиться.

Попирая поверженные картинки, Маша шагала взад и вперед. Меряя комнату шагами, она представляла себя древним воином, захватившим святилище варваров. Теперь полагалось разграбить.

Она огляделась, примериваясь.

Распахнув дверцы львиного комода, Маша выволакивала тряпки: одна дорога — в помойку. Платья, оставшиеся от Паньки, пахли задохлостью. Она думала: «Крысиным пометом».

Маленький сверток, лежавший у самой стенки, походил на замызганную подушечку. Завернутый в грубую холстину, он таился в самом углу. С алчным воинским упоением Маша разорвала ткань. Под холстиной скрывались куски ватина. Под ними — сероватый вязаный платок. Она развернула, преодолевая брезгливость.

В платок была завернута фарфоровая кукла, убранная рваными кружевами. Мертвые глаза, окруженные слипшимися ресницами, были распахнуты широко. Надтреснутый зрачок косил в сторону. Трещина, прошедшая сквозь глазное яблоко, змеилась вниз по щеке.

Поднявшись с колен, Маша перешагнула крысиную кучу и села на стул. Во рту стоял металлический привкус. Что-то страшное исходило из этой находки, как будто воин, разграбивший святилище, потревожил чужих богов.

Расправив подол кукольного платья, она рассматривала внимательно. «Кукла как кукла, только очень старая», — Маше стало стыдно за себя.

Видимо, осталась от *прежних* немцев.

«Ну и ладно».

Маша сунула куклу обратно и взялась за тряпье. Свернув в один необъятный узел, стянула узлом.

На неделе мама съездила в специализированный магазин за обоями. В субботу взялись дружно. Старое тряпье, свернутое в узлы, таскали к помойным бакам. К вечеру накидали до краев. Тряпки лезли верхом, как тесто из квашни. В воскресенье взялись за стены. Старые обои отходили пластами.

— Женьку Перепелкину помнишь? — Маша спросила, и отец закивал:

— Конечно, помню. Твоя одноклассница. А что?

— Да ничего. Я так.

Пласты были твердыми, похожими на папье-маше. Маша попыталась свернуть в рулон, но пласт выворачивался из рук:

— Толстый, — она обернулась к отцу.

— Возьми нож, — отец стоял на лестнице.

Женькины родители переклеивали большую комнату. В воздухе сеялась мелкая пыль. Ободранные стены казались пегими: местами обои отстали до штукатурки, но кое-где газеты прилипли намертво.

— Ух ты! «Правда». Февраль, 1949, — Женька тыкала в стену.

Тогда они и придумали эту игру: читать заголовки. С заголовков все и началось. Сначала читали просто так, для смеха, потом принялись загадывать. Смысл заключался в том, чтобы, прочитав заголовок, попытаться отгадать, о чем написано в заметке или статье. Особенно весело получалось с передовицами: так ни разу и не угадали, но хохотали до слез.

Женькины родители шикали: «Тише вы, дурочки! Соседи услышат!»

В углу никак не отставало.

— Подожди, надо намочить, — отец спустился с лестницы и пошел в ванную. — На, — он принес полное ведро. — Действуй. А я пойду прилягу. Что-то голова кружится...

Верхний слой прилип намертво. Мелкие катышки окаменевшего клейстера проступали насквозь. На ощупь поверхность была пупырчатой, как в мурашках. Окуная тряпку, Маша возила по стене. Верхний слой отмокал сравнительно легко. Подцепляя лезвием, она снимала шкурку. Буквы, проступающие насквозь, были немецкими. Не газеты — страницы немецких книг.

Она разглядывала, поднимая к свету. Немецкие слова, снятые со стены, читались справа налево.

Отец вернулся.

— Смотри! — Маша протянула изрезанный пласт.

— Что это? — пытаясь разобрать, он прищурил глаза.

— Читай, читай... — она настаивала.

— Кажется, по-немецки...

— Ты не понимаешь? Это Панька с Фроськой. Вместо газет рвали немецкие книги.

— Действительно... — отец взялся за лестницу. Его глаза внимательно оглядывали потолок.

— Скажи, — Маша следила за его взглядом, — тебе *никогда* не было их жалко?

— Кого? — он не понял.

— Ну, этих, которые жили здесь раньше. Их выслали — немцев.

— Немцев? — отец переспросил неуверенно, как будто вчитываясь в заголовки газет. — Не знаю, трудно сказать... Наверное, жалко... Война. Среди них могли обнаружиться предатели. — Газетные заголовки, всплывавшие в отцовской памяти, полностью соответствовали своим заметкам и статьям.

Присев на корточки, Маша подбирала обрывки обоев. Игра, которую она начала, становилась совсем не смешной.

Приставив лестницу, отец оглядывал очищенную стену, на которой больше ничего не осталось: ни газет, ни книжных страниц.

Обои мама выбрала светлые — бежевые разводы на розоватом фоне. Раскатав по полу, мама любовалась:

— Веселенькие — прямо прелесть!

На стене сохли свежие газеты. Выкрашенный потолок сиял.

— Господи, да будь у меня в юности такая комнатка... — мама раскатывала обойные полотна. — И узор удачный — легко подгонять.

Мамино детство прошло в восьмиметровой комнате, где они жили впятером: родители, бабка и они с братом. Отец погиб в первые дни — на Пулковских высотах, младший брат умер в блокаду. Про *немцев* спрашивать бесполезно — ответ Маша знала заранее. Мама не любила военных фильмов, всегда приглушала телевизор, когда передавали немецкую речь.

— Как ты думаешь, — Маша окунула кисть, — эти немцы, которых выслали, у них какой язык родной?

— Немецкий?.. — мама отозвалась тревожно.

— А если бы... Ну ты просто представь, если бы тебе выбирать — *эти немцы* или Панька с Фроськой — ты бы кого?..

— Намазывай гуще, — мама следила за Машиной кистью.

— Нет, ну правда? — Маша разогнула спину.

— Интересно, — мама сверкнула глазами, — почему это я должна выбирать? Вот что я скажу: никого. По мне, так хрен редьки не слаще.

— Немцы лучше. Они бы не стали мыть унитаз грязной водой.

— Это — да! — мама признала неохотно.

— Значит, выбираешь немцев? — Маша поднимала намазанный кусок.

— Нет, — она отказалась. — Немцев я бы не выбрала.

— Ну и глупо! — сухой чистой тряпкой Маша водила по обоям. — Так бы и прожила всю жизнь с грязным унитазом.

— Ну что ты заладила: выбрала, не выбрала... Нет никого. Не из кого выбирать, — в ее голосе пела долгожданная победа.

В этой квартире она пережила и тех, и других, положив на это бо́льшую часть своей жизни.

К вечеру комната преобразилась. Свежий обойный клейстер благоухал. Нежные разводы, покрывавшие стены, казались бабочками. На розовом поле они расправляли крылья.

Отец повесил новую люстру: пять рожков топорщились во все стороны, бросая праздничный свет.

— Ну вот, — он улыбался счастливо, — живи и владей.

Такой красоты она не могла себе представить.

Маша ходила по комнате, прислушиваясь к хрусту подсыхающих обоев.

Елена Чижова

Хватит с нее этих глупостей: немцы, Панька...

Она села на стул и подумала: «Все кончилось. Мама совершенно права».

Дождавшись, пока родители наконец улягутся, Маша вышла на кухню.

Пепел стоял в ведре. Если ветеран прав и дело не в пепле, а в могиле, Фроська с Панькой все равно воскреснут.

«Ближе к лету». Она думала о том, что съездит и захоронит ближе к лету. Когда растает земля.

# Глава 16

## 1

Вульгарная аспирантка, перетянутая в талии, защитилась и уехала. Со степенью кандидата наук ее охотно взяли на провинциальную кафедру. Речи о том, чтобы оставить ее в Ленинграде, Успенский не заводил. Собственно, о ее отъезде он упомянул мельком и даже не в связи с отъездом. Речь зашла о *сексотах*. Усмехаясь, Успенский привел в пример Зинаиду.

Дело происходило на улице, их никто не слышал, и Маша поинтересовалась: зачем, имея такие подозрения, поддерживать близкую связь? Подумав, Успенский ответил: во-первых, это не подозрения, во-вторых, кого-нибудь все равно *приставят*, а значит, лучше держать при себе, поближе, тем более если баба. Не стесняясь в выражениях, он объяснил: при наличии интимных контактов никакая баба не станет докладывать оголтело: «Ваша сестра, даже самая правоверная, если доходит до дела, всегда предпочитает...» — последовала ухмылка и откровенный жест. Он был нетрезв, их *личные* отношения закончились давным-давно, но Маша не смолчала:

— Меня ты тоже подозревал? — она поинтересовалась холодно.

— Хоть ты-то не будь дурой! — он отмахнулся раздраженно.

Ответ был исчерпывающим, но, как бы то ни было, неприятный осадок остался. В беседах без посторонних Маша попыталась вернуться к отстраненно-безличному *вы*. Его обида выплеснулась такой яростью, что попытки пришлось оставить.

Сегодня он вызвал ее для разговора: пришел на *Статистику* и, сославшись на срочное дело, приказал зайти после третьей пары. Отказаться она побоялась. Теперь, в разговорах с ней, Успенский все чаще давал волю гневу, и это обстоятельство приходилось учитывать. Впрочем, в гневных вспышках, случавшихся на людях, он никогда не переходил грани, но, приглядываясь к его неровной походке, Маша опасалась, что такой день рано или поздно наступит. По этой же причине она боялась открыто признаться в том, что в мыслях уже не связывает свое будущее с кафедрой *финансов*. Об этом приходилось помалкивать и в разговорах с сокурсниками — могло долететь до его ушей. Как и прежде, Маша продолжала председательствовать в факультетском СНО: время от времени делала доклады и ездила на конференции. Определенных планов на будущее у нее еще не было, но с растущим интересом Маша поглядывала в сторону кафедры *экономической истории*.

Успенский об этом не подозревал. Он пребывал в убеждении, что ее научные интересы раз и навсегда определились. Как о деле решенном, говорил о месте на кафедре финансов, которого для нее добьется. По многим причинам задача была не из простых, но профессор твердо рассчитывал на какого-то москвича, своего бывшего и очень успешного студента, теперь служившего в министерстве. Маша слушала и молчала, дожидаясь времени, когда вопрос о московских переговорах встанет ребром: тогда, поговорив начистоту, она планировала выпросить себе *вольную*.

Речь шла о совместном заседании кафедры, в котором — почти на равных — должны были принять участие и преподаватели, и студенты. Распоряжение поступило из ректората: проректор по науке обязал каждую кафедру провести заседание, больше похожее на теоретический семинар. Совместные прения, по мысли профессора Таращука, должны были оживить кафедральную жизнь. Идея заключалась в том, чтобы каждая кафедра выбрала проблему, достойную научных дебатов. Ожидалось, что студенты и преподаватели выскажутся аргументированно и подробно. Главная цель — добиться живой дискуссии.

Свои соображения проректор изложил в записке, размноженной ротапринтным способом. Маша прочла полуслепую копию и отодвинула брезгливо. Жест, который она себе позволила, привел Успенского в раздражение:

— Ты думаешь, я не вижу? Отлично вижу: ты *отбываешь номер*, — голос профессора нырял в нижние регистры. — Так наука не делается. Ученый, по крайней мере в молодости, должен быть одержимым. Только так можно чего-то добиться, — вздрагивающей ладонью Успенский вытер рот. Измученное асимметричное лицо стало почти уродливым.

— Чего ты от меня добиваешься? — Маша подавила отвращение. — Отличников — как грязи. Не нравится — подбери любого.

— Подбирают девок!.. — он отплюнулся грязным словом. — Отличники! Чтобы я больше не слышал! Ты *должна* заниматься наукой.

— Чтобы что? — Маша давилась яростью. Если бы не кафедра, на которой они сидели, она ответила бы достойно.

— Чтобы добиться, чтобы *делать дело*...

— Добиться чего? Того, чего добился ты? Профессор, завкафедрой, что еще? — выпалив в сердцах, Маша прикусила губу.

— Ду-ура! — Она услышала трезвую усталость. — При чем здесь *это*? — он потер лоб. — Добиться, чтобы эти *суки* поняли: уничтожив *всех*, *никогда* они не станут учеными. Этого ты должна добиться, этого я требую от тебя.

Маша молчала. Он сам говорил: эти, обсевшие кафедру, уходят только *вперед ногами*. Сукам ничего не докажешь. Единственный способ — дождаться их смерти. Так, как сделала мама, потратив на это целую жизнь. Цель, которую Успенский перед ней ставил, не стоила *всей* жизни...

Пробежав глазами плохую копию, он заговорил о том, что мысль, вообще говоря, неплохая. Надо выбрать тему, заведомо не имеющую решения. Тогда дискуссия может стать живой. Идея, которую развивал Успенский, заключалась в том, чтобы, начав обсуждение, отойти от привычных общепринятых понятий, поведя разговор в том свободном и произвольном духе, когда сама постановка вопроса, заранее не стреноженная догмой, открывает возможность для некоторой игры ума.

— Предлагаю сформулировать так, чтобы, как говорится, и волки, и суки... — он усмехнулся. — «Как изменятся функции денег по мере перерастания социализма в коммунизм?»

— Интересно, — Маша дернула плечом. — На этот счет у меня своя теория.

— Вот и изложишь, — Успенский соглашался. — Основной доклад — твой. Захочешь, прогляжу заранее, но это не обязательно. Начнешь с того, что роль денег в настоящее время упрочилась, а дальше — как знаешь. Единственное, о чем я прошу, — точная доказательная база. Используй источники, которые *для них* авторитетны.

— В смысле, «Капитал»? — Маша уточнила деловито.

Холодок нетерпения поднялся в крови. Свою задачу она понимала отлично: то, что должно получиться, не имеет отношения к науке. Доклад, основанный на системе безупречных цитат: цепочка, звенья которой подобраны исподволь, приводит к *неожиданным* выводам.

— А если *им* не понравится? — она спросила осторожно.

— Наука не девка, чтобы нравиться. Докажешь — твоя взяла, а там поглядим. «Капиталом» не ограничивайся — будут невнимательно слушать. Знаю я этих марксистов... — презрительная улыбка тронула его губы.

По дороге домой Маша обдумывала задачу. Сама по себе она не казалась трудной. Противоречия, содержащиеся в «Капитале», давали простор любым маневрам. Главное — разбить на этапы. Затем, оттолкнувшись от промежуточных выводов, сделать последний, решающий ход. Взять и поставить перед фактом. Загнать в угол. Холодным взглядом Маша глядела вперед: *суки*, не чующие подвоха, двинутся за ней, как бараны. Словно воочию она видела тупые головы, кивающие в такт привычным, миллионы раз цитированным словам.

«Не бараны — крысы. Крысы из Гаммельна».

Задача, на первый взгляд показавшаяся легкой, на поверку оказалась сложнее. Целую неделю, усердно листая Маркса, Маша строила систему доказательств, совершенно невинную. На первый взгляд. Цитаты она разбавляла выписками из учебников, делая точные ссылки.

Мелодия, сочиненная Крысоловом, была чарующей. Лишь на последних тактах, стянув цитаты в крепчайший узел, Маша открывала *неожиданный* вывод: деньги становятся фикцией еще при социализме: привычная Марксова триада превращается в *товар — деньги — товар*. Метаморфоза, проверенная на практике, не предполагает никакого приращения, в классическом варианте обозначенного штрихом. Пролистав лекции профессора Белозерцева, Маша пришла к выводу: схемы, которые Никита Сергеевич чертил на доске, в каком-то смысле совпадают с ее построениями. Экономика социализма топчется на месте. Дальше — только конец.

Успенскому она решила ничего не показывать. Он сам позволил ей действовать самостоятельно — развязал руки.

# 2

Те, кому предназначались доказательства, заняли первые ряды: старейшие преподаватели, политическая зрелость которых пришлась на послевоенные годы, переговаривались вполголоса. Себя они чувствовали почетными гостями, способными — одним своим присутствием — осветить подлинно научным светом любую дискуссию. До последней минуты ожидали кого-нибудь из ректората, но так и не дождались.

Нурбек, устроившийся в сторонке, улыбался невнимательно.

Собрание открыл Успенский. В нескольких словах представил тему и докладчика. Ареопаг, расположившийся в первых рядах, кивал благосклонно. Поговорив о социалистическом хозяйственном расчете, положительно сказавшемся на функции денег, Успенский сделал приглашающий жест. Маша вышла и встала за кафедрой. Профессор сел поодаль.

Она начала почтительным голосом. Привычные цитаты отдавались в их старческих ушах. Маша двигалась от этапа к этапу, и каждый вывод, который она делала, вплетался в знакомую мелодию. Старцы, обсевшие кафедру, безропотно следовали за ней.

Успенский слушал внимательно и собранно. Совершенно трезвые глаза глядели вдаль.

Ни о чем не подозревая, крысы приближались к горе. Конструкция, возведенная со знанием дела, раскрылась с последними словами, и, все еще кивая очарованно, они сделали шаг. Тьма кромешного вывода сомкнулась за их спинами: то, чему каждый из них отдал всю свою жизнь, стало фикцией еще при социализме.

Собирая исписанные листки, она слушала крысиный писк.

Успенский поднялся и обвел взглядом аудиторию. Его лицо оставалось непроницаемым.

— Прошу задавать вопросы? — Успенский обращался к уважаемым профессорам.

Глаза Нурбека вспыхивали кошачьим блеском.

Маша следила искоса: Успенский держался безупречно. Легкая бледность, покрывавшая щеки, молодила лицо. Сдержанно-злое веселье сводило асимметричные черты.

Ареопаг, не поверивший собственным ушам, медлил вступать в дискуссию.

— Ну что ж... Если вопросов нет, поблагодарим докладчика и согласимся с выводами.

Успенский знал, что делает. *Этого* они допустить не могли. К студентке, впавшей в методологический грех, профессора не питали вражды. На долгом веку им встречались куда более злокачественные заблуждения. Ее грех был невольным: плод научной незрелости, но именно поэтому его требовалось *вскрыть*.

— Если я правильно понял, — профессор Рыбник поднялся первым, — вы хотели сказать, что функции денег, в процессе упрочения социализма, претерпевают существенные изменения?

Он стоял, опираясь на палку, и переводил взгляд: то на Машу, то на Успенского, словно в его сознании *эти двое* соединялись крепкой цепью, в одном из звеньев которой *крылась слабина*.

Злое веселье стерлось с лица Успенского. Каждой напряженной чертой он требовал от нее ответа.

— Нет, — Маша произнесла через силу, — вы поняли неправильно. На самом деле я утверждаю, что деньги отмирают именно при социализме.

— Этого не может быть! Каждый день мы наблюдаем *обратное*! — тряся головой, Рыбник перенес тяжесть тела на другую ногу. Защищая *свою науку*, он прастукнул палкой. Резиновый набалдашник поднялся, целясь в докладчика.

Маша смотрела и видела: черенок надломился в воздухе, как электрическая стрела. Как знак, стоящий на эсэсовских формах.

— Классики марксизма-ленинизма, — она перебила, смаргивая видение, — ясно дают понять, что эта видимость — кажущаяся. Я изучила внимательно и теперь предлагаю вам не свой, а *их* вывод.

Рыбник опешил. Заблуждение, которое он, по доброте душевной, принял за недомыслие, оказывалось злостным. *Это* следовало выжигать каленым железом. В лицо пахнуло жаром, и, задышав тяжко, он обернулся к товарищам. Те не спешили. Сложное положение, в котором они оказались, заключалось в том, что политэкономия социализма, если говорить строго, не была их специальностью.

— Петр Васильевич, уважаемый, — Успенский предложил учтиво. — Не мне вам объяснять, что экономика социализма — *живая наука*, — он взмахнул ротапринтной копией как ссылкой на мнение ректората. — Если в докладе содержится ошибка, кто нам мешает, в своем кругу, указать на нее студентке? — выйдя из-за стола, он встал рядом с Машей.

Рыбник задышал легче. Ссылка подействовала как успокоительное.

Опираясь на палку, он нанизывал слова. Время от времени приводил цитату, но привычка, опробованная временем, не спасала. Цитаты соскальзывали с крючка, как сухая наживка. Высказавшись, Рыбник замолчал.

Обернувшись к Маше, Успенский призвал ее к ответу.

Не заглядывая в бумажки, она начала сначала. Сквозь цепочку ее цитат не проскользнула бы и мышь.

— Прошу вас, — Успенский поклонился оппоненту.

Взгляд Рыбника взывал о помощи. Ересь, похожая на крупную рыбу, ходила в полынье. Из рядов поднялся профессор Тимошенко. Его голова вздрагивала от напряжения, из-под бровей летели молнии.

Маша вступала, едва он замолкал. От вывода к выводу, ни один из которых не поддавался их гневу, она двигалась прежним путем. Снова ее последний вывод получался неопровержимым.

Рыбник дрогнул первым. Трусовато оглядываясь, он признал, что в рассуждениях докладчика есть верное зерно:

— Давайте посмотрим с другой стороны: взять, к примеру, соль. Килограммовая пачка стоит семь копеек, однако ни для кого не секрет, что производство ее обходится дороже. — Запутанно и пространно он принялся излагать технологический процесс. — Таким образом, наше государство компенсирует гражданам часть затрат... Похожий процесс — с хлебом. Буханка обходится государству... — задумавшись, Рыбник изрек цифру. — Известно, что дотации существуют и в промышленности, и в сельском хозяйстве... Таким образом, можно сделать вывод, что по мере приближения к коммунизму, крепнет функция государственного регулирования. Наше государство не ставит своей задачей приращение прибыли, не абсолютизирует то, что Маркс, живший и работавший в условиях капитализма, вынужденно обозначает штрихом...

Маша слушала, не веря своим ушам. Один за другим они вставали, чтобы привести бессмысленные примеры, объясняющие ее правоту.

Во славу цитат, освященных именами *основоположников*, они признавали бесславие собственных жизней.

Жесткие пальцы взялись за Машин локоть. Склонившись к ее уху, Успенский шептал скверные слова: скверна сочилась сквозь его сжатые губы. Скверной, льющейся в ее уши, он мазал паучьих старцев — палачей своего отца.

Не дрогнув ни единой жилой, Маша слушала. В зрачках, обращенных в прошлое, занималось желтое пламя, словно оба они, профессор и студентка, стояли за дверью, за которой — на самое короткое время — исчезает застарелый страх.

Аудитория расходилась неохотно. Как бы то ни было, заседание получилось *живым*. Старцы, так и не осознавшие своего посрамления, улыбались устало и довольно.

Нурбек, в продолжение дискуссии не проронивший ни слова, обернулся и подмигнул. *Этот* понял — Маша была уверена.

Успенский пригласил к себе в кабинет.

— Надо с устатку... — выпив рюмку, он расхохотался. В глазах, глядевших трезво, вспыхивали злые огоньки.

Кроме них, на кафедре не осталось ни души.

— Здорово! Молодец! Я и не ожидал.

— Ладно, чего там! Они же идиоты, — Маша махнула рукой.

— Идиоты, как ты изволила выразиться, гноили людей. Кстати, именно этим способом. Интересно, тебя-то какой черт надоумил? — восхищаясь, профессор качал головой.

— Каким способом? — Маша подняла брови.

— Этим самым: подбирали и передергивали цитатки... Дай-ка сюда, — Успенский потянулся к ее бумажкам. Пробежав глазами, он ткнул пальцем.

Маша заглянула: логическая ошибка, которую она допустила, была очевидной.

— Когда ты понял? Еще *там*? — она спросила, чувствуя себя посрамленной. Победа, которую она торжествовала, получалась бумажной. «Как Панькины иконки...»

— Конечно. А где же еще! — он порвал исписанные листки. — Выпьешь? — из недр стола Успенский достал вторую рюмку.

Маша покачала головой:

— Пойду. Устала.

«Воспользовалась их способом».

Прощаясь, она думала о том, что измаралась в *их* скверне.

# Глава 17

## 1

Экзамены Маша сдала досрочно. Особого смысла в этом не было — дань сложившейся традиции. В первый раз получилось на третьем курсе, в результате возник прецедент. С тех пор так и пошло. Декан не прекословил. Видимо, ее фамилия уже стояла в какой-то *досрочной ведомости*, украшавшей факультетские показатели.

Сказать по совести, Маша не особенно усердствовала. Еще на втором курсе она убедилась в том, что бо́льшая часть предметов стоит в учебном плане для галочки. Эти предметы все сдавали *со шпорами*. Оглядевшись, Маша сообразила, что дело это несложное. Впрочем, и тут были свои тонкости. В деле изготовления шпаргалок существовали две школы.

Адепты первой — про себя Маша называла ее *голо-воногой* — придерживались того убеждения, что прозрачные колготки — изобретение многофункциональное. Задрав юбку, можно списывать почти безбоязненно. Конечно, осторожность и здесь была не лишней: преподаватель, рыскавший по аудитории, мог подкрасться и накрыть с поличным. Такие казусы случались, правда, редко. И все-таки этот способ не был панацеей: стройные

317

девичьи ножки не вмещали полный годовой курс. Часть листочков лепилась сбоку, и несчастная, вытянувшая неудачный билет, отчаянно ерзала, привлекая к себе нежелательное внимание.

Другая школа, принадлежность к которой освящалась древней традицией, предпочитала *бомбы*. Школа бомбистов дала миру истинных мастеров. Изготовление бомбы требовало навыка: за основу брался свиток, исписанный бисерным почерком. Мастерство шлифовалось годами. Руки ремесленника, получившего экзаменационный билет, ловко ходили под партой, отыскивая, по едва различимым меткам, нужный сегмент. Бывали случаи, когда долгие поиски завершались позорным выдворением.

К делу Маша подошла творчески. Первое: ловят того, кто скрывается. Второе: оптимизации должно подлежать *время* поиска. Родившаяся система оказалась на диво стройной. Коротко говоря, она сводилась к следующему. На этапе подготовки изготавливались листы стандартного формата, каждый из которых содержал развернутый ответ. Листы нумеровались и складывались в пачку. Отдельно готовился пронумерованный список, похожий на каталог. Пачку, заложенную за пояс, маскировал застегнутый пиджак.

Получить билет, свериться с каталогом, запустить руку и отсчитать листы. Потом быстро вынуть: это занимало считаные секунды. Готовый лист подкладывался под чистый. Перо летало по строчкам, различимым на просвет. Тот, кто подходил к парте, видел естественный процесс.

Этим способом, приносящим легкие плоды, Маша сдала и нынешнюю сессию. Нурбек заикнулся было о стройотряде, в который набирали старшекурсников-добровольцев, но Маша сослалась на срочную работу. Профессор Успенский писал новый учебник «Финансы социализма» и поручил ей два самостоятельных параграфа по социальному страхованию. Рукопись надо было сдать к сентябрю. Нурбек покачал головой, но счел причину уважительной.

Браться за дело Маша не спешила. Июнь предназначался для отдыха и приятного чтения: книжками по экономической истории она запаслась загодя. В последних числах мая мама с Таткой отбыли на дачу: в этом году снова сняли во Мге. Отец ездил к ним на выходные, звал Машу с собой. Она отказывалась. Мысли о дачной жизни навевали смертную скуку.

Тот день выпал на субботу. Отец уехал первой электричкой, собирался тихонько, Маша не слышала. Открыв глаза, она увидела свет, заливавший розовую стену. В Панькину комнату солнце заглядывало ранним утром.

Звонок был коротким и громким. Маша поднялась и накинула халат. Это мог быть только отец — вернулся с дороги. Ни о чем дурном она не подумала. Шлепая босыми ногами, подошла к входной двери и щелкнула замком.

На пороге стояла девушка. С первого взгляда Маша поняла — из приезжих. Рука, покрасневшая от напряжения, сжимала ручку допотопного чемодана. Маша узнала: такой же лежал на антресолях. Сколько раз мама грозилась выкинуть, но отец стоял насмерть. Чемодан из *чертовой кожи* был его реликвией: кажется, именно с ним он явился из своего Мозыря.

— Здравствуйте, меня зовут Марта, — девушка поставила чемодан и поправила белый платочек, обеими руками, по-деревенски.

Маша запахнулась покрепче.

— Я понимаю, вы вправе не поверить, конечно — столько лет... Но я обещала бабушке. Понимаете, мы — *из немцев.* — Последнее слово, поставленное в такую форму, словно речь шла о материале, из которого она сделана, девушка произнесла чуть слышно.

— Из *чего?* — со сна Маша не поняла.

Девушка оглянулась и, шагнув вперед, сказала:

— Немцы, — громче и доверительнее.

— Мы — это кто? — Маша бросила взгляд на площадку, словно там, за спиной приезжей, ожидала увидеть остальных.

— Я, — девушка призналась обреченно, как будто брала ответственность на себя. — Моя фамилия Рейтц, Марта Рейтц, хотите, покажу паспорт.

Парень с верхнего этажа, пробегая мимо, кивнул Маше. Она ответила машинально. Приезжая поздоровалась вежливо.

— Как вы сказали? Рейтц?

Девушка подняла руку и вывела первую букву. В Машиных зрачках ее буква отразилась зеркально, словно девушка, сделанная *из немцев,* писала наоборот.

Русская *Р,* дрожавшая в воздухе, выпростала немецкую ножку, и в тот же миг, обмирая, Маша наконец поняла: эту девушку немцы послали вперед, чтобы забрать квартиру.

Первым порывом было — захлопнуть дверь. Суетливые мысли о *капо,* предоставившей по закону, забегали, не находя выхода. Они пищали, тыкаясь во все углы.

Казалось, девушка что-то почувствовала:

— Вы не бойтесь, я ничего не нарушаю. Вышел закон, *нам* теперь разрешили...

«Деньги... Нужны деньги... договориться... нет...» Мысли пискнули, умирая. Маша кивнула и отступила назад.

Девушка озиралась. Взгляд, обращенный к стенам, был тихим и светлым.

— Знаете, я так себе и представляла, — она улыбнулась застенчиво.

Оставив гостью в родительской комнате, Маша скользнула к себе. Натягивая брюки, она собиралась с мыслями. Первый ужас прошел.

— Вы... прямо с поезда? — Маша выглянула.

Приезжая кивнула. Она сидела смиренно. Чертов чемоданчик жался к ее ногам.

— Сейчас попьем чаю, — Маша достала заварку и пошла на кухню. Чайник закипел быстро. Возвращаясь, она уговаривала себя: ничего не случилось, напьется чаю и уйдет.

— Ой! — Марта вдруг всполошилась. — Я вам меду привезла! Вкусный! У нас своя пасека.

Щелкнув замками, она вынула янтарную баночку.

— Кому это — нам? — Маша переспросила настороженно.

— Ну, вам, вашим родителям, кто живет...

— А откуда вы про нас знаете? — Машина рука, подносившая чашку, дрогнула. Чай плеснул на блюдце. Помедлив, она подала *так*. Немецкий мед стоял на столе. Маша не прикасалась.

— Вообще-то... Нет, конечно, мы не были уверены. Дом могли разбомбить... А потом по телевизору — передача, про этого композитора, я фамилию забыла... Бабушка вдруг увидела и говорит: дом, наш, целый, и заплакала. Давно, я только кончила школу, а потом стала работать в конторе, деньги откладывала. Бабушка говорит, поезжай, раз дом стоит, кто-то должен жить. И адрес, и номер квартиры... Сказала, *может быть*, хорошие люди... — голос испуганно дрогнул. Торопливо исправляясь, Марта сказала: — Хорошие! Так и оказалось.

Глотнув, она поставила беззвучно. Чашка, стоявшая на блюдце, плавала в пролитом чае.

— И что дальше? — тревога отпускала. Девушка, сидевшая напротив, не походила на захватчицу.

— Ой! — Марта покраснела. — Вы простите меня, я совсем растерялась, вы не спрашиваете, а я... Мы жили тут. До войны. Ну, конечно, не я, я уже в ссылке, в Казахстане... Бабушка, дедушка, мама, сестра старшая...

Румянец, заливший щеки, добрался до рук. Руки вспыхнули, и, стесняясь, Марта стянула платок и обтерла лицо. На белом остался след.

На вид ей было лет двадцать.

— Ты какого года?

— Пятьдесят третьего, в августе, у меня паспорт... — снова гостья заволновалась и потянулась к чемодану.

Девушка, приехавшая из ссылки, выглядела моложе своих лет.

— Да хватит тебе! Я что, жилконтора? — Маша взяла блюдце и выплеснула пролитый чай. — Если в августе, почему не Августа? Тоже немецкое имя.

— Не знаю... Это бабушка... — Марта моргнула.

— Зато я знаю, — Маша ответила высокомерно, как старшая. — Потому что — март. Март пятьдесят третьего. Твою маму как зовут?

— Рената, Рената Рейтц.

— Все правильно, — Маша кивнула. — Так.

— У меня обратный билет, на седьмое, это на всякий случай, вдруг удастся снять гостиницу. Нет — тогда поменяю, — Марта говорила торопливо и покорно.

Сдохшие крысиные мысли гнили по углам. От них несло стыдом и позором.

— С ума сошла! Какая гостиница! Жить будешь здесь. Места до черта — мы с папой вдвоем, мама с Таткой — на даче.

— Что ты! — Марта всполошилась. — Бабушка сказала, если есть паспорт, в гостиницу можно...

— Ага, прямо в «Асторию», здесь рядом. Выйдешь и налево — через дорогу. А уж они-то как обрадуются!

Марта не улыбнулась:

— А родители твои... Если узнают?

— Что узнают?

— Ну, *это*. Что я — из немцев.

Тревога шевельнулась под сердцем: мама, ненавидевшая немецкую речь...

— А что, это болезнь, заразная? — Маша возразила сердито.

Марта не ответила. Просто опустила голову.

Чемодан водворился в Панькину комнату. Гостья ушла в ванную — умыться с дороги.

— Ты мойся, я — в магазин, — Маша крикнула через дверь.

Отец оставил длинный список. По дороге к молочному, завернув в овощной и булочную, она успела продумать. Маме сообщать не стоит. Семь дней — не на всю жизнь. Можно признаться и после. Отца Маша не опасалась. «В любом случае, на улицу не выставит».

Полные сетки оттягивали руки. Поднимаясь по лестнице, она дышала тяжело.

Марта сидела на кухне, пригорюнившись. Накрученное полотенце высилось махровым тюрбаном. Подхватив сетки, Маша взгромоздила на стол.

— Спасибо тебе. Бабушка всегда говорила, русские люди — добрые... — Марта подняла глаза. Маше показалось, сейчас заплачет.

— Куда уж добрее! — она перевела дыхание. — Эти добрые вас и сослали.

— Что ты! — Марта замахала руками. — Если бы зависело от людей, они бы никогда... Мама говорила, читай Толстого: вот настоящие русские люди...

Придерживая тюрбан, она сыпала классическими примерами.

Маша слушала, не перебивала. Горячий монолог, за который — в других устах — она не дала бы и гроша, наполнял ее сердце необъяснимой радостью. Как свидетель защиты, эта девушка заслуживала доверия: родившаяся в ссылке, она должна была ненавидеть.

Семь дней — не срок. Посмотреть самое важное — то, что входит в экскурсионные программы. В чемодане из чертовой кожи обнаружился старый путеводитель. Маша полистала из любопытства: послевоенный.

— А дома вы на каком языке говорите? — она поинтересовалась осторожно.

Вопрос вызвал замешательство. Прежде чем ответить, Марта колебалась. Правдивость одержала верх:

— Мама с бабушкой иногда по-немецки, но мы с сестрой — *всегда* по-русски, — она опустила глаза. — Нет, конечно, я немецкий понимаю, бабушка заставляла разговаривать, но знаешь, — Марта перешла на доверительный шепот, — заставлять-то заставляла, но предупреждала, чтобы я не проговорилась...

— О чем?

— Ну, что она учит меня немецкому.

— А разве нельзя?

Марта снова не ответила.

Маша вспомнила: эстонский волчонок. Бабушка, не смевшая плакать о родине, учила его украдкой. Она подумала: все сосланные бабушки учат внуков говорить не по-русски. «А русские? Что делать русским сосланным бабушкам?» На этот вопрос у нее не было ответа.


Марта склонилась над чемоданом. На свет явилась открытка с «Медным всадником».

— Мне хотелось бы — этот памятник, — Марта глядела с надеждой. — Мама сохранила. Они с папой назначали свидания... Это недалеко?

— Близко, — Маша подтвердила коротко. Что-то перехватывало горло, мешало говорить. — Если хочешь, можно прямо сейчас.

Марта вскочила с готовностью.

— Знаешь что... — перспектива близкой прогулки заставила оглядеть гостью другими глазами. — У тебя есть что-нибудь еще из одежды?

Марта одернула сатиновую юбку:

— Кофта, вязаная, если будет холодно...

— Нет, кофту не надо... Ладно, высуши голову и... знаешь что, не одевай ты этот платок.

Дорогой Марта молчала. Шла, поглядывая по сторонам. Взгляд, обращенный к домам, был отрешенным. Про себя Маша объяснила: Марта выросла в селе. Глаза, привыкшие к сельским постройкам, разбегаются при виде городских.

Обогнув Исаакиевский собор, они дошли до садовых ворот.

— Теперь совсем рядом, — Маша прервала молчание.

Ее спутница вскинула голову и замедлила шаги. В сад она вступила робко. Маша подумала: как на кладбище. По аллее, усаженной тюльпанами, они двинулись к памятнику.

— Ты здесь гуляла в детстве? — Марта остановилась, оглядываясь.

— Да, — Маша подтвердила охотно, — вот там, — она махнула рукой, — зимой там всегда деревянная горка, а осенью жгут листья, сгребают в кучи и поджигают. Листья мокрые, горят плохо, над садом всегда струйки дыма. А осенью всегда розы — розарий там, в самом дальнем углу, — она рассказывала с удовольствием. Каждое воспоминание было родным.

— Всегда? А весной? — Марта спрашивала жадно.

— Весной всегда мокро. Всюду стоит вода. Сад закрывают на просушку, — с каждым шагом Маша угадывала все яснее: немецкая девушка, приехавшая сюда на одну неделю, примеряла на себя Машину прожитую жизнь. Чужое *всегда*. Взамен ее собственного *никогда*.

Слабую тень этой жизни, похожую на след, оставшийся от немецкого вышитого вензеля, она надеялась увезти с собой.

— Сначала посмотрим памятник. А потом, если захочешь, можем сделать так: будем просто ходить. Я расскажу обо всем. Где бывала, что видела...

Маша думала: «Это легко». Взять и подложить свою жизнь под жизнь этой приезжей девочки: как шпаргалку, которую можно читать на просвет.

Массивный круп, вознесенный над камнем, темнел на
державной высоте. Сзади, откуда они подошли, был ви-
ден хвост, упершийся в змеиное тело. Змея изгибалась,
выворачиваясь. Фотографы, снимавшие на открытки,
с этого ракурса никогда не заходили. Их объективы ловили венец, покрывавший медный лоб.

Туристы, увлекаемые экскурсоводами, сбивались
в группы.

— Время плохое, неудачное... Народу — до черта. Лучше бы пришли вечером.

— Ой, что ты! — Мартин взгляд сиял.

Поглядывая снизу, она переживала отчаянную радость:
картинка, лежавшая в чемодане, приняла трехмерные очертания. Машин взгляд добрался до конского подбрюшия:

— Так и будешь *этим* любоваться? — схватив за ру-
кав, она потянула Марту за собой.

Марта поддавалась неохотно. Идя за Машей, она то
и дело озиралась, как будто боялась что-нибудь упустить.

Машина, увитая лентами, затормозила у поребрика.

Молодожены двинулись к памятнику. Щуплый жених,
наряженный в черное, семенил рядом с невестой. Гипю-
ровое платье, сшитое экономно, липло к ногам. Свидете-
ли, украшенные лентами, следовали за новой парой:
несли шампанское и опрокинутые бокалы.

— Пойдем отсюда, — Маша не скрывала раздражения.

С мучительной неохотой Марта отвела глаза. Шла,
поминутно оглядываясь, словно в ленинградском свадеб-
ном обряде воплотилось ее воображаемое счастье.


По набережной, мимо каменных дворцов, они шли
к мосту Лейтенанта Шмидта. Поглядывая искоса, Маша
думала: ничего не получится. Немецкая девушка, приехавшая в Ленинград, смотрит *другими* глазами. Никакие шпаргалки не помогут. Рука, бегущая за Машиными
буквами, выведет одни сплошные глупости. Вроде этой
свадебной парочки.

— Там, — она остановилась, — ничего интересного. Порт, стапеля...

«Чтобы понять, надо привыкнуть с детства».

Машин взгляд, летящий вперед, ловил привычные с детства очертания. Краны, тянущиеся к небу, ничего не скажут *другим* глазам.

Они возвращались к Дворцовой площади. Войдя в роль экскурсовода, Маша показывала то, что полагается видеть приезжим. Все дальше и дальше, описывая парадные красоты, Маша уводила ее в сторону от своей настоящей жизни.

Белая ночь, стоявшая над городом, разлилась первыми сумерками. До дома добрались, не чуя ног. Маша строила планы на завтра, гостья, уставшая за день, кивала послушно.

— В Петергоф не поедем, в воскресенье не протолкнешься. Лучше уж на неделе. Тем более папа вернется к вечеру.

— Твои родители — кто? — Марта глядела внимательно.

— Отец — инженер, мама — домохозяйка.

— Нет, — Марта провела ладонями по волосам, словно поправляла невидимый платок. — Я имею в виду... Они русские?

Маша усмехнулась и отставила чашку. Приезжая девушка спрашивала так, словно предлагала заполнить анкету. В ленинградской жизни этот вопрос *друг другу* не задавали. Догадывались либо спрашивали обиняком. Здесь он стоял на зыбкой болотной почве, словно город, которым любовались приезжие, на самом деле был призраком — фата-морганой.

— Нет, — Маша сделала над собой усилие. — Русская только мама. Отец — еврей.

— Ой! — Марта отозвалась испуганно. — Что же ты сразу?.. Конечно, он меня выгонит...

Маша запнулась:

— Почему?!

Девушка, сидевшая напротив, говорила как сумасшедшая.

— Если узнает, что я из немцев...

Маша слушала, не веря своим ушам: Марта, родившаяся в Казахстане, возлагала на себя *немецкую* вину.

— Ты-то тут при чем?! Ты, что ли, убивала? Расстреливала лично?

Марта опустила глаза.

И все-таки весь следующий день Маша провела в тревожном ожидании. В своем отце она была уверена, но что-то, таившееся под Мартиными словами, не позволяло выбросить из головы сумасшедший ночной разговор. Днем, ведя экскурсию по Эрмитажу, она сохраняла спокойствие.

Домой они вернулись часам к семи. Отец должен был вернуться с минуты на минуту.

— Знаешь, посиди там, в комнате. Я сама его встречу и поговорю.

Марта скрылась безропотно.

Отец вернулся усталый. Воскресные электрички всегда переполнены, пришлось всю дорогу стоять. Снимая пиджак, он жаловался привычно.

— Как наши? — Маша спросила, оттягивая время.

Забыв про усталость, он заговорил о Татке. Ее дачные истории были неисчерпаемыми.

— У нас гостья, — решившись, Маша прервала.

— Кто? — отец обернулся удивленно.

Подбирая слова, Маша рассказывала по порядку. Он слушал, она глядела внимательно. Тревога коснулась его единственный раз, когда, словно бы мельком, Маша упомянула о том, что Марта — из ссыльных.

Однако он сдержался. Выслушав до конца, развел руками:

— Конечно, пусть. О чем тут говорить — у нее же здесь никого...

По утрам отец вставал первым. Двигался на цыпочках, стараясь не разбудить. В половине девятого уходил на работу. Маша поднималась следом. Чайник заводил свою вечную песню. Она стучалась в Панькину дверь. Марта появлялась немедленно, словно стояла под дверью, дожидаясь стука. В первый день Маша не обратила внимания, во второй — удивилась. Утром третьего дня она постучала и заглянула нарочно: Марта, совсем одетая, сидела за Панькиным столом.

— Что ж ты! Оделась, а не выходишь?

Марта прошла в ванную, не подняв головы.

В четверг сходили в Казанский собор. Средневековые пытки, представленные в экспозиции, произвели на Марту тягостное впечатление. На улице она попросилась посидеть. Они устроились в сквере у фонтана, и в солнечном свете Мартино лицо показалось болезненно бледным.

— Пустяки, голова закружилась, — Марта ответила на заботливый взгляд.

— Да вранье это все, — Маша попыталась успокоить. — Понаделали кукол и пугают людей. Слушай, — она обрадовалась. — А давай я покажу тебе мой институт. Тут совсем рядом.

По набережной они дошли до студенческого входа. Зайти вовнутрь Марта отказалась наотрез:

— Ой, что ты! Там профессора, преподаватели...

Маша не стала уговаривать. Попадись кто-нибудь из девчонок, придется объяснять. Врать не хотелось, говорить правду — тем более.

По переулку они обошли здание и полюбовались парадной колоннадой.

— «Финансово-экономический институт», — шевеля губами, Марта прочла надпись, выбитую на мраморной доске.

Вечером, когда Маша накрывала к общему чаю, гостья являлась и пристраивалась на краешек стула. Пытаясь поддержать разговор, отец интересовался: где были, что видели? На вопросы Марта отвечала односложно. Допив чай, уходила к себе.

Отец пожимал плечами: от вечера к вечеру его радушие иссякало.

— Не понимаю, вроде бы хорошая девочка, скромная... Но больно уж... — он подбирал слово.

— Нелюдимая? — Маша подсказала.

— Не знаю, как и сказать... Молчит, как призрак.

— Представь, вообразила, что она перед тобой виновата.

Отец глядел ошарашенно.

— Ну, что она — немка, а ты — еврей.

Маша улыбнулась, ожидая ответной отцовской улыбки.

— Понятно, — он кивнул совершенно серьезно.

— *Что* — понятно? Это же бред. При чем здесь Марта?

— Бред, — он соглашался покорно. — Но знаешь... — отец сидел, сутуля плечи. — Если бы евреи уничтожили *столько* немцев, я бы тоже, пожалуй... как она...

— Ты сам-то понимаешь? Я думала, это она — сумасшедшая. Их семья жила здесь. Здесь. А потом их всех сослали. Между прочим, русские. А евреи не возражали. Это она должна ненавидеть. Всех. А она, между прочим...

— Не знаю... Ну почему — русские?.. — отец поморщился. На *евреев* он вообще не отозвался, как будто его соплеменники *имели право* не возражать.

— Помнишь, — Маша отвернулась к стеллажу, — ты рассказывал. Пуля. Во время войны, когда ты курил у форточки... Ты говорил: радовался, потому что искупил кровью... — она помедлила, — за то, что еврей...

— Мария, ты говоришь глупости, — отец возражал яростно. — При чем тут — искупил кровью? Я воевал. По-твоему, я должен был что-то искупать?!

Маша думала: «Не по-моему, а по-твоему...»

— Ее семью выслали. Сломали жизнь. По сравнению с твоей пулей... Ты же говорил, евреев тоже собирались... Готовили вагоны.

— Замолчи, — он прервал ледяным голосом.

Маше показалось — не своим.

В пятницу, отправляясь на дачу, отец улучил минутку:

— Она когда собирается?

— В воскресенье, вечером.

Маше показалось, он обрадовался.

— Ты должна поехать на вокзал. Проводить.

— Боишься, что останется?

Отец не ответил.

В субботу утром Маша отворила без стука. Марта сидела на прежнем месте, словно не ложилась.

После отъезда отца она, кажется, повеселела. По крайней мере, вечером, напившись чаю, не спешила исчезнуть. Спокойно и просто, оставив дурацкую пугливость, делилась своими планами. Планы касались дальнейшей учебы. Прискучившись конторской работой, Марта мечтала о техникуме.

— В Ленинграде? — Маша спросила с тайным беспокойством, потому что знала: если Марта приедет и попросится пожить у них, она не откажет. Родители встанут насмерть, грянет ужасный скандал.

«Ничего!» Пока Марта собиралась с ответом, Маша успела сообразить, каким образом решается эта техническая задача. На родителей легко найти управу. Взять и рассказать всё: про комнату, про библиотеку, про начальницу-капо. Пригрозить, что сама пойдет *куда следует* и донесет на себя.

Марта покачала головой:

— Что ты! Сюда же надо ездить. Никаких денег не хватит... — она нашла *подходящее* объяснение, но Маша не сводила глаз. Под этим взглядом Марта заерзала на стуле.

Чтобы прочитать правду, Маше не требовалась шпаргалка. Листком, который Марта должна сдавать экзаменаторам, была Машина собственная жизнь.

— Боишься, что ничего не получится? С твоими документами...

— Не боюсь — *знаю*.

Безответность немецкой девочки полоснула по сердцу, но, справившись, Маша встала и поманила за собой.

Отодвинув от стены львиную тумбочку, Маша вынула сверток и обернулась:

— Я тоже *знаю*. Поэтому отказываюсь тебя понимать, — она начала яростно, словно говорила с ровней. — Сначала ты заводишь про русский народ: дескать, ни в чем не виноват, ни дать ни взять страдалец! Потом несешь этот бред про свою вину. Мало того, перед моим отцом корчишь из себя добровольного узника, сидишь, как сыч по ночам, будто он имеет право тебя обвинять... Как еврей. Да при чем здесь все это? Русские, евреи... Ты что, не понимаешь? — она обличала на одном дыхании. — Нет *никого*: ни русских, ни евреев. Они все — советские люди. И он — тоже. Как все. Простой *советский человек*.

Марта пыталась возразить, но Маша отмахнулась:

— Ладно, я могла бы еще понять, если бы *оно* кончилось... Но тебе-то известно не хуже моего: ты — прокаженная! Каждый из этих страдальцев отшвырнет твои документы, стоит тебе только приблизиться! Ну? Говори! — сжимая вынутый сверток, Маша наступала безжалостно.

— Я не понимаю... — Марта отвечала едва слышно, Маше показалось — с акцентом.

— Перестань кривляться! Чего тут непонятного? — она бросила сверток на диван.

Марта сидела, не двигаясь.

— На, гляди! — Маша сорвала тряпку.

Немецкие вензеля, взрезанные бритвой, лежали тоненькой стопкой.

— Что это? — Марта спросила, не касаясь.

— Рената Рейтц, надо полагать, — Маша отрезала холодно. — Эти добрые русские люди спали на ваших простынях, пока не сдохли. А добрые еврейские прибрали к рукам вашу замечательную тумбочку, — Маша ткнула в львиную лапу.

Мартин палец коснулся неровного края. Вздрагивая, он гладил немецкие буквы:

— Renata Reitz...

Улика, свидетельствующая *против*, была неоспоримой. С *этим* свидетель защиты не мог не считаться. Маша подняла глаза и оглядела стены, словно в комнате, в которой начинался процесс, было полно людей. Зрители, рассевшиеся рядами, слушали скорбно и внимательно. Она вспомнила тех, *воображаемых*, читателей, которым когда-то выдавала книги из библиотеки умершего *дурака*. Те понимали *всё*. Потому что были *уже* мертвые.

— Ну, что ты на это скажешь? — Маша спросила громко, как будто обращалась ко всем живым.

Марта подняла пустые глаза. Они глядели мимо, словно свидетель, на которого Маша надеялась, не понимал по-русски.

— Тебе что, этого мало?

Она полезла в тумбочку. К главной улике прибавилась новая: мертвая кукла, косящая глазом, легла на голый стол.

— Господи! — обеими руками Марта закрыла рот. — Это бабушка. Купила моей сестре... У нас фотография. Бабушка говорила, они похожи. Кукла и моя сестра.

Осторожно касаясь, она гладила чайные кружева.

— Ты сказала, эти люди умерли? — Марта спрашивала тревожно. — Кто-нибудь остался? У них есть дети? — крупная дрожь, ходившая по телу, мешала говорить.

— Две старухи — мать и дочь. Никого. Умерли одна за другой.

— А могилы... Где? Я бы сходила. Завтра...

— Мо-ги-лы? Нету, — Маша ответила жестко.

— Но так не бывает... — Марта возражала неверным голосом.

— Отчего же, вот, например, евреи, — она усмехнулась, — те, которых убили немцы. Скажешь, каждый из них лежит в своей могиле? — Маше казалось, она нашла правильное слово. Марта съёжилась:

— Теперь — не война, — она возражала неуверенно.

Машино лицо скривилось:

— Слушай... Ты *правда* думаешь, что для этого *обязательно* нужна война?

Мёртвые, о которых говорил профессор Успенский, слушали, затаившись в своих могилах. Шевелили пальцами, пахнувшими землёй.

Марта не слушала.

— Скажи, — гостья совладала с дрожью, — если *эти люди* сохранили, ты позволишь мне... — она робела выговорить до конца.

Но Маша поняла:

— Это же ваше, твоё. Хочешь, забери всё — и эту тумбочку. И ещё... Пошли-ка, — она тянула за собой.

В Панькиной комнате Маша тыкала пальцем:

— Вот. Буфет. Комод. Там ещё стол, на кухне...

Стремительным движением Марта бросилась к чемодану и распахнула крышку:

— Вот, у меня здесь... — пряча в ладонях, она разворачивала марлевый узелок. Красные камешки, вправленные в золото. — Прошу тебя, я очень тебя прошу, это от *нас* — на память... — умоляя глазами, она протягивала серёжки.

— Ты что?! — Маша отшатнулась. — Совсем с ума сошла?

— Это не то, не то, ты не так поняла... — гостья заторопилась испуганно. — Может случиться, я больше никогда... — кончиками дрожащих пальцев Марта коснулась лба. — Здесь, в Ленинграде... останется *что-то мое*. И ещё, — она сделала шаг и обняла Машу. — Я хочу, чтобы ты... Ты будешь меня помнить...

— *Так* не будет, — Маша отстранилась. — Потому что... — больше всего она боялась заплакать. Надо не плакать, а действовать. — Ты приедешь. Ты *должна* приехать сюда и учиться. Потому что имеешь на это право. — Капли крови, вправленные в золото, сияли на белизне вензелей. — Все документы — глупость. Это техническая задача. Я знаю ее решение.

В Панькиной комнате, в которой они стояли, больше никого не было: ни мертвых, ни живых.

*Здесь* они остались вдвоем.

— Как зовут твоего отца? — Маша спросила и повторила одними губами. — Все просто. Слушай меня внимательно...

Взад и вперед, от стенки к стенке, как ходил Иосиф, Маша двигалась, рассказывая свою историю. Во всех подробностях. Марта слушала зачарованно.

— То же самое мы сделаем и с тобой. Ты — эстонка, Марта Морисовна Рейтц, твой отец — зоотехник, — Маша импровизировала вдохновенно.

Верный рецепт, обещанный младшей сестре, обрастал немецкой плотью и кровью.

— Ты что, взаправду? — Марта боялась верить.

— Бояться нечего! Я говорю: рецепт верный. У меня же получилось.

— Нет, — Марта сникла и покачала головой.

— Но почему? — жестким кулаком Маша ударила по столу. — Гнить в своем совхозе, отвечать за чужие грехи, этого ты хочешь?!

— Нет, это обман, *так* нельзя.

Маша сложила руки. Холодная злоба заливала сердце. Немецкая девочка, свидетельствующая *за* русских, оказалась презренной советской трусихой.

— Скажи мне, — она спросила тихо. — То, что нельзя обманывать, это откуда? Тоже из книг?

На полках, прибитых к стенам, они стояли — переплет к переплету. Тома, прочитанные в юности, учили честности и доброте.

Елена Чижова

— Книги, да... Но еще и бабушка, она всегда говорила...

— Поди-ка сюда. — Марта подошла и встала рядом. — Вот, — указательным пальцем Маша провела по корешкам, как по клавишам. — Покажи, какие именно?

Склонив голову набок, Марта читала названия. Их набиралось с десяток.

— Ладно. Тогда предлагаю обмен. — Маша вернулась к столу. Красные капли вспыхнули на ладони. — Хочешь, чтобы я приняла твой подарок? Я согласна. Но с одним условием: ты заберешь их все. Все, которые перечислила. Возьмешь взамен.

— Но разве тебе?.. — Марта глядела растерянно.

— Нет, мне больше не нужно. Меня учить нечему. Я *уже* ученая... Да, вот еще, — Маша улыбнулась кривовато. — Как ты сказала, могилы? Ну что ж... Хочешь поклониться — пошли прямо сейчас.

— Ночью? — Марта откликнулась тревожно.

— Что, боишься? — Маша засмеялась.

— А это — где? Далеко?..

— Близко. Прямо и налево.

Твердыми шагами она направилась на кухню. Марта шла за ней.

— Садись сюда, — Маша придвинула табуретку к немецкому столу. Две победных звезды, накарябанные с тыла, сияли невидимым светом. Она вытянула ведро и выставила на середину кухни. Пепел серел слежалой кучкой:

— Прошу, — Маша приглашала широким жестом. — Можешь кланяться. *Их* могилы — здесь.

Вздернув одно плечо, Марта заглядывала осторожно. Ведро, которое она видела, было старой кухонной утварью. Пепел, серевший на дне, выгребли из плиты. Глаза, глядящие на Машу, оплывали растерянным ужасом: буквами, написанными в воздухе, в них стояло: «Сошла с ума...»

— Я не понимаю, — Марта наконец выговорила.

336

— Всё, — Маша отозвалась глухо. — Ты устала, иди ложись.

— А... это? — немецкая девушка кивала на ведро.

— Ничего. Так... Удобрение. Можно высыпать в реку... Или на поля.

Обойдя могилы, Маша подошла и распахнула окно. Тополиный пух кружился, оседая. Ветер разгонял его по дворовым углам.

«Взять и развеять...»

Боясь напугать окончательно, она подавила в себе это желание.

## 2

Поезд уходил в 23.30, но Маша настояла на том, чтобы приехать заранее. Без десяти десять они уже выходили на платформу. Состав еще не подали. Редкие пассажиры ставили свои вещи у воображаемых вагонных дверей.

— Давай пока сюда, — коробка с книгами оттягивала руку.

Оглядевшись, Маша выбрала место почище. Вплотную к коробке Марта прислонила свой чемодан. Механический голос сипел в репродукторе, читая невнятные объявления. Всякий раз Марта вздрагивала и озиралась.

— Доедешь, пришли телеграмму. Тебе с пересадкой — я буду волноваться, — Маша говорила напутственные слова.

— Конечно, конечно, — Марта кивала, обещая.

Пассажиры потихонечку прибывали. Чемоданы и баулы, сложенные грудами, заполняли полотно платформы. Поезд, светя циклопьим глазом, показался в конце пути.

«...нумерация вагонов со стороны Москвы».

— Я хочу сказать, я хочу тебе сказать... — щурясь от циклопьего света, Марта сложила на груди руки. Слова, дрожавшие в сердце, рвались наружу.

— Не надо, перестань, я все знаю.

Мысленно Маша торопила поезд: минуты, проведенные на платформе, становились тягостными. Стараясь быть сердечной, она обняла гостью и пожелала счастливого пути. Марта всхлипнула.

Из вагонного окна, пристроив чемодан и коробку, она глядела неотрывно. Боясь говорить громко, Марта выводила буквы — пальцем по стеклу. Маша кивала, не вчитываясь.

«Ты понимаешь?» — губы шептали, не слыша ответа, но Маша качала головой. Марта попыталась написать справа налево, и Маша снова кивала. Поезд тронулся исподволь, едва заметно. Слабая рука, выводившая буквы, взмахнула на прощание.

Верхний свет не зажигали. За окнами стояла тьма. Как будто белая ночь, красившая город, принадлежала одним ленинградцам, не достигая даже самых ближайших предместий.

Припадая к окну, Марта вглядывалась, но видела только лес и редкие огни. В стекле, на котором она писала, отражались пассажиры, бродившие по вагону. Несли комплекты постельного белья. На этом белье не вышивали вензелей.

— Готовим билеты и деньги, — буркнул проходивший мимо проводник.

Марта нащупала узелок. На этом настояла Маша, приказала: убери в лифчик, в поездах воруют. Марта послушалась, не особенно веря: попутчики, с которыми она ехала в Ленинград, были добрыми и милыми. Нынешние, сидевшие напротив, ей тоже понравились. Парень, занимавший верхнее место, помог поднять коробку. Предлагал помочь и с чемоданом, но Марта пристроила под лавку.

Женщина лет пятидесяти разложила еду на тряпочке и пригласила. Застеснявшись, Марта отказалась: тряпочка, на которой лежала еда, была грязной.

— Ну как знаешь, — женщина принялась с аппетитом. Опустив глаза, Марта ругала себя за глупую брезгливость: это передалось от бабушки. От смущения она не решилась попросить у проводника чаю и скоро улеглась.

Расстилая белье, проштампованное жирными казенными печатями, Марта думала о Маше, которую оставила в Ленинграде.

— Спокойной ночи, — она легла и отвернулась к стене, мучаясь от того, что простыни попались влажные. Мысли, бежавшие вскачь, постепенно выстраивались в рассказ. Рассказ предназначался для бабушки. Мысленно Марта перешла на немецкий. На этом языке они с бабушкой разговаривали *доверительно*. Улыбаясь, Марта представила, как бабушка будет слушать и поправлять платок. Мама слушать не станет. Если бы мама согласилась ее выслушать, у Марты нашлось бы довольно доводов, чтобы доказать бабушкину правоту. Взять хотя бы вензеля и куклу. Люди, которых поселили в их доме, столько лет хранили бережно и даже вырезали, когда простыни совсем износились. Опустив руку, Марта коснулась бесценного чемодана. Парень, занимавший верхнюю полку, спрыгнул вниз по-кошачьи. Марта подняла голову, и, заметив, он буркнул: «Не спится, пойду покурю».

Тревожные мысли добрались до *обмана*. Об этом она не станет рассказывать бабушке. Незаметно для себя, приняв решение, Марта опять перешла на русский. Даже мысленно, опасаясь бабушкиного ответа, она побоялась облечь Машин обман в немецкие слова. Ответ она знала наверняка: никогда, ни при каких обстоятельствах нельзя *писать* неправду, потому что рано или поздно *это* откроется, и тогда жестоко и неотвратимо пострадает вся семья.

Там, в комнате, когда Маша предлагала неправильный выход, она не решилась ответить *по-настоящему*: даже ради счастья жить в Ленинграде *этой* жертвы она принести не могла.

Елена Чижова

К тому же *они* потребуют паспорт. В паспорте написано черным по белому: немка. Этого не изменишь. Марта догадалась: в Машином — по-другому. Полукровки имеют право.

Соседи через три дома: отец немец, мать украинка. Сын записался по матери. В прошлом году ездил поступать. Круглый отличник. Вернулся ни с чем. Бабушка сказала: в *наших* паспортах особые номера. Какая-то буква или цифра — как будто шифр. Те, кто требуют паспорт, видят сразу. Опознают немцев. Маша просто не знает, не догадывается. Бабушка сказала: молчи. Никому и никогда, ни в коем случае. Об этом она пыталась сказать на платформе, но Маша не захотела слушать.

Теперь, ворочаясь на влажной простыне, Марта ругала себя за молчание. Единственным оправданием служило то, что предупреждать поздно: Машино дело сделано. А значит, ничего не исправишь.

Марта съежилась и натянула уголок на глаза. Казенное белье пахло душным и кошачьим. Она откинула и вдохнула глубоко. Спертый вагонный воздух забил бронхи. Закашлявшись, но боясь потревожить соседей, она зажала ладонями рот. Женщина, спавшая на соседней полке, вскинулась и подбила жесткую подушку.

Марта зажмурилась, силясь подумать о чем-нибудь хорошем, но перед нею, заслоняя ленинградские воспоминания, стояли глаза. Машины глаза сверкали гибельной решимостью.

Она вспомнила: однажды в клубе показывали кино про блокаду. В клуб они ходили с бабушкой. Вечером, когда мама с сестрой заснули, бабушка вдруг сказала, что там, в Ленинграде, если бы их *всех* не выслали, они наверняка умерли бы с голоду, как умирали ленинградцы. Марта понимала, бабушка недоговаривает: тот, кто постановил выслать, на самом деле как будто спас.

Кино было документальным. Военный оператор, снимавший в сорок втором, запечатлел дворцы и памятники, дома и гранитные набережные. Все выглядело печально и страшно, так, что наворачивались слезы. Но самым страшным были не кадры из прошлого. Все они были только фоном, на котором восходили лица, занимавшие весь экран. Конечно, Марта понимала, что лица ленинградцев снимали позже, никто не стал бы делать этого во время блокады, но глаза, глядевшие на них с бабушкой, как будто и вправду принадлежали тем, кто умер от голода. Вместо них.

Теперь она видела набережные, по которым ходила с Машей. Нарядные и праздничные. Но их красота тоже была фоном, из которого наплывали Машины глаза. Они глядели беззащитно и пристально, и не было на свете силы, способной спасти.

Заснула Марта под утро. Проснувшись, она обнаружила, что парень, прыгавший по-кошачьи, исчез. С ним исчезла и коробка с книгами, которую Маша собрала и перевязала крепкой бечевкой. Сначала Марта не хотела верить, но женщина, угощавшая едой на тряпочке, сказала, что парень тащил эту коробку. Она еще подумала: его багаж.

Женщина ахала, но Марта, поначалу сильно расстроившись, вдруг подумала: «Может, и к лучшему».

Бабушка, собиравшая в дорогу, ни словом не обмолвилась о поездных ворах. Не то что Маша. Как будто знала заранее. Выходит, бабушка все-таки может ошибаться. Наверное, потому, что судит по старым воспоминаниям. Вот и боится этих паспортных шифров.

Повеселев, Марта погладила чемоданную кожу и, успокаивая добрую женщину, заговорила о том, что оставила в Ленинграде подругу, которой должна послать телеграмму, а эта коробка... Конечно, она очень ценная, но самое главное — в чемодане. Этот парень не догадался украсть.

Радуясь за Машу, она винила себя за ротозейство: подруга предупреждала, да только она не послушалась.

Женщина подругу хвалила, и каждое доброе слово укрепляло Мартины надежды на чудо, в которое не верила ее бабушка.

# Глава 18

## 1

К середине лета Иосиф принял окончательное решение, однако оттягивал разговор. Для себя, неизвестно почему, он назначил крайнюю дату — первое сентября. В начале августа этот рубеж казался призрачно далеким. То, что для краткости он называл разговором, таковым стать не могло, поскольку Валя, в этом он был уверен, сделает все, чтобы превратить их разрыв в череду болезненных объяснений. Иосиф готов был облегчить ее страдания, взять вину на себя, но даже в этой безусловной готовности не находил залога близкого освобождения. Сколь ни поверхностными были его представления о девичьих душах, в них — в отличие от женских — он не прозревал способности к компромиссу.

В середине августа, когда Валя засобиралась домой — проведать мать, срок еще казался внушительным. Она исчезла всего на неделю, но именно в эти семь дней он остро пережил радость одиночества, и страхи, связанные с объяснением, показались преувеличенными. В Ленинград Валя вернулась двадцать пятого. Решимость, накопившаяся в ее отсутствие, дала слабину в первый же вечер, но, ловя убывающие силы, Иосиф собрался с духом и приступил.

Будь Валя взрослой женщиной, она по достоинству оценила бы его деликатность. Пряча глаза, Иосиф говорил о том, что в сердце его живет огромная нежность и благодарность, однако их, в особенности принимая во внимание Валину юность, совершенно недостаточно, чтобы длить общую жизнь. Он уверял ее в том, что рано или поздно появится человек, который полюбит ее по-настоящему. Такой любви, в силу не зависящих от него причин, сам он дать ей не может. Здесь Иосиф поморщился: глагол прозвучал неприятно, по-коровьи, вроде как *дать молока*.

Сказать по правде, он ожидал страдающих глаз, однако Валины глаза глядели бессмысленно. Она сидела в уголке дивана, подбивая подушку, и это действовало на нервы. Иосиф одернул себя и принялся излагать заново, на этот раз попроще. Результат оказался прежним: не покладая рук, она взбивала углы, словно готовилась ко сну. Прежде чем выйти на третий круг, он приблизился и, взяв за угол, дернул подушку на себя. Она отпустила безропотно.

— Сегодня не могу, — эти слова стали первыми.

Сгибая пальцы, Валя перечисляла дела, которые должна сделать, прежде чем уйдет. В списке стояло общежитие (заново договориться с комендантом), канцелярский магазин (купить писчебумажные принадлежности) и, наконец, уборка: кухня, ванная, туалет.

Последний пункт вызвал раздражение. Иосифу показалось, уборка задумана для того, чтобы разжалобить, однако, справляясь с собой, он ответил, что срочности нет. В конце концов, он и сам может съехать на неделю — пожить у родителей. По его представлениям, Валя должна была энергично отказаться, но она кивнула и отправилась на кухню.

Оставшись в одиночестве, Иосиф задумался о том, где ему теперь ложиться, но, так ничего и не придумав, раскинул единственный диван. Разговор, завершившийся нелепо, истощил душевные силы. Он заснул мгновенно и с тайным облегчением.

Утром, не открывая глаз, Иосиф повел рукой, но никого не обнаружил. Поднявшись, он вышел на кухню. Вали не было. Пережив счастливое мгновение, он наткнулся на женские тапочки, аккуратно выставленные в прихожей. Краткий осмотр убедил в том, что радоваться рано: Валины вещи лежали по местам.

И все-таки шаг был сделан. В курилке он охотно болтал о постороннем, но ближе к пяти стал поглядывать на часы. Даже себе Иосиф не признавался, что боится возвращаться. На работе он остался допоздна — проверить расчеты. Предлог был правдоподобным: материалы, относящиеся к *их темам*, за институтские двери выносить не дозволялось. Время от времени Иосиф нарушал запрет, однако не в этот раз. Режим, принятый в их ведомстве, именно сегодня показался дальновидным и мудрым.

Обойдя дом с тыльной стороны, Иосиф нашел свои окна. В кухне горел свет. Хоронясь за кустами, он наблюдал. Девичий силуэт двигался уверенно и спокойно. То склоняясь над столом, то делая шаг к раковине, Валя занималась домашними делами. Складывалось впечатление, что она — совершенно по-детски — игнорирует вчерашнее. Иосиф выбрался из убежища и направился к парадной.

Шагая по ступеням, он размышлял, какой тон, в сложившейся ситуации, следует выбрать, и, дойдя до третьего этажа, склонился к непринужденному — с сильным оттенком сдержанности. Как ему казалось, это поставит его в положение взрослого.

Войдя в квартиру, Иосиф заглянул на кухню. Там никого не было. Снова мелькнула шальная мысль, однако, словно бы в ответ, в ванной хлынула вода и громыхнул таз. На цыпочках Иосиф проник в комнату и затворил дверь. Перекусив хлебом, оставшимся на столе со вчерашнего вечера (судя по всему, в комнату она не входила), он раскинул диван и заснул как убитый. Последнее, что пришло в голову, — мысль о коммунальной квартире, в которую превращается его жилье.

Утром все повторилось заново, вплоть до осмотра шкафчиков. Валины вещи обнаружились на прежних местах.

На третий день Иосифа охватил ужас. В курилке он не показывался, отговариваясь плохим самочувствием. Отговорке верили, и сердобольные лаборантки возбужденно шептались о том, что Арго жалуется на сердце. Технические расчеты, трижды перепроверенные, были безупречны. Он поплелся домой и, заглянув в окна, замер в безысходной тоске: силуэт, поселившийся в кухне, сновал как ни в чем не бывало. Скрываясь за сиреневыми кустами, он подкрался поближе. Отсюда Валин силуэт выглядел объемнее, как будто за сутки, прошедшие с прошлого вечера, она успела по-женски раздобреть.

На этот раз Иосиф решил переговорить сурово. Вода в ванной комнате била широкой струей, но дверь Валя не открыла.

Раскинув диван, Иосиф лежал без сна. Происходящее становилось кошмаром: он не находил объяснения. Ум, тренированный техническими упражнениями, замирал, как пред Стеной Плача. Пытка, которой его подвергали, была абсолютно бессмысленной, но именно это качество делало ее изощренной. Призрак коммунальной соседки бродил за тонкими стенами. Никогда прежде он не знал за собой страсти собственника: захватчицу жилой площади хотелось убить. Холод насилия сводил пальцы. Изнемогая в борьбе, Иосиф предался безудержным фантазиям: в финале каждой из них вода, наполнявшая ванну, принимала розоватый цвет. Не выдержав, он снова вышел.

Валя сидела на кухне, за столом. Услыхав шаги, она подняла голову. Иосиф мялся в дверях. В этот миг его полного унижения ей стоило шевельнуть пальцем, чтобы он сдался на ее милость. Валя, имевшая девичье сердце, глядела равнодушно. Ее равнодушие казалось неподдельным. Больше того: набрякшее лицо, обращенное в его сторону, утратило молодые черты. Она сидела, облокотившись грузно и подперев правую щеку, словно в краткий срок, прошедший от разговора, успела прожить несчастную женскую жизнь.

Во сне Иосиф метался: простыня, сбившись в ком, приткнулась в ногах.

Утром открылось немыслимое зрелище: под кухонным столом, бросив под себя пальто, она лежала, выпростав правую ногу. Нога была белой — мраморной. В ванной, куда он шарахнулся, висело постиранное белье. Почти что в беспамятстве Иосиф нацарапал записку и, побросав в портфель самое необходимое, выбежал из дома. В записке он соглашался на любые условия, лишь бы она исчезла. Писал, что готов содержать ее вплоть до замужества (на бумаге он выразился деликатнее: оказывать ежемесячную помощь), а также, если потребуется, снять для нее квартиру.

На работе он прикрикнул на лаборантку, чего прежде за ним не водилось, и с тайным удовольствием следил, как та выбегает из кабинета, глотая слезы. Вечером Иосиф поехал к родителям, но ближе к полуночи малодушно набрал номер. На звонок откликнулись. Ровным голосом она отзывалась: да, да, слушаю. Струсив, он бросил трубку. Мать вопросов не задавала, да он бы и не ответил.

Отзываться перестали тогда, когда, оставив счет вечеров, Иосиф потерял надежду. Наутро он вышел из дома и с удивлением обнаружил стайку праздничных школьниц, несущих осенние цветы. То, что представлялось дурной бесконечностью, продлилось ровно неделю. Все закончилось к Первому сентября — так, как он и планировал.

Вечером Иосиф вернулся домой и, обнаружив полный порядок, предался сладостному раскаянию. В сущности, свою вину он признавал искренне и в полной мере соглашался отвечать по обязательствам, взятым в беспамятной записке.

Какое-то время Иосиф дожидался звонка, имея в виду финансовые переговоры. Но Валя не звонила.

# 2

В том, что живет с мужчиной, Валя так и не призналась. Прежде мать звонила на вахту, но, переехав на Васильевский, Валя написала, что комендант недоволен звонками, и обещала звонить сама. Для матери мнение коменданта было причиной уважительной.

В общежитие она не наведывалась. Девчонки шептались за спиной, но с расспросами не лезли. Наташка, правда, подступалась, но Валя смолчала.

Прошлым летом мать завела разговор. Перемыв чайную посуду, они сидели за столом, застеленным полотняной скатертью. Эту скатерть Валя помнила с детства: две аккуратные заплатки. Ожидая гостей, мать всегда маскировала их — то тарелкой, то блюдцем. Скатерть она всегда крахмалила, и короткие кисти, настроченные по краям, из-под утюга выходили слипшимися. В детстве Валя почему-то сердилась и всякий раз принималась разнимать.

Теперь, вспомнив, она незаметно пощупала: поредевшие кисти были мягкими. Оставшись в одиночестве, мама перестала крахмалить.

— Там, в Ленинграде, — скрывая волнение, она машинально занесла карандаш — неотточенным концом. Мамина рука вывела круг. На полотне, покрывавшем стол, осталась замкнутая черта. — За тобой, наверное, ухаживают...

На всякий случай Валя кивнула.

Мамина рука описала еще один круг — поближе к себе:

— Конечно, замуж надо *только* по любви.

Валя снова кивнула. Мамина речь никак не складывалась, но она не оставляла попыток. Совладав с волнением, заговорила о том, что время уходит. Срок, отпущенный на учебу, пролетит незаметно, и тогда, если не позаботиться заранее, придется возвращаться обратно.

— Пожалуйста, ничего не подумай, но, мне кажется, тебе стоит присмотреться...

— Выйти за ленинградца? — Валя пришла на помощь.

Перемежая речь оговорками, мать говорила горячо. Суть увещеваний сводилась к тому, что ленинградская жизнь — счастье, до которого, бог даст, Вале подать рукой.

Неотточенный конец касался верхнего круга, словно там, за воображаемой линией, была замкнута Валина счастливая жизнь. Мальчики, родившиеся в этой окружности, были высшими, почти небесными существами. Таких, как ни старайся, не найдешь в нижнем — *ульяновском* — кругу.

— Никто и никогда, — мать отложила карандаш, — не обвинит меня в том, что я прожила свою жизнь по расчету, но ты... ты *должна* послушать меня.

Этим летом мать разговора не завела. Может быть, жалела о прошлогодней откровенности. Валя, напротив, готова была заговорить. Мешали два обстоятельства. Во-первых, ни за что она не могла бы сознаться в том, что согласилась *жить до свадьбы*. Во-вторых, вспоминая мамин рисунок (два круга: один земной, другой небесный), Валя как будто чувствовала, что есть и третий, в который мать помещала *таких*, как Иосиф. Никогда мама не признается в этом, отвергнет все *неделикатные* подозрения, но Валя знала, расскажи она обо всем, *этот* круг ляжет ниже ленинградского.

«Ну и пусть, — она думала. — В конце концов, это моя жизнь».

В Ленинград она возвращалась с тяжелым сердцем. Несостоявшийся разговор лежал на совести. Валя подумала: лучше письмом. Но прежде она надеялась поговорить с Иосифом: после полутора лет он должен был наконец решиться.

Разговор, случившийся по приезде, ударил в самое сердце. Терзая диванную подушку, Валя пыталась собраться с мыслями, но все ускользало. Два чувства, противоречившие друг другу, застили разум. Ни одно из них не облекалось в слова. Первое было похоже на ужас верующего перед разграбленным алтарем. Второе — тайное, шевельнувшееся подспудно, походило на облегчение: в том, что она поклонялась *такому* богу, не придется признаваться.

В общежитие она возвращалась с позором. Под взглядами соседок, судачивших почти в открытую, Валя раскладывала чистые вещи. Случившееся было непоправимым, но даже сквозь стыд Валя отдавала себе отчет в том, что все закономерно: позором, выпавшим на ее долю, издревле платили девушки, потерявшие свою честь.

Неделю она жила оглушенная: все силы души уходили на то, чтобы смириться. Опыт, доставшийся в наследство от матери, подсказывал: смириться придется. Раз оступившись, нельзя ожидать долгой любви. Долгая любовь завязывается тогда, когда все происходит по-честному — перед богом и людьми. Эту формулу Валя повторяла вслед за матерью, не особенно вдумываясь. Бог представлялся ей похожим на человека, только самого мудрого и проницательного. Он, надзиравший за всеми без исключения, не мог проглядеть позора, с которого началась Валина — теперь уже загубленная — жизнь. Люди — и подавно. Разложив чистые вещи, она свернулась в своем закутке, готовая принять заслуженное.

Девочки собирались к чаю. До Вали долетал возбужденный шепот. Они разговаривали так, словно там, за загородкой, лежал тяжелый больной. Болезнь — нет нужды, что отчасти и позорная, — внушала невольное почте-

Елена Чижова

ние. Будь Валя умнее и опытнее, она представила бы дело так, как это умеют делать брошенные женщины. Тогда, включая разбитную Наташку, никому не пришло бы в голову ее жалеть. Напротив, ее сочли бы хитрой тихоней, сумевшей на целых полтора года избавиться от общежития и пожить в свое удовольствие — в отдельной ленинградской квартире. Однако Валино сердце, еще не ставшее женским, не успело набраться хитрости. Ее горестное возвращение разбудило любопытство: позабыв о своих делах, все жаждали подробностей.

Звать отправилась Наташка. Зайдя за загородку, она склонилась над Валей и потрясла за плечо. В прежней жизни Наташка была ее главной мучительницей, но теперь, обернувшись, Валя увидела участливые глаза:

— Ну что ты, честное слово, приехала и лежит, как неродная...

Валя поднялась и вышла.

К чаепитию никто не приступал. Подталкивая деликатно, Наташка подвела к столу. Девочки сидели чинно. Первый раз в жизни Валя чувствовала себя в центре внимания.

Казалось, все пили чай, однако глаза, опущенные в чашки, косились в Валину сторону. Общий разговор не складывался: напряжение, висевшее над столом, нарушила Наташка:

— Давай, рассказывай.

Валя поежилась. Меньше всего ей хотелось говорить о своем позоре, но, оглядевшись, она поняла: девочки и не думают осуждать. Стол, за которым она сидела, походил на семейный — за ним собрались сестры, исполненные сочувствия. Мало-помалу Валя заговорила. Она рассказывала, обходя главное и приукрашивая детали, так что с ее слов, если бы девочки ей поверили, выходила неправдоподобная история: человек, с которым она жила, любил ее до беспамятства. Расстались по недоразумению. Вот и все.

Переглянувшись и преодолев первую сдержанность, девочки подступили с вопросами. Они спрашивали о жилищных условиях, зарплате, домашней обстановке, о том, как проводили свободное время, о праздниках и подарках. Квартиру Валя описала подробно, даже начертила маленький план. Выводя квадратики мест общего пользования, она поймала себя на том, что тоскует по кухне. За полтора прожитых года кухня, в которой она готовила, стала ее местом. Иосифу принадлежала комната. Валя вспомнила чистоту, наведенную напоследок, и, едва не заплакав, вскользь упомянула о праздниках: ни Первого мая, ни Седьмого ноября Иосиф не отмечал. Вопрос о зарплате она опустила. Подарков, которые смогла перечислить, набралось немного. Их она показала, сбегав за загородку. Небогатое пополнение гардероба девочек удивило, но Валя нашлась и предъявила записку.

Записка исправила дело. В ее подлинности никто не усомнился, даже Наташка, глядевшая цепко. Подумав, она вынесла вердикт:

— Да... Любит.

— Слушай, а чего же ты?.. — указательным пальцем тихая Верочка ткнула в Валин живот. На секунду все стихло.

— Господи, ну что вы!.. — Валя покраснела. Даже под пыткой она не смогла бы выговорить, что *это* зависело не от нее. О детях Иосиф не хотел и слушать. Честно говоря, Валю его позиция удивляла. Где-то она слышала, что евреи любят детей.

Опасаясь, что Наташка сейчас углубится в эту тему, Валя заговорила быстро, уводя в сторону:

— И вообще, при чем тут это?.. Главное, что Иосиф...

— Так он, — Наташка прищурила глаз, — у тебя *еврей*?

Слово, произнесенное вслух, было грубым — ругательным. Валя опустила голову и кивнула.

— Вот оно что... — Наташка протянула понимающе.

Все заговорили разом, и реплики, летевшие в Валину сторону, не оставляли сомнений. Девочки не выражались *прямо*, однако у каждой нашлась история, подходящая к случаю. Наташка припомнила козни профессора Винника:

— Строят из себя *невинников*... — она выразила общее мнение.

Валя ежилась. Оборот, который принял застольный разговор, стал неприятным. Она любила Иосифа, что бы ни плели, а значит, он — Валя возвысила голос — *не такой*. Она и сама не знала, какой смысл вкладывает в это слово, но, сверкнув глазами, сказала, что все это — глупости, не имеющие к нему отношения. Девочки не настаивали. Наговорившись, все улеглись спать, тем более завтра Первое сентября. День знаний.

В своем закутке Валя укрылась с головой. Решимость, окрепшая за общим столом, слабела в одиночестве. Она помнила *правду*, которую рассказывал ей Иосиф. Но от того, что говорили девчонки, веяло другой — пугающей — правдой, которая открылась ей в школе, на странице классного журнала, где они стояли парными столбиками: «*рус.*», «*тат.*» и «*башк.*».

В столбцах, которые Валя различила сквозь годы, особняком значилась единственная темная строчка: Левкины родители, отец и мать.

Словно наяву, Валя видела Ольгу Антоновну, учительницу по литературе, которая выговаривала Рафке.

Как *тогда* она выговаривала Рафке, но тот не слушал, стоял на своем: «Собственная гордость, у татар собственная гордость...»

Ольга Антоновна застеснялась и, обратившись в химичку, принялась сливать в реторту использованные реактивы. Над газовым пламенем спиртовки реторта светилась голубоватым пламенем. Из раструба струился желтый вонючий парок. Он вился над притихшим классом. Химичка, которую мама называла *евреечкой*, колдовала за кафедрой, шептала волшебные слова: о советских людях — русских, татарах, башкирах. А про евреев молчала. Но Валя разгадала хитрость.

Взглянув на таблицу Менделеева, прибитую к стенке, она прикинула валентности и поняла, что евреи, о которых следовало молчать, на самом деле вступают в реакцию только друг с другом.

Хитрая химичка прочла ее мысли и недовольно покачала головой. Сунув руку в стол, она достала какую-то плошку с прозрачными кристалликами:

«Тема урока: евреи — это соль».

Химичка вывела тему на доске и показала классу прозрачные кристаллики: «Сейчас мы с вами проделаем химический опыт, но, — она хихикнула и зачерпнула маленькой ложечкой, — условный, не настоящий. В школьной лаборатории это делать опасно...»

И Валя, сидевшая за партой, поняла: стоит подбросить даже самую малую толику, и все взорвется. Жестами она потребовала настоящего опыта, но химичка, сверкая глазом, делала вид, что не понимает. Тогда, отчаявшись добиться справедливости, Валя поднялась с места и двинулась к кафедре. Оттеснив учительницу, она сама взяла плошку.

«Знающая женщина, требовательный педагог...» — в дверях, раскрытых на узкую щелку, стояла мама. Карандашом, словно целясь в химичку, она рисовала круг. Химичка отступала испуганно. Как будто бы против воли, Валина рука тянулась к кристаллам. Пальцы, захватившие крупицы, пронзило жжение. Она стояла, занеся над ретортой немеющую руку, и все, *сокращенные* правильно, подбадривали, кивая головами.

«Рано или поздно все кончится плохо», — она услышала голос Иосифа и тут же заметила: Левка улыбается *нехорошо*.

«Ну и пусть», — Валя ответила им обоим и, точно примерившись, кинула щепотку в самый раструб. Все забулькало, пошло пузырями, и зримо, словно в учебном фильме, Валя увидела: *оно* распадается, взлетает в воздух медленным взрывом...

Грохот разбудил всех. Девочки сбежались в Валин угол. Книжная полка, прибитая над кроватью, валялась на полу.

— Кошмар! Прямо с гвоздями! А если бы на голову?! — наперебой девочки делились друг с другом самыми ужасающими фантазиями.

— Надо же, не успела вернуться, в первый же день... — переминаясь с ноги на ногу, Наташка куталась в казенное покрывало.

— А знаете, чего я подумала?
Волнение улеглось. Подобрав с пола раскиданные книги, девочки разбрелись по углам. Сонный Наташкин голос раздавался в тишине:
— Я подумала: этот Иосиф — сволочь. На твоем месте я бы еще как согласилась. И квартиру, и денежки пускай платит — каждый месяц.

— А я бы нет! Из гордости, — новенькая, ее имя Валя не запомнила, пискнула из своего уголка.

— Глупости! — Светка возразила решительно. — Ему только этого и надо, чтобы Валька строила из себя гордую.

— А я бы, — Наташка села так, что запели пружины, — и денежки взяла, и гордость соблюла, — она замолчала загадочно.

— Как это? Как это? — снова все говорили наперебой.

— Сначала... — Наташкин голос бурчал в подушку, — взяла бы его денежки. А потом как-нибудь отомстила. Чтобы неповадно.

— Нет, — в темноте Валя отказалась. — Я его люблю.

— Ну и дура! — пружины скрипнули недовольно.
Наташка отворачивалась к стене.

Первой утренней мыслью была утрата. Открыв глаза, Валя не поняла, где находится. Тяжкий сумрак стоял над постелью. Плотный и липкий. Не давал дышать. Она подумала: как в могиле. Над изголовьем зияли рваные дыры. Валя потянулась и отодрала полосу. Из дыры брызнули тараканы. Она ойкнула и вспомнила сон. Во сне был голос Иосифа, и, закрыв глаза, Валя прошептала: «Нет, нет, я люблю его». Магические слова не действовали. Лицо Иосифа оставалось чужим. Уткнувшись в подушку, Валя видела острый нос и хитро разрезанные веки. Она отбросила одеяло и поднялась рывком.

Следующие две недели прошли в ожидании. До последнего она не соглашалась *поверить* и косилась на Машу-Марию. Вале казалось, бывшая подруга улыбается торжествующе. Она не сомневалась: своей сестре он рассказал всё. Во всех подробностях. Эта мысль точила, как боль. Валя морщилась, но снова находила взглядом. Вздрагивала, когда Машу-Марию называли по фамилии: «Арго». Эту фамилию, звучавшую странно, Валя много раз примеривала на себя.

Маша-Мария выходила к доске и становилась похожей на *него* — любя и ненавидя, Валя узнавала черты.

На исходе второй недели она спустилась к коменданту и набрала номер. Звон отдался в пустой квартире. Ночью она впервые подумала о том, что девочки правы. Он заслужил мести. Только Валя не знала способа.

Она представила себя Анной Карениной: вот его вызывают в милицию — опознать бездыханное тело. Рыдая, он молит о прощении. Из ночи в ночь Валя упорствовала, не прощая. Насладившись его мукой, она вообразила себя обесчещенной красавицей — Настасьей Филипповной. Кто-то, сверкавший страшными глазами, давал за нее пачку денег. Забывая о главном, Валя обдумывала, *что* — на такие деньги — можно купить. Богатства хватало на всех: на нее, на Иосифа, на маму. Иосифу она отдаст половину — тогда он одумается. «Евреи любят деньги», — она прошептала, как будто слыша себя со стороны. Даже сказанное шепотом, *это* слово звучало скверно.

«Еврей, еврей! — Валя тряхнула головой. — Так ему и надо, раз не хочет все по-хорошему!»

— Валька, Агалатова, тебя вниз — к телефону, — кто-то застучал в дверь и позвал громко.

Сорвавшись с места, Валя кинулась вниз. Она бежала, не чуя ног, потому что внизу, в черной телефонной трубке, дожидался голос, который наконец понял.

Трубка ныла короткими гудками. Дежурная, сидевшая в углу, мотала пряжу.

— Откуда мне знать — брала-то не я, — дежурная тетка пожала плечами.

Жар, брызнувший из сердца, растекался по рукам. Едва переставляя ноги, Валя возвращалась к себе в комнату. Останавливаясь на каждой ступени, бормотала: «По-плохому, по-плохому».

В комнате было холодно. Она сдернула байковое покрывало и натянула на плечи. Грипп или ОРЗ. Колени дрожали в ознобе.

«Ненавижу».

Она поняла, что ненавидит их всех — всех евреев. Кроме Иосифа. Его она любит. Ей он нужен *все равно какой* — любой.

«И денежки, и гордость», — она вспомнила Наташкины слова и наотрез отказалась: «Ну, уж нет, я не дура».

Дрожа от вирусного холода, Валя мечтала о том, что станет красавицей. Как Настасья Филипповна. И *никогда* не возьмет его денег. Представляя себя в белом подвенечном платье, в котором выходила на крыльцо, она думала: евреи поступили с ней по-плохому, а значит, месть настигнет их всех, кроме Иосифа. Потому что все они — заодно. Против нее. В особенности его сестра.

Валя вспомнила, как Иосиф смеялся, рассказывая истории, и, прислушиваясь к его голосу, наконец *расслышала*. Он сам рассказал ей *об этом*, подсказал, *что* надо делать.

Валя легла навзничь и натянула покрывало. Несвежая байка коснулась лица. Она поморщилась: «Давно не стирали», — но холод, ходивший в крови, был сильнее.

«Перед богом и людьми». Валя представила себе мамин голос. Люди, к которым она вернулась, приняли по-хорошему. Никто не попрекнет ее в том, что она сражается за свое женское счастье.

К утру озноб прошел. Ночное решение было правильным и окончательным. Деталей Валя не обдумывала. Она желала единственно правды, а значит, бог, который надзирает за всеми, должен обо всем позаботиться сам.

# Глава 19

## 1

О том, что в институте работает московская комиссия, Маше сообщил Нурбек. Они едва не столкнулись на лестнице: он поднимался, Маша сбегала вниз. Нурбек окликнул. Маша остановилась. Его улыбку она выносила с трудом.

На этот раз Нурбек не улыбался. Деловито, как и подобает декану, он обрисовал ситуацию: комиссия приехала с проверкой, вопросов много, один из них — личное дело Успенского. Надменно поведя глазами, Маша поинтересовалась, что именно озаботило московских гостей. И вообще, при чем здесь она?

— Могу только догадываться, — он глядел укоризненно, — но если догадываюсь правильно, вас могут вызвать. В качестве свидетеля. Поверьте, — Нурбек продолжил тихо, — лично к вам я отношусь по-хорошему, поэтому и предупреждаю.

Сомнений не было: донос Нурбек написал сам. Давным-давно зарился на место Успенского. Деканат — собачья работа.

Маша переходила канал. Грифоны, стерегущие Банковский мостик, хранили холодное безразличие: на своем ленинградском веку чего только не навидались. Солнце, залившее город, било в глаза. Разгораясь напоследок, оно уходило за маковки Спаса, забранные строительными лесами.

«Пьянство, я, *тот* семинар», — по привычке загибая пальцы, она перечислила по пунктам. Свидетелем могли вызвать по каждому. Трусливая слабость ударила в ноги. Остановившись, она взялась за ограду.

Снизу тянуло гнилью. Крупные солнечные блики бились в протухшей воде. Играли как рыбы, сверкали бронзовыми плавниками. Бензиновые круги, стянувшие поверхность, рябили всеми цветами радуги.

В воде стоял длинный стол. Те, кто сидел *по другую сторону*, прятались за графинами. Члены комиссии вели себя оживленно: то склоняясь друг к другу, то откидываясь на спинки стульев, они ставили вопросы. В гранях, преломлявших их отражения, двигались кривые рты. Голоса призванных к ответу жужжали предсмертной мукой.

«Так, — только теперь Маша поняла. — Если Нурбек донес сам, *его* он предупреждать не станет».

Она кинулась назад. На кафедре Успенского не было. Торопливо спросив разрешения, Маша набрала номер: профессорская квартира молчала. Девочка-лаборантка отводила глаза:

— Нету, нету, третий день нету.

Маша понимала: пьет. Она подавила отвращение.

Пьет, потому что знает. Теперь она была уверена: знают все.

Солнце, скользнувшее за маковки, не золотило воду. Вода была стылой, как студень. Катер, ревущий под мостом, резал ее с трудом.

Ускоряя шаги, Маша убеждала себя в том, что ей нет никакого дела. Она вспомнила его серую кофту, вывернутую наизнанку. На столе, в грязном стакане, стояло вонючее питье. Согнав волчий оскал, он облизнулся и сглотнул. Байковый начес впитал водочную вонь.

«Если *уже* работают, могут вызвать в любой день, даже, — она обмерла, — завтра». Волк, тотем ее племени, улыбался сквозь желтые зубы.

Нурбек принадлежал *чужому* племени. И улыбался *иначе*. «Значит, — она остановилась, — главное в том, что меня он предупредил *не просто так*».

Мимо тусклой решетки Михайловского сада она обходила *Спас-на-крови*. Беспечные детские голоса лепетали за изгородью. Маша свернула и вышла на пыльную площадь. Красное трамвайное стадо паслось на Конюшенной. Она шла наискось, переступая рельсовые стыки. Длинный безжизненный состав дернул хвостом. Она отшатнулась.

«Предупредил. Зачем?..»

Разъезжаясь на стыке, рельсы хрустнули хищно. Вожатый лет двадцати обходил вагон. В руке он держал короткий ломик. Маша оглянулась: на трамвайном кольце она стояла одна.

— Прыгай. Один, что ли, поеду? — забираясь в кабину, паренек приглашал весело. Механизм, сводящий створки, зашипел.

— Ты куда едешь?

— В Гавань, по *шестому* маршруту, — вожатый отвечал охотно.

Успенский жил в Гавани. Все решалось само собой. Маша вскочила на подножку. Дверная гармошка сошлась за спиной.

«Предупредил. Затем, чтобы успела всё обдумать... Боится, что вызовут, а я *не то* скажу. Промолчу или стану защищать...»

Она думала о том, что Нурбек надеется на нее как на свидетеля обвинения.

Приняв серьезный вид, вожатый взял микрофон:

— Вошедшие с передней площадки, не задерживайтесь, проходите в салон.

Маша огляделась:

— Ты что, слепой? Я одна.

Ее окружало пустое пространство.

— Одна, значит, одна. Вот и проходи, — он отложил микрофон и ответил нормальным голосом.

Маша села. Голос, изувеченный микрофоном, обращался снова:

— Вошедших просим оплачивать проезд.

Пожав плечом, Маша порылась в кармане и бросила монетку в прорезь. Пальцы повертели колесико:

— Эй, слушай, тут билетов нету.

Трамвай, скрежеща на повороте, выползал на Марсово поле. Вожатый не слышал. Маша махнула рукой и ушла в хвост.

«Завтра, — она думала, — завтра входят на лекции». Почему-то ей представилась *Статистика*. Тетка, стоящая за кафедрой, умолкает послушно. Скорее всего, *они* пошлют секретаршу: Марию Арго — в деканат, срочно.

Нурбек встречает в дверях, подталкивает деликатно. Она — его главный свидетель. Все, в чем обвиняют Успенского, чистая правда.

«*Не знаю, нет, ничего подобного*», — репетируя, Маша ответила строго по пунктам. Рты, отраженные в графинах, кривятся разочарованно. Нет, она усмехнулась, Нурбек не дурак. Предупреждая, он предлагает сделку: похоже, речь о ее аспирантуре. Если Нурбек займет место профессора Успенского, список аспирантов будет утверждать он. «Аспирантура... — она думала, — тоже мне соблазн...»

А если не займет? Почему он так уверен?

«Если я буду стоять насмерть, донос не подтвердится. Во всяком случае, в *этом* пункте... Значит, у Нурбека есть кто-то еще. В ком он абсолютно уверен. Зинаида», — Маша вздрогнула.

Баба, затянутая в талии, подтвердит *всё*.

361

«А я зачем?»

Трамвай выезжал на Кировский мост. С той стороны Невы, поперек *генеральского* дома, в котором когда-то, много лет назад она попробовала плод граната, висели — на гигантской распяленной тряпке — три головы. Первый глядел вперед, двое других повернулись ему в затылок. Друг у друга в головах они искали, как ищут вшей. Под мертвыми черепными коробками копошились червивые мысли...

«Затем, что Нурбек прикидывает заранее: ищет *своих*. От меня не дождется. И вообще... — глазами она провожала свернутые на сторону головы, — пошли они все с их поганой экономикой...»

— Ваш билетик, — вежливый голос раздался над ухом. Маша подняла голову. Человек с красной повязкой ждал ответа.

— Я платила. На кольце. Честно. Там не было билетов.

— В которой кассе? — контролер осведомился деловито.

— Там.

На глазах у всего вагона, следившего с интересом, он подошел и взялся за колесо. Длинный язык выползал из билетной прорези. Оглядываясь, как фокусник, завершивший эффектный номер, он шел обратно.

— Три копейки пожалела, — заполняя графы, фокусник бормотал добродушно, — теперь выходит — рупь.

Маша смяла квитанцию и сошла на ближайшей остановке.

# 2

За ней пришли на *Кредите*. В лекционный зал, выстроенный амфитеатром, сунулась секретарская голова: «Ой, извините, там Арго в деканат, срочно», — глаза секретарши шарили по рядам. Студенческие головы повернулись, как на шарнирах. На самом верху амфитеатра Мария Арго запихивала вещи. «Да, конечно, пожалуйста...» — преподаватель смолк на полуслове. Головы вернулись на место — пользуясь неожиданным перерывом, народ заговорил о своем.

Сегодня обсуждали заметку в *Советском экономисте*. Редакция институтской газетки ходила ни жива ни мертва. Основной тираж успели изъять, за исключением нескольких копий, но и их оказалось довольно: жужжали на каждой кафедре, в каждой аудитории. В заметке, посвященной строительству дамбы, черным по белому значилось:

*Грандиозное сооружение, к строительству которого решено приступить в самое ближайшее время, призвано защитить город от — Генерального Секретаря ЦК КПСС товарища Леонида Ильича Брежнева.*

Тире, затесавшееся перед титулом, ясно указывало на выпадение следующей строки. Технический сбой обернулся катастрофой. Начальство, взявшее тайм-аут, обдумывало кару. Объяснений принять не пожелали.

Выбравшись из своего ряда, Маша спускалась по лестнице. Она шла осторожно. Записочка, сложенная самолетиком, спикировала под ноги. На ходу она поддела носком сапога. Белый клочок, не нашедший адресата, запрыгал вниз, к самой арене.

Валя сидела у прохода, на первой скамье. Неловко вывернув шею, она следила исподлобья. Сбившись с шага, Маша поймала взгляд. Валины глаза испустили сноп ужаса. Потерянная улыбка дрожала на губах, ходила меркнущим заревом. «Она-то откуда знает?» Неловко вывернув шею, Валя следила исподлобья. В сердце вспыхнуло короткое недоумение. Пройдя мимо бывшей подруги, Маша выбросила ее из головы.

Шагая по коридору, она собиралась с яростными мыслями. От слов, свившихся под языком, темнело в глазах. Слова вставали в горле, мешали дышать. Банковский коридор становился беспросветным. Призрак света, замкнутый в глубине, не пробивался сквозь мутные перекрестья. Тот, кто охранял государственные резервы, не нашел бы пути. От двери к двери, зная цену *этому* золоту, Маша шла к московским гостям.

В кабинете было тихо. Она сглотнула скверное слово и одернула свитер.

Декан поднял глаза. Маша стояла в дверях, озираясь. Комиссии не было — Нурбек сидел один.

— Мне передали, вы...

Фигура, встававшая навстречу, принимала паучьи контуры: расставив локти и упираясь руками, Нурбек поднимался из-за стола.

— Прошу, — он произнес сквозь зубы. — Ознакомьтесь, — и придвинул бумаги. Маша протянула руку.

«...Тоомасович, сборочный цех, эстонец...»

Она не успела осознать до конца. Глаза метались по строкам, но рука, дрогнув предательски, уже тянулась к шее — заслонить.

Не дождавшись ответа, Нурбек заговорил. Припадая грудью к столу, он говорил о советских людях, в которых нет и не может быть лжи. Тем, кто отвечает за личные дела, проверять не приходит в голову. Он говорил, не сбиваясь. Слова терзали подобием смысла. На ладони, заслонявшей шею, выступил холодный пот. Собравшись с силами, она отвела руку. След паучьих челюстей ныл, как свежая рана. Маша сжала губы и приказала себе: не чесать.

— В сущности, я все понимаю, — голос Нурбека стал нормальным. — Таким, как вы, *обязательно* надо учиться... Сделанного не воротишь, но мало ли, на будущее, — он усмехнулся. — Ваша ошибка в том, что... надо молчать.

— Молчать? — Маша переспросила растерянно. Шальная мысль ударила в голову: неужели сейчас, попугав, он сунет *под сукно*?

— Ни одной живой душе! — Нурбек произнес с напором и поднял глаза. Глядевшие в упор, они не видели кровоточивого знака. Нурбек, сидевший напротив, *действительно* не различал.

«Татарин. А вдруг — крымский? Оська говорил... Говорил. Крымских тоже выслали...»

— Нурбек Хайсерович, скажите... — она обращалась к его *крови*. — На меня написали донос?

Рука, державшая ее будущее, медлила подняться.

— Писать не обязательно. Писать — это хуже... — он откликнулся глухо, словно из глубины.

Теперь она была почти уверена: Нурбек предлагает помощь.

Он заговорил, как будто расслышал ее мысли:

— По-человечески я вам, поверьте, сочувствую. Но это мало что меняет. В любом случае у вашего дела будут последствия — меньшие или большие. *Вот это* зависит от меня. Я говорил о московской комиссии, предупреждал, что вас могут вызвать, — теперь, возвращаясь в настоящее, Нурбек спрашивал прямо. — Если на все вопросы вы ответите *правильно*, для вас обойдется малой кровью. Могу обещать. Идите и думайте, — он сложил Машины бумаги, аккуратно завершая разговор.

«Писать не обязательно... Я и Иосиф... Ни одной живой душе...» — ноги несли к выходу. Она не заметила, как оказалась на ректорской лестнице. Одним духом выбежав на улицу, Маша остановилась: «Черт!» — забыла забрать пальто. Глаза, скользнув по фасаду, уперлись в мраморную доску. Выбитое по камню, на ней значилось название института. Доска была тяжелой, как могильная плита. Слабея, Маша взялась за колонну: «Она. Немка. Сука. Немецкая овчарка. Третья, кто знал».

Маша шла в гардероб и с каждым шагом убеждалась в своей правоте. Немка, явившаяся из прошлого, не простила ленинградской квартиры. Вряд ли задумала заранее, но жизнь, которую Маша позволила ей примерить, стала непосильным испытанием. Мысли неслись, сбивая с шага: «Сама, сама виновата. Рассказала. Поделилась, чтобы помочь».

Теперь, когда все сходилось, Маша объяснила легко: немка не посмела зайти, стояла у входа. Знала: все закончится *исключением*. Внимательно изучала доску — затвердила на память, чтобы потом выведать по справочному. В отдел кадров, письмом, прямо в паучьи лапы.

На Невском Маша нашла автомат. «Иосиф Борисович, вас к телефону, приятный женский голос», — девица, взявшая трубку, подзывала умильно. Он ответил торопливо, как будто задыхаясь: «Да?» — «Есть разговор. Не по телефону», — Маша объяснила коротко. «Господи, ты?! Что случилось? Что-нибудь с... — он помедлил, — в институте?» — «У меня неприятности, с деканом», — Маша объяснила уклончиво, стараясь не замечать его взволнованной «с...».

«Конечно, приходи. — Она расслышала его облегчение. — Вечером, в любое время».

Расслышала и сообразила: сегодня *пионерки* не будет.

Часы, оставшиеся до вечера, Маша убила, слоняясь по городу. По фасадам, знакомым с детства, змеились глубокие трещины. Окна смотрели злыми глазами. Маша вглядывалась, силясь понять: «А я? На что бы пошла я, если б *эти*, тасующие чужие жизни, посмели выгнать из города?»

Ответ выходил страшным: «И я... И я...»

Кровь, вскипавшая от предательства, звала к мести.

Войдя в квартиру, она обшарила глазами, словно обыскала. Валиных следов не было. «Сейчас, помою руки», — затворившись в ванной, Маша откинула крышку — на

этот раз женского в грязном белье не было. Его квартира походила на прежнюю, но Маша не могла отрешиться от Валиного присутствия. Как будто бывшая подруга
сидела здесь. Может быть поэтому Маша рассказывала
с оглядкой, избирательно, как будто следуя Нурбековой
инструкции о *живых душах*. Все, что касалось профессора Успенского, она оставила при себе.

Кроме немки, которой сама проболталась, об анкете
знали двое. Маша указала пальцем: «Ты и я. Странная
история, особенно то, как немка вела себя с папой».
Сдержанно и обстоятельно Маша передала разговор,
в котором отец признавался в том, что понимает немецкую вину. *Их* больную совесть. Конечно, он не гнал Марту, но хотел, чтобы уехала как можно скорее.

В продолжение рассказа лицо Иосифа темнело.

— Есть еще одно, — Маша прищурилась. — Я забыла:
серьги. Немка оставила золотые серьги. Подарила мне.

— Серьги... Ну и что? — Иосиф переспросил невнимательно.

— Ты не понимаешь?! *Золото*. Немцы отнимали у евреев. Всучила мне обратно, дескать, больше ничего не
должна.

— Уж больно хитро... — брат мотнул головой.

— Думаешь, исключат в любом случае? — Маша вернулась к делу.

Иосиф молчал. Морщина, резавшая переносицу, сде-
лалась глубокой. Дельного ответа она так и не добилась.
Не поднимая глаз, брат проводил до дверей.

Телефонный звонок раздался, едва она вошла в квартиру.

— Слушай меня внимательно, — Иосиф заговорил не-
знакомым голосом. В первый миг Маша не узнала. —
Твоя немка здесь ни при чем. По крайней мере, с ее стороны вероятность почти нулевая.

Голос исчез, Маша подумала — разъединили.

— Алё, алё, — она звала, вслушиваясь.

— Валя. *Это* сделала Валя, — голос брата донесся издалека.

— Но я... Ей я ничего... Откуда?.. — теряя силы, Маша опускалась на стул.

— Мы расстались. Ей рассказал я — давно.

Черная трубка стала липкой и горячей. Отведя от уха, Маша разглядывала с ужасом, словно то, что она держала в руке, стало фалангой паучьей лапы. Размахнувшись, она швырнула на рычаг. Телефон зазвонил снова. Больше Маша трубку не подняла.

## 3

Пытаясь собраться с мыслями, Маша рисовала странные картины. Ни одна из них не простиралась дальше новостроек. За крайним домом начинались леса и поля. Здесь воображение меркло. Она пыталась представить маленький город, похожий на Мартино село. Все заволакивалось дымкой, как будущее, в котором она станет учительницей истории. В селе не нужен диплом. Хватит и незаконченного высшего. Надо вытащить чемодан. Отцовский, древний, из *чертовой кожи*. До сих пор валяется на антресолях. Возьмет и уедет. Сама отправится в ссылку. Чтобы здесь, в опоганенном городе, остались только *они*. Пусть *пишут* друг на друга, грызутся, как пауки в банке.

«Взять и приехать к Марте. Она же приехала. — Маша представляла себе немцев, которые *должны* понять. Приютить на первое время. — Скажу: да, я — еврейка. Но вы ни в чем не виноваты. *Это* моя вина. Потому что я — русская...»

Она запуталась и положила голову на руки.

Усталые мысли сбились в уголке. Там, в немецком селе, где живут сосланные, она выйдет замуж и состарится, а потом у нее будут внуки...

Маша думала *только* о внуках, не полагаясь на детей.

Для своих внуков она станет русской бабушкой, потому что будет учить их правильно. Тому, чему научил ее профессор Успенский: *правильному русскому языку*...

Окна двора-колодца были темны. Потушив верхний свет, Маша зажгла настольный. Под кругом, желтившим столешницу, лежал паспорт. Хоть в городе, хоть в селе, без этой книжки не примут. Она сообразила: аттестат, школьный аттестат. Надежда на учительство. Он остался в паучьих лапах. Лежит в ее личном деле, там, где приколот донос.

«Ничего, — Маша листала жесткую книжечку. — Паспорт — главное в этой паучьей стране».

Вглядываясь в лицо, вклеенное в паспорт, она думала о том, что в стране, где она родилась, *всегда* приходится выбирать: *мы* или *они*.

Лицо, смотревшее с первой страницы, было детским. Тогда она тоже заполняла анкету. Выбирала. В первый раз. «Или не в первый?.. Нет, — она вспомнила. — В первый — когда вступала в комсомол».

Их принимали в седьмом классе. В первом потоке, как двух лучших учениц. Двух подруг: Евгению Перепелкину и Марию Арго.

Пустые бланки выдали в пионерской комнате. Сказали: заполните дома. Разложив картонные карточки, они заполняли графы. Сначала — просто: имя, фамилия, отчество, год рождения. Потом — национальность. Женька вывела, не задумываясь.

Маша занесла ручку: «Национальность как? Не знаешь? По матери или по отцу?»

Отчетливо, словно возвратилась в школьное прошлое, Маша поняла: тогда она ждала Женькиной помощи — рассчитывала на решение подруги. Ей хотелось, чтобы Женька, приняв решение, сняла с ее плеч будущую тяжкую кладь.

«Не знаю, — Женька ответила легкомысленно. Раньше они не говорили ни о чем *таком*. — Вообще-то принято: и фамилия, и отчество — все по отцу».

Маша кивнула и вывела *это* слово. Написанное под ее именем и фамилией, оно выглядело странно, как будто не имело к ней отношения.

«Ну и правильно, — Женька заглянула через плечо. — А то знаешь, некоторые стыдятся, получается — предают. Нечестно. Не по-комсомольски».

Дома она показала маме. Была уверена — похвалит. Оглянувшись по сторонам, мама схватила и порвала в клочки. «Ты что?!» — Маша вскрикнула. «Сумасшедшая. Совсем ума нет, — мама говорила ужасным шепотом. — Тебе здесь жить. Надо в институт... Завтра же возьмешь другую, скажешь — испортила, залила чернилами». — «Но это... Это нечестно. А как же папа?»

«Нашлась — честная! У папы, слава богу, есть голова на плечах...»

Женьке она не рассказала. Сходила к вожатой и взяла новую карточку.

Паспорт раскрылся на главной странице. Маша вчитывалась в ровные строки. Давным-давно, совершая свой выбор, она свалила на пролитые чернила. Имя, фамилия, отчество. Национальность: русская. Черным по белому. Именно тогда паук и узрел слабину.

Маша встала и подошла к окну. Сквозь щели, не заделанные на зиму, несло сквозняком. Ветер, залетавший во двор, выл голодным волком. Лапы царапали стекла, оскользали истертыми когтями. Стекла, ослабшие в пазах, дрожали мелко. Прижавшись горящим ухом, Маша вспоминала детскую сказку про девочку Элли. Смерч — единственно правильное решение. Чтобы унес и людей, и дома...

За ужином слушали радио. Торжественный голос диктора сообщал о том, что нынешней ночью вода поднимется выше ординара. В голосе, приводившем цифры, плескалась гордость: Нева — ленинградское божество. Грозное, но справедливое.

— То-то, я чувствую, голова разболелась... — мама откликнулась деловито. — С утра прямо раскалывается, — она ударила ладонью по лбу, словно ее ладонь была топориком, раскалывающим голову на две части.

После чая отец предложил сыграть *в тысячу*. Последнее время она отказывалась. Теперь согласилась. Если исключат, для отца это будет трагедия.

Она проиграла два раза подряд. Отец торжествовал: дочь — сильный соперник.

— Знаешь, Мария, — он тасовал карточную колоду, — последнее время думаю о твоей аспирантуре... Козыри — крести.

— Ну что мы будем заранее... — расправляя свои карты, Маша искала черные крестики. В ее руке козырей не было. — Ты же знаешь, это зависит не только от меня.

— Конечно, конечно... — отец замахал руками. Мельком Маша увидела: у него полно козырей. — Но я, когда об этом думаю... Если ты поступишь, я буду *смертельно* счастлив!

Все, что он мог сказать, дочь знала сама. То, о чем отец не сказал вслух: его собственная мечта. Давняя и недостижимая. Диссертация, которую хотел защитить.


Ему *они* позволили многое. Мальчик, едва понимавший по-русски, об этом не мог и помыслить. На всю жизнь он запомнил день, когда, добравшись по нужному адресу, протянул девчонке-учетчице сложенную вчетверо бумажку. «Мойша — какое смешное имя!» — так она сказала, и он улыбнулся застенчиво. «Слушай, зачем тебе такое? Хочешь, я запишу тебя Мишей? Очень красиво: Михаил».

Он кивнул, потому что она, сидевшая в окошке, была веселой и доброй. Выводя русские буквы, она спросила про день рождения, и он растерялся. «Не знаешь? — девочка удивилась весело. — Давай запишем первое сентября — первый учебный день?» Он снова кивнул, соглашаясь. Девочка писала сосредоточенно, и Мойша, глядевший сквозь маленькое окошко, восхищался ее красотой: с ней он не сравнил бы ни одну из своих сестер.

На языке, которого она не знала, Мойша думал о том, что эта девочка похожа на фокусника — однажды в их местечко явился бродячий цирк. Приехали на повозках. Он видел представление, бегал на площадь. С волшебной легкостью она превратила его в другого мальчика, оставив от прежнего только национальность и отчество, потому что ни то ни другое не показалось ей смешным. Прожив жизнь, он убедился в ее правоте. Никто и никогда не находил ничего смешного в этом остатке.

Он выучился, воевал и честно работал. Всей душой хотел на них работать. Если бы не они, так бы и остался в своем местечке под Гомелем. За честность *они* позволили ему достигнуть многого, кроме главной и ослепительной мечты. Из семнадцати запатентованных изобретений для кандидатской хватило бы и трети. Во всяком случае, *другим*. Об этом он заикнулся лишь однажды, лет через десять после рождения старшей дочери, рассудив, что от *главной смерти* прошло достаточно времени. С тех пор минуло еще десять лет. Теперь все чаще он думал о том, что их отказ — не случайность. *Они* выбрали самое жгучее желание. Безошибочно, словно видели насквозь. Потому что смотрели ему в глаза. Понимали: к этому он относится серьезно.

Теперь он радовался тому, что дочь, говоря об аспирантуре, не принимает серьезный тон. Легкость ее тона Михаил Шендерович объяснял по-своему: у дочери есть верные шансы их обмануть.

Обычно он старался подстроиться, но почему-то именно сегодня впервые заговорил серьезно, однако глянув в ее глаза, об этом пожалел. Откладывая козыри в сторону, думал о том, что совершил какую-то ошибку, которую уже нельзя исправить.

Проиграв в третий раз, дочь отложила карты.

Если б можно было взять обратно, он дорого дал бы за то, чтобы, начав игру заново, не произносить серьезных слов.

— Машенька, — мама заглянула в комнату. — Совсем забыла. Вчера тебе звонили. Какой-то молодой человек...

Маша обернулась: кроме Юлия, некому. Не звонил давно. Почти забыла о его существовании.

— Молодой человек? — отец глядел беззащитно.

Маша встала и протянула руку:

— Поздравляю с сокрушительной победой!

Отцовская рука была слабой и безвольной.

«Кроме Юлия — никого». С ним она сможет поговорить по-человечески.

Он подошел сразу, как будто дожидался звонка. Говорил сдержанно — Маша отметила какую-то перемену. В том, что звонил, Юлий не признался — она не стала уточнять. Скорее из вежливости, заранее уверенная в благоприятном ответе, поинтересовалась здоровьем его отца.

— Он... Отец умер, — голос остался ровным.

— Но он же...

Его отец шел на поправку. Она осеклась. Что-то похожее на обиду поднялось в сердце — ей-то уж мог сообщить.

— Из больницы выписался, врачебный прогноз — самый благоприятный, дали направление в санаторий. Хороший, в Дюнах, — Юлий перечислял монотонно, как будто подробности, выстроенные в правильную последовательность, могли объяснить исход. — Сердце. Второй инфаркт, — опередив ее следующий вопрос, Юлий замолчал.

— А где?.. Где похоронили? — не то чтобы это казалось важным, но Маша не могла остановиться.

Елена Чижова

Он назвал Преображенское. Помедлив, Маша сказала, что хочет съездить на могилу. Об этом она думала одной половиной головы. В другой сидела мысль о пепле: «Возьму с собой. Подхороню где-нибудь в сторонке...»

Юлий вспомнил: помогла, приехала в больницу. И согласился:

— Хорошо.

Так и не узнала имени — отец и отец... Отцовские веки, еврейский выпуклый лоб... Подглазья, залитые темным. Снова все путалось, как тогда, в больнице. Отцовские веки вздрагивали едва заметно, словно душа, воплощенная в разных еврейских телах, лежала на Преображенском погребенной заживо. Не трогаясь в небо, стыла под сводом ленинградской земли.

Стыд за давнюю больничную выходку стегнул крапивным хлыстом. Обжег щеки. Она видела лицо, поросшее могильной щетиной. Земля была тяжелой и влажной. Она думала: гроб опустили в воду. Потому что там, на Преображенском, ее не было. Не сообщили, не позвали. Если бы сообщили, уж как-нибудь сумела бы справиться с этими кладбищенскими тварями.

Теперь ничего не исправить.

Вынимая ящики, Маша вытряхивала содержимое: тетради, конспекты, старые записи. Жизнь, прошедшая от поступления, становилась иссохшей веткой — не сегодня-завтра ее отсекут. «Винить некого, — она думала, перелистывая. — Даже Иосифа. Даже Валин длинный язык. Дело не в языке, а в голове. Длинный язык — паучье техническое средство...»

Давно, еще в школе, их водили в музей. Экскурсовод демонстрировала плакат: голова фашиста, разрезанная вдоль. Правая половина — живая, левая — череп с пустыми глазницами. К живому уху припал болтун, выдаю-

374

щий тайну. Маша вспомнила название: *Болтун — находка для врага*.

Собирая в передник, Маша носила конспекты в туалет. Бумага прогорала быстро — корчились, превращаясь в прах.

«Фашист... При чем здесь фашист? Это у *них* фашистские головы: разделенные на две половины. Суки. Сволочи», — разрывая старые конспекты, она шептала скверно.

Спалив последнее, смыла и протерла щеткой — уничтожила следы.

Теперь, вспомнив Марту, она радовалась, что отдала книги. Уничтожить, как сделали Панька и Фроська, разорвавшие немецкие книги, — на это не хватило бы сил. Пусть читает и радуется. Воображает, что это написано про русских. Верит, что ничего не изменилось, осталось прежним. Тешит себя классическими героями. Этими *карениными* или *раскольниковыми*.

Маша думала: «Смешно. Убил старух, надеясь стать миллионером. Теперь не понадобится. Деньги — фикция, — она хихикнула. — Для *них* главное — кровь... Кровь. Дурак. Топор приготовил... Тоже в другой жизни. В *этой* хватает и бумажек... Всё — бумажки, — она оглянулась на поредевшие книги. — *Кто я? Тварь дрожащая или право имею?*.. — рука, шарившая в пустом столе, наткнулась на маленькое зеркальце. Она вынула и поднесла. — Имеешь, имеешь, — ответила себе во втором лице. Как будто от лица *других*, посторонних. И, перебрав свои *подвиги*, согласилась с этими тварями, гнездившимися в ее сердце: — Имею. Потому что — тоже тварь. — На дне ящика осталась разбросанная косметика: крем, тени, помада. Она задвинула поглубже. — Никакая не голубка», — вспомнив братьев-аргонавтов, Маша усмехнулась.

Плавучие скалы сближались неуклонно. Игра, которую она затеяла, оказалась игрой паука. Не море — река, у ко-

Елена Чижова

торой нет рукавов, чтобы свернуть, спрятаться. В дельте, похожей на раскинутые лапы, *он* дожидался, не сводя немигающих глаз.

— Ладно, — Маша сказала вслух, как будто паук мог ее слышать. — И начитались. И наигрались. Теперь поглядим.

Сев за очищенный стол, она раскрыла паспорт. Сгибала и разгибала корочки: странички норовили встать поперек. Паучьи глаза пучились изумлением. Упираясь фалангами, он следил, как жертва тянется к пузырьку. Она свинтила крышку и занесла, почти не примериваясь. Черная тушь плюхнулась густо. Пятно покрыло строки, среди которых была одна, его любимая. К этой строке липли лапки трусливых насекомых.

Ночью она видела нехороший сон. Ей снилась толпа, собравшаяся во дворе. Крики, похожие на вой ветра, бились в ее окно. Маша выглянула: внизу прибывала вода. Струями вливалась из подворотен, катилась по асфальту, подмывая стены. Невская вода, поднявшаяся выше ординара, доходила до щиколоток. Переминаясь с ноги на ногу, они глядели под ноги, но не видели волн. Волны, катившиеся из грязных подворотен, грозили затопить двор. Рванув на себя оконную створку, Маша крикнула: «Спасайтесь!» — но они не верили. Смотрели куда-то в небо, словно ожидали помощи. Из подворотни хлестало неудержимо. Во сне она съежилась на полу.

Все было тихо. Совладав с собой, она выглянула. Выше человеческого роста, выбранного пауком в качестве ординара, стояла вода. Сверху она казалась черной. Уже почти проснувшись, Маша понимала: черной тушью паук залил город, открытый перед ним, как огромный паспорт.

# Глава 20

## 1

О точном сроке они не условились. Три дня Маша просидела дома — до среды. Телефон молчал. Может, он передумал. Догадка приводила в ярость: снова Иуда возомнил о себе невесть что. Яростные мысли действовали благотворно — отвлекали от институтских дел. Не будь Иуды, тень Нурбека терзала бы неотступно. Теперь его тень являлась время от времени, чтобы втянуть в бесконечный разговор. Снова и снова, распахивая дверь кабинета, Маша находила слова. Скверна лилась на Нурбекову голову, но не могла утолить. В мыслях Маша презирала себя за то, что, ступив за коленкоровую дверь, не дала правильного ответа.

Во вторник она поняла: кончено. В институт она не явилась. А значит, все двинулось по *худшему* сценарию.

Успенский позвонил в четверг. Трезвым голосом сообщил, что комиссия заседала в среду:

— Всё. Завтра можешь приходить.

— Но я...

— Знаю, — он оборвал жестко. — Нурбек Хайсерович ввел меня в курс дела. Странно, что не ты.

— Но я... — Маша начала заново, но остановилась. Паучья черная трубка дрогнула в руке. К этому ее приучил брат: не *болтать* по телефону. Болтун — находка для врага.

— Ладно, — голос Успенского снова оборвал. — Об этом — после. Теперь самое важное: с *ними* я договорился. Нурбек обещал: *по-настоящему* ход делу не дадут. Тебе позволят закончить. На вечернем. Там другая программа, какие-то несоответствия — придется срочно досдать. Закончишь, будем думать дальше. Ты уже вычислила, *кто?*

— Зачем? — Маша спросила, пытаясь выиграть время. Он усмехнулся. На решение отводились секунды, но тень Нурбека стояла рядом. За эти дни она научилась отвечать.

Вопрос, который задал Успенский, был главным. Предшествующие рассуждения имели единственную цель — ошеломить. Как в детском калейдоскопе, мысли блеснули и замерли — Маша увидела весь рисунок. Назови она Валино имя, следующим шагом он потребует, чтобы она положила жизнь на то, чтобы отомстить.

— Да, — Маша ответила. — Летом ко мне приезжала немка. Ее семью выслали. До войны они жили в моей квартире.

Маша рассчитала правильно: Успенский молчал. За немкой, высланной из города, он признавал право на месть.

— Я хочу спросить... — Маша переждала молчание. — Вы сказали, что договорились с ними. Надо полагать, *что-то* они потребовали взамен?

— На их месте я потребовал бы большего. Бляди, — он сказал просто, по-человечески. — Ладно. Не телефонный разговор.

— А что, могут подслушать? — Маша скривилась презрительно. — Интересно, что новенького они узнают из того, что не узнали до сих пор?

На том конце провода Успенский издал звук, похожий на лай:

— Кафедру. Нурбек потребовал кафедру.

— И вы... согласились? — она положила руку на горло. Судорога, пережавшая связки, мешала говорить. Ясно, как будто профессор стоял рядом, Маша видела осклабившийся рот. — Но вы, вы говорили, всю жизнь...

— Говорил. И сейчас говорю: *здесь* надо добиться многого, чтобы в случае чего было чем пожертвовать. Не надо, — ей показалось, он видит слезы, — в моем случае жертвенность не стоит преувеличивать: эту задачу они решили бы все равно. Рано или поздно.

— Нет, — Маша сказала, — ничего бы они не решили. Против вас у них не было свидетелей.

Может, ей только показалось, но Успенский снова усмехнулся.

Положив трубку, Маша съежилась у телефона. Жертва, которую он принес, была *человеческой*. Никогда никакой волк не стал бы жертвовать собой. Сказал: не стоит преувеличивать, но именно этим словам Маша отказывалась верить. Волк, тотем ее племени, не мог поступать как человек.

«Нет. Не так», — она начинала заново. Профессор достиг всего, что поставил себе целью. *Это* стало его капиталом: удавшаяся профессиональная жизнь. Этой жизнью — советским эквивалентом денег — он заплатил Нурбеку. Мысль складывалась медленно. Подобно паутине, сплеталась из обрывков разговоров, которые вел профессор. Когда-то давно, предугадывая заранее, он выбрал именно ее. Волчьим носом унюхал в ней главное: рано или поздно она зайдет в тупик. Тогда, пожертвовав кафедрой, можно будет спасти...

«Меня? — мысль билась в паутине, теряя силы. Слабые крылья замерли. Мертвая мысль стала простой и очевидной. — Нет, не меня».

Словно дикий зверь, спасающий детеныша, он готовился принести себя в жертву и для этого *использовать* ее, свою ученицу, связав раз и навсегда. Наставить на путь, которым прошел сам. В конце пути, в свой черед достигнув *всех* поставленных целей, она должна будет — ради продолжения его науки — выбрать нового детеныша, чтобы принести себя в жертву и спасти. Этот путь он считал заменой человеческого: палачи, пришедшие к власти, пресекли его раз и навсегда.

Картины будущего щелкали черно-белыми кадрами: по ступеням, сбитым множеством ног, Маша шла вверх. По лестнице, на вершине которой сияла докторская диссертация — ее будущий основной капитал. Решение, минуту назад казавшееся трудным, стало простым.

— Слушаю, — профессор отозвался бесцветным голосом.

— То, что вы предлагаете — невозможно. На вечернем я учиться не стану — много чести.

Будь он не волком — человеком, она не нашла бы сил отказать.

— Дура, — Успенский отозвался глухо. — Захочешь исправить — будет поздно.

— Нет, — она сказала. — Не захочу.

Забытый восторг дрожал в ее груди: *так* она была счастлива лишь однажды — в день *поступления*.

Маша ушла к себе и затворила дверь.

Двор гомонил веселыми голосами. Детские шапочки, похожие на праздничные шарики, прыгали по асфальту. Скрежет железной битки долетал до верхних этажей. Терзаться нечем. Нева, выйдя из берегов, слизнула бессмысленные годы. То, что случилось, относится к чужой жизни: кафедра, Нурбек, комиссия. Пусть боятся те, кто жаждет нажить капитал. «Дура, — Маша вспомнила. — Он сказал: дура», — и усмехнулась, передернув рот.

Дворовые крики становились слышнее. Что-то, упущенное во сне, поднималось со дна. Битка, брошенная в невскую воду, расходилась кругами.

Едва смиряя пляшущие ноги, Маша шагала по комнате. Жизнь начиналась заново. То, что случилось раньше, не в счет. Родители, брат, профессор — все канули в прошлое. Маша оглядывала остаток: Юлий. В нем нет их поганого двоемыслия. Единственный, не втянутый в паучью игру.

Автобусы шли вереницей, несмотря на поздний час.

Трясясь на заднем сидении, Маша думала о том, что поделится с ним своими планами. Расскажет о немецкой девочке. Вместе они съездят на кладбище. Сходят на отцовскую могилу, а потом найдут место и зароют пепел старух. Панька и Фроська будут лежать спокойно, дожидаясь своего воскресения. А потом они соберутся и уедут. Подальше, куда-нибудь в глухую провинцию. Будут жить, дожидаясь общих внуков...

Сойдя на остановке, Маша двинулась через пустырь. В ряду пятиэтажек, выстроенных в шеренгу, его корпус был третьим. Под ногами чавкала грязь. Где-то рядом бежала асфальтовая дорожка, по которой, волоча ворованные книги, она шла в прошлый раз. Вдалеке, над зубцами точечного дома, тускло горели буквы. Их прибили с торца. Лозунг, в который они складывались, с этой стороны не читался. Для гостей, попадавших в этот район, они играли роль маяка, к которому, меся непролазную слякоть, следовало стремиться.

У парадной Маша тщательно очистила ноги — глинистые комки прилипли к подошвам. Перед дверью она помедлила: из квартиры слышались голоса. Один принадлежал Юлию. Он был усталым и негромким — увещевающим. Другой, женский, отвечал отрывисто и резко. Маша прислушалась: «Нет, не мать». Мягкий голос Екатерины Абрамовны она помнила хорошо.

Юлий, одетый не по-домашнему, вырос на пороге.

— Я... — Маша начала неловко. Мысли путались. Юлий не торопился приглашать.

Из-за его плеча глядела темноволосая девушка. Ее черты она помнила смутно. Не проронив ни слова, девушка скрылась в глубине квартиры. Маша поймала его растерянный взгляд.

Вежливость взяла верх. Он потупился и отступил.

— Я... — Маша начала снова. Странное выражение не сходило с его лица. Как будто он чувствовал себя виноватым.

— Вы разденетесь? — глаза избегали встречи.

Маша кивнула и взялась за пуговицы пальто.


Девушка сидела на диване, поджав под себя ноги. Маленькие ступни, обтянутые капроном, выбивались из-под юбки. При Машином появлении она спустила ноги и дернула диванную подушку.

— Поставлю чайник, — Юлий вышел стремительно.

Пальцы, украшенные серебром, терзали бахрому. Девушка глядела в сторону, словно гостья, явившаяся неожиданно, нарушала ее владения. Ее глаза были густо накрашены. Под нижними веками сероватым следом размазалась тушь. Как будто только что плакала.

Юлий вернулся, и темноволосая поднялась. Она вышла из комнаты решительно, словно Юлий сменил ее на посту.

— Меня исключили из института, — Маша пожаловалась, думая о том, что исключение — кстати: первый раз в жизни паук играет на ее стороне.

— Почему? — Юлий поинтересовался удивленно, но это удивление было холодным.

— Точнее говоря, мне пришлось уйти. Длинная история. Если в двух словах, на меня написали донос.

Маша справилась с собой. Теперь ей казалось, он должен был оживиться: вспыхнуть, проявить интерес. Юлий кивнул. Глаза, глядевшие на Машу, оставались тусклыми:

— Что ж, приятного мало... Но может, вы поспешили? Надо было не уходить, подождать. Жизнь длинная... — он усмехнулся. — Особенно в этой стране.

Прежде в его усмешках не было горечи.

— Вы... не хотите со мной говорить? — вспомнив про внуков, она решилась действовать напрямик.

— Нет-нет, — глаза метнулись, но он покачал головой. — Я хотел вам звонить, потому что... — Юлий медлил, — потому что обещал.

— Обещали, — Маша подтвердила. — Я подумала, что-то случилось. Обычно вы...

— Позвонить и извиниться, — он добавил тихо.

— Чайник вскипел, — непреклонный голос прервал из-за двери. Маша услышала твердые шаги. Передав сообщение, темноволосая девушка ушла в кухню.

— Извиниться, — Юлий повторил с нажимом, как будто вступал в спор. — Прошлый раз, по телефону, я сказал вам неправду. Посещать, собственно, нечего. У моего отца нет могилы. Сам он хотел на Преображенском, но разрешения не дали. Предложили Северное... — губы сморщились.

— А если за деньги?.. — она спросила и поняла, что сделала ошибку.

— Нет, — его голос стал непреклонным. — Платить мы не станем. Кроме того, дело не только в этом...

— Но вы могли бы... — мысль мелькнула и сложилась. — Кремировать. А потом похоронить тайно.

— Нет, — он снова отверг. — Тайного больше не надо. И вообще ничего *этого*...

— *Этого*? — Маша повторила за ним.

— Вот именно. Нельзя, значит, нельзя.

Новая интонация резала слух.

— Но это глупо! — *полукровка*, привыкшая решать технические задачи, повысила голос.

Юлий покосился на дверь. Коридор молчал.

— Не так уж глупо, — снова его усмешка получалась горькой. — Если бы все рассуждали, как я... — он махнул рукой.

— Так, как вы, рассуждают именно все! — она не хотела его обидеть. Просто сказала правду.

— Боюсь, что нет, — в голосе поднималось раздражение. Вскипало каплями — с самого дна. Одна из капель должна была стать последней. — Вам никакие законы не писаны!

Таясь за дверью, черноволосая торжествовала победу. Маша поднялась.

В прихожей она одевалась торопливо, не попадая в рукава. Юлий не помогал.

— Вот... — она застегнула верхнюю пуговицу.

— Когда-то давно, — Юлий стоял, прислонившись к притолоке, — я говорил о надломленной трости. Так вот. Я ошибался. На самом деле она давно сломана, — лицо, обращенное к Маше, меняло свои черты.

Они теряли слабость, которую когда-то давно она назвала травоядной. Машин взгляд, зоркий, как пальцы слепого, ощупывал контуры, скользил по буграм его лба. Древняя ярость вставала в его глазах. Небо, под которым они стояли, собиралось тучными складками, зыбилось как земля. Небо, которого раньше она не знала, становилось шатром, раскинутым в пустыне. Эти черты она знала всегда. Давно, тысячу лет назад, его лицо склонялось над ее колыбелью. Ошеломляющее родство, в котором страшно признаться, становилось непреложным, как тело. Сладким, как человеческая кровь. Такой сладкой ее кровь была только в самом раннем детстве, когда, вылизывая детские ссадины, она плакала и глотала слюну.

На пороге шатра, завешанном тяжким пологом, они стояли друг против друга. Шаг — и она стала бы *смертельно* счастлива. Юлий шагнул первым.

Непреклонным жестом, принадлежащим ее бабушке Фейге, он поднял руку и погладил ее по голове. Пальцы скользнули и легли на Машино плечо. Не дожидаясь внуков, Юлий отринул ее, девочку-полукровку. Развернул и подтолкнул к дверям.

Свет маяка, зажженного над точечным домом, не достигал небес. Небо, под которым она брела, было пустым и беззвездным. Тучи, спустившиеся низко, облепили хрущевские дома. К точечному дому, украшенному горящими буквами, Маша подходила с торца. Отсюда *их* буквы читались легко и ясно:

## СЛАВА СОВЕТСКОМУ НАРОДУ!

Она ответила грязным словом — на родном языке паука.

## 2

*Они* осквернили отцовскую могилу. В первом ужасе Юлий попытался представить их лица. Мука усугублялась тем, что виноватым он считал и себя: мать говорила, не пишите полного имени, пусть будут только инициалы. Фамилия, начальные буквы, годы жизни. Мать была права. Права оказалась и Виолетта.

В отцовских вещах, которые ей вернули, нашелся бумажный листок. Не записка, не завещание — воля. Отец, чувствуя приближение смерти, думал о своей могиле. В письме обращения не было. Не то сына, не то жену он просил выбить слова, которые вывел на иврите нетвердой рукой: странные, крючковатые значки. Юлий склонялся к тому, чтобы исполнить, Виолетта встала на дыбы. Пасынок пытался урезонить, по крайней мере, получить внятные объяснения. Она молчала, ограничившись твердым «нет». Надеясь взять в союзники мать, он показал ей записку. Екатерина Абрамовна поглядела с жалостью, как на недоумка. Тогда-то она и сказала про инициалы. Юлий понял, но, скованный волей отца, настоял на компромиссе: крючки отставить, фамилию, имя, отчество выбить на плите полностью — как у людей.

А еще он настоял на Преображенском, сам съездил в кладбищенскую контору. Мужик разговаривал вежливо, сказал, привозите документы — оформим. Виолетта снова отвергла: пусть лежит на *обыкновенном*. Выбрала Северное, сама оформила в бюро, на Достоевского. Юлий смирился.

Споры вокруг последней воли не могли отменить очевидного: отец умер скоропостижно. Скорее всего, записку он написал еще в больнице, задолго до выписки. Вряд ли отец придавал делу исключительную важность. Сколько раз мог поговорить с сыном, высказаться окончательно и определенно. Однако смолчал.

Врачи сделали все от них зависящее, особенно Николай Гаврилович, самый первый, из городской больницы. Именно он добился направления в Сестрорецк — хороший санаторий, для сердечников. Виолетта говорила, Николай Гаврилович рекомендовал два срока — почти до конца лета. Ей доктор звонил, интересовался самочувствием мужа. Она сказала, странно, звонит после выписки, не иначе напоминает. Виолетта собиралась *отнести*, советовалась о сумме.

Собственно, операции не было. Если операция — рублей шестьсот, а так, учитывая санаторий, придется дать четыреста. Юлий рассердился. Черт побрал, он выговаривал, эка невидаль, доктор интересуется здоровьем пациента, в любой нормальной стране... По телефону мачеха согласилась, но сделала по-своему. Потом призналась: пришла, попыталась сунуть, врач отказался наотрез. Хоть в этом деле правда осталась за Юлием, но Виолетта сокрушалась: не к добру. *После* лечения деньги — не взятка: благодарность. Ее мать говорила: врач не принял — плохая примета. Юлий морщился.

Санаторный режим был нестрогим. Посещения родственников скорее поощрялись. Освободившись от поклажи — мать собирала хорошие передачи, — Юлий звал отца на прогулку. Самуил Юльевич соглашался. Сидя на больничном стуле, Юлий наблюдал за сборами. К этому он никак не мог привыкнуть. За время болезни отец ссутулился и похудел. Виолеттина мать, навестившая однажды, вынесла вердикт: *выстарел*. Сам он не слишком замечал отцовской старости — Юлий видел другое: движения отца стали медленными и осторожными. По очереди спуская сухие ноги, Самуил Юльевич нащупывал тапки, потом, подкладывая руки под ягодицы, помогал себе встать. Поднявшись с постели, надевал серый халат. Сколько раз Виолетта предлагала привезти домашний, но отец отказывался, упрямо ходил в арестантском. В халат он запахивался плотно, чуть не вдвое оборачивая вокруг высохшего тела.

Палата, куда его поместили, была четырехместной. Соседи отцу нравились. Говорил: «В этом отношении повезло». Юлий кивал, соглашаясь. А сам думал: соседи как соседи, какая разница — не на всю жизнь.

Бытом заправлял Федор Карпович, крепкий мужик лет сорока пяти, бригадир строительных рабочих. Незадолго до инфаркта, случившегося, как он шутил, по недоразумению, Федор получил трехкомнатную квартиру. Больше всего сокрушался о том, что не успел прописаться. Случись что, эти суки турнули бы жену с детьми в *двушку*. В устах Федора история его выздоровления принимала черты чудесного спасения, которым посрамлялось готовое свершиться зло. Об этом Федор рассказывал охотно, смачно описывал детали, как будто, оставшись в живых, сумел отомстить.

Теперь он стремительно шел на поправку и с особым рвением следил за порядком. Под его неусыпным оком на рукомойнике не переводилось туалетное мыло; мусор, скопившийся за день, выносился с вечера; нянечки, мывшие пол, оделялись шоколадками. Особой заботой Федора Карповича был общий холодильник, стоявший в предбаннике. Раз в неделю он проводил генеральную ревизию, отправляя на помойку залежалые продукты. Подмигивая Юлию, бригадир называл себя квартуполномоченным. Юлий улыбался чахло.

Елена Чижова

Другой сосед был не столь колоритным. За глаза бригадир называл его *халдеем*. Юлий находил прозвище метким: парень и вправду походил на официанта. Деньденьской, игнорируя предписания врачей, рекомендовавших прогулки, халдей валялся на койке и читал старые журналы: пачки, сложенные в шкафчике, скопились от прежних жильцов.

В углу, у самого окна, лежал старик, похожий на отставного военного. Статью и выправкой он тянул на генерала. Этой версии противоречило место — санаторий, куда их всех поместили, предназначался *для простых*. На поверку мнимый генерал оказался бывшим работником ЖЭКа.

Последняя койка принадлежала отцу.

Шаркающей походкой (спадали стоптанные шлепанцы) отец сходил по ступеням. Сын следовал за ним. Санаторский сад был запущен. Обширная территория, огороженная высоким забором, буйно поросла зеленью. От площадки главного корпуса отходила центральная аллея. По обеим ее сторонам стояли лесные заросли, окаймленные кустами. Жаркий запах шиповника, распаренного на солнце, стлался по земле. Тихим шагом они доходили до скамейки. В этом углу росли высокие клены. Свет, пробиваясь сквозь листья, лежал на земле кружевами. Однажды, опоздав к урочному часу, Юлий не застал отца. В два счета проделав путь до скамейки, он увидел: отец шел навстречу. Медленно и осторожно. Сделав шаг, остановился, не замечая сына. Стоял под кленовой кроной. Свет, изливаясь с неба, покрывал кружевами его арестантский халат.

В дождливые дни они оставались в палате. В присутствии соседей Самуил Юльевич разговаривал неохотно, сам ни о чем не спрашивал, на вопросы сына отвечал кратко. Первое время Юлий относил на деликатность. Потом, приглядевшись, заметил странное: с болезненным вниманием отец прислушивался к тому, что говорилось в палате. Следил за общим разговором, стараясь не пропустить момента, когда кто-нибудь из соседей обратится к нему. Тогда отец откликался с торопливой готовностью, резавшей сердце. Особенной болью пронзала отцовская улыбка — стеснительная и нежная. Юлий знал ей название.

С этой болью, терзавшей душу, он научился бороться по-своему: в дождливые дни Юлий заручался благовидными предлогами, чтобы остаться в городе.

В последний раз он видел отца в начале августа. Потом, уже получив известие о смерти, Юлий вызывал из памяти тот августовский день. Пытался представить себе последние отцовские минуты. Но видел отца то стоящим в кружевном свете, то сторожко ждущим, пока его позовут в общий разговор.


Отец умер в одиночестве. Накануне соседи разъехались. Следующая смена ожидалась на другое утро. Нянечка перестелила освободившиеся койки, вымыла тумбочки и пол, оставив его умирать в чистоте.

Накануне похорон, вспомнив про кладбищенскую *воду*, Юлий поехал поглядеть место.

К Северному кладбищу вела проселочная дорога. Лежала в распадке между высоких холмов. По склонам, поросшим смешанным лесом, серели могильные раковины. Кресты из бетона были воткнуты в изголовья. Там, где бетон выкрошился, торчала железная арматура. Такие кресты казались кружевными.

В отличие от Южного, пейзаж не был унылым. Если б не надгробья, место напоминало бы сухой редковатый лес. Поднявшись по тропинке, Юлий отправился разыскивать участок. Виолетта объяснила подробно. На новом участке рабочие корчевали пни. Подрубленные и вывернутые с корнями, они топорщились, являя собой сказочную картину. Юлий вспомнил детский фильм: в этом фильме ожившие корни свирепо шевелили обрубками. Шли на героя, который забрел в их чащу.

— К завтрему утащим, — рабочий, одетый в грязную спецовку, нехотя объяснил.

Виолетта препиралась с могильщиками. Те говорили: уплачено, чтобы засыпать и разровнять. Холмик — за отдельную плату, конечно, хозяин — барин, но если без холмика, плиту класть нельзя — грунт оседает, дает усадку. Юлий попытался вмешаться, Виолетта сказала: ладно. Заметно оживившись, рабочие взялись за лопаты. Раковину водрузили на холмик. Старший сказал — начерно. Потом, когда осядет, сделают хорошо.

На поминки вдова позвала всех, сама подошла к Екатерине Абрамовне. Мать не пересилила себя — отказалась. Юлий подошел и встал рядом. На поминки он все-таки поехал: на этом настояла мать. За столом собрались отцовские с кафедры, с Виолеттиной стороны две подруги, помогавшие готовить. Накануне Юлий ездил за продуктами, пытаясь избавиться от мысли: на похоронах их дяди Наума репетировал похороны собственного отца. Виолеттиной мамаши не было: в первых числах июля уехала восвояси, увезла на лето внучку. Вызывать телеграммой Виолетта не стала — пожалела дочь.

Следующая неделя прошла в спорах о плите — записку с крючковатой надписью Виолетта предъявила в день похорон. Победив в споре, она сама оплатила заказ. Юлий хотел поучаствовать деньгами — мачеха не взяла. Самостоятельно, не сказав Юлию, она приняла работу. Плиту положили в ее присутствии в середине октября.

Первое время Виолетта ездила каждую неделю, как будто совершала ритуал. После приезда Маргаритки стала ездить реже. Дочери она сообщила осторожно, та плакала, не понимая.

Юлий заходил время от времени: случалось, мачеха просила посидеть с сестрой. Однажды, дождавшись, когда они останутся одни, Маргаритка спросила, знает ли он про отца. Юлий кивнул изумленно:

— Конечно, мы же сами хоронили.

— Нет, я не про *это*, — сестренка глядела хитро. — Ты просто не знаешь: папочка совсем не умер. Просто, — она вздохнула радостно, — его взял Иисус Христос. Поднял к себе на небо. Теперь они всегда вместе, и оба глядят на меня.

— Это... мама сказала? — Юлий опешил.

— Не-ет, мама тоже не знает, — Маргаритка махнула рукой. — Это — бабушка.

Он пожал плечами.

— На тебя папочка тоже смотрит, — Маргаритка заторопилась, поняв по-своему. — Но на меня — чаще. Потому что я еще маленькая. А ты — большой.

— Возможно, — забыв, что говорит не с ровней, Юлий начал сурово. — Но если и так, твоя бабушка ошиблась. Папа — с другим богом.

— Нет, Юля, ты меня не путай, — Маргаритка возразила строго. — Бог — Иисус Христос. Другого бога нет.

Только тут, глядя в ее глаза, Юлий опомнился: ребенок. Маленькая сирота утешает себя, как может. «Тоже мне, — он ругнул себя, — богослов».

И все-таки от этого разговора Юлий никак не мог отрешиться. Возвращаясь мысленно, думал о том, что в новом браке отец родил ребенка, безоговорочно определившего его к христианам. Одним махом она, рожденная русской матерью, победила еврейского бога. Эта мысль занимала воображение. Проснувшись ночью, он перечитал историю Иакова.

Конечно, Юлий не проводил прямых аналогий. На это ему хватало здравого смысла. Тем более что история его отца ни в малейшей степени не походила на схватку, с которой предание связало имя их общего мифологического предка. *Там* случилось подлинное противостояние, закончившееся неизлечимой тазобедренной травмой и сменой имени. *Здесь* — пустая старушечья болтовня. Сестренка, искавшая утешения, пела со слов бабки. Юлия тревожило *другое*. Перечитав библейскую историю, он думал о том, что сестра отняла его первородство.

Библейские мотивы не отменяли, а скорее усиливали житейскую очевидность. В том, что младшую сестру отец любил сильнее, Юлий не сомневался. С рождением Маргаритки их встречи случались все реже. Больше того, вспоминая собственное детство, прошедшее вблизи отца, он понимал: и тогда их близость была условной. Отец занимался своими делами, лишь изредка обращая внимание на подрастающего сына. К дочери, родившейся в поздние годы, он относился скорее как дед. С нежностью, которая не побеждалась отцовской строгой ответственностью.

Теперь Юлий думал о том, что эта нежность и решила дело. Сам он, если бы отец умер в его детстве, не сумел бы восстановить с ним такую непосредственную связь. Поверить, что отец действительно на него смотрит. Следит за его жизнью со своих небес. Сестренка поверила с легкостью.

Простота и естественность, с которыми Маргаритка говорила о новой отцовской жизни, странным образом убеждали Юлия в ее первородных правах. За этим не стояло ни одного логического довода, однако сын, не ощущавший с отцом никакой загробной связи, чувствовал себя уязвленным.

Взрослый человек, он сумел побороть враждебные мысли, обращенные к младшей сестре, но тень враждебности, легшая на душу, пустила корешки. Всеми своими помыслами Юлий сосредоточился на отцовской высказанной, но так и не выполненной воле, которая воплощалась в листке с непонятными письменами. Как минимум их надо было перевести на русский. К решению этой задачи Юлий приступил незамедлительно.

Дальнейшие события разворачивались с такой быстротой, словно ревнивый еврейский бог, уязвленный решением сироты-полукровки, уподобился языческим божествам: принял сторону Юлия. Эти события развернулись в течение недели. Точнее говоря, *свернулись* в одну неделю, как свиток: время, прошедшее от воскресенья до воскресенья, вобрало их в себя.

Прежде всего Юлий сосредоточился на самом факте: отец написал записку. Непонятно — где? Логика говорила за то, что либо в больнице, либо в санатории. Ни там, ни там ему не с чего было *списать*. Следовательно, крючковатые знаки он выводил по памяти. Это означало, что его отец знал иврит.

Для Юлия это стало откровением: никогда Самуил Юльевич не упоминал об этом. И вообще о своем интересе к еврейской истории. Похоже, и язык учил втайне.

*Такие* книги в дедовой библиотеке были. В кабинете, на старой квартире, они занимали нижние полки — справа от дверей. Подростком он однажды наткнулся. Может быть, Юлик не обратил бы внимания, но книги, стоявшие во втором ряду, были повернуты к стене корешками. Он спросил. Отец испугался. Поспешно расставляя по местам, бормотал о том, что книги — старинные, остались от прадеда, написаны не по-русски, никому не нужны, но выбросить — жалко, надо поискать специалистов — скорее всего, в университете.

«Отдал бы с удовольствием. В хорошие руки».

Юлий вспомнил: он еще подумал, что отец говорит, как о щенке.

«Да, вот еще, — вернув книги на место, Самуил Юльевич выпрямился. — Не надо в школе. Молчи. Плохого ничего нет, просто...» — он махнул рукой.

Их домашняя библиотека была многоязычной. Если бы не особое предостережение, скорее всего, Юлик забыл бы мгновенно — старинные книги, написанные на непонятном языке, лежали далеко от его тогдашних интересов, но

Елена Чижова

это запало в душу. Теперь Юлий понимал: запало потому, что отец предостерег. Разговор с отцом, согнувшимся в три погибели, стал первым штрихом, невнятной и ускользающей меткой, с которой началась его взрослая жизнь. В продолжение жизни он — во всяком случае, сознательно — никогда не возвращался к этому разговору. Однако в *определенные* моменты в нем словно бы начинал дрожать камертон. Этот звук задавал границы существования.

О том, что Вениамин изучает иврит в какой-то тайной группе, Юлий догадывался давно. Конечно, Веня никогда не афишировал, осторожничал, но намеками давал понять. Особой доверительности между ними не было, но в данном случае Юлий надеялся: в прямой просьбе Вениамин не откажет. Собственно, просьба выглядела пустяшной. Юлий прикинул формулировку: дескать, в бумагах деда нашлась записка. Ее содержание интересует, так сказать, по-родственному. В записке есть строка на иврите, нет ли на примете знакомого, который мог бы перевести? Отдать оригинал Юлий побоялся: демонстративное Венькино шутовство наводило на неприятные мысли. Неловкой рукой он переписал на отдельный листок.

Явиться и прямо изложить просьбу? Это Юлий счел неделикатным. Куда вежливее сделать вид, что пришел по другому поводу, записка же вспомнилась к слову, так, между прочим, по ходу дел. В качестве повода пригодились приобретенные книги. С собой Юлий принес все шесть.

Книги передавали из рук в руки, листали восхищенно. «Где взял, где взял? Купил», — Юлий отшучивался. Улучив удобный момент, он подсел к Вениамину.

«Не-е, так, навскидку, не разберу, — увлекшись статьей, приятель забыл о конспирации, — оставь, на досуге погляжу, поразмыслю».

Расходились как обычно — по очереди. Это правило ввел Венька. В реальную опасность никто не верил, но хозяин — барин.

«Не знаю, как вы к этому отнесетесь, но ваши книги ворованные», — молчаливая девушка, всегда сидевшая в сторонке, догнала Юлия в подворотне. К своему стыду, он не помнил ее имени. Про себя Юлий отметил голос — резкий и немного гортанный.

«С чего вы это взяли?» — он спросил нарочито мягко. «Во-первых, библиотечные штампы...»

Юлий пожал плечами: «Это ничего не доказывает. *В известные времена* такие книги изымались из библиотек. Как правило, с ними поступали как с ведьмами. Но мог же найтись кто-то... смелый...» — он вспомнил Машу. Сердце стукнуло. «Не мог», — гортанный голос перебил.

«Кажется, вы обвиняете меня в воровстве?» — Юлий нахмурился. «Вас я обвиняю в скупке краденого». Она еще не привела доказательств, но Юлий уже знал: правда. *Это* он гнал от себя, когда вступал в сговор с Марией.

«Может быть, у вас есть и доказательства?» — он спросил обреченно.

Девушка протянула карточку. Там стояло название, номер тома, выходные данные, а дальше — даты инвентаризаций. Год за годом, с перерывом в несколько лет. Последняя приходилась на тысяча девятьсот шестьдесят третий. Прочитав, Юлий поднял глаза.

Взгляд, с которым он встретился, был непреклонным: «Эту карточку я нашла в одной из *ваших* книг». — «Как вас зовут?» — он спросил хрипнущим голосом. «Меня зовут Ирина, — она дала полный ответ, словно говорила на иностранном языке. — Я не обвиняю. Просто хочу, чтобы вы это поняли. На всякий случай. Мало ли как обернется... — теперь она заговорила нормально, как на родном.

Но Юлий не слушал. Смотрел в глаза. В ее глазах стояло предостережение, которое относилось к книгам. Исключительно к библиотечным книгам. Если бы не веки, знакомые с детства, — контуром и припухлостью нижних век ее глаза повторяли глаза его матери. Материнским предостерегающим оком она проникала в самую глубину. Туда, где жила память о *той*, дворовой, девочке.

Они учились в разных школах, но после уроков играли во дворе.

Их семья занимала дворницкую жилплощадь. Дверь квартиры была прорублена под аркой, напротив домовой прачечной. Прачечной пользовались жильцы коммунальных квартир. Заранее распределив часы, женщины стирали по субботам. Грязное сносили в узлах. Чистое, сложенное в тазы, развешивали на чердаке. Дети в прачечную не допускались. Дожидаясь, пока она выйдет, Юлик заглядывал в слепые окна и видел огромные котлы. Запах мыльного варева сочился из приоткрытой двери. Он вдыхал приторные струйки.

Однажды Зина спросила: «А твоя мама стирает? — и, не дожидаясь ответа, вдруг предложила: — А хочешь, я попрошу, чтобы *для вас* мама растапливала по воскресеньям?»

Екатерина Абрамовна стирала в ванной. Про воскресенья Юлик не понял, но вежливо отказался.

С Зиной они были однолетками, но по сравнению с ним она была взрослой. Ее рассказы он слушал, замирая. Верил и не верил. То, о чем она говорила, *не могло* относиться к его родителям. Господи, он не хотел ее предавать. Но в тот день просто опоздал, не заметил времени, поздно вернулся с прогулки. Мама ужасно волновалась, когда он явился, сорвалась на крик. Кричала, чтобы никогда больше, мало ли бандитов на улице, он еще маленький...

Если бы не это, он бы, конечно, смолчал. Но тут, заложив руки за спину, Юлик ответил: не маленький, и вообще он знает такое, чего не знает она. Мать глядела удивленно. Тогда, не совладав с тем, что узнал от Зины, он сказал: «А я знаю, что делают мужчины и женщины, когда остаются в темноте».

Не обращая внимания на материнскую оторопь, Юлик рассказывал подробно, сопровождая речь жестами и *словами*. Мать выслушала, не перебивая. «Кто рассказал тебе эту гадость?» — «Это не гадость, это правда», — в качестве доказательства он назвал Зинино имя. На мамином лице проступила брезгливость. Предостерегающие глаза стали красноватыми, как будто смаргивали песок: «Заруби себе на носу. Это — неправда. Только кажется правдой. Никогда ты не должен больше играть с ней. Она — *испорченная* девочка». — «Она...» — он попытался объяснить. Мамин взгляд стал непреклонным: «Испорченная, — она повторила. — Никогда».

С дворничихой Екатерина Абрамовна поговорила тем же вечером. Через два дня, выйдя во двор, Юлик побрел под арку. Зина открыла сама. В свете арочной лампочки он разглядел заплывший глаз: «Сука! Блядь! Предатель! Убирайся к своей мамаше! Врешь ты все. *Вы* совсем не стираете!»

Дверь захлопнулась. Больше они никогда не играли.

### 3

Веня позвонил в четверг. «Тут штука такая: эпитафию твою я показал. Сказали, если пренебречь одной ошибочкой, получается: *и положу тебя в эту землю*. Что-то вроде... Может быть, не дословно. Годится? Твой документик у меня. Можешь забрать в любое время».

Уже думая над смыслом, Юлий промямлил благодарность.

Строчка показалась знакомой. Она действительно выглядела эпитафией. Но в остальном, если пренебречь крючковатыми буквами, надпись получалась совершенно обычной, он подобрал слово: интернациональной. *Это* можно было написать и по-русски. Юлий пожалел, что в спорах с мачехой не был настойчив. Задним умом винил себя за то, что взялся не с того конца. Начинать надо было с перевода — Виолетте нечем было бы крыть. Взяли бы и выбили.

«Собственно, — Юлий думал, — и теперь не поздно». Рабочим, которые изготавливают плиты, надо просто доплатить. Юлий удивился простоте решения. С технической точки зрения задачка выходила простейшей. Не надо ни скандалить, ни настаивать. Деньги — хорошая штука. Снова он думал о Маше, мучительно искал объяснения. Библиотечная карточка — не доказательство. Последняя инвентаризация — десять лет назад: книги мог вынести кто-то другой. И все-таки разговор с Ириной не давал покоя. Юлий ловил себя на том, что почти соглашается с обвинением. В глубине души он понимал: могла украсть. Но что-то тревожило, кружило в памяти, не складывалось в слова.

«Да, — он вспомнил. — Все верно. Так она и сказала: на вашем месте я защищала бы *своих*».

О ней он не мог думать иначе. Юлий вспомнил кладбищенскую воду — ее смелый и гордый поступок. Отцовскую больницу — когда понадобилось, приехала и все сделала. Единственная из всех — *своя*.

Теперь Юлий нашел в себе мужество признаться: сам-то он поступил малодушно. Не защитил от обвинений. Ирина, обвинившая Машу, не встретила должного отпора. Осознав, он решил защищать. За ночь решимость отлежалась и приняла словесные формы.

Ирина позвонила на следующее утро. Юлий не удивился звонку.

По телефону голос звучал мягче. О разговоре на набережной она сожалела: «Простите, не знаю, что на меня нашло. Если кто-то и вынес, это к лучшему. В ваши руки попало правильно. В библиотеке они погребены заживо, все равно никому не выдают». — «Ну что ж...» — он думал: зря она так, по телефону. Но обвинение было снято. За себя и за Машу Юлий прощал великодушно.

«Я, собственно, — Ирина сделала паузу, — вчера была у Вениамина. Он рассказал, что ваш отец...» — «Да», — Юлий прервал. С ней он не хотел разговаривать об отцовской смерти. «Дело в том, что ваш листок он показывал именно мне: я попыталась сразу, но там действительно ошибка. Поэтому, как оказалось, ошиблась и я. Потом пришла домой и поняла: ошибка существенная. На самом деле там написано не *положу*, а *возвращу*».

«Вы знаете... язык?» — Юлий спросил уклончиво, учитывая *телефонные уши*. Исправление казалось не таким уж важным. Суть осталась прежней. «Не то чтобы знаю — учу. Иврит — трудный язык», — она признавалась открыто.

«Странно, — он говорил, преодолевая неловкость. — Вениамин... В разговоре со мной он употребил: *эпитафия*. Это ваше слово?» — «Не помню, возможно. Хотя... Нет. Я сказала: *цитата*. Дома нашла источник. Это самое главное. Там другой контекст». — «Вот как? — Юлий оживился. Разговор выходил профессиональный. — Вы — переводчик?» — «Филолог, — Ирина уточнила. — Филолог-германист». — «Я тоже», — он почему-то обрадовался. «Я могла бы подъехать и показать. Мне кажется, это *очень* важно», — голос звучал почти мягко. Речь шла о помощи. Конечно, она могла не приезжать, а просто дать ссылку. У него хватило бы ума разобраться. Но Ирина предлагала искренне. Юлий не мог не принять.

*«И увидел во сне: вот, лестница стоит на земле, а верх ее касается неба, — она читала, водя пальцем. — И вот, Господь стоит на ней и говорит: Я Господь, Бог Авраама, отца твоего, и Бог Исаака. Землю, на которой ты лежишь, Я дам тебе и потомству твоему; и сохраню тебя везде, куда ты ни пойдешь; и возвращу тебя в сию землю; ибо Я не оставлю тебя, доколе не исполню...»* Отложив в сторону, Ирина раскрыла *другую* книгу. Голос, гортанный по-русски, в под-

линнике пылал страстью. «Вы понимаете: *на* которой. Речь не о смерти — о возвращении, — она захлопнула. — *На свою обетованную землю*».

Иринино лицо стало строгим и торжественным.

На это Юлий не обратил внимания. Молчал, поражаясь совпадению: независимо, как случается только в точных науках, они с отцом пришли к одной исходной точке: истории Иакова. Только сам он двинулся по неверному следу, приняв обетование за эпитафию. Теперь, когда все наконец прояснилось, Юлий почувствовал уверенность: точка, найденная и отцом, и сыном, вставала в жесткую систему координат.

На этом совпадение заканчивалось. В библейской истории, которую Юлий хорошо помнил, действовали два брата: младший — Иаков, старший — Исав. Выдав себя за Исава, Иаков получил неправедное благословение. Ревекка, их мать, посоветовала ему бежать к Лавану — ее родному брату. Пожить у него некоторое время, пока утолится ярость обманутого — утихнет его гнев.

Раскрыв книгу, Ирина читала дальше, как будто хотела стать проповедником, произносящим правильные слова.

Юлий слушал вежливо. В истории, которую она рассказывала, Иаков отправился в дорогу и увидел колодец. Над его устьем лежал огромный камень, отвалив который пастухи поили стада. К колодцу подошла Рахиль — дочь Лавана, а значит, его, Иакова, двоюродная сестра.

Юлий насторожился, потому что вдруг вспомнил: Мария.

С ней он встретился в ванной. Усмехнувшись, Юлий подумал: у воды.

На поминках ее дяди. После того как они все вернулись с кладбища, где она, являя чудеса героизма, боролась *против воды*.

400

Он вспомнил, как она спросила: не братом ли он ей приходится? Тогда он отказался от родства. Потому что еще не знал. Не догадывался, каковы на самом деле их *подлинные имена*.

Теперь, слушая гортанный голос, Юлий думал о девушке, не вполне родной по крови. Ее он видел перед глазами, слушая голос Ирины. В библейской истории их родство велось по матери. В нашей стране, Юлий думал, пытаясь отрешиться от чужого голоса, кровью меряются по отцу.

Он видел: издалека она идет ему навстречу, окруженная овечьим стадом, спускается с холма. Тяжесть, похожая на камень, отваливалась от сердца: предание, поддержанное предсмертной запиской отца, снимало последнюю преграду...

«Благодарю вас», — он ответил Ирине, принесшей благую весть. Теперь он ждал, чтобы она ушла. Тогда, собравшись с духом, он пойдет к телефону и, позвонив, договорится о встрече, чтобы все начать заново. С *чистого листа*.

Ирина медлила: «И что вы собираетесь делать?» — она указывала на листок. «Видимо, отправлюсь к колодцу, раз уж вы, — Юлий улыбнулся, — наставили меня на верный путь». — «К колодцу? — она переспросила серьезно. — Вы имеете в виду колодец Иакова?» Все еще улыбаясь, Юлий кивнул.

«И *кого* же вы надеетесь там встретить? Девушку, с которой приходили?» — взгляд, устремленный на Юлия, налился предостережением.

Она взяла книгу, раскрыла и ткнула пальцем: «*Если Иаков возьмет жену из дочерей Хеттейских, каковы эти, из дочерей этой земли, то к чему мне и жизнь?*»

«При чем здесь это?» — Юлий нахмурился.

«Слова его матери — Ревекки: напутствие, прежде чем ему уйти».

Близорукие глаза, похожие на материнские, глядели пристально. Они становились красноватыми, как будто мать смаргивала песок. Камень наваливался снова. Юлий силился отжать его руками, но Машины черты расплывались. Он видел ту — *испорченную* — девочку...

«Это неправда, все не так», — Юлий пытался объяснить.

Ирина слушала. Его рассказ получался бессвязным: об отце, о русской мачехе, о младшей сестре, повторявшей с бабкиных слов. Кивая сумрачно, она понимала каждый поворот мысли, как будто история, переживаемая Юлием, и не могла быть иной.

«Мне кажется, ваш отец просто хотел *уехать*», — она оглянулась в сторону *обетованной* земли.

«Вполне возможно, — он ответил уклончиво. — Согласитесь, это его право».

Юлий думал о том, что отцовский выбор к нему не имеет отношения.

«Мне кажется, — Ирина вступила осторожно, — он принял верное решение. Отсюда надо уезжать». — «Да, да, может быть», — Юлий кивнул, не вслушиваясь, думая о своем.

«Мы должны поехать на кладбище. Немедленно. Сделать надпись на его могиле». За главной мыслью Юлий не расслышал местоимения *мы*.

«Почему немедленно?» — он переспросил, удивляясь, думая о том, что в этой девушке слишком много нетерпения, похожего на неутоленную страсть.

«Потому что ваш отец лежит в могиле. Лежит и дожидается», — Ирина ответила спокойно и уверенно, как о чем-то, разумеющемся само собой.

Как будто отец жив. Юлий вспомнил: так говорила и Маргаритка, его младшая сестра: о смерти как о новой жизни.

«Вы говорите — сделать надпись. Надписи надо заказывать. Уж не собираетесь ли вы собственноручно рубить камень?»

«Сначала написать. Мелом, — неутоленные страсти питали ее решимость. — Воля есть воля. Ваш долг — выполнить. А камень — потом».

«Да, наверное... Вы правы», — Юлий прикидывал: мелом, конечно, глупость, до первого дождя, но ехать все равно надо. Заплатить, договориться с кладбищенскими. Сделать, пока совсем не развезло.

«Завтра, в субботу. Удобно, как раз выходной», — она строила общий план.

Ирина помогла с переводом, Юлий не хотел обойтись с нею невежливо. В то же время он договорился с Марией. Этот камень лежал на душе, придавливая тяжестью. Он думал: договорился, но неточно. Во всяком случае, они не обговаривали дня. В субботу можно съездить с Ириной. С Марией договориться на воскресенье. Один день ничего не изменит.

«Хорошо, — Юлий согласился. — Давайте. Завтра».


Деревья, взбиравшиеся по склонам, успели сбросить листья. Редкие ели зеленели меж темных стволов. Свежий осенний воздух стоял над дорогой.

— *Как хорошо в покинутых местах, покинутых людьми, но не богами...* — Юлий оглядел невысокие холмы.

Ирина кивнула:

— Да. Я знаю... Это Аронзон. А мел я все-таки прихватила.

Они поднимались по тропинке. Догнав, она пошла рядом.

Издалека Юлий просто не понял. Ему показалось, рабочие что-то не успели доделать: плита, заказанная мачехой, лежала косо. На камне проступали кривые буквы. Знаки, безобразившие плиту, были черными.

Он приблизился и опустился на край.

— Сейчас, я сейчас, — головным платком, встав на колени, Ирина терла черноту. Краска въелась.

— Взять бы мазут, — Юлий заговорил тихо, представляя себе ведро, полное черной жижи. — И залить...

— Что? — она вскинула голову.

— Брось. Отец умер. Теперь ему все равно.

— Нет, нет, я все-таки... Сволочи, — она бормотала, — чертовы подонки...

Сидя на краю колодца, Юлий думал о том, что сделал глупость. Согласился с мачехой. Надо было везти на еврейское. А еще лучше — в крематорий. Сжечь и развеять по ветру, чтобы не осталось и следа.

Тяжелым взглядом он оглядел окрестности. Здесь, на этой земле, в которую лег его отец, не было ни богов, ни людей. Стихи — глупость. В места, покинутые людьми, приходят вандалы, оскверняющие чужие могилы.

— Оставь! — он обернулся и приказал грубо.

Ирина съежилась и смяла платок.

— Брось. Это не наше дело. Пусть занимается Виолетта. Это — ее... — он замялся и не сказал *соплеменники*. Потому что и сам принадлежал к их племени.

— Что? — Ирина комкала грязный платок.

А еще потому, что в отличие от своей младшей сестры не верил в бессмертие. Отец умер и лег в землю. Нет никакой разницы: земля есть земля. Обетованной она может стать только при жизни. Выбор земли — выбор живых.

— Я очень прошу тебя. Спускайся. Подожди меня на дороге, — он сказал холодно.

В ее материнских глазах блеснули слезы. Сунув платок в карман, Ирина пошла, не оборачиваясь.

Юлий остался один. Один у отравленного колодца. По холмам, заросшим смешанным лесом, поднимались серые раковины могил. В этих местах они сбились в стадо, похожее на овечье. Плита, закрывавшая колодезное устье, была свернута. Зазор получался узким — овечьей голове не пролезть.

И в подлиннике, и в русском переводе к колодцу шла женщина, смотревшая за стадом. «Мария», — он произнес слабыми губами.

Окруженная серыми овцами, она всходила на холм. Когда-то давно, теперь уже в прожитой советской жизни, он ждал ее приближения. Ради нее готов был служить этому государству. Так, как служили его предки: верой и правдой.

«Маша», — он назвал ее по имени. В последний раз.

Женщина, которая в его прошлой жизни звалась Рахилью, поднялась по склону и остановилась в отдалении. По книге, содержавшей их общую историю, он должен был отвалить колодезный камень, чтобы напоить ее овец. Через много лет этот скот, умноженный многократно, станет ее приданым.

Сбившись в кучу, овцы блеяли нетерпеливо...

«*Новое знание*... — теперь он думал. — Для этого нужны другие язычники. И другие евреи...»

Не трость надломленная. Это государство — Лаван. Оно назначает обманные сроки. А таким, как он, — еще и особые условия.

Нет, он думал, дело не в условиях. Условия — вздор. И уж, во всяком случае, не в том, что называется *кровь*.

«Сказала: его грех, его и ответ... — он перебрал ее *грехи*. — Она — дочь этого государства. Дочь государства, пригоняющая стадо, пьет вместе со своим скотом».

Неимоверным усилием, ухватившись обеими руками, он отвалил камень, открывая зазор. С холмов, покинутых богами и оскверненных варварами, овцы стекались к отравленному колодцу, чтобы напиться всласть...

Украдкой оглядев склоны, Юлий усмехнулся: серые овцы, напившись отравы, обернулись могильными раковинами. Среди деревьев, сбросивших листья, они лежали, поджав под себя ноги.

Он шел по тропинке, не оглядываясь. У подножья никого не было. «Обиделась, ушла, не дождалась». Юлий ускорил шаги. Над поруганной могилой его отца эта девушка плакала так, словно страдала за *своего*. Сам он вряд ли на такое способен...

Ветер налетал порывами, задувал в рукава.

Ирина ждала его за поворотом. Он увидел ее покрасневшие веки: веки его матери — Лии, старшей дочери этого государства.

На ней, по условию Лавана, Иаков женился, прежде чем получил Рахиль.

«Здесь *другая* история. До Рахили дело не дойдет...»

Покрасневшие веки были вытерты насухо.

— Ничего, — он сказал, задыхаясь от нетерпения. — Ничего. Теперь мы все сделаем правильно. Мы уедем. Только не плачь.

# 4

Все воскресенье она прождала напрасно — Иуда так и не одумался. Утром Маша занялась уборкой — мыла коридор и кухню. Потом взялась за стирку. Сердце сочилось неостановимо. Сладкая кровь, которую нельзя вылизать, таяла во рту.

Ступая неслышно, Маша пробиралась в прихожую. Проклятый телефон молчал. Черное тельце, укрывшееся под вешалкой, за весь день не издало ни звука. Маша поднимала трубку, малодушно прислушиваясь к гудкам.

К вечеру она нашла окончательное объяснение: чернявую девицу подсунул паук. Это *травоядное* выбрало свою кровь. Как все *они*: она думала об отцовской семье.

Взгляд выхватил Панькино зеркало: оно висело на прежнем месте — поклеив обои, отец прибил обратно к стене. Маша приблизилась, вглядываясь. Лоб, глаза, скулы — отцовские. Рот, нос, овал лица — в мать. Могло и по-другому. Случайное сочетание. Приглядевшись, каждый может найти и *чужое*, и *свое*. Зависит от точки зрения. Вернее, от испытующих глаз.

Отцовскую переносицу пересекла складка: поиграв лицевыми мускулами, Маша согнала. Улыбка выходила жалкой. Дернув губами, она приподняла уголки рта. Под нижними веками лежали тени, похожие на синяки. Она вспомнила ту темноволосую, у которой размазалась тушь. Как будто плакала.

«Только этого не хватало... Не дождутся», — глаза, глядевшие из зеркала, зажглись тусклым светом. Рука сжималась яростно. Между пальцев змеился крем. Она намазала под глазами. Унимая ярость, принялась возить по лицу. Пудра, положенная сверху, съела блеск.

Женское лицо, отраженное в зеркале, неуловимо изменилось. На ровном матовом фоне его черты стушевались, канули в глубину. То, что глядело из рамы, походило на заготовку, не прописанный до конца набросок. Проверяя догадку, Маша начала с губ. Ровно по контуру, улавливая сходство с матерью, она наложила помаду. Губы вспыхнули. Полному сходству мешали темные ресницы. Она зажмурилась и присыпала пудрой. Теперь, если бы Панька с Фроськой были живы, они приняли бы ее за *свою*.

«Так». Маша стерла тщательно и взялась за угольный карандаш. Осторожно ведя по краю, нарисовала отцовские веки. Синие тени, поднятые до бровей, придали сходство с темноволосой девушкой.

«Вот так. Так и надо было накраситься, — она отступила, вглядываясь. — Раз ему надо только *это*. Взять и нарисовать».

С ним она собиралась поехать на кладбище, на могилу его отца. А еще — похоронить пепел. Пепел Паньки и Фроськи. Их правильный русский пепел.

Обернувшись к зеркалу, она взялась за помаду. Губы вспыхнули и погасли, как отцовские глаза. Тушь, румяна, тени: она рисовала холодной рукой. Мертвенные черты, накрашенные, как в гроб, выступали из зеркальной глубины: все, что сгорает в печи, обращаясь в пепел. Серое крошево, которое воскреснет, они разносят по разным кладбищам — послушные пауку.

«Интересно, а что будет с моим, когда сожгут меня?.. Не иначе разделят на две кучки: одну — туда, другую — сюда...»

Маша представила себе: ухмыляясь, паук оглядывает ее воскресшие половинки.

— Ладно, — она сказала, — ладно. По разным, так по разным... Вот так мы и сделаем. Разнесем и поглядим...

На кухне, пошарив по ящикам, она нашла картофельный мешок. Ведерко поместилось. Тряпичные ручки были крепкими и удобными. Голос, бубнящий из телевизора, глушил осторожные шаги.

Маша вышла в прихожую. Черный телефон таился в своем углу.

«Что-то еще... Что же я не доделала?.. Да, — она поняла. — Успенский. Он — ни при чем».

— Слушаю.
— Вы... говорили с Нурбеком?
— Кто это? — первый раз в жизни он не узнал ее по голосу.
— Я. Маша. Мария Арго. Я хотела сказать... Спасибо. Вы...
— Когда ты придешь? — он понял по-своему.
— Я... Не надо. Не надо жертвовать кафедрой. Нет никакого смысла. Плюньте ему в рожу. Я не вернусь.

Маша положила трубку. На мгновение боль отпустила: она чувствовала себя легко. Как будто закончила все дела. Сделала, как до́лжно. Во всяком случае, оставила ему выбор: теперь он принимает собственное решение. Без оглядки на нее.

Спускаясь по лестнице, она представляла себе кабинет декана. Нурбек сидит за столом: «Ну что? Надумали?»

«Вы о чем?» — волчья усмешка. «Как о чем? — Нурбек, сплетающий пальцы. — О вашей любимой ученице. Или мы даем делу *ход*».

Успенский пожимает плечами: «Дело ваше».

«Но... — декан косится на телефон. — Ее отчислят».

«Значит, отчислят. Отчисляйте, если хотите. Что касается кафедры... Надеюсь, вы меня поняли: кафедра финансов остается за мной».

Нет. Остановившись на площадке, Маша мотнула головой. *Так* не будет. *Они* убили его отца. Не для этого он *к ним* пришел, вернулся после лагеря.

«Ну, надумали?» — Нурбек хрустнул паучьими пальцами.

Она услышала и закрыла глаза.

Человеческим голосом, в котором не было скверны, Успенский выговаривал правильные слова: «Суки! Бляди! В гробу я видал вашу сраную кафедру!»

Выпрямив спину, Маша вышла из парадной: теперь ей было не страшно.

Фонари, расставленные вдоль тротуаров, горели ярко. Свернув направо, она двинулась к автобусу и тут только сообразила, что не знает главного. «Иди туда, не знаю куда...»

Замерев под фонарем, она обдумывала: в справочное — поздно. Редкие прохожие спешили мимо. На мгновение каждый из них вступал под свет фонаря. Хищник, караулящий в засаде, Маша стояла, вглядываясь в их черты. Наконец попалась старуха. Ступая бесшумно, Маша двинулась следом: лишь бы не спугнуть.

Старуха добрела до улицы Подбельского и свернула за угол.

— Простите, — Маша догнала.

— Да! — голос старухи оказался неожиданно ясным.

— Вы... еврейка? — Маша глядела прямо в глаза.

Старушечья верхняя губа, поросшая жесткой щетиной, дернулась. Пальцы, задрожавшие мелко, потянулись ко рту.

— Не бойтесь, я тоже...

Не опуская руки́, старуха вглядывалась: накрашенное лицо сбивало с толку.

— Я... Я не сделаю вам дурного. Я только спросить... Где находится еврейское кладбище?

— Не знаю, — старуха врала, скосив глаза. Верхняя губа сомкнулась с нижней.

— Послушайте, — Маша настаивала, — я уверена, вы знаете. Мне надо. Непременно. Вот, — она качнула мешком. — Здесь — урна, пепел моего деда. Просил похоронить его на еврейском, но мой отец... Они с мамой решили, лучше на Северном. Дед хотел, чтобы похоронили среди своих.

— Ты выкрала пепел? — старуха смотрела недоверчиво.

— Не выкрала — подменила. Родителям подсунула золу — выгребла из старой печки. *Их* похороны были вчера.

Старушечьи глаза сверкнули:

— Подменила?

Она спросила с акцентом. Маше послышалось: *подманила*.

Послышалось, потому что она не умела читать мысли, иначе услышала бы правильно. Ту самую историю про обманное благословение: Ревекка, мать Иакова и Исава, подменила старшего сына младшим, обложив его руки кожей козлят.

— Так. Слушай внимательно, — еврейская старуха подманила поближе. Помогая себе руками, бормотала над Машиным ухом. — Ну вот. Теперь иди.

— Это точно? — Маша оглянулась. Было совсем поздно и очень темно.

«Господи, куда же я?..» — она подумала, тоскуя.
Старуха выпрямила спину:

— Конечно, точно, — она хихикнула и подняла палец. — Учти, мой дед был раввин.

Автобус высадил на кольце. Местность, в которой она очутилась, была страшной. Справа, за чередой голых деревьев, высились черные промышленные корпуса. Слева — пустынная площадь, огороженная сплошной бетонной стеной. С угла ограду замыкали ворота. Спотыкаясь на колдобинах, Маша бежала вперед. Ворота были заперты. Она вскинула запястье: стрелка подходила к восьми.

Крадучись, Маша двинулась вдоль ограды. Лаз обнаружился шагах в двадцати: серая плита выкрошилась у основания. «Только бы не собаки...» — она протискивалась, согнувшись в три погибели. Острый крюк арматуры впился в пальто. Маша дернулась и вырвала с мясом.

Втащив за собой мешок, выглянула: площадь была пустой.

Высокие могильные столбики окружали ее со всех сторон. Осенний запах гнили забивался в ноздри. Боясь чихнуть, она терла переносицу. Фонарь, нависший над оградой, заливал ближние плиты. Фамилии тех, кто лежал в могилах, в его свете читались легко.

Двигаясь от плиты к плите, Маша читала внимательно. На чужой взгляд эти фамилии были странными. «Все правильно, — она подумала. — Здесь».

Ноги увязали в земле. За могильными столбиками стояла высокая стена. Она становилась, прислушиваясь: там могли держать собак. «Нет, тихо». Обогнув стену, Маша вышла во двор.

В глубине темнело что-то, похожее на церковь. Над дверьми, на длинной железной поперечине, висел фонарь. Вдоль двора стояли ряды колонн. Сзади их заложили кирпичами.

411

Под аркой держали дрова. Чурки, не сложенные в поленницы, валялись как попало.

«Господи, куда же я?..» — она оглянулась в смертельной тоске, уже понимая — *куда*.

То, что она задумала, было местью. Им всем. Но главное — пауку.

Паук следил, хоронясь за надгробьями.

Она поставила мешок на землю. Руки были свободны. Свободны и пусты.

«Чем же мне рыть?» — она думала о твердой земле.

Глаза поймали тусклый блеск. Она нагнулась. Среди нерасколотых чурок лежал топор. Сев на корточки, Маша попробовала пальцем: тупой. Ржавое лезвие. Зазубрины.

Она вспомнила острый скальпель. «Топор — лучше».

Оглянувшись, пихнула в мешок.


За каменной кладкой начинались склепы. От них бежали дорожки, уводящие во мрак. Холод шел от земли, сковывал ноги. Она остановилась, переводя дыхание и смиряя страх.

Паук следил настороженно, уже понимая, *зачем* она пришла.

Растянув ручки, Маша заглянула. Пепел серел жалкой кучкой. «Никогда, больше никогда...»

На кладбище, где лежат обреченные — те, кого *он* ненавидит, — она развеет пепел его возлюбленной паствы. Тогда, в черный день паучьего воскресения, их прах не восстанет из еврейской земли.

*Смертельное* счастье, которого не знала прежде, рвалось из глубины. Она подняла ведро, зажмурилась и размахнулась. Что-то вспыхнуло, полыхнуло, дрогнуло под ногами.

Под тонким слоем кладбищенской земли они лежали друг подле друга. Старики, младенцы, старухи — словно погребенные заживо.

«Как мой дед».

11/30/11